W0304072

DIE AUTORIN: P. D. James (eigtl. Phyllis White), geboren 1920 in Oxford, die unter ihrem Mädchennamen schreibt, war in einer Krankenhausverwaltung tätig und mit einem britischen Arzt verheiratet. So lernte sie das Milieu kennen, in dem drei ihrer berühmten Krimis spielen: «Eine Seele von Mörder» (Wunderlich Taschenbuch 26259), «Tod im weißen Häubchen» (Wunderlich Taschenbuch 26123) und «Der schwarze Turm» (Wunderlich Taschenbuch 26210). Nach dem Tod ihres Mannes arbeitete sie überdies von 1968 bis 1980 in einer hohen Position in der Kriminalabteilung des britischen Innenministeriums. Mit ihren Kriminalromanen erwarb sie sich in den anspruchsvollen angelsächsischen Ländern große Anerkennung. «Im Reich des Krimis regieren die Damen», schrieb die «Sunday Times» in Anspielung auf Agatha Christie und Dorothy L. Sayers, «ihre Königin aber ist P. D. James.»

In der Reihe der rororo-Taschenbücher liegen außerdem vor: «Tod eines Sachverständigen» (rororo 14923) und «Ein reizender Job für eine Frau» (Wunderlich Taschenbuch 26168).

P. D. James

Ein unverhofftes Geständnis

Roman

Deutsch von Sibylle Hunzinger

Wunderlich Taschenbuch

Die Originalausgabe erschien 1967 unter dem Titel
«Unnatural Causes» im Verlag Faber and Faber, London

Neuausgabe Mai 2001

Veröffentlicht im Rowohlt Taschenbuch Verlag GmbH,
Reinbek bei Hamburg, April 1985
Copyright © 1982 by Rowohlt Verlag GmbH,
Reinbek bei Hamburg
«Unnatural Causes» Copyright © 1967 by P. D. James
Umschlaggestaltung any.way/Barbara Hanke
(Foto: ZEFA-Masterfield/Dale Wilson)
Satz Sabon (Linotron 202)
Gesamtherstellung Clausen & Bosse, Leck
Printed in Germany
ISBN 3 499 26314 9

Erstes Buch

1

Die Leiche ohne Hände lag auf dem Boden eines kleinen Dinghis, das gerade noch in Sichtweite der Küste von Suffolk dahintrieb. Es war der Körper eines Mannes in den mittleren Jahren, ein schmucker kleiner Leichnam mit einem dunklen Nadelstreifenanzug als Leichenhemd, der im Tod genauso elegant an dem schmalen Körper saß wie im Leben. Die handgearbeiteten Schuhe waren noch blank, abgesehen von ein paar Kratzern auf den Kappen, die seidene Krawatte saß straff unter dem vorstehenden Adamsapfel. Er hatte sich mit sorgfältiger Konventionalität für die Stadt gekleidet, der unglückliche Reisende, nicht für dieses einsame Meer und auch nicht für diesen Tod.

Es war ein früher Nachmittag Mitte Oktober, und die glasigen Augen starrten nach oben in einen ungewöhnlich blauen Himmel, über den der leichte Südwestwind ein paar vereinzelte Wolkenfetzen trieb. Die hölzerne Schale ohne Mast und Dollen hüpfte sanft auf den Wellen der Nordsee, so daß der Kopf wie in unruhigem Schlaf hin und her rollte. Das Gesicht war schon im Leben unbedeutend gewesen, und der Tod hatte ihm lediglich eine mitleiderregende Ausdruckslosigkeit verliehen. Das spärliche blonde Haar begrenzte eine hohe, höckerige Stirn, die Nase war so schmal, daß es so aussah, als könne der weiße Knochen jeden Moment die Haut durchschneiden; der schmale, dünnlippige Mund hatte sich geöffnet und ließ zwei vorstehende Vorderzähne sehen, die dem Gesicht das hochmütige Aussehen eines toten Hasen gaben.

Die Beine, noch in der Todesstarre, waren links und rechts vom Kielkasten eingezwängt, und die Unterarme waren so hingelegt worden, daß sie auf der Ruderbank ruhten. Beide Hände waren an den Gelenken abgetrennt worden. Es war nicht viel Blut dabei geflossen. Auf jedem Unterarm hatte ein dünnes Rinnsal von Blut ein schwarzes Netz zwischen den steifen blonden Haaren gewoben, und auf der Ruderbank waren ein paar Flecken, als hätte man sie als Hackblock benutzt. Aber das war auch alles; sonst war kein Blut am Körper oder an den Wänden des Dinghis.

Die rechte Hand war sauber abgetrennt, und das runde Ende der Speiche schimmerte weißlich; bei der linken Hand aber hatte man gepfuscht, und aus dem zurückweichenden Fleisch traten nadelscharfe, gezackte Knochensplitter hervor. Die Jackenärmel und die Manschetten des Oberhemds waren hochgezogen worden für das Schlächtergeschäft, und zwei goldene Manschettenknöpfe mit Monogramm baumelten in der Luft und funkelten, während sie sich langsam in den Strahlen der Herbstsonne drehten.

Das Dinghi, dessen Anstrich verblaßt war und abblätterte, trieb wie ein verlassenes Spielzeug auf dem fast leeren Meeresspiegel. Am Horizont bewegte sich die vielgliedrige Silhouette eines Küstenschiffs die Yarmouth Lanes hinunter; sonst war nichts zu sehen. Gegen zwei Uhr stürzte ein schwarzer Punkt, der einen gefiederten Schweif hinter sich herzog, am Himmel landwärts, und die Luft wurde von Düsenlärm erschüttert. Dann verebbte das Geräusch, und wieder war nichts zu hören als die saugenden Laute des Wassers an der Bootswand und hin und wieder der Schrei einer Möwe.

Plötzlich begann das Dinghi heftig zu schaukeln, wurde dann wieder ruhiger und drehte sich langsam um sich selber. Als spürte es den starken Sog der landwärts ziehenden Strömung, begann es nun, sich zielgerichteter zu bewegen. Eine Möwe, die auf den Bug herabgeglitten war und dort unbeweglich wie eine Galionsfigur gesessen hatte, erhob sich mit wilden Schreien in die Luft und kreiste über dem Leichnam. Und während das Wasser den Bug umspielte, trug das kleine Boot seine grausige Fracht langsam und unaufhaltsam zur Küste.

2

Kurz vor zwei Uhr am Nachmittag desselben Tages parkte Inspektor Adam Dalgliesh seinen Cooper Bristol am Rasenstreifen vor der Kirche von Blythburgh und trat anschließend durch die Tür der nördlichen Seitenkapelle in die kühle Silberhelle eines der schönsten Kircheninnenräume von Suffolk. Er war auf dem Weg nach Monksmere Head, unmittelbar südlich von Dunwich, um bei einer unverheirateten Tante, seiner einzigen noch lebenden Verwandten, einen zehntägigen Herbsturlaub zu verbringen, und dies war die letzte Unterbrechung auf seiner Reise. Er war, noch ehe London erwachte, aus seiner Wohnung in der Stadt aufgebrochen, hatte sich, statt den direkten Weg über Ipswich nach Monksmere zu nehmen, in Chelmsford nördlich gehalten und in Sudbury die Grenze nach Suffolk überquert. Er hatte in Long Melford gefrühstückt, hatte dann westlich den Weg durch Lavenham genommen und war langsam, und wie es ihm gerade in den Sinn kam, durch das Grün und Gold dieser noch ganz unverschandelten und unverschönerten Grafschaft gefahren. Seine Stimmung hätte vollkommen dem Tag entsprochen, wäre da nicht dieses ihn ständig quälende Problem gewesen. Er hatte mit voller Absicht eine persönliche Entscheidung bis zu diesem Urlaub hinausgeschoben. Bevor er nach London zurückfuhr, mußte er endlich Klarheit darüber haben, ob er Deborah Riscoe bitten sollte, ihn zu heiraten.

Absurderweise wäre ihm die Entscheidung leichtergefallen, hätte er nicht so genau gewußt, wie ihre Antwort ausfallen würde. Das bürdete ihm die ganze Verantwortung für die Entscheidung auf, ob man den gegenwärtigen annehmlichen Status quo aufgeben sollte (annehmlich auf jeden Fall für ihn, und man konnte doch wohl behaupten, daß Deborah jetzt glücklicher war als vor einem Jahr) zugunsten einer Bindung, die sie beide, wie er vermutete, für unauflöslich halten würden, ganz gleich, was dabei herauskam. Wenige Ehepaare sind so unglücklich wie diejenigen, die zu stolz sind, sich ihr Unglück einzugestehen. Er kannte einige der Gefahrenpunkte. Er wußte, daß sie seinem Beruf mit Vorbehalt und Ablehnung gegenüberstand. Das war nicht überraschend und an und für sich belanglos. Er hatte sich diesen Beruf gewählt, ohne nach irgend jemandes Zustimmung oder Beifall zu fragen. Aber es war eine wenig ermutigende Aussicht, sich für jede Überstunde, für jeden unvorhergesehenen Fall möglicherweise erst mit einem Anruf entschuldigen zu müssen. Während er unter der herrlichen gewölbten Kassettendecke auf und ab ging und den typisch anglikanischen Geruch von Bohnerwachs, Blumen und feuchten alten Gesangbüchern roch, streifte ihn der Gedanke, daß er fast im gleichen Moment am Ziel seiner Wünsche angekommen war, da er zu ahnen begann, daß er auf ihre Erfüllung schon verzichtet hatte. Das ist eine zu weitverbreitete Erfahrung, um in einem intelligenten Menschen länger anhaltende Enttäuschung hervorzurufen, aber immerhin vermag sie zu irritieren. Es war nicht der Verlust seiner Freiheit, was ihn schreckte; die Menschen, die darüber am meisten lamentieren, sind für gewöhnlich am unfreiesten. Sehr viel schwerer erträglich war der Gedanke, seine Privatsphäre aufgeben zu müssen. Und auch mit dem Verlust der körperlichen Privatsphäre war es schwer sich abzufinden. Während er mit den Fingern die Schnitzerei des Chorpults aus dem 15. Jahrhundert betastete, versuchte er sich auszumalen, wie das Leben in der Wohnung in Queenhithe aussehen würde, wenn Deborah immer da wäre – nicht mehr die ungeduldig erwartete Besucherin, sondern Teil seines Lebens, seine amtlich verbriefte nächste gesetzliche Verwandte.

Es war ein denkbar ungünstiger Zeitpunkt im Yard gewesen, mit persönlichen Problemen belastet zu sein. Man hatte vor kurzem eine größere Umstrukturierung vorgenommen, die zu den unvermeidlichen Störungen sowohl in den persönlichen Loyalitäten als auch im Arbeitsablauf und, wie zu erwarten, zu einem gehörigen Quantum an Gerüchten und Mißmut führte. Und von einer Arbeitsentlastung konnte keine Rede sein. Die meisten ranghöheren Beamten arbeiteten bereits vierzehn Stunden am Tag. Sein letzter Fall war, obwohl er ihn erfolgreich abgeschlossen hatte, besonders enervierend gewesen. Ein Kind war ermordet worden, und die Ermittlungen waren auf eine Menschenjagd der Art hinausgelaufen, wie sie ihm am meisten zuwider war und wie sie seinem Wesen am wenigsten entsprach – eine stumpfsinnige, zähe Suche nach Indizien, ausgeführt im Scheinwerferlicht der Öffentlichkeit und behindert durch die Angst und Hysterie aller von den Ermittlungen Betroffenen. Die Eltern des Kindes hatten sich, nach jedem Trost und jedem Hoffnungsschimmer schnappend, an ihn geklammert wie Ertrinkende, und er konnte die Last ihres Leids und ihres Schuldbewußtseins noch immer fast körperlich spüren. Das war nichts Neues für ihn. Man hatte von ihm erwartet, daß er zugleich Tröster und Beichtvater, Richter und Rächer war. Er hatte an ihrem Schmerz keinen persönlichen Anteil genommen und hatte aus diesem Detachement wie immer seine Kraft geschöpft, so, wie manche seiner Kollegen im gleichen Fall die ihre aus der Wut und Verbissenheit ihres Engagements bezogen hätten. Aber die Anstrengungen des Falls steckten ihm noch immer in den Knochen, und es würde schon etwas mehr als die Herbstwinde von Suffolk nötig sein, um bestimmte Gedanken aus seinem Kopf zu vertreiben. Keine vernünftige Frau hätte erwarten können, daß er ihr mitten in den Ermittlungen einen Heiratsantrag macht, und auch Deborah hatte das nicht getan. Daß er Zeit und Kraft gefunden hatte, wenige Tage vor der Festnahme seinen zweiten Gedichtband fertigzustellen, war eine Sache, die keiner von ihnen beiden erwähnt hatte. Er war entsetzt, als er sich eingestehen mußte, daß sogar die Ausübung eines minderen Talents zum Alibi für Selbstsucht und Trägheit gemacht werden konnte. Er war in letzter Zeit ein bißchen mit sich zerfallen gewesen, und es war vielleicht optimistisch zu hoffen, daß dieser Urlaub darin eine Änderung bewirken könnte.

Eine halbe Stunde später schloß er leise die Kirchentür hinter sich und machte sich auf, die letzten paar Kilometer nach Monksmere zurückzulegen. Er hatte seiner Tante geschrieben, daß er voraussichtlich um halb drei bei ihr ankommen würde, und mit ein wenig Glück würde er fast pünktlich sein. Wenn seine Tante, wie gewohnt, um halb drei aus dem Haus trat, würde sie seinen Cooper Bristol gerade in die Landspitze einfahren sehen. Er dachte mit Zuneigung an ihre hohe eckige wartende Gestalt. Es gab nicht viel Außergewöhnliches in ihrer Lebensgeschichte, und das meiste davon hatte er sich entweder zusammengereimt oder als kleiner Junge aus unbedachten Äußerungen seiner Mutter aufgeschnappt, oder es hatte ganz einfach zu den selbstverständlichen

Tatsachen seiner Kindheit gehört. Ihr Verlobter war 1918, genau ein halbes Jahr vor dem Waffenstillstand, gefallen, als sie noch ein junges Mädchen war. Ihre Mutter war eine zarte, verwöhnte Schönheit, die denkbar schlechteste Frau für einen gelehrten Landgeistlichen, wie sie selber häufig zugab, offenbar in der Annahme, daß diese Aufrichtigkeit schon im voraus den nächsten Ausbruch von Selbstsucht und Überspanntheit sowohl rechtfertigen als auch entschuldigen würde. Es mißfiel ihr, andere Menschen leiden zu sehen, weil sie dadurch vorübergehend interessanter waren als sie selbst, und sie beschloß, den Tod des jungen Captain Maskell sehr schwerzunehmen. Wie sehr ihre sensible, verschlossene und ziemlich schwierige Tochter auch litt, es mußte deutlich zu sehen sein, daß die Mutter noch mehr litt; und drei Wochen, nachdem sie das Telegramm bekommen hatten, starb sie an einer Grippe. Es war zweifelhaft, ob es in ihrer Absicht gelegen hatte, so weit zu gehen, aber sie wäre mit dem Ergebnis bestimmt zufrieden gewesen. Ihr verstörter Mann vergaß über Nacht den ganzen Ärger und Kummer seiner Ehe und erinnerte sich nur an die Fröhlichkeit und die Schönheit seiner Frau. Es war natürlich undenkbar, daß er wieder heiraten würde, und er tat es auch nicht. Jane Dalgliesh, an deren eigenen Verlust zu denken jetzt niemand die Zeit hatte, nahm den Platz ihrer Mutter als Hausfrau im Pfarrhaus ein und blieb bei ihrem Vater bis zu seiner Pensionierung 1945 und seinem Tod zehn Jahre später. Sie war eine überaus intelligente Frau, und wenn sie den jährlichen Kreislauf der Hauswirtschaft und die Arbeit in der Pfarrgemeinde – voraussehbar und unabwendlich wie das liturgische Jahr – unbefriedigend fand, so verlor sie jedenfalls keinen Ton darüber. Ihr Vater war von der äußersten Wichtigkeit seines Berufs so überzeugt, daß ihm gar nicht in den Sinn kam, irgend jemandes Talente könnten in seinen Diensten vergeudet sein. Jane Dalgliesh, von den Gemeindemitgliedern geachtet, aber nie geliebt, tat, was zu tun war, und tröstete sich mit dem Studium von Vögeln. Nach dem Tod ihres Vaters brachten ihr die Arbeiten, die sie veröffentlichte, einige Anerkennung; und mit der Zeit wurde sie mit ihrem «kleinen Hobby», wie die Gemeinde es herablassend bezeichnete, zu einem der meistbeachteten Amateurornithologen. Vor etwas mehr als fünf Jahren hatte sie ihr Haus in Lincolnshire verkauft und Pentlands, ein massives Landhaus am Rand von Monksmere Head, erworben. Und hier besuchte Dalgliesh sie mindestens zweimal im Jahr.

Es waren keine reinen Pflichtbesuche, obwohl er sich bis zu einem gewissen Grad für seine Tante verantwortlich gefühlt hätte, wenn ihre Selbstgenügsamkeit nicht so offenkundig gewesen wäre, daß es manchmal schon fast wie eine Zudringlichkeit erschien, Zuneigung zu äußern. Aber diese Zuneigung bestand, und das wußten sie beide. Er freute sich schon auf das Wohlgefühl, sie zu sehen, auf das ungetrübte Vergnügen von Ferien in Monksmere.

In dem großen Kamin würde ein Feuer aus Treibholzscheiten brennen und mit seinem Duft das ganze Haus erfüllen; davor der hochlehnige Sessel, der früher in dem Pfarrhaus, wo er geboren war, im Arbeitszimmer seines Vaters gestanden hatte und dessen Leder nach Kindheit roch. Ein sparsam möbliertes Zimmer mit Blick auf Meer und Himmel erwartete ihn, dazu ein schmales, aber bequemes Bett, dessen Laken der schwache Geruch von Holzrauch und Lavendel anhaftete, sowie Unmengen heißes Wasser und eine Badewanne, die lang genug war, daß ein Mann von einem Meter fünfundachtzig sich bequem darin ausstrecken konnte. Seine Tante war selbst einen Meter achtzig groß und fand ein fast männliches Gefallen an den unverzichtbaren Annehmlichkeiten des Lebens. Aber zuerst würde es Tee am Kamin geben und heißen Toast und selbsteingemachtes Fleisch. Und das Beste von allem: es gab keine Leichen und keine Gespräche darüber. Er vermutete, daß Jane Dalgliesh es seltsam fand, daß ein intelligenter Mensch sich dafür entschied, seinen Lebensunterhalt mit der Ergreifung von Mördern zu verdienen, und sie war nicht die Frau, die Interesse heuchelte, wo sie keines empfand. Sie stellte keinerlei Forderungen, nicht einmal die nach Zuneigung, und war deshalb die einzige Frau auf der Welt, mit der er sich in einem Zustand absoluter Harmonie befand. Er wußte genau, was ihm diese Ferien bieten würden. Sie würden schweigend den festen, feuchten Sandstreifen zwischen dem Meer und den kiesbedeckten Erhebungen des Strands entlangwandern. Er würde ihre Zeichenutensilien tragen, sie würde mit großen Schritten, die Hände in die Jackentaschen vergraben, ein wenig vorausgehen, um Ausschau zu halten, wo sich Steinschmätzer, von den Steinen kaum zu unterscheiden, auf dem Kies niedergelassen hatten, oder um den Flug von Seeschwalben oder Regenpfeifern zu verfolgen. Die ganze Zeit über würde es ruhig und friedlich und völlig unanstrengend zugehen, und nach Ablauf von zehn Tagen würde er erholt nach London zurückkehren.

Er fuhr jetzt durch den Wald von Dunwich, wo die Straße zu beiden Seiten von Schwarztannenschonungen gesäumt wurde. Er meinte, jetzt das Meer riechen zu können, und der salzige Geruch, den der Wind ihm zutrug, war durchdringender als der bittere Duft der Bäume. Sein Herz hüpfte vor Freude. Er fühlte sich wie ein Kind, das nach Hause kommt. Und nun endete der Wald, ein Drahtzaun zog eine scharfe Trennungslinie zwischen dem düsteren Dunkelgrün der Tannen und den Aquarellfarben der Felder und Hecken. Dann blieben auch die hinter ihm zurück, und er fuhr durch eine Heidelandschaft voll Stechginster und Erika auf Dunwich zu. Als er das Dorf erreichte und nach rechts den Hügel hinauffuhr, der an die Umfassungsmauer eines verfallenen Franziskanerklosters grenzte, ertönte das Heulen einer Autohupe, und ein Jaguar schoß mit hoher Geschwindigkeit an ihm vorbei. Er hatte kaum Zeit, einen dunklen Kopf und eine grüßend erhobene Hand wahrzunehmen, da war der Wagen, mit einem Hupen zum Abschied, auch schon wieder verschwunden. Aha, der Theaterkritiker Oliver Latham war übers Wochenende in seinem Landhaus. Das konnte Dalgliesh kaum stören, denn Latham kam nicht nach Suffolk, um Gesellschaft zu suchen. Wie sein nächster Nachbar Justin Bryce benutzte er sein Landhaus dazu, um sich von London und wohl auch von anderen Menschen zurückzuziehen, obwohl er nicht so oft in Monksmere war wie Bryce. Dalgliesh hatte ihn ein- oder zweimal gesehen, dabei war ihm eine Unruhe und Gespanntheit an ihm aufgefallen, die er bei sich selbst in gewissem Maße wiedererkannte. Latham hatte eine Vorliebe für rasante Wagen und eine rasante Fahrweise, und Dalgliesh vermutete, daß es die Fahrten zwischen London und Monksmere waren, bei denen er sich entspannte. Es war schwer, sich vorzustellen, warum er sonst hierherkam. Er kam nicht oft, brachte nie seine Frauenbekanntschaften mit, hatte kein Interesse an der Einrichtung des Hauses und benutzte es hauptsächlich als Ausgangspunkt für seine wilden Fahrten, die so halsbrecherisch und unkontrolliert waren, daß sie wie eine Art Dampfablassen wirkten.

Als Haus Rosemary an der Kurve vor ihm auftauchte, fuhr Dalgliesh schneller. Er hatte wenig Hoffnung, unbemerkt vorbeizukommen, aber zumindest konnte er ein solches Tempo vorlegen, daß kein Mensch von ihm erwarten konnte, daß er anhielt. Im Vorbeipreschen hatte er gerade noch Zeit, aus den Augenwinkeln ein Gesicht an einem der Fenster im oberen Stock wahrzunehmen. Na ja, das war zu erwarten gewesen. Celia Calthrop betrachtete sich als Wortführerin der kleinen Gemeinschaft von Monksmere und hatte gewisse Pflichten und Privilegien für sich reklamiert. Wenn ihre Nachbarn so schlecht beraten waren, sie über ihr Kommen und Gehen und das ihrer Besucher nicht zu informieren, dann war sie eben gern bereit, einige Umstände in Kauf zu nehmen, um sich selbst auf dem laufenden zu halten. Sie hatte ein feines Ohr für näherkommende Autos, und die Lage ihres Hauses, genau an der Stelle, wo der holprige Weg von der Landspitze auf die Straße nach Dunwich stieß, gab ihr reichlich Gelegenheit, die Dinge im Auge zu behalten.

Miss Calthrop hatte Brodies Scheune, von ihr in Haus Rosemary umbenannt, vor zwölf Jahren gekauft. Sie hatte es billig bekommen; und mittels sanftem, doch beharrlichem Druck auf die Handwerker des Ortes, war es ihr gelungen, das nette, wenn auch verkommene Massivhaus ebenso billig zu dem Wohnideal umzubauen, von dem ihre Leserinnen träumten. In Frauenzeitschriften figurierte es oft als «Celia Calthrops reizender Landsitz in Suffolk, wo sie inmitten des ländlichen Friedens die entzückenden Liebesromane schreibt, die unsere Leserinnen so begeistern». Innen war Haus Rosemary auf seine kitschige und überkandidelte Weise sehr gemütlich; außen hatte es alles, wovon seine Besitzerin meinte, daß es zu einem echten Landhaus gehört – ein Strohdach (leider ziemlich kostspielig, was Versicherung und Instandhaltung betraf), ein Kräutergärtchen (das allerdings ziemlich schlimm aussah, Miss Calthrop hatte keine glückliche Hand mit Kräutern), einen kleinen künstlich angelegten Teich (der im Sommer einen üblen Geruch verbreitete) und einen Taubenschlag (aber die Tauben weigerten sich hartnäckig, ihn zu benutzen). Es gab auch einen gepflegten Rasen, auf den der «kleine Schriftstellerkreis» – ein Ausdruck, den Celia geprägt hatte – im Sommer zum Tee eingeladen wurde. Zuerst war Jane Dalgliesh von diesen Einladungen ausgeschlossen gewesen, nicht weil sie keinen Anspruch erhob, als Schriftstellerin zu gelten, sondern weil sie eine alleinstehende alte Jungfer und darum auf Miss Calthrops Wertskala ein gesellschaftlicher und sexueller Versager war, der nur eine herablassende Freundlichkeit verdiente. Dann entdeckte Miss Calthrop, daß ihre Nachbarin für eine bemerkenswerte Frau gehalten wurde, und zwar von Leuten, die sehr wohl imstande waren, das zu beurteilen, und daß die Männer, die gegen jede Anstandsregel in Pentlands zu Gast waren und die man dabei antreffen konnte, wie sie in fröhlicher Gemeinsamkeit mit ihrer Gastgeberin am Strand entlangstapften, oft selber bemerkenswert waren. Eine weitere Entdekkung war noch überraschender. Jane Dalgliesh speiste mit R. B. Sinclair in Haus Priory. Nicht alle, die Sinclairs drei große Romane bewunderten, von denen der letzte vor über dreißig Jahren entstanden war, wußten, daß er noch lebte. Und nur selten wurde jemand bei ihm zum Essen eingeladen. Miss Calthrop war nicht die Frau, die eigensinnig an einem Irrtum festhielt, und so wurde Miss Dalgliesh über Nacht zur «lieben Jane». Diese fuhr ihrerseits fort, ihre Nachbarin «Miss Calthrop» zu nennen, und die neuerwachte Freundschaft fiel ihr ebensowenig auf, wie ihr vorher die Geringschätzigkeit aufgefallen war. Dalgliesh wußte nie genau, was sie wirklich von Celia hielt. Sie sprach kaum über ihre Nachbarn, und die Frauen waren zu selten zusammen, als daß er es hätte beurteilen können.

Der holprige Weg, der über Monksmere Head nach Pentlands führte, war kaum fünfzig Meter von Haus Rosemary entfernt. Er war gewöhnlich durch ein schweres Holzgatter versperrt, das aber heute offen stand und tief in die hohe Brombeer- und Holunderhecke einschnitt. Der Wagen holperte langsam über die Schlaglöcher, zwischen den gemähten Wiesen dahin, die bald in Grasland und schließlich in Farnkraut übergingen. Er fuhr an dem massiven

Doppelhaus vorbei, das Latham und Justin Bryce gehörte, aber von beiden war nichts zu sehen, obwohl Lathams Jaguar vor der Haustür stand und ein dünnes Rauchwölkchen aus Bryces Schornstein stieg. Jetzt führte der Weg in Windungen bergan, und plötzlich lag die ganze Landspitze offen vor ihm, erstreckte sich purpurn und golden bis hin zur Steilküste und zum schimmernden Meer. Oben angekommen, hielt Dalgliesh an, um sich umzusehen und zu lauschen. Der Herbst war ihm nie die liebste Jahreszeit gewesen, aber in diesem Augenblick, als der Motor schwieg, hätte er den sanften Frieden nicht eintauschen mögen gegen die kräftigeren Eindrücke des Frühlings. Die Heide begann allmählich zu verblassen, aber der Ginster war im zweiten Flor genauso üppig und golden wie in seiner ersten Blütenpracht im Mai. Dahinter lag purpurn, azuren und braungestreift das Meer, und nach Süden hin fügte die dunstüberhangene Marsch des Vogelschutzgebiets ihre sanfteren Grün- und Blautöne dem Bild hinzu. Die Luft roch nach Heidekraut und Holzfeuer, den unvermeidlichen, erinnerungsträchtigen Gerüchen des Herbstes. Es war kaum glaublich, dachte Dalgliesh, daß man auf ein Schlachtfeld blickte, wo das Land seit nahezu neunhundert Jahren seinen aussichtslosen Kampf gegen das Meer führte; kaum vorzustellen, daß unter der trügerischen Ruhe des leicht gekräuselten Wassers die neun versunkenen Kirchen des alten Dunwich lagen. Jetzt standen nur noch ein paar Gebäude auf der Landspitze und nicht alle davon waren alt. Im Norden konnte Dalgliesh gerade noch die niedrigen Mauern von Haus Seton erkennen, kaum mehr als ein Auswuchs am Rande der Steilkante, das der Kriminalschriftsteller Maurice Seton passend zu seinem eigenbrötlerischen Leben gebaut hatte. Einen guten halben Kilometer nach Süden hin erhoben sich die hohen viereckigen Mauern von Haus Priory wie eine letzte Bastion gegen das Meer, und ganz am Ende des Vogelschutzgebiets schien Haus Pentlands am Rand des Nichts zu hängen. Während er den Blick über die Landspitze schweifen ließ, kam auf dem Weg im äußersten Norden ein Einspänner in Sicht und zockelte fröhlich über den Ginster auf Haus Priory zu. Dalgliesh sah eine gedrungene kleine Gestalt, die zusammengekauert auf dem Kutschbock saß, die Peitsche, zierlich wie eine Gerte, aufrecht an der Seite. Das mußte R. B. Sinclairs Haushälterin sein, die ihre Einkäufe nach Hause brachte. Etwas zauberhaft Heimatliches lag in der Erscheinung dieses lustigen kleinen Gefährts, und Dalgliesh beobachtete es mit Vergnügen, bis es im Schutz der Bäume verschwand, hinter denen Haus Priory halb verborgen lag. In diesem Augenblick erschien seine Tante vor ihrem Haus und blickte über die Landspitze. Dalgliesh sah auf die Armbanduhr. Es war drei Minuten nach halb drei. Er trat die Kupplung durch, und der Cooper Bristol holperte langsam den Weg entlang auf sie zu.

3

Oliver Latham beobachtete, unwillkürlich ins Dunkel des Zimmers im oberen Stock zurücktretend, wie der Wagen gemächlich die Landspitze hinaufschaukelte und brach in lautes Lachen aus. Dann verstummte er plötzlich, durch das explosionsartige Geräusch zum Schweigen gebracht, das sein Lachen in der Stille des Hauses verursacht hatte. Aber das war zuviel! Scotland Yards Wunderknabe, dem noch der Geruch seines jüngsten blutigen Zeitvertreibs anhaftete, war prompt auf sein Stichwort hin gekommen. Der Wagen blieb jetzt auf dem Kamm der Landspitze stehen. Es wäre schön gewesen, wenn der verfluchte Cooper Bristol endlich seinen Geist aufgegeben hätte. Aber nein, es sah so aus, als hätte Dalgliesh nur gehalten, um die Aussicht zu bewundern. Der arme Narr genoß wahrscheinlich schon im voraus das Vergnügen, sich vierzehn Tage in Pentlands verwöhnen zu lassen. Na, auf den wartete eine Überraschung. Es war nur die Frage, ob es von ihm, Latham, klug war, dazubleiben und sich den Spaß anzusehen. Warum nicht? Er mußte erst am Donnerstag in einer Woche zur Premiere im Court Theatre wieder in der Stadt sein, und außerdem würde es komisch aussehen, wenn er jetzt, so kurz nach seiner Ankunft, schon wieder zurückraste. Außerdem war er neugierig. Er war am Mittwoch nach Monksmere gefahren, in der Erwartung sich zu langweilen. Aber jetzt versprach es mit ein bißchen Glück ein recht spannender Urlaub zu werden.

4

Alice Kerrison lenkte den Einspänner hinter die Baumreihe, die Haus Priory gegen den nördlichen Teil der Landspitze abschirmte, sprang vom Sitz und führte die Stute durch den breiten verfallenen Torweg zu den Stallungen aus dem 16. Jahrhundert. Während sie mit Ausspannen beschäftigt war, wobei sie vor Anstrengung ein wenig stöhnte, ließ sie in ihrem aufs Praktische gerichteten Sinn die morgendliche Arbeit noch einmal mit Befriedigung an sich vorüberziehen und freute sich auf die kleinen häuslichen Annehmlichkeiten, die sie noch vor sich hatte. Zuerst würden sie zusammen Tee trinken, stark und sehr süß, wie Mr. Sinclair ihn liebte, und dabei vor dem großen Feuer in der Diele sitzen. Selbst an einem warmen Herbsttag liebte Mr. Sinclair sein Feuer. Und dann, bevor die Dämmerung hereinbrach und die Nebel stiegen, würden sie zusammen ihren täglichen Gang über die Landspitze machen. Und es würde kein zielloser Spaziergang sein. Da war noch etwas zu begraben. Es war doch immer angenehm, wenn man eine konkrete Aufgabe hatte, und Mr. Sinclair mochte so klug daherreden, wie er wollte, menschliche Körperteile, wie unvollständig sie auch sein mochten, blieben doch immer menschliche Körperteile und hatten Anspruch auf Respekt. Außerdem wurde es höchste Zeit, daß sie aus dem Haus kamen.

5

Es war fast halb neun, und Dalgliesh saß mit seiner Tante in einträchtigem Schweigen im Wohnzimmer vorm Feuer. Der Raum, der fast das ganze Erdgeschoß von Pentlands einnahm, hatte Steinmauern, auf denen ein niedriges, von enormen Eichenbalken gestütztes Dach ruhte, und einen Fußboden aus quadratischen roten Ziegelsteinen. Vor dem offenen Kamin, in dem ein Holzfeuer knackte und fauchte, lag ein ordentlich aufgeschichteter Stapel Treibholz zum Trocknen. Der Geruch des Feuers zog wie Räucherwerk durchs Haus; und das endlose Branden des Meeres ließ die

Luft erbeben. Es fiel Dalgliesh schwer, in diesem gleichförmigen, einschläfernden Frieden wachzubleiben. Ihm hatten schon immer Kontraste gefallen, sowohl in der Kunst wie in der Natur, und in Pentlands stellte sich, wenn es erst einmal Nacht geworden war, der lustvolle Kontrast mühelos von selber ein. Im Haus war es hell und warm, da war die ganze Behaglichkeit häuslicher Zivilisation; draußen, unter den tiefhängenden Wolken, war es dunkel, einsam, geheimnisvoll. Er stellte sich die Küste, etwa dreißig Meter unter ihnen, vor, wo das Meer seinen Spitzensaum über den kühlen festen Strand breitete; und im Süden das Vogelschutzgebiet von Monksmere, lautlos unter dem nächtlichen Himmel, wo sich im reglosen Wasser kaum das Schilf bewegte.

Während er die Beine zum Feuer streckte und den Kopf an der hohen Sessellehne in eine bequemere Lage rückte, sah er zu seiner Tante hinüber. Sie saß wie immer sehr aufrecht da, und trotzdem wirkte diese Haltung ganz entspannt. Sie strickte an einem Paar hellroter Wollsocken, von denen Dalgliesh nicht hoffte, daß sie für ihn bestimmt waren. Er hielt es für unwahrscheinlich. Seine Tante neigte nicht zu derartig familiären Liebesbeweisen. Das Feuer warf einen roten Schein auf ihr Gesicht, das lang, braun und scharfgeschnitten war wie das einer Aztekin; die Augen waren von den Lidern verdeckt, die Nase war lang und gerade über einem ausdrucksvollen Mund. Ihr Haar war jetzt eisengrau und im Nacken zu einem großen Knoten geschlungen. Es war ein Gesicht, das er von Kindheit an kannte. Nie war ihm an ihr eine Veränderung aufgefallen. Oben in ihrem Zimmer gab es, achtlos in eine Ecke des Spiegels gesteckt, eine verblaßte Fotografie von ihr und ihrem toten Verlobten aus dem Jahr 1916. Dalgliesh mußte jetzt daran denken: an den jungen Mann mit den Breeches und der verbeulten Schirmmütze, der ihm früher immer ein bißchen lächerlich vorgekommen war, der aber heute für ihn das Glück und Leid einer längst vergangenen Zeit verkörperte; an das Mädchen, das einen Fingerbreit größer war als er und sich ihm mit jugendlich unbeholfener Anmut zuneigte, das offene Haar von einem Band zusammengehalten, die Füße in spitzen Schuhen, die unter dem schmalen langen Rock hervorlugten. Jane Dalgliesh hatte ihm nie von ihrer Jugend erzählt, und er hatte sie nie danach gefragt. Sie war die selbstgenügsamste, unsentimentalste Frau, die er kannte. Dalgliesh fragte sich, wie Deborah wohl mit ihr auskommen würde, was die beiden Frauen voneinander halten würden. Es war schwierig, sich Deborah in einer anderen Umgebung als London vorzustellen. Seit dem Tod ihrer Mutter fuhr sie kaum noch nach Hause, und aus Gründen, die sie beide nur zu gut verstanden, war er nie mehr mit ihr nach Martingale gefahren. Er konnte sie sich heute nur noch vor dem Hintergrund seiner Stadtwohnung, irgendwelcher Restaurants, Theaterfoyers und ihrer Lieblingskneipen vorstellen. Er hatte sich daran gewöhnt, sein Leben auf verschiedenen Ebenen zu führen. Deborah hatte keinen Anteil an seinem Beruf und gehörte bis jetzt auch noch nicht zu Pentlands. Wenn er sie aber heiratete, würde es unvermeidbar sein, daß sie an beidem bis zu einem gewissen Grad teilhatte. Irgendwie war ihm klar, daß er sich in diesen kurzen Ferien entscheiden mußte, ob er das wirklich wollte.

Jane Dalgliesh sagte:

«Möchtest du ein bißchen Musik hören? Ich habe eine neue Platte von Mahler.»

Dalgliesh war nicht musikalisch, aber er wußte, daß seine Tante eine große Musikliebhaberin war, und es gehörte mittlerweile zu einem Ferienaufenthalt in Pentlands mit dazu, daß sie sich gemeinsam ihre Schallplatten anhörten. Ihr Wissen und ihre Begeisterung waren ansteckend; er begann allmählich Entdeckungen zu machen. Und in seiner augenblicklichen Stimmung war er sogar bereit, es mit Mahler zu versuchen.

In dem Augenblick hörten sie den Wagen.

«O Gott», sagte er. «Wer ist das? Hoffentlich nicht Celia Calthrop.» Miss Calthrop war groß darin, ungebeten bei anderen Leuten hereinzuschneien, wenn sie nicht energisch daran gehindert wurde, denn sie war ständig dabei, dem Einzelgängertum von Monksmere die anheimelnden Gepflogenheiten kleinstädtischer Geselligkeit aufzunötigen. Besonders gern stellte sie sich immer dann ein, wenn Dalgliesh zu Besuch war. Ein gutaussehender, unverheirateter Mann war Freiwild in ihren Augen. Und wenn sie ihn nicht für sich selber haben wollte, irgend jemand würde ihn schon wollen – sie haßte es, etwas umkommen zu lassen. Bei einem seiner Besuche hatte sie tatsächlich eine Cocktailparty für ihn gegeben. Damals hatte es ihm sogar gefallen, und er war fasziniert gewesen von der Absurdität dieser Veranstaltung. Die kleine Schar aus Monksmere hatte in Celias rosa-weißem Salon belegte Brote vertilgt, billigen Sherry getrunken und Konversation gemacht, als träfe man sich zum erstenmal, während draußen ein Sturm über die Landspitze heulte und in der Diele Südwester und Sturmlaternen bereitgestellt wurden. Da hatte es wirklich Kontraste gegeben. Aber man sollte daraus keine Gewohnheit machen.

Jane Dalgliesh sagte:

«Das hört sich an wie Miss Calthrops Morris. Vielleicht kommt sie mit ihrer Nichte vorbei. Elizabeth ist aus Cambridge gekommen, um sich von einem Drüsenfieber zu erholen. Ich glaube, sie ist seit gestern da.»

«Dann gehört sie aber ins Bett. Das klingt so, als wären es mehr als zwei. Ist das nicht die quäkende Stimme von Justin Bryce?»

Tatsächlich. Als Miss Dalgliesh die Tür aufmachte, sahen sie durch die Flurfenster die beiden Scheinwerfer des Autos und ein Durcheinander schwarzer Silhouetten, die sich allmählich wieder in bekannte Gestalten verwandelten. Es sah fast so aus, als wollte ganz Monksmere seine Tante besuchen. Sogar Sylvia Kedge, Maurice Setons verkrüppelte Sekretärin, war dabei und bewegte sich auf ihren Krücken langsam auf den Lichtschein zu, der durch die offene Tür nach draußen fiel. Miss Calthrop ging langsam neben ihr her, wie um sie zu stützen. Hinter ihnen Justin Bryce, der noch immer irgend etwas Unzusammenhängendes in die Nacht hinausquäkte. Neben ihm tauchte die große Gestalt von Oliver Latham auf. Als letzte von allen kam, widerwillig und verdrossen, Elizabeth Marley, die Schultern gekrümmt, die Hände tief in die Jackentaschen vergraben. Sie schlenderte den Weg entlang und blickte dabei nach rechts und links in die Dunkelheit, als wolle sie sich von der restlichen Gesellschaft distanzieren. Bryce rief aus:

«Guten Abend, Miss Dalgliesh. Guten Abend, Adam. Bitte, machen Sie mich nicht verantwortlich für diese Invasion. Das war einzig und allein Celias Idee. Wir sind gekommen, meine Lieben, um uns einen fachmännischen Rat zu holen. Wir alle, außer Oliver. Den haben wir unterwegs getroffen, und er ist nur gekommen, um sich ein bißchen Kaffee zu leihen. Jedenfalls sagt er das.»

Latham sagte ruhig:

«Ich habe vergessen, mir Kaffee zu kaufen, als ich gestern in der Stadt weggefahren bin. Deshalb habe ich beschlossen, zu dem einzigen Nachbarn zu gehen, von dem ich annehmen konnte, daß er einen anständigen Kaffee im Hause hat und der mir nicht sofort mit einer Standpauke über meine schludrige Haushaltsführung aufwarten würde. Wenn ich allerdings gewußt hätte, daß hier eine Party im Gange ist, hätte ich bis morgen gewartet.»

Aber er zeigte keinerlei Neigung zu gehen.

Sie kamen herein, blinzelten im Licht und brachten einen Schwall kalter Luft mit nach drinnen, die den weißen Holzrauch in Schwaden durchs Zimmer trieb. Celia Calthrop ging schnurstracks zu Dalglieshs Sessel und setzte sich dort in Positur, als wolle sie eine abendliche Huldigung entgegennehmen. Ihre eleganten Beine und Füße, sorgfältig ins rechte Licht gerückt, standen in krassem Gegensatz zu dem plumpen, kräftig geschnürten Körper mit dem hohen Busen und den schwabbligen, fleckigen Armen. Dalgliesh schätzte, daß sie Ende Vierzig war, aber sie sah älter aus. Sie war wie immer stark, aber sehr gekonnt geschminkt. Der kleine füchsische Mund war dunkelrot, auf den Lidern über den tiefliegenden, schrägstehenden Augen, die dem Gesicht einen Ausdruck falscher Intellektualität verliehen, der auf Pressefotos noch besonders hervorgehoben wurde, lagen blaue Lidschatten, und an den Wimpern klebte dick die Wimperntusche. Sie nahm den Chiffonschal vom Kopf und enthüllte die neueste Leistung ihres Friseurs, wobei durch das Haar, das so fein war wie Babyflaum, auf fast obszöne Weise die glatte rosige Kopfhaut hindurchschimmerte.

Dalgliesh hatte ihre Nichte bis dahin erst zweimal gesehen, und als er ihr jetzt die Hand gab, dachte er, daß Cambridge sie nicht verändert hatte. Sie war noch immer das derbe, verdrossene Mädchen, an das er sich erinnerte. Das Gesicht war nicht unintelligent und hätte sogar ganz anziehend sein können, wenn es nur einen Funken Temperament verraten hätte.

Mit dem Frieden im Zimmer war es nun vorbei. Dalgliesh dachte, daß es erstaunlich war, wieviel Lärm sieben Leute machen konnten. Es gab die übliche Prozedur, mit der Sylvia Kedge auf ihrem Stuhl zurechtgerückt wurde – unter der strengen Aufsicht von Miss Calthrop, die aber selber nicht mit Hand anlegte. Man hätte das Mädchen ungewöhnlich, vielleicht sogar schön nennen können, wenn da nicht die häßlich verkrümmten, in Schienen steckenden Beine, die muskulösen Schultern und die von den Krücken deformierten, männlich wirkenden Hände gewesen wären. Das Gesicht war lang und bräunlich wie das einer Zigeunerin und von glatten schwarzen Haaren umrahmt, die von einem Mittelscheitel aus auf die Schultern herabfielen. Es war ein Gesicht, in dem sich durchaus Festigkeit und Charakter hätte widerspiegeln können, wenn sie ihm nicht den Ausdruck mitleidheischender Unterwürfigkeit gegeben hätte, eine Leidensmiene, die ein stilles und klagloses Sich-Fügen signalisierte, das nur schlecht zu ihrer hohen Stirn passen wollte. Die großen schwarzen Augen hatten Übung darin, Mitleid zu erregen. Sie verstärkte jetzt die allgemeine Unruhe, indem sie versicherte, sie sitze ganz bequem, obwohl das offensichtlich nicht der Fall war, während sie zugleich mit flehentlicher Sanftheit, die einem Befehl gleichkam, darum bat, daß ihre Krücken in Reichweite gestellt würden, auch wenn das bedeutete, daß sie unsicher gegen ihre Knie gelehnt werden mußten; so rief sie den Anwesenden ganz allgemein die unbehagliche Tatsache ins Bewußtsein, daß sie sich unverdienter Gesundheit erfreuten. Dalgliesh hatte sich dieses Schauspiel schon bei früheren Gelegenheiten angesehen, aber heute abend hatte er das Gefühl, daß sie nicht mit ganzem Herzen dabei war, daß es fast mechanisch ablief. Zum erstenmal sah das Mädchen wirklich krank und gequält aus. Ihre Augen waren leblos wie Steine, und von den Nasenflügeln zogen sich tiefe Falten zu den Mundwinkeln. Sie sah aus, als brauchte sie dringend Schlaf, und als er ihr ein Glas Sherry reichte, sah er, daß ihre Hand zitterte. In einem Anflug aufrichtigen Mitgefühls legte er seine Finger um ihre und hielt das Glas fest, bis es aufhörte zu schwanken und sie trinken konnte. Er lächelte sie an und fragte freundlich:

«Na, wo fehlt's denn? Kann ich Ihnen irgendwie helfen?»

Aber Celia Calthrop betrachtete sich als Wortführerin.

«Es ist sehr häßlich von uns, daß wir alle hierherkommen und Sie und Jane an Ihrem ersten gemeinsamen Abend stören. Ich weiß das. Aber wir machen uns große Sorgen. Zumindest Sylvia und ich. Wir sind zutiefst beunruhigt.»

«Wohingegen ich für meinen Teil», sagte Justin Bryce, «weniger beunruhigt bin als gespannt, um nicht zu sagen hoffnungsvoll. Maurice Seton ist verschwunden. Ich fürchte ja, daß es nur ein Publicity-Gag für sein neues Buch ist und daß wir ihn nur zu bald wieder hier unter uns sehen werden. Aber beschäftigen wir uns nicht mit dieser traurigen Aussicht.»

Er sah allerdings alles andere als traurig aus, wie er da, einer bösartigen Schildkröte gleich, auf seinem Hocker vor dem Kamin saß und den langen Hals dem Feuer entgegenreckte. Er hatte in seiner Jugend einen eindrucksvollen Kopf gehabt mit hohen Bakkenknochen, einem großen ausdrucksvollen Mund und riesigen, leuchtenden grauen Augen unter den schweren Lidern. Aber inzwischen war er fünfzig und auf dem besten Wege, eine Witzfigur zu werden. Obwohl seine Augen sogar noch größer wirkten, waren sie weniger strahlend und tränten ständig, als kämpfte er unaufhörlich gegen einen starken Wind. Das dünne Haar war fahl und strohig geworden. Die Knochen traten unter der Haut hervor und ließen den Kopf wie einen Totenschädel erscheinen. Nur die Hände waren unverändert. Er streckte sie jetzt zum Feuer – glatt, zart und weiß wie Mädchenhände. Er lächelte Dalgliesh an:

«Vermißt, aber wahrscheinlich am Leben und außer Gefahr. Ein Kriminalromanschriftsteller mittleren Alters. Nervös veranlagt. Schmächtig. Schmale Nase. Vorstehende Zähne. Schütteres Haar. Hervortretender Adamsapfel. Der ehrliche Finder darf ihn behalten ... Und nun sind wir gekommen, um uns von Ihnen einen Rat zu holen, mein lieber Junge. Wo Sie sich doch gerade wieder einen neuen Triumph an Ihre Fahne heften können, wie ich höre. Sollen wir warten, bis Maurice wieder auftaucht, und so tun, als hätten wir gar nicht bemerkt, daß er verlorengegangen war? Oder sollen wir sein Spielchen mitspielen und die Polizei bitten, uns bei der Suche nach ihm zu helfen? Schließlich wäre es doch nur freundlich, ein bißchen mitzumachen, wenn es ein Werbegag ist. Der arme Maurice kann in dieser Hinsicht jede Unterstützung brauchen, die er kriegen kann.»

«Das ist keine Sache zum Witzereißen, Justin.» Miss Calthrop war sehr ernst. «Ich halte es für ausgeschlossen, daß es ein Werbegag ist. Sonst wäre ich nicht hierhergekommen und hätte Adam zu einer Zeit gestört, wo er einen ruhigen, friedlichen Urlaub dringend nötig hat, um sich von diesem aufreibenden Fall zu erholen. Unheimlich tüchtig von Ihnen, Adam, daß Sie ihn geschnappt haben, bevor er es nochmals tun konnte. Der ganze Fall macht mich krank, physisch krank! Und was wird nun mit ihm? Man steckt ihn ein paar Jahre auf Staatskosten ins Gefängnis und läßt ihn dann wieder raus, damit er ein anderes Kind umbringen kann. Sind wir denn alle verrückt in diesem Land? Ich verstehe nicht, warum man ihn nicht in Gnaden aufhängt und damit die ganze Sache zum Abschluß bringt.»

Dalgliesh war froh, daß sein Gesicht im Halbdunkel war. Er rief sich den Augenblick der Verhaftung wieder ins Gedächtnis. Pooley war so klein gewesen – klein, häßlich und übelriechend vor Angst. Seine Frau hatte ihn ein Jahr vorher verlassen, und der ungeschickte Flicken, der auf dem Ellbogen des billigen Jacketts Falten warf, war offensichtlich sein eigenes Werk. Dalgliesh hatte sich dabei ertappt, wie sein Blick von diesem Flicken festgehalten wurde, als sei er die Garantie dafür, daß Pooley trotz allem ein menschliches Wesen war. Na, die Bestie war jetzt hinter Gittern, und Presse und Öffentlichkeit hatten spontan die Arbeit der Polizei im allgemeinen sowie die von Inspektor Dalgliesh im besonderen in höchsten Tönen gelobt. Ein Psychotherapeut würde ihm sicher erklären können, warum er Schuldgefühle hatte. Das war für ihn nichts Neues, und er würde auf seine Weise damit fertig werden. Im übrigen, dachte er abschließend, hatte ihm das selten über längere Zeit Unbehagen bereitet und ihn noch nie dazu bewegen können, den Beruf zu wechseln. Aber der Teufel sollte ihn holen, wenn er mit Celia Calthrop über Pooley sprechen würde.

Vom anderen Ende des Raumes sah er den Blick seiner Tante auf sich gerichtet. Sie sagte ruhig:

«Und was genau soll mein Neffe jetzt Ihrer Meinung nach tun, Miss Calthrop? Sollte man nicht die hiesige Polizei verständigen, wenn Maurice Seton verschwunden ist?»

«Ja, soll man das tun? Genau das ist es ja, worüber wir uns den Kopf zerbrechen!» Miss Calthrop stürzte ihren Amontillado hinunter, als ob es Kochsherry wäre, und hielt automatisch ihr Glas hin, um es wieder füllen zu lassen.

«Möglicherweise ist Maurice mit einer ganz bestimmten Absicht untergetaucht, vielleicht will er Material für sein nächstes Buch sammeln. Er hat so eine Andeutung gemacht, daß es diesmal etwas ganz anderes werden soll – ein Bruch mit seinen üblichen klassischen Detektivromanen. Er hat ein so ausgeprägtes handwerkliches Gewissen, daß er über nichts schreibt, was er nicht aus eigener Erfahrung kennt. Das wissen wir ja alle. Erinnern Sie sich nur daran, wie er drei Monate bei dem Wanderzirkus verbrachte, ehe er ‹Der Mord auf dem Drahtseil› schrieb. Das läßt natürlich auf eine etwas schwache Phantasie schließen. Meine Romane beschränken sich nie auf meine eigenen Erlebnisse.»

Justin Bryce sagte:

«Ich bin erleichtert, das zu hören, meine liebe Celia, wenn ich daran denke, was Ihre letzte Heldin alles durchgemacht hat.»

Dalgliesh fragte, wann Seton das letzte Mal gesehen worden war. Ehe Miss Calthrop antworten konnte, ergriff Sylvia Kedge das Wort. Der Sherry und das Kaminfeuer hatten ihre Wangen leicht gerötet, und sie hatte sich jetzt ganz in der Gewalt. Sie richtete ihre Rede, ohne ein einziges Mal abzusetzen, direkt an Dalgliesh.

«Mr. Seton ist am Montagmorgen nach London gefahren und wollte in seinem Club wohnen. Das ist der Cadaver Club am Tavistock Square. Er verbringt im Oktober immer ein oder zwei Wochen dort. Er ist im Herbst lieber in London und sammelt in der Clubbibliothek gern Material für seine Bücher. Er hat einen kleinen Koffer und seine Reiseschreibmaschine mitgenommen. Er ist von Halesworth aus mit dem Zug gefahren. Er hat mir gesagt, daß er ein neues Buch anfangen will, etwas ganz anderes, als er es bisher geschrieben hat, und ich hatte den Eindruck, daß er ziemlich aufgeregt war, auch wenn er nie mit mir darüber sprach. Er meinte, daß alle davon überrascht sein würden. Er richtete es so ein, daß ich während seiner Abwesenheit nur vormittags bei ihm im Haus zu tun hatte, und sagte mir, daß er mich gegen zehn anrufen würde, wenn er irgendwelche Nachrichten für mich hätte. Das ist die übliche Vereinbarung, wenn er im Club arbeitet. Er tippt das Manuskript in doppeltem Zeilenabstand, schickt es mir ratenweise zu, und ich schreibe es ins Reine. Anschließend überarbeitet er das ganze Buch noch mal, und dann tippe ich das Manuskript für den Verlag. Natürlich sind die einzelnen Stücke nicht immer zusammenhängend. Wenn er in London ist, arbeitet er mit Vorliebe an den Szenen, die in der Stadt spielen – ich weiß nie, was ich als nächstes bekomme. Naja, er hat mich am Dienstagmorgen angerufen, um mir zu sagen, daß er hofft, mir bis spätestens Mittwochabend ein paar Seiten abzuschicken, und um mich zu bitten, ein paar kleinere Flickarbeiten für ihn zu machen. Er klang ganz normal, so als ginge es ihm gut.»

Miss Calthrop konnte nicht länger an sich halten.

«Es ist wirklich sehr ungezogen von Maurice, Sie für Arbeiten wie Sockenstopfen und Silberputzen zu mißbrauchen. Sie sind ausgebildete Stenotypistin, und das ist ein schrecklicher Mißbrauch qualifizierter Arbeitskraft. Ich habe weiß Gott genug Zeug auf Tonband, das darauf wartet, von Ihnen geschrieben zu werden. Nun, das ist wieder etwas anderes. Aber meine Ansicht ist ja allgemein bekannt.»

Das war sie allerdings. Und man hätte sich ihr sicherlich bereitwilliger angeschlossen, wäre man nicht der Meinung gewesen, daß die Entrüstung der guten Celia hauptsächlich eigennützigen Motiven entsprang. Wenn es ans Ausbeuten ging, erwartete sie, daß man ihr den Vortritt ließ.

Das junge Mädchen beachtete den Einwurf nicht. Die dunklen Augen waren noch immer auf Dalgliesh gerichtet. Er fragte sie freundlich:

«Und wann haben Sie wieder von Mr. Seton gehört?»

«Gar nicht, Mr. Dalgliesh. Am Mittwoch, als ich in Haus Seton gearbeitet habe, kam kein Anruf, aber darüber habe ich mir natürlich keine Gedanken gemacht. Es kam vor, daß er tagelang nicht anrief. Heute vormittag war ich schon früh wieder dort, um ein paar Sachen fertigzubügeln, da rief Mr. Plant an. Er ist Hausmeister im Cadaver Club, und seine Frau ist dort Köchin. Er sagte, sie seien sehr beunruhigt, denn Mr. Seton sei am Dienstag vor dem Abendessen ausgegangen und nicht in den Club zurückgekommen. Sein Bett sei unbenutzt gewesen, aber seine Kleider und die Schreibmaschine seien noch da. Mr. Plant wollte zunächst noch keinen Aufruhr machen. Er dachte, daß Mr. Seton vielleicht aus irgendeinem Grund, der mit seiner Arbeit zu tun habe, weggeblieben sei – als aber noch eine zweite Nacht verging, ohne daß er etwas von ihm hörte, fing er an, sich Sorgen zu machen. Deshalb hielt er es für besser, zu Hause anzurufen. Ich wußte nicht, was ich tun sollte. Ich konnte mich mit Mr. Setons Stiefbruder nicht in Verbindung setzen, weil er kürzlich umgezogen ist und wir seine neue Adresse nicht haben. Und sonst hat er keine Angehörigen mehr. Verstehen Sie, ich war mir nicht sicher, ob Mr. Seton wollte, daß ich etwas unternehme. Ich schlug Mr. Plant vor, noch ein bißchen zu warten, und wir machten aus, daß wir uns sofort gegenseitig anrufen würden, wenn es irgend etwas Neues gäbe. Und gegen Mittag bekam ich dann mit der Post das Manuskript.»

«Hier haben wir es», verkündete Miss Calthrop. «Und den Umschlag.» Sie zog es mit großer Geste aus ihrer geräumigen Handtasche und reichte es Dalgliesh. Der Umschlag war ein gewöhnlicher brauner Geschäftsumschlag im DIN-A5-Format, mit Schreibmaschine an Mr. Maurice Seton, Esq., Haus Seton, Monksmere, Suffolk adressiert. Darin steckten drei DIN-A5-Blätter in doppeltem Zeilenabstand mit laienhafter Maschinenschrift bedeckt. Miss Kedge sagte tonlos:

«Er adressierte die Manuskripte immer an sich selbst. Aber das hier ist nicht von ihm. Das hat er nicht geschrieben, und das hat er auch nicht getippt.»

«Woher wollen Sie das so genau wissen?»

Es war eine ziemlich überflüssige Frage. Nur wenige Dinge sind schwerer zu manipulieren als Schreibmaschinenschrift, und Sylvia hatte gewiß schon genügend Manuskripte von Maurice Seton abgeschrieben, um seinen Stil zu kennen. Aber ehe sie Gelegenheit hatte zu antworten, sagte Miss Calthrop:

«Ich glaube, es wird das beste sein, wenn ich einfach ein Stück daraus vorlese.»

Die anderen warteten, bis sie eine riesige straßbesetzte Brille aus ihrer Tasche geholt, sie auf ihrer Nase zurechtgerückt und in ihrem Sessel eine bequemere Haltung eingenommen hatte. Gleich würde hier die erste öffentliche Lesung eines Werks von Maurice Seton stattfinden, dachte Dalgliesh. Er wäre sicher befriedigt gewesen über die gespannte Aufmerksamkeit seiner Zuhörer und wahrscheinlich auch über Miss Calthrops Darbietungsweise. Celia, mit dem Werk ihres Zunftgenossen konfrontiert und ihrer Zuhörerschaft sicher, war bereit, ihr Bestes zu geben.

«Carruthers schob den Perlenvorhang zur Seite und trat in den Nachtclub. Einen Augenblick blieb er, hochgewachsen und elegant wie immer in ein gut geschnittenes Dinnerjackett gekleidet, reglos in der Tür stehen und ließ seine kühlen, ironischen Augen mit einem verächtlichen Ausdruck über die dichtbesetzten Tische, das schmuddelige, pseudospanische Interieur und die schäbige Klientel schweifen. Das also war die Kommandozentrale der wohl gefährlichsten Bande Europas! Hinter dieser Spelunke, die sich in nichts von hundert anderen in Soho unterschied, verbarg sich der Kopf, der fähig war, einige der mächtigsten Verbrecherbanden der westlichen Welt zu steuern. Es schien ihm unglaublich. Aber andererseits war dieses ganze phantastische Abenteuer unglaublich. Er setzte sich an einen Tisch neben der Tür, um sich umzusehen und zu warten. Als der Ober zu ihm kam, bestellte er gebackene Scampi, grünen Salat und eine Flasche Chianti. Der Mann, ein schmieriger kleiner Zypriote, nahm die Bestellung ohne ein Wort entgegen. Wußten sie, daß er da war, fragte sich Carruthers. Und wenn sie es wußten, wie lange würde es dauern, bis sie sich blicken ließen?

Am hinteren Ende des Clubs war eine kleine Bühne, auf der nur ein Wandschirm und ein roter Stuhl standen. Plötzlich wurde das Licht abgedunkelt, und der Klavierspieler begann eine langsame, laszive Melodie zu spielen. Hinter dem Wandschirm kam eine Frau hervor. Sie war blond und schön, kein junges Mädchen mehr, sondern eine reife, vollbusige Frau von einer Anmut und Arroganz, die, wie Carruthers dachte, auf weißrussisches Blut hindeuteten. Sie ging mit lasziven Bewegungen auf den Stuhl zu und begann dabei ganz langsam, den Reißverschluß ihres Abendkleids herunterzuziehen. Es fiel um ihre Knie zu Boden. Darunter trug sie nichts als einen schwarzen Büstenhalter und ein Schrittband. Sie saß jetzt mit dem Rücken zum Publikum und drehte die Hände nach hinten, um den Büstenhalter aufzuhaken. Sofort erhob sich an den vollbesetzten Tischen ein heiseres Murmeln: ‹Rosie! Rosie! Los, Rosie! Weiter! Weiter!›»

Miss Calthrop hörte auf zu lesen. Es herrschte tiefes Schweigen. Die meisten ihrer Zuhörer waren offenbar verblüfft. Dann rief Bryce aus:

«Na, lesen Sie doch weiter, Celia! Hören Sie doch nicht ausgerechnet in dem Moment auf, wo es wirklich spannend wird. Stürzt sich Rosie auf den ehrenwerten Martin Carruthers und vergewaltigt ihn? Dafür ist er schon seit Jahren reif. Oder gibt man sich da falschen Hoffnungen hin?»

Miss Calthrop sagte:

«Es ist nicht nötig, daß wir weiterlesen. Wir haben den Beweis, den wir brauchen.»

Sylvia Kedge wandte sich wieder an Dalgliesh.

«Mr. Seton würde nie eine seiner Figuren Rosie nennen, Mr. Dalgliesh. Das war der Name seiner Mutter. Er hat mir einmal gesagt, daß er ihn nie in einem seiner Bücher benutzen würde. Und das hat er auch nicht getan.»

«Schon gar nicht für ein Straßenmädchen aus Soho», unterbrach Miss Calthrop. «Er hat mir öfter von seiner Mutter erzählt. Er hat sie angebetet. Richtiggehend angebetet. Es hat ihm fast das Herz gebrochen, als sie starb und sein Vater wieder heiratete.»

Die ganze Trauer unerfüllter Mutterschaft durchbebte Miss Calthrops Stimme. Plötzlich sagte Oliver Latham:

«Lassen Sie mich mal sehen.»

Celia reichte ihm das Manuskript, und alle beobachteten ihn, als er es überflog. Dann gab er es ohne ein Wort zurück.

«Was ist?» fragte Miss Calthrop.

«Nichts. Ich wollte es mir nur einmal ansehen. Ich kenne Setons Handschrift, aber ich weiß nicht, wie er tippt. Sie sagen ja, daß er das hier nicht getippt hat.»

«Ich bin fest davon überzeugt», sagte Miss Kedge. «Obwohl ich nicht genau weiß warum. Es sieht einfach nicht so aus, als ob es von ihm stammt. Aber es ist auf seiner Maschine geschrieben worden.»

«Und der Stil?» fragte Dalgliesh. Die Gesellschaft überlegte. Schließlich sagte Bryce:

«Man kann eigentlich nicht sagen, daß das typisch Seton wäre. Schließlich konnte der Mann schreiben, wenn er wollte. Das hier wirkt doch fast gekünstelt, nicht? Man hat den Eindruck, daß jemand sich bemüht hat, einen schlechten Stil zu schreiben.»

Elizabeth Marley hatte bis jetzt geschwiegen und wie ein mißmutiges Kind, das sich gezwungenermaßen in der Gesellschaft langweiliger Erwachsener befindet, allein in einer Ecke gesessen. Plötzlich sagte sie ungeduldig:

«Wenn es ein Schwindel ist, war es ganz offensichtlich beabsichtigt, daß wir dahinterkommen. Justin hat recht. Der Stil ist völlig überkandidelt. Und es ist einfach unmöglich, daß der Betreffende zufällig diesen Namen gewählt hat, der Verdacht erregt. Warum ausgerechnet Rosie? Wenn ihr mich fragt, versucht Maurice nur, euch aufs Glatteis zu locken, und ihr seid alle darauf hereingefallen. Ihr werdet das alles in seinem neuen Buch wiederfinden, wenn es erscheint. Ihr wißt doch, wie gern er Experimente macht.»

«Es könnte wirklich einer von Maurices kindischen Einfällen sein», sagte Latham. «Ich habe keine Lust, mich für eines seiner albernen Experimente herzugeben. Ich würde vorschlagen, daß wir die ganze Sache vergessen. Er wird schon wieder auftauchen, wenn er es für richtig hält.»

«Ja, Maurice ist schon immer ziemlich eigenbrötlerisch und verschlossen gewesen», stimmte Miss Calthrop zu. «Besonders was seine Arbeit angeht. Und da ist noch etwas. Ich habe ihm in der Vergangenheit da und dort einen kleinen Tip geben können. Er hat sie eindeutig benutzt. Aber danach kein Wort mehr zu mir. Natürlich habe ich nicht erwartet, daß er sich in aller Form bedankt. Ich bin nur zu glücklich, wenn ich einem Kollegen helfen kann. Aber es ist schon ein bißchen irritierend, wenn ein Buch erscheint, wo man im Plot einen oder zwei von seinen eigenen

Einfällen wiederfindet und von Maurice noch nicht mal ein Dankeschön.»

«Wahrscheinlich hat er inzwischen ganz vergessen, daß es nicht seine Einfälle waren», erklärte Latham mit einer Art freundlicher Herablassung.

«Er hat nie etwas vergessen, Oliver. Maurice hatte ein sehr gutes Gedächtnis. Und er arbeitete ganz systematisch. Wenn ich einmal eine Anregung fallen ließ, tat er immer so, als sei er nicht besonders interessiert daran und brummte, daß er gelegentlich versuchen würde, ob er sie irgendwo unterbringen könnte. Ich konnte ihm aber an den Augen ablesen, daß er sich förmlich darauf gestürzt hat und nur darauf wartete, nach Hause zu kommen und sie in sein Zettelkästchen zu stecken. Nicht daß mich das ernsthaft gestört hätte. Ich finde nur, er könnte sich ab und zu für die Hilfe bedanken. Etwa vor einem Monat habe ich wieder mit ihm über eine Idee gesprochen, und ich gehe jede Wette mit euch ein, daß sie in seinem nächsten Buch auftaucht.»

Niemand nahm das Angebot an. Bryce sagte:

«Sie haben vollkommen recht in bezug auf ihn, Celia. Unsereiner hat ihm auch hin und wieder unter die Arme gegriffen. Der Himmel weiß, warum, aber es wäre doch schade gewesen, eine schöne Idee für eine neue Mordmethode verkommen zu lassen, wo der arme Seton so offensichtlich am Ende seiner Mittel angelangt war. Aber außer diesem beutegierigen Glitzern in seinen Augen – nicht ein einziges Zeichen des Dankes, meine Lieben. Jetzt helfe ich ihm natürlich nicht mehr, wie Sie alle verstehen werden. Nicht nach dem, was er mit Arabella gemacht hat.»

Miss Calthrop sagte:

«Ach, die Idee, über die ich mit ihm gesprochen habe, war eigentlich kein Einfall für eine neue Mordmethode. Es war nur eine Situation. Ich dachte, es könnte ein wirkungsvolles Anfangskapitel daraus werden. Ich habe Maurice immer wieder gesagt, daß es einem gelingen muß, seine Leser vom ersten Augenblick an zu fesseln. Ich stellte mir eine Leiche mit abgehackten Händen vor, die in einem Dinghi aufs Meer hinaustreibt.»

Es war jetzt so totenstill im Zimmer, daß sich, als sie zu schlagen begann, alle Augen auf die Stutzuhr richteten, als verkünde sie eine Hinrichtung. Dalgliesh sah Latham an. Er saß wie erstarrt auf seinem Stuhl und hielt den Stiel seines Glases so fest umklammert, daß Dalgliesh schon fast erwartete, es würde zerbrechen. Es war unmöglich zu erraten, was hinter dieser bleichen, starren Maske vor sich ging. Plötzlich brach Bryce in sein schrilles nervöses Lachen aus, und die Spannung löste sich. Man konnte die kleinen Seufzer der Erleichterung förmlich hören.

«Was haben Sie für eine unglaublich morbide Phantasie, Celia! Das würde man ja nie für möglich halten. Derartige Anwandlungen sollten Sie aber etwas kontrollieren, meine Liebe, sonst werden Sie noch aus dem Verband für schöngeistige Literatur ausgeschlossen.»

Latham sprach jetzt, seine Stimme war beherrscht und sachlich. Er sagte:

«Das alles hilft uns bei unserem augenblicklichen Problem nicht weiter. Habe ich recht verstanden, daß wir in bezug auf Setons Verschwinden nichts weiter unternehmen wollen? Eliza hat wahrscheinlich recht, und es ist nichts weiter als ein dummer Einfall von Maurice. Je schneller wir Mr. Dalgliesh deshalb in Ruhe seinen Urlaub genießen lassen, desto besser.»

Er stand gerade auf, um zu gehen, als sei er die ganze Sache plötzlich leid, da wurde laut und gebieterisch an die Haustür geklopft. Jane Dalgliesh blickte zu ihrem Neffen hinüber und hob fragend eine Augenbraue. Dann stand sie schweigend auf und ging durch die Veranda hinaus, um aufzumachen. Die Gesellschaft verstummte und hörte ungeniert zu. Ein Besucher nach Einbruch der Dämmerung war selten in ihrer gemeinsamen Abgeschiedenheit. Wenn es erst einmal dunkel geworden war, pflegten sie sich nur untereinander zu besuchen, und aus langjähriger Erfahrung ahnten sie immer schon, wessen Schritt sich der Haustür näherte. Aber dieses laute Klopfen hatte nicht vertraut geklungen. Von der Veranda her hörte man leises, unzusammenhängendes Gemurmel. Dann erschien Miss Dalgliesh wieder in der Tür, zwei Männer im Regenmantel im Halbdunkel hinter sich. Sie sagte:

«Das ist Kriminalinspektor Reckless und Wachtmeister Courtney von der hiesigen Kriminalpolizei. Sie suchen Digby Seton. Sein Dinghi ist in Cod Head gestrandet.»

Justin Bryce sagte:

«Das ist aber komisch. Gestern nachmittag um fünf lag es noch wie immer unten am Ende von Tanner's Lane auf dem Strand.»

Offenbar wurde ihnen allen gleichzeitig klar, wie seltsam es war, daß ein Kriminalinspektor und ein Wachtmeister nach Einbruch der Dunkelheit wegen eines verlorengegangenen Segelboots zu ihnen kamen, aber Latham sagte, noch ehe die anderen die Frage stellen konnten:

«Was ist passiert, Inspektor?»

Jane Dalgliesh antwortete an seiner Stelle:

«Ich fürchte etwas ganz Schreckliches. Maurice Setons Leiche war in dem Boot.»

«Maurices Leiche! Maurice? Aber das ist doch lächerlich!» Miss Calthrops scharfe, zurechtweisende Stimme erhob sich zu einem vergeblichen Protest.

«Das kann unmöglich Maurice sein. Er fährt nie mit dem Boot hinaus. Er macht sich nichts aus Segeln.»

Der Inspektor trat ins Licht und sprach zum erstenmal.

«Er war nicht segeln, Madam. Mr. Seton lag tot auf dem Schiffsboden. Tot und mit abgehackten Händen.»

6

Celia Calthrop wiederholte zum zehntenmal, als gefiele sie sich in ihrer Hartnäckigkeit:

«Ich sage es Ihnen doch die ganze Zeit! Ich habe niemandem außer Maurice etwas von dem Plot erzählt. Warum sollte ich? Und es ist zwecklos, immer weiter auf der Frage nach dem Datum herumzureiten. Es ist ungefähr ein halbes Jahr her – vielleicht auch länger. Ich kann mich nicht mehr genau erinnern. Aber wir machten einen Spaziergang am Strand entlang nach Walberswick, und da dachte ich plötzlich, es wäre ein guter Anfang für einen Kriminalroman, wenn man beschreiben würde, wie eine Leiche ohne Hände in einem Boot aufs Meer hinaustreibt. Deshalb habe ich es Maurice vorgeschlagen. Ich bin ganz sicher, daß ich bis zum heutigen Abend mit niemand anderem darüber gesprochen habe. Es ist natürlich möglich, daß Maurice es getan hat.»

Elizabeth Marley platzte gereizt heraus:

«Das hat er ganz offensichtlich getan. Es ist kaum anzunehmen, daß er sich der Wirklichkeitstreue zuliebe selber die Hände abgehackt hat. Und es wäre ein zu großer Zufall, wenn man glauben wollte, daß der Mörder denselben Einfall gehabt hat wie du. Aber ich verstehe nicht, wieso du so sicher sein kannst, daß du mit niemand anderem darüber gesprochen hast. Ich glaube, du hast mir mal davon erzählt, als wir uns darüber unterhielten, wie schleppend Maurice immer seine Handlung in Gang bringt.»

Es sah nicht so aus, als ob sie ihr glaubten. Justin Bryce sagte leise, aber doch nicht so leise, daß die anderen ihn nicht hätten hören können:

«Die gute Eliza! Immer so loyal.» Oliver lachte, und es trat ein kurzes verlegenes Schweigen ein, das von Sylvia Kedges heiserer, angriffslustiger Stimme unterbrochen wurde.

«Er hat mir nie etwas davon erzählt.»

«Nein, meine Liebe», erwiderte Miss Calthrop süß. «Aber andererseits gab es ziemlich viele Dinge, über die Mr. Seton nicht mit Ihnen gesprochen hat. Man erzählt seinem Dienstmädchen nicht alles. Und als das, meine Liebe, hat er Sie betrachtet. Ihr Stolz hätte es Ihnen verbieten sollen, sich von ihm als Hausbesen benutzen zu lassen. Männer mögen lieber ein bißchen Esprit, verstehen Sie.»

Es war eine Bosheit, für die es keinen Grund gab, und Dalgliesh spürte die allgemeine überraschte Verlegenheit. Aber niemand sagte etwas. Er schämte sich fast, Sylvia anzusehen, aber sie hatte den Kopf gesenkt, als nehme sie demütig einen verdienten Tadel entgegen; die beiden Haarsträhnen waren nach vorne gefallen und verdeckten ihr Gesicht. Er konnte in der plötzlichen Stille das leise Keuchen ihres Atems hören und wünschte, er hätte Mitleid mit ihr haben können. Celia Calthrop war gewiß unerträglich; aber Sylvia Kedge hatte etwas an sich, das zur Unfreundlichkeit herausforderte. Er fragte sich, was hinter dieser konkreten grausamen Regung stecken mochte.

Es war jetzt fast eine Stunde her, seit Inspektor Reckless und sein Wachtmeister gekommen waren, eine Stunde, in welcher der Inspektor kaum, die übrige Gesellschaft dagegen – mit Ausnahme von Dalgliesh und seiner Tante – eine Menge geredet hatte. Nicht alles davon war klug gewesen. Reckless hatte sich gleich nach seiner Ankunft auf einem Stuhl an der Wand niedergelassen und saß dort regungslos wie ein Gerichtsdiener. Die dunklen Augen glänzten aufmerksam im Schein des Feuers. Er hatte trotz der Wärme im Zimmer seinen Regenmantel anbehalten, dessen Stoff, ein schmuddeliger Gabardine, viel zu leicht für die schwere Armatur von Metallknöpfen, -schnallen und -spangen wirkte. Auf dem Schoß hielt er mit den Händen sorgsam ein Paar gewaltige Handschuhe und einen weichen Filzhut umfangen, als fürchte er, daß man ihm beides entreißen wollte. Er wirkte wie ein Eindringling; der subalterne Beamte, dessen Anwesenheit nur geduldet war, der kleine Mann, der es nicht riskieren würde, im Dienst etwas zu trinken. Und das, dachte Dalgliesh, war genau die Wirkung, die er hervorrufen wollte. Wie alle erfolgreichen Kriminalbeamten besaß er die Fähigkeit, sich nach Belieben zurückzunehmen, so daß selbst seine körperliche Gegenwart so unverfänglich und alltäglich wurde wie ein Möbelstück. Natürlich kam ihm seine äußere Erscheinung dabei zu Hilfe. Er war klein – sicher hatte er nur gerade eben die für einen Polizeibeamten vorgeschriebene Größe –, und das bleiche, bekümmerte Gesicht war so unauffällig und durchschnittlich wie irgendeines der zahllosen Gesichter, die man samstags nachmittags auf dem Fußballplatz sieht. Auch die Stimme war uninteressant, farblos und gab keine Auskunft über den Menschen. Die weit auseinanderstehenden, tiefliegenden Augen unter den hervorstehenden Brauen pflegten ausdruckslos von Gesicht zu Gesicht zu wandern, während die Leute redeten, was die Anwesenden möglicherweise beunruhigend gefunden hätten, wenn sie sich die Mühe gemacht hätten, darauf zu achten. Wachtmeister Courtney saß neben ihm in der Haltung eines Menschen, dem man befohlen hatte, gerade zu sitzen, Augen und Ohren offen zu halten und nichts zu sagen.

Dalgliesh sah durchs Zimmer zu seiner Tante hinüber, die in ihrem Sessel saß. Sie hatte stillvergnügt ihr Strickzeug wieder zur Hand genommen und schien ungerührt von dem, was vor sich ging. Sie hatte bei einer deutschen Erzieherin stricken gelernt und hielt die Nadeln nach kontinentaler Manier aufrecht; Celia Calthrop war offenbar wie hypnotisiert von den funkelnden Nadelspitzen und starrte sie von ihrem Platz aus an, als wäre sie zugleich angezogen und abgestoßen von der ungewöhnlichen Fertigkeit ihrer Gastgeberin. Sie fühlte sich weniger behaglich, kreuzte die Füße und stellte sie wieder nebeneinander und drehte den Kopf vom Feuer weg, als wäre ihr die Hitze unerträglich. Es wurde wirklich heiß im Wohnzimmer. Alle Besucher außer Reckless schienen das zu bemerken. Oliver Latham ging mit schweißnasser Stirn auf und ab, sein ununterbrochener Energieaufwand schien die Temperatur im Raum noch zu erhöhen. Plötzlich drehte er sich zu Reckless um:

«Wann ist er gestorben?» fragte er. «Na los, geben Sie uns zur Abwechslung mal ein paar Fakten. Wann ist Seton gestorben?»

«Genau werden wir das erst wissen, wenn wir den Obduktionsbefund haben, Sir.»

«Mit anderen Worten, Sie wollen es uns nicht sagen. Dann lassen Sie es mich anders ausdrücken. Für welche Zeitspanne erwarten Sie ein Alibi von uns?»

Celia Calthrop ließ einen kleinen Protestschrei hören, wandte sich dann aber, so gespannt auf seine Antwort wie die anderen, Reckless zu.

«Ich möchte von Ihnen allen Auskunft über die Zeitspanne von Dienstagabend um halb acht – als Mr. Seton zuletzt gesehen wurde, wenn ich nicht irre – bis Mittwoch um Mitternacht.»

Latham sagte:

«Wäre das nicht ein bißchen sehr spät? Er muß doch lange vor Mitternacht in seinem Boot gelegen haben ... Also, dann will ich mal anfangen, ja? Ich war am Dienstag in der Premiere der New Theatre Guild und anschließend auf der Premierenfeier. Ich war kurz nach eins in meiner Wohnung und habe den Rest der Nacht nicht alleine verbracht. Ich kann Ihnen im Augenblick nicht sagen, wer bei mir war, aber ich denke, daß ich Ihnen morgen den Namen nennen kann. Wir sind spät aufgestanden, haben im Ivy geluncht und haben uns getrennt, als ich meinen Wagen aus der Garage geholt habe, um hierherzufahren. Ich bin gestern abend kurz nach halb acht hier in meinem Haus gewesen und bin, abgesehen von einem kurzen Spaziergang am Strand vor dem Schlafengehen, nicht mehr weggegangen. Heute bin ich hier in der Gegend herumgefahren und habe Einkäufe gemacht. Nach dem Essen habe ich gemerkt, daß ich vergessen hatte, Kaffee zu kaufen, und bin zu der Nachbarin gegangen, von der ich annehmen konnte, daß sie eine trinkbare Kaffeemischung im Hause hat und die mir nicht gleich mit einer Standpauke über die schludrige Haushaltsführung von Männern aufwarten würde. Um die Sache für Sie zu vereinfachen, möchte ich hervorheben, daß ich für die Todeszeit offensichtlich ein Alibi habe – vorausgesetzt, daß er am Dienstag gestorben ist –, aber nicht für die Zeit, als er auf seine letzte Reise geschickt wurde, vorausgesetzt, daß das gestern abend war.»

Auf Miss Calthrops Gesicht spiegelte sich während des ersten Teils seiner Rede ein rascher Wechsel von Gefühlen – Neugier, Mißfallen, Lüsternheit und eine leise Traurigkeit, als ob sie herausfinden wollte, was ihr am besten stünde. Sie entschied sich für die leise Traurigkeit, eine brave Frau, die einmal mehr über die Schwachheit der Männer bekümmert ist.

Inspektor Reckless sagte ruhig:

«Ich werde Sie nach dem Namen der Dame fragen müssen, Sir.»

«Dann werden Sie vergebens fragen, wenigstens so lange, bis ich Gelegenheit hatte, mit ihr zu sprechen. Immerhin reizend von Ihnen anzunehmen, daß es eine Frau war. Kommen Sie, seien Sie vernünftig, Inspektor! Wenn ich irgend etwas mit Setons Tod zu tun hätte, hätte ich inzwischen ein hieb- und stichfestes Alibi. Und wenn ich jetzt dabei wäre, mir eins zu erfinden, dann sicher keins, in dem eine Frau eine Rolle spielt. Abgesehen von dem recht unwahrscheinlichen Fall, daß es uns gelingen sollte, Sie zu einer unangebrachten Ritterlichkeit zu verleiten, könnten wir Sie kaum lange hinters Licht führen. Niemand kann an alle Einzelheiten denken. Sie brauchten nur zu fragen, worüber wir uns unterhalten haben, wer die Vorhänge aufgezogen hat, auf welcher Seite des Betts ich geschlafen habe, wie viele Zudecken wir hatten, was wir gefrühstückt haben. Es ist mir überhaupt ein Rätsel, daß jemand versucht, ein Alibi zu erfinden. Man braucht einen besseren Kopf für Details, als ich für mich in Anspruch nehmen kann.»

«Also, Sie scheinen ja aus der Sache heraus zu sein, Oliver», rief

Miss Calthrop streng. «Schließlich geht es um Mord. Keine vernünftige Frau würde da Schwierigkeiten machen.»

Latham lachte.

«Aber sie ist nicht vernünftig, meine liebe Celia. Sie ist Schauspielerin. Nicht daß ich mit Schwierigkeiten rechne. Einen nützlichen Rat hat mir mein Vater gegeben: Geh nie mit einer Frau ins Bett, wenn es einem von euch beiden peinlich ist, die Sache am nächsten Morgen zuzugeben. Es wirkt sich ein bißchen hemmend auf das Liebesleben aus, aber den praktischen Nutzen können Sie jetzt ja sehen.»

Dalgliesh bezweifelte, daß Latham es wirklich so hemmend fand. In seinen Kreisen machte es kaum jemandem etwas aus, wenn eine Liaison publik wurde, solange sie zum Renommee beitrug, und Oliver Latham, reich, gutaussehend, gewandt und angeblich schwer zu erobern, stand hoch im Kurs. Bryce sagte säuerlich:

«Na, Sie brauchen sich ja keine Sorgen zu machen, wenn Seton – wie es den Anschein hat – am Dienstagabend gestorben ist. Es sei denn, der Inspektor ist so unfreundlich anzunehmen, daß Ihre Bettgenossin Ihnen auf jeden Fall ein Alibi verschafft hätte.»

«Oh, ich kann fast alles von ihr haben, wenn ich sie freundlich darum bitte», sagte Latham leichthin. «Aber das wäre sicher nicht ungefährlich. Es ist eine Frage der Darbietungsweise. Solange sie die selbstlose kleine Lügnerin spielt, die ihren Ruf riskiert, um den Geliebten vorm Gefängnis zu bewahren, würde mir nichts passieren. Aber angenommen, sie beschließt, ihre Rolle zu wechseln. Es ist wahrscheinlich genausogut, daß ich sie nur darum bitten muß, die Wahrheit zu sagen.»

Celia Calthrop, des allgemeinen Interesses an Lathams Liebesleben offenbar müde, unterbrach ihn ungeduldig:

«Ich glaube kaum, daß ich Ihnen alles, was ich in der fraglichen Zeit gemacht habe, unbedingt schildern muß. Ich war mit dem armen Maurice sehr befreundet; ich war vielleicht der einzige wirkliche Freund, den er überhaupt hatte. Aber ich will es Ihnen gerne erzählen, und ich glaube, daß ich dadurch gleich noch jemanden mitentlasten kann. Jede Information ist wichtig, nicht wahr? Ich war die meiste Zeit zu Hause. Am Dienstagnachmittag allerdings habe ich Sylvia nach Norwich gefahren, und wir haben uns dort beide die Haare waschen und legen lassen. ‹Estelle› ist in der Nähe von Maddermarket. Für Sylvia ist es eine hübsche kleine Abwechslung, und ich halte es für wichtig, daß man sich nicht vernachlässigt, nur weil man auf dem Lande lebt. Wir haben in Norwich noch einen späten Tee getrunken, und ich habe Sylvia gegen halb neun nach Hause gebracht; anschließend bin ich auch nach Hause gefahren. Gestern morgen habe ich gearbeitet – ich diktiere auf Tonband –, und gestern nachmittag bin ich nach Ipswich gefahren, um ein paar Einkäufe zu machen und eine Freundin, Lady Briggs in Well Walk, zu besuchen. Ich bin unangemeldet bei ihr vorbeigegangen. Sie war tatsächlich nicht zu Hause, aber das Mädchen wird sich an mich erinnern. Auf der Heimfahrt habe ich mich leider ein bißchen verfahren und bin erst gegen zehn zu Hause gewesen. Inzwischen war meine Nichte aus Cambridge gekommen, und für den Rest der Nacht ist sie natürlich meine Zeugin. Heute mittag, kurz vor dem Lunch, hat Sylvia mich angerufen und mir von dem Manuskript erzählt und daß Maurice verschwunden ist. Ich hatte keine Ahnung, was man da am besten tun sollte, aber als ich Inspektor Dalgliesh heute abend vorbeifahren sah, habe ich Mr. Bryce angerufen und vorgeschlagen, daß wir alle hierherkommen und ihn um Rat fragen. Mittlerweile hatte ich schon so eine schreckliche Vorahnung, daß irgend etwas nicht stimmt; und wie recht ich hatte!»

Justin Bryce sprach als nächster. Dalgliesh war fasziniert von der Bereitwilligkeit, mit der die Verdächtigen Auskünfte gaben, um die man sie offiziell noch gar nicht gebeten hatte. Sie schnurrten ihr Alibi herunter mit der Eloquenz von neuerweckten Seelen bei einer Zeltmission. Morgen würden sie zweifellos für dieses Entgegenkommen mit dem üblichen psychischen Kater bezahlen. Aber es war kaum seine Aufgabe, sie zu warnen. Er empfand einen beträchtlich gestiegenen Respekt für Inspektor Reckless; der Mann wußte zumindest, wann man stillhalten und zuhören mußte.

Bryce sagte:

«Ich war auch bis gestern in meiner Stadtwohnung in Bloomsbury, aber wenn Seton Dienstagnacht gestorben ist, bin ich völlig aus dem Schneider, meine Lieben. Ich mußte in dieser Nacht zweimal meinen Arzt anrufen. Es ist mir wirklich schrecklich schlecht gegangen. Einer von meinen Asthmaanfällen; Sie wissen, wie sehr ich darunter zu leiden habe, Celia. Mein Arzt, Lionel Forbes-Denby, kann es Ihnen bestätigen. Das erste Mal habe ich ihn kurz vor Mitternacht angerufen und ihn gebeten, sofort zu kommen. Natürlich wollte er nicht. Er hat mir gesagt, ich solle zwei von meinen blauen Kapseln nehmen und noch mal anrufen, wenn sie innerhalb von einer Stunde nicht gewirkt hätten. Es war wirklich ungezogen von ihm. Ich sagte ihm, daß ich das Gefühl hätte, ich müßte sterben. Deshalb ist meine Art Asthma so gefährlich. Man kann wirklich daran sterben, wenn man dieses Gefühl hat.»

«Aber doch bestimmt nicht, wenn Forbes-Denby es für unmöglich hält.»

«Das ist alles schön und gut, Oliver, aber er kann sich irren.»

«Er war doch auch Maurices Arzt, nicht?» fragte Miss Calthrop. «Maurice hat auf ihn geschworen. Er mußte sich mit seinem Herzen sehr in acht nehmen, und er hat immer gesagt, daß Forbes-Denby ihn am Leben hält.»

«Also, er hätte in der Dienstagnacht zu mir kommen müssen», sagte Bryce gekränkt. «Ich habe ihn um halb vier wieder angerufen, und er ist um sechs gekommen, aber da hatte ich das Schlimmste schon überstanden. Immerhin ist das ein Alibi.»

«Nicht unbedingt, Justin», sagte Latham. «Wir haben keinen Beweis dafür, daß Sie aus Ihrer Wohnung telefoniert haben.»

«Natürlich habe ich aus meiner Wohnung telefoniert! Das habe ich Ihnen doch gesagt! Ich stand praktisch an der Schwelle des Todes. Außerdem, was würde ich machen, wenn ich falschen Alarm gegeben hätte und statt dessen in London herumgelaufen wäre, um Maurice zu ermorden, und Dr. Forbes-Denby wäre zu mir gekommen? Dann würde er mich doch nie im Leben weiterbehandeln!» Latham lachte:

«Mein lieber Justin! Wenn Forbes-Denby sagt, er kommt nicht, dann kommt er auch nicht. Und das wissen Sie ganz genau.»

Bryce stimmte traurig zu; er schien die Zerstörung seines Alibis mit bemerkenswertem Gleichmut hinzunehmen. Dalgliesh hatte von Forbes-Denby gehört. Er war ein Modearzt aus dem West End, der zugleich ein guter Mediziner war. Er und seine Patienten teilten einen gemeinsamen Glauben an Forbes-Denbys therapeutische Unfehlbarkeit, und es ging das Gerücht, daß kaum einer von ihnen ohne seine Erlaubnis essen, trinken, heiraten, Kinder kriegen, das Land verlassen oder sterben würde; sie brüsteten sich mit seinen Eigenheiten, erzählten mit Gusto von seiner jüngsten Grobheit und ernteten gesellschaftliche Erfolge mit den neuesten Forbes-Denbyschen Vandalismen – sei es, daß er ihre Wundermittel aus dem Fenster geworfen oder seine Köchin an die Luft gesetzt hatte. Dalgliesh war froh, daß es Reckless oder seinen Trabanten zufallen würde, diesen unliebenswürdigen Sonderling zu bitten, medizinische Auskünfte über das Opfer und einem der Verdächtigen ein Alibi zu geben.

Plötzlich brach es mit einer solchen Heftigkeit aus Justin heraus, daß alle sich nach ihm umdrehten und ihn anstarrten:

«Ich habe ihn nicht umgebracht, aber verlangt nicht von mir, daß mir sein Tod leid tut. Nicht nach dem, was er mit Arabella gemacht hat.»

Celia Calthrop warf Dalgliesh den resignierten, um Entschuldigung bittenden Blick einer Mutter zu, deren Kind nicht ganz ungerechtfertigt dabei ist, den anderen auf die Nerven zu fallen. Sie murmelte vertraulich:

«Arabella. Seine Siamkatze. Mr. Bryce glaubt, daß Maurice das Tier getötet hat.»

«Man glaubt es nicht, Celia. Man weiß es.» Er wandte sich an Reckless.

«Ich habe vor drei Monaten seinen Hund überfahren. Es war ein reiner Unglücksfall. Ich mag Tiere, ich mag sie wirklich, das kann ich Ihnen versichern! Auch Towser, der, wie Sie zugeben müssen, Celia, der scheußlichste, ungezogenste und häßlichste Köter der Welt war. Es war ein schreckliches Erlebnis! Er ist mir genau vor die Räder gelaufen. Seton war ganz vernarrt in ihn. Er hat mich praktisch beschuldigt, daß ich den Hund mit Absicht überfahren hätte. Und dann, vier Tage später, hat er Arabella getötet. So ein Mensch ist das gewesen! Wundert es Sie da, daß jemand kurzen Prozeß mit ihm gemacht hat?»

Miss Calthrop, Miss Dalgliesh und Latham sprachen alle auf einmal und machten damit ihre guten Absichten zunichte.

«Lieber Justin, es gibt wirklich nicht den geringsten Beweis dafür ...»

«Mr. Bryce, niemand wird glauben, daß Arabella etwas damit zu tun hat.»

«Lieber Gott, Justin, warum wärmen Sie diese alten ...»

Reckless schaltete sich ruhig ein:

«Und wann sind Sie nach Monksmere gekommen, Sir?»

«Am Mittwochnachmittag um kurz vor vier. Und ich hatte auch nicht Setons Leiche bei mir im Auto. Zu meinem Glück hatte ich ab Ipswich Ärger mit dem Getriebe und mußte den Wagen kurz vor Saxmundham in Baines' Garage stehen lassen. Ich bin mit dem Taxi gekommen. Der junge Baines hat mich hergefahren. Falls Sie also den Wagen auf Blutspuren und Fingerabdrücke untersuchen wollen, er steht bei Baines. Und viel Glück bei der Suche.»

Latham sagte:

«Warum zum Teufel plagen wir uns überhaupt mit der ganzen Angelegenheit herum? Was ist mit seinem nächsten Angehörigen? Was ist mit dem Stiefbruder des lieben Maurice? Sollte die Polizei nicht versuchen, ihn zu finden? Schließlich ist er der Erbe. Er ist derjenige, der hier Erklärungen abgeben müßte.»

Elizabeth Marley sagte ruhig:

«Digby war gestern abend in Haus Seton. Ich habe ihn hingefahren.»

Es war erst das zweite Mal seit der Ankunft des Inspektors, daß sie etwas gesagt hatte, und Dalgliesh merkte, daß sie auch jetzt nicht aufs Reden erpicht war. Aber niemand, der auf eine Sensation hoffte, hätte sich eine ergiebigere Antwort wünschen können. Es trat ein verblüfftes Schweigen ein, das von Miss Calthrops scharfer, inquisitorischer Stimme unterbrochen wurde:

«Was meinst du damit: du hast ihn dort hingefahren?»

Das war eine Frage, die kommen mußte, dachte Dalgliesh. Das junge Mädchen zuckte die Achseln:

«Das, was ich gesagt habe. Ich habe Digby Seton gestern abend nach Hause gefahren. Er hat mich von Ipswich aus angerufen, bevor er in den Anschlußzug gestiegen ist, und hat mich gebeten, ihn um halb neun in Saxmundham vom Bahnhof abzuholen. Er wußte, daß Maurice nicht zu Hause war, und wollte vermutlich das Geld fürs Taxi sparen. Auf jeden Fall bin ich hingefahren. Ich habe den Minicooper genommen.»

«Du hast mir kein Wort davon erzählt, als ich nach Hause kam», sagte Miss Calthrop anklagend. Die übrigen Anwesenden rückten in Erwartung einer bevorstehenden familiären Auseinandersetzung unbehaglich auf ihren Sitzen hin und her. Nur die dunkle Gestalt an der Wand schien vollkommen ungerührt.

«Ich dachte nicht, daß dich das weiter interessieren würde. Außerdem warst du doch erst ziemlich spät wieder da, nicht?»

«Aber was ist mit heute abend? Du hast die ganze Zeit nichts davon gesagt.»

«Warum sollte ich? Wenn Digby sich hinterher noch irgendwo anders hin verdrücken wollte, geht mich das nichts an. Außerdem war das, bevor wir wußten, daß Maurice Seton tot ist.»

«Also, Sie haben Digby auf seine Bitte hin um halb neun vom Bahnhof abgeholt?» fragte Latham, als sei er um die Eindeutigkeit des Protokolls besorgt.

«Ja. Und nicht nur das, mein lieber Oliver, er war sogar im Zug, als er in den Bahnhof einfuhr. Er hat sich nicht im Wartesaal oder draußen vorm Bahnhof herumgedrückt. Ich habe mir eine Bahnsteigkarte gekauft und habe ihn aus dem Zug steigen sehen; und ich war bei ihm, als er seine Fahrkarte abgegeben hat. Übrigens eine Fahrkarte, die in London gelöst war; er hat sich noch über den Preis beschwert. Im übrigen wird sich der Beamte an der Sperre an ihn erinnern. Es sind außer ihm nur fünf, sechs Leute ausgestiegen.»

«Und vermutlich hat er keine Leiche bei sich gehabt?» fragte Latham.

«Es sei denn, er hatte sie in einer Reisetasche von neunzig mal sechzig Zentimetern.»

«Und Sie haben ihn direkt nach Hause gefahren?»

«Natürlich. Das war schließlich der Sinn der ganzen Aktion. Sax ist nach acht Uhr abends kaum ein Ort zum Schwofen, und Digby ist nicht mein bester Saufkumpan. Ich habe Ihnen doch gesagt, ich habe ihm nur die Ausgabe fürs Taxi erspart.»

«Kommen Sie, erzählen Sie weiter, Eliza», ermunterte Bryce sie. «Sie haben Digby nach Haus Seton gefahren. Und dann?»

«Nichts. Als er an der Haustür war, bin ich weitergefahren. Es war still im Haus, und es brannte kein Licht. Natürlich nicht. Jeder weiß, daß Maurice Mitte Oktober immer in London ist. Digby hat mich noch zu einem Drink eingeladen, aber ich sagte ihm, daß ich müde wäre und nach Hause wollte, und daß Tante Celia wahrscheinlich inzwischen zu Hause wäre und auf mich warten würde. Wir haben uns gute Nacht gesagt, und Digby schloß sich mit seinem Schlüssel die Tür auf.»

«Dann hatte er also einen Schlüssel?» warf Reckless ein. «Standen er und sein Bruder so miteinander?»

«Ich weiß nicht, wie sie miteinander standen, ich weiß nur, daß Digby einen Schlüssel hat.»

Reckless wandte sich an Sylvia Kedge.

«Wußten Sie etwas davon? Daß Mr. Digby Seton freien Zutritt zum Haus hatte?»

«Mr. Maurice Seton hat seinem Bruder vor etwa zwei Jahren einen Schlüssel gegeben. Er hat immer mal wieder davon gesprochen, daß er ihn zurückfordern wollte, aber Mr. Digby hat so selten davon Gebrauch gemacht, wenn sein Bruder nicht zu Hause war, daß er wahrscheinlich der Meinung war, er könnte ihn ruhig behalten.»

«Warum – nur interessehalber – wollte er ihn zurückhaben?» fragte Bryce. Miss Calthrop hielt das offenbar für eine Frage, auf die man von Sylvia keine Antwort erwarten dürfe. Mit einem Gesichtsausdruck und einer Stimme, die deutlich bekundeten ‹nicht vor dem Personal›, erwiderte sie:

«Maurice hat diesen Schlüssel tatsächlich ein einziges Mal mir gegenüber erwähnt und gesagt, daß er ihn eigentlich zurückfordern sollte. Es konnte keine Rede davon sein, daß er Digby mißtraute. Er war nur etwas besorgt, daß er in einem dieser Nachtclubs, die Digby so schätzt, verlorengehen oder gestohlen werden könnte.»

«Na ja, anscheinend hat er ihn nicht zurückbekommen», sagte Latham. «Digby hat ihn gestern abend gegen neun benutzt, um ins Haus zu kommen. Und seitdem hat ihn niemand mehr gesehen. Sind Sie sicher, daß niemand im Haus war, Eliza?»

«Nicht unbedingt. Ich bin ja nicht drin gewesen. Aber ich habe niemanden gehört, und es brannte auch kein Licht.»

«Ich bin heute morgen um halb zehn dort gewesen», sagte Sylvia Kedge. «Die Tür war wie immer verschlossen, und das Haus war leer. Die Betten waren alle unberührt. Mr. Digby hatte sich noch nicht einmal etwas zu trinken genommen.»

Damit war klar, daß tatsächlich etwas Unvorhergesehenes und Einschneidendes geschehen sein mußte. Es gab wohl kaum eine kritische Situation, für die sich Digby nicht auf seine spezielle Weise gestärkt hätte.

Aber Celia ergriff das Wort.

«Danach kann man nicht gehen. Digby hat immer eine Taschenflasche bei sich. Das war eine von seinen kleinen Marotten, über die sich Maurice immer so geärgert hat. Aber wo in aller Welt kann er hingegangen sein?»

«Er hat nichts zu Ihnen gesagt, daß er wieder weggehen wollte?» Latham wandte sich an Eliza Marley. «Was machte er denn für einen Eindruck?»

«Nein, er hat nichts gesagt; ich habe keinen besonderen Blick für Digbys Stimmungen, aber er kam mir vor wie immer.»

«Das ist doch lächerlich!» rief Miss Calthrop. «Digby würde bestimmt nicht gleich, nachdem er gekommen ist, wieder weggehen. Und wo soll ein Mensch hier schon hingehen? Bist du sicher, daß er dir nicht erzählt hat, was er vorhatte?»

Elizabeth Marley sagte:

«Vielleicht ist er wieder weggerufen worden.»

Die Stimme ihrer Tante hatte einen scharfen Klang.

«Weggerufen! Es wußte doch niemand, daß er da war! Von wem denn weggerufen?»

«Ich weiß es nicht. Ich erwähne es nur als eine Möglichkeit. Als ich zum Auto zurückging, hörte ich das Telefon klingeln.»

«Sind Sie sicher?» fragte Latham.

«Warum fragt ihr mich dauernd, ob ich sicher bin? Ihr wißt doch, wie es dort oben auf der Landspitze ist; wie still, wie einsam und unheimlich; wie weit nachts die Geräusche tragen. Ich sage Ihnen, ich habe das Telefon klingeln hören!»

Sie schwiegen. Sie hatte natürlich recht. Sie wußten, wie es nachts auf der Landspitze war. Und dieselbe Stille, dieselbe Einsamkeit und Unheimlichkeit wartete draußen auf sie. Celia Calthrop fröstelte trotz der Hitze im Zimmer. Aber die Hitze wurde tatsächlich unerträglich.

Bryce kauerte auf einem niedrigen Hocker vor dem Feuer und nährte es, einem dämonischen Heizer gleich, wie unter Zwang aus dem Holzkorb. Die großen Flammenzungen loderten und zischten um die Treibholzscheite; die Steinwände des Wohnraums sahen aus, als schwitzten sie Blut. Dalgliesh ging zu einem der Fenster und kämpfte mit den Riegeln. Als er das Fenster hochschob, wehte die frische, kühle Luft über ihn hinweg, bewegte die Vorleger auf dem Boden und trug das Branden des Meers wie ein dumpfes Donnern herein. Während er sich wieder umdrehte, hörte er Reckless' langweilige, ausdruckslose Stimme:

«Ich schlage vor, daß jemand Miss Kedge nach Hause bringt. Sie sieht krank aus. Ich möchte heute abend nicht mehr mit ihr sprechen.»

Die Betroffene machte ein Gesicht, als ob sie protestieren wollte, aber Elizabeth Marley schnitt jeden Widerspruch mit den Worten ab:

«Ich nehme sie mit. Ich möchte auch nach Hause. Ich sollte mich eigentlich selbst noch erholen, und das war nicht unbedingt ein erholsamer Abend, nicht wahr? Wo ist Ihr Mantel?»

Eine gelinde Hektik setzte ein. Jeder schien erleichtert darüber, etwas tun zu können, und es gab viel Wirbel um Sylvias Mantel, ihre Krücken und ihr allgemeines Wohlbefinden. Miss Calthrop händigte Elizabeth den Autoschlüssel aus und meinte gnädig, daß sie – natürlich von Oliver und Justin begleitet – zu Fuß nach Hause kommen würde. Sylvia Kedge, umgeben von einer Leibgarde von Helfern, schickte sich an, zur Tür zu hinken.

Und da klingelte das Telefon. Die kleine Gesellschaft erstarrte zu einem lebenden Bild ängstlicher Gespanntheit. Das schnarrende Geräusch, zugleich so alltäglich und so unheilvoll, bannte sie in Schweigen. Miss Dalgliesh war an den Apparat gegangen und hatte den Hörer abgenommen, als Reckless rasch aufstand und ihn ihr ohne ein Wort der Entschuldigung aus der Hand nahm.

Sie konnten aus dem Gespräch, das von Reckless knapp und einsilbig geführt wurde, wenig entnehmen. Anscheinend sprach er mit einem Polizeirevier. Er hörte die meiste Zeit schweigend zu und stieß nur hin und wieder ein Grunzen aus. Er beendete das Gespräch:

«Gut. Ich danke Ihnen. Ich gehe morgen früh als erstes zu ihm nach Haus Seton. Gute Nacht.» Er legte den Hörer auf die Gabel und wandte sich den Wartenden zu, die sich nicht die Mühe machten, ihre Unruhe zu verbergen. Dalgliesh erwartete schon halb, daß er sie enttäuschen würde, aber statt dessen sagte er:

«Wir haben Mr. Digby Seton gefunden. Er hat beim Polizeirevier von Lowestoft angerufen, daß man ihn gestern abend ins Krankenhaus gebracht hat, nachdem er seinen Wagen auf der Lowestofter Street in den Graben gefahren hatte. Er wird morgen früh wieder entlassen.»

Miss Calthrops Mund hatte sich bereits zu der unvermeidlichen Frage geöffnet, als er hinzusetzte:

«Er hat berichtet, daß ihn gestern abend um kurz nach neun jemand angerufen und ihm gesagt hätte, daß er sofort zum Polizeirevier von Lowestoft kommen solle, um die Leiche seines Bruders zu identifizieren. Der Anrufer hatte ihm mitgeteilt, daß die Leiche von Mr. Maurice Seton mit abgehackten Händen in einem Dinghi gestrandet sei.»

Latham sagte ungläubig:

«Aber das ist doch unmöglich! Ich denke, Sie haben gesagt, daß die Leiche erst heute am frühen Abend gefunden wurde?»

«So war es auch, Sir. Niemand hat gestern abend im Polizeirevier von Lowestoft angerufen. Niemand wußte, was mit Mr. Maurice Seton geschehen war, bevor seine Leiche heute abend an Land getrieben wurde. Niemand, außer einer Person natürlich.»

Er sah sie der Reihe nach an, die melancholischen Augen wanderten forschend von Gesicht zu Gesicht. Niemand sprach oder rührte sich. Es war, als seien sie alle in diesem Augenblick der Zeit gebannt und warteten hilflos auf eine unvermeidliche Katastrophe. Es war ein Augenblick, für den es keine Worte zu geben schien; er schrie förmlich nach einem dramatischen Höhepunkt. Und Sylvia Kedge, als wollte sie zuvorkommend ihr Möglichstes tun, entglitt mit einem Stöhnen Elizabeths stützendem Arm und fiel zu Boden.

7

Reckless sagte:

«Er ist am Dienstag um Mitternacht gestorben, plus oder minus eine Stunde. Das ist meine Schätzung nach dem Grad der Todesstarre und seinem ganzen Aussehen. Es sollte mich wundern, wenn der Obduktionsbefund das nicht bestätigen würde. Die Hände sind erst einige Zeit, nachdem der Tod eingetreten war, abgehackt worden. Viel Blut ist dabei nicht geflossen, aber es sah aus, als ob die Bank im Dinghi als Hackblock benutzt worden wäre. Angenommen, Mr. Bryce hat die Wahrheit gesagt, und das Dinghi lag am Mittwochnachmittag um fünf noch am Strand, dann kann es frühestens eine Stunde später, nach dem Wechsel der Gezeiten, aufs Meer hinausgestoßen worden sein. Die Schlächterei muß nach Anbruch der Dunkelheit stattgefunden haben. Aber da war er schon gut achtzehn Stunden, vielleicht sogar noch länger, tot. Ich weiß nicht, wo und wie er gestorben ist. Aber das werde ich herausfinden.»

Die drei Polizeibeamten waren zusammen im Wohnzimmer. Jane Dalgliesh hatte sie unter dem Vorwand, Kaffee kochen zu wollen, allein gelassen; Dalgliesh konnte von der Küche her das leise Klirren hören, das ihre Handgriffe begleitete. Die anderen waren vor mehr als zehn Minuten gegangen. Es hatte wenig Zeit und Mühe gekostet, Sylvia Kedge wieder zu sich zu bringen, und nachdem sie und Liz Marley einmal aufgebrochen waren, hatte es eine allgemeine lebhafte Übereinkunft gegeben, daß man den aufregenden Teil des Abends nun zum Abschluß bringen sollte. Die Besucher sahen plötzlich ganz aufgelöst aus vor Müdigkeit. Als Reckless, der aus ihrer Erschöpfung anscheinend Kraft und Belebung gewann, sie jetzt über eine mögliche Waffe befragte, stieß er auf müdes Unverständnis. Niemand schien sich daran erinnern zu können, ob er oder sie ein Hackmesser, ein Beil oder eine Axt besaß, wo diese Werkzeuge aufbewahrt wurden oder wann sie zuletzt benutzt worden waren. Niemand außer Jane Dalgliesh. Und selbst Miss Dalglieshs ruhiges Eingeständnis, daß ihr vor einigen Monaten ein Hackbeil aus dem Holzschuppen weggekommen sei, erregte nur geringes Interesse. Die Anwesenden hatten für einen

Abend genug Mord gehabt. Sie wollten nach Hause, wie überdrehte Kinder nach einem Fest.

Reckless sprach erst über den Fall, als Miss Dalgliesh auch hinausgegangen war. Damit hatte man rechnen können, aber Dalgliesh stellte irritiert fest, wie sehr ihn die unausgesprochene Bedeutung, die darin lag, störte. Reckless war vermutlich weder dumm noch grob unhöflich. Er würde keine Ermahnungen aussprechen. Er würde Dalgliesh nicht gegen sich aufbringen, indem er ausdrücklich eine Verschwiegenheit und eine Unterordnung von ihm verlangte, die er, wie sie beide wußten, als selbstverständlich voraussetzen konnte. Aber das hier war sein Fall. Er war dafür zuständig. Es war seine Sache, frei darüber zu entscheiden, wen er und wie weit er den Betreffenden ins Vertrauen ziehen wollte. Die Situation war neu für Dalgliesh, und er wußte nicht recht, ob sie ihm gefiel.

Es war noch immer sehr drückend im Zimmer. Das Feuer erstarb jetzt zu einem weißen Aschenhäufchen, aber die Hitze, zwischen den Steinwänden eingeschlossen, schlug wie von einem Ofen gegen die Gesichter, und die Luft roch verbraucht. Der Inspektor schien davon unbeeindruckt. Er sagte:

«Diese Leute, die heute abend hier waren, Mr. Dalgliesh – erzählen Sie mir von ihnen. Betrachten sie sich alle als Schriftsteller?»

«Ich glaube, daß Oliver Latham sich als Theaterkritiker betrachten würde. Miss Calthrop schätzt es, als romantische Erzählerin bezeichnet zu werden, was immer das heißen mag. Als was Justin Bryce sich betrachtet, weiß ich nicht. Er ist Herausgeber einer literarischen und politischen Monatsschrift, die sein Großvater gegründet hat.»

Reckless sagte überraschenderweise:

«Ich weiß. Die *Monthly Critical Review*. Die hat sich mein Vater immer gekauft. Das war zu einer Zeit, als der Sixpence noch etwas wert war für die arbeitende Bevölkerung. Und für einen Sixpence bekam man von der *Monthly Critical* eine kräftige, herzerwärmende Sprache. Heutzutage ist sie fast so rot wie die *Financial Times*; Ratschläge, wie man sein Geld anlegen kann; Rezensionen von Büchern, die kein Mensch lesen will; billige Triumphe für

Intellektuelle. Seinen Lebensunterhalt kann er damit nicht verdienen.»

Dalgliesh erwiderte, es sei bekannt, daß Bryce, weit entfernt davon, seinen Lebensunterhalt damit zu verdienen, die *Review* aus seinem Privatvermögen subventioniere.

Reckless sagte:

«Er gehört offenbar zu den Menschen, denen es gleichgültig ist, ob die Leute sie für schwul halten. Ist er das, Mr. Dalgliesh?»

Es war keine belanglose Frage. Nichts im Charakter eines Verdächtigen ist belanglos bei Ermittlungen in einem Mordfall, und die Sache wurde als Mord behandelt. Aber Dalgliesh war unverständlicherweise irritiert. Er antwortete:

«Ich weiß es nicht. Vielleicht ist er ein bißchen ambivalent.»

«Ist er verheiratet?»

«Soweit ich weiß, nein. Aber wir sind doch sicher noch nicht an dem Punkt angekommen, wo jeder Junggeselle über vierzig automatisch verdächtig ist.»

Reckless gab keine Antwort. Miss Dalgliesh war mit einem gefüllten Tablett zurückgekommen, und er nahm mit förmlichem Dank eine Tasse Kaffee, obwohl es nicht so aussah, als ob er welchen wollte. Als sie wieder hinausgegangen war, begann er geräuschvoll zu schlürfen; seine dunklen Augen waren über den Tassenrand hinweg auf ein Aquarell von Jane Dalgliesh mit fliegenden Säbelschnäblern gerichtet, das an der gegenüberliegenden Wand hing. Er sagte: «Eine tückische Bande, die Schwulen. Im ganzen nicht gewalttätig, aber tückisch. Und das war ein tückisches Verbrechen. Diese Sekretärin, diese Verkrüppelte, woher kommt die, Mr. Dalgliesh?»

Dalgliesh kam sich vor wie ein Examenskandidat in der mündlichen Prüfung. Er sagte ruhig:

«Sylvia Kedge ist Waise und lebt allein in einem Haus in Tanner's Lane. Sie gilt als außerordentlich tüchtige Stenotypistin. Sie hat hauptsächlich für Maurice Seton gearbeitet, schreibt aber auch ziemlich viel für Miss Calthrop und Bryce. Ich weiß kaum etwas über sie – und auch nicht über die andern.»

«Im Moment reicht mir das, was Sie wissen, Mr. Dalgliesh. Und Miss Marley?»

«Auch eine Waise. Ihre Tante hat sie großgezogen. Sie studiert zur Zeit in Cambridge.»

«Und all diese Leute sind mit Ihrer Tante befreundet?»

Dalgliesh zögerte. Freundschaft war ein Wort, das seine Tante nicht so leicht gebrauchte, und er bezweifelte, daß sie wirklich mehr als einen Menschen in Monksmere als Freund bezeichnen würde. Aber man verleugnet seine Bekannten nicht gern, wenn sie unter Mordverdacht stehen. Indem er der Versuchung widerstand, zu antworten, daß sie einander genau, aber nicht gut kannten, sagte er vorsichtig: «Das sollten Sie besser meine Tante fragen. Aber sie kennen sich alle. Schließlich sind sie eine kleine, abgeschiedene Gemeinschaft. Es gelingt ihnen, miteinander auszukommen.»

Reckless sagte:

«Wenn sie nicht gerade gegenseitig ihre Haustiere umbringen.»

Dalgliesh sagte nichts darauf. Reckless fügte hinzu:

«Sie waren nicht besonders außer Fassung, oder? Nachdem sie Schriftsteller sind, hätte man doch angenommen, daß einer von ihnen einen flotten kleinen Nachruf zustande bringt.»

«Miss Kedge hat es sehr mitgenommen», meinte Dalgliesh.

«Das war keine Trauer. Das war ein Schock. Ein Schock im klinischen Sinn. Wenn es ihr bis morgen nicht besser geht, sollte man einen Arzt zu ihr schicken.»

Er hatte natürlich recht, dachte Dalgliesh. Es war ein Schock gewesen. Und das war an sich interessant. Gewiß, die Neuigkeiten des Abends waren ziemlich schockierend gewesen, aber hätten sie jemanden, für den es keine Neuigkeiten waren, wirklich so schokkiert? An der Ohnmacht zum Schluß war nichts gespielt gewesen, und sie ließ kaum auf ein schuldhaftes Wissen schließen.

Plötzlich stand Reckless auf, sah die leere Tasse an, als wisse er nicht recht, wie sie in seine Hand gekommen war, und stellte sie sehr behutsam auf das Tablett zurück. Wachtmeister Courtney tat es ihm nach kurzem Zögern nach. Es sah so aus, als ob die beiden endlich gehen wollten. Aber vorher mußte Reckless noch etwas erfahren. Da es sich um eine ganz einfache Information handelte, die sich als bedeutsam, aber genausogut auch als belanglos erweisen mochte, war Dalgliesh irritiert darüber, wie sehr es ihm widerstrebte, sie auszusprechen. Er sagte sich, daß die nächsten Tage schwierig genug werden würden, ohne daß er sich von Reckless zu einer Stimmung krankhafter Selbsterforschung verleiten ließ. Er sagte bestimmt:

«Es gibt da etwas im Zusammenhang mit dem gefälschten Manuskript, das Sie erfahren sollten. Möglicherweise irre ich mich – es gibt nicht viele Anhaltspunkte –, aber ich glaube, ich erkenne den Nachtclub aus der Beschreibung. Es klingt, als wäre es der Cortez Club in Soho – L. J. Lukers Etablissement. Sie erinnern sich wahrscheinlich an den Fall. Es war 1959. Luker hatte seinen Partner erschossen, war zum Tode verurteilt, aber anschließend wieder auf freien Fuß gesetzt worden, nachdem ein Berufungsgericht das Urteil aufgehoben hatte.»

Reckles sagte langsam:

«Ich erinnere mich an Luker. Das war doch Mr. Justice Brothwicks Fall, nicht? Es ist nützlich, den Cortez Club zu kennen, wenn man die Absicht hat, jemandem einen Mord anzuhängen. Und Luker eignet sich ganz vorzüglich dazu.»

Er ging zur Tür. Sein Wachtmeister folgte ihm wie ein Schatten. Reckless drehte sich noch einmal um.

«Ich sehe schon, daß es von großem Vorteil sein wird, Sie hier zu haben, Mr. Dalgliesh.»

Es klang wie eine Beleidigung.

8

Der Gegensatz zwischen der Helligkeit des Wohnzimmers und der kühlen Dunkelheit der Herbstnacht hätte nicht krasser sein können. Es war, als käme man in ein finsteres Loch. Als die Tür von Pentlands sich hinter ihnen schloß, erlebte Celia Calthrop einen Augenblick blinder Panik. Die Nacht bedrängte sie von allen Seiten. Beim Atmen empfand sie die Dunkelheit wie ein lastendes Gewicht. Die Luft schien verdickt vor Finsternis, eine Masse, durch die sie sich hindurchkämpfen mußte. Es gab keine Richtung und keine Entfernung mehr. In dieser schwarzen, numinosen

Leere tönte das dumpfe, schwermütige Branden des Meers von überallher, so daß sie sich bedroht und festgenagelt fühlte wie ein verirrter Wanderer an einer einsamen Küste. Als Latham den Strahl der Taschenlampe auf den schmalen Weg richtete, wirkte der Boden unwirklich und sehr weit weg wie die Oberfläche des Mondes. Es war unmöglich, daß menschliche Füße mit diesem fernen, immateriellen Untergrund in Berührung kommen konnten. Sie stolperte und hätte das Gleichgewicht verloren, hätte Latham nicht sofort mit überraschender Festigkeit ihren Arm ergriffen.

Sie gingen jetzt zusammen auf dem Pfad, der ins Landesinnere führte. Celia, die nicht erwartet hatte, zu Fuß nach Hause zu gehen, trug leichte, hochhackige Schuhe, mit denen sie abwechselnd auf glatten Kieselsteinen ausrutschte oder in weichen Sandflecken versank, so daß sie, von Latham am Arm gehalten, vorwärts taumelte wie ein unbeholfenes, widerspenstiges Kind. Aber ihre Angst war vorüber. Ihre Augen gewöhnten sich allmählich an die Dunkelheit, und mit jedem stolpernden Schritt vorwärts wurde das Brüllen des Meers schwächer. Aber sie empfand es als eine Erleichterung, als Justin Bryce mit normaler, unveränderter Stimme zu sprechen begann:

«Asthma ist ein seltsames Leiden! Das war ein Abend mit Schockwirkung – man ist zum erstenmal mit Mord in Berührung gekommen –, und trotzdem fühlt man sich recht gut. Und vergangenen Dienstag hatte man ohne erstichtlichen Grund den schrecklichsten Anfall. Natürlich könnte man die Nachwirkungen später noch zu spüren bekommen.»

«Das könnte man sicher», stimmte Latham sarkastisch zu. «Vor allem, wenn Forbes-Denby einem das Alibi für Dienstagnacht nicht bestätigt.»

«Oh, aber das wird er tun, Oliver! Und man kann sich des Eindrucks nicht erwehren, daß seine Aussage sehr viel mehr Gewicht hat als alles, was Ihre Bettgenossin sagen kann.»

Celia Calthrop, der die Nähe der beiden, ihr normales Verhalten, Sicherheit gab, sagte rasch:

«Es ist so beruhigend, daß Adam Dalgliesh zufällig hier ist. Schließlich *kennt* er uns. Ich meine, auf freundschaftlicher Basis.

Und da er selber Schriftsteller ist, paßt er für mein Gefühl zu uns in Monksmere.»

Latham brach in lautes Lachen aus.

«Wenn Sie Adam Dalgliesh beruhigend finden, beneide ich Sie um Ihre Fähigkeit zur Selbsttäuschung. Verraten Sie uns doch einmal, wie Sie ihn sehen, Celia! Als Gentlemanschnüffler, der nebenbei zum Vergnügen Verbrechen aufklärt, und die Verdächtigen dabei mit erlesener Höflichkeit behandelt? Eine Art professioneller Carruthers direkt aus einem von Setons düsteren Wälzern? Meine liebe Celia, Dalgliesh würde uns alle an Reckless verkaufen, wenn er der Ansicht wäre, daß sein Ansehen dadurch auch nur um ein Iota gewinnen kann. Er ist der gefährlichste Mensch, den ich kenne.»

Er lachte wieder, und sie spürte, wie er ihren Arm fester packte und sie weiterzog wie eine Gefangene. Trotzdem konnte sie sich nicht entschließen, sich loszumachen. Der Boden war noch immer uneben, obwohl der Weg hier breiter war. Stolpernd und rutschend, mit Schrammen an den Füßen und schmerzenden Knöcheln, hätte sie ohne seinen eisernen Griff keine Aussicht gehabt, mit ihnen Schritt zu halten. Und sie hätte es nicht ertragen, alleine zu bleiben. Bryces Stimme drang an ihr Ohr.

«Sehen Sie, Oliver hat recht, Celia. Dalgliesh ist Kriminalbeamter von Beruf und wahrscheinlich einer der intelligentesten im Land. Ich verstehe nicht, was seine beiden Gedichtbände, so sehr ich sie bewundere, daran ändern sollten.»

«Reckless ist allerdings auch nicht dumm.» Latham schien noch immer amüsiert. «Ist Ihnen aufgefallen, daß er selber kaum etwas gesagt, uns aber dazu ermuntert hat, mit unserem kindischen, selbstgefälligen Geschwätz nur weiterzumachen? Wahrscheinlich hat er von uns in fünf Minuten mehr erfahren, als andere Verdächtige ihm in einem stundenlangen richtigen Verhör erzählen würden. Wann werden wir endlich lernen, den Mund zu halten!»

«Da wir nichts zu verbergen haben, halte ich das für unerheblich», sagte Celia Calthrop. Oliver war wirklich außerordentlich provozierend heute abend! Man hätte fast denken können, daß er ein bißchen betrunken war. Justin Bryce sagte:

«Oh, Celia! Jeder hat etwas vor der Polizei zu verbergen. Deshalb hat man ja so ein gespaltenes Verhältnis zu ihr. Warten Sie nur ab, bis Dalgliesh Sie fragt, warum Sie von Seton immer in der Vergangenheitsform gesprochen haben, noch bevor wir wußten, daß man seine Leiche gefunden hat. Das haben Sie nämlich getan. Das ist sogar mir aufgefallen, und deshalb hat Dalgliesh es bestimmt auch bemerkt. Ich frage mich, ob er es für seine Pflicht hält, es Reckless zu erzählen.»

Aber Celia war zu resolut, um sich von Bryce Angst einjagen zu lassen. Sie sagte gereizt: «Seien Sie nicht albern, Justin. Ich glaube Ihnen nicht. Und selbst wenn ich es getan habe, dann wahrscheinlich darum, weil ich von Maurice als Schriftsteller gesprochen habe. Und man spürt tatsächlich irgendwie, daß der arme Maurice als Schriftsteller schon seit geraumer Zeit am Ende ist.»

«Lieber Gott, ja!» sagte Latham. «Fix und fertig. Erledigt. Ausgeschrieben. Maurice Seton hat in seinem Leben nur ein einziges Stück Prosa geschrieben, das sitzt, aber das kam ihm direkt aus dem Herzen. Und aus dem Kopf. Es hatte genau die Wirkung, die er beabsichtigte. Jedes Wort bewußt gewählt, um zu verletzen, und das ganze – absolut tödlich.»

«Meinen Sie sein Stück?» fragte Celia. «Ich dachte, Sie fanden es schlecht. Maurice hat mir immer gesagt, daß Sie es mit Ihrer Kritik erledigt hätten.»

«Liebste Celia, wenn ich mit meiner Kritik ein Stück erledigen könnte, wäre mit der Hälfte aller Stücke, die zur Zeit in London laufen, nach der Premiere Feierabend gewesen.» Er zog sie mit neuem Schwung vorwärts, und für einen Augenblick blieb Justin Bryce hinter ihnen zurück. Er beeilte sich, sie einzuholen, und rief atemlos:

«Maurice muß Dienstagnacht umgebracht worden sein. Und seine Leiche ist am späten Mittwochabend aufs Meer hinausgestoßen worden. Wie hat der Mörder nun die Leiche nach Monksmere gekriegt? Sie sind am Mittwoch von London hierhergefahren, Oliver. Sie hatten sie nicht zufällig im Kofferraum von Ihrem Jaguar?»

«Nein, mein Lieber», sagte Latham leichthin. «Ich bin sehr eigen mit dem, was ich in den Kofferraum von meinem Jaguar lege.»

Celia sagte befriedigt:

«Also, ich bin aus der Sache heraus. Sylvia kann mir bis Dienstagabend spät ein Alibi geben, und das ist offenbar die kritische Zeit. Ich gebe zu, daß ich am Mittwochabend allein unterwegs war, aber Reckless wird mich wohl kaum verdächtigen, die Leiche verstümmelt zu haben. Und dabei fällt mir etwas ein. Es gibt eine Person, die noch nicht einmal den Versuch macht, für Dienstag oder Mittwoch ein Alibi vorzubringen, Jane Dalgliesh. Und das beste dabei ist – es war ihr Hackbeil!»

Latham sagte:

«Warum in aller Welt sollte Miss Dalgliesh Seton umbringen wollen?»

«Warum sollte es einer von uns wollen?» erwiderte Celia. «Und ich behaupte ja auch nicht, daß sie es getan hat. Ich weise nur darauf hin, daß es anscheinend ihr Hackbeil war.»

Bryce sagte munter:

«Ich wollte es einmal. Ich meine, Seton umbringen. Nachdem ich Arabella gefunden hatte, hätte ich ihn ohne weiteres ermorden können. Aber ich habe es nicht getan. Trotzdem kann ich über seinen Tod nicht traurig sein. Ich frage mich, ob ich nach der Voruntersuchung seine Leiche besichtigen soll. Vielleicht nimmt mir der Schock darüber diese Gefühllosigkeit, die ich für sehr ungesund halte.»

Aber Latham dachte noch über das verlorengegangene Hackbeil nach. Er sagte grimmig:

«Jeder könnte es weggenommen haben! Jeder! Wir gehen doch beieinander ein und aus, wie es uns gerade einfällt. Niemand schließt hier etwas ab. Dazu bestand nie ein Grund. Und wir wissen noch nicht einmal, ob es als Tatwerkzeug benutzt worden ist.»

«Bedenken Sie das und beruhigen Sie sich, meine Lieben», sagte Bryce. «Solange wir die Todesursache nicht kennen, können wir noch nicht einmal sicher sein, daß Maurice ermordet worden ist.»

9

An der Tür von Haus Rosemary trennten sie sich von ihr, und sie sah zu, wie sie in der Dunkelheit verschwanden. Justins schrille Stimme und Olivers Lachen schallten noch zu ihr zurück, nachdem ihre Gestalten schon längst mit den dunkleren Schatten der Hecken und Bäume verschmolzen waren. Es brannte kein Licht im Haus, und das Wohnzimmer war leer. Also war Elizabeth zu Bett gegangen. Sie mußte von Haus Tanner schnell nach Hause gefahren sein. Ihre Tante wußte nicht recht, ob sie froh oder traurig sein sollte. Sie hatte plötzlich das Bedürfnis nach Gesellschaft, fühlte sich aber Fragen und Debatten nicht gewachsen. Es gab eine Menge zu besprechen, aber nicht heute abend. Sie war zu müde. Sie knipste die Tischlampe an und stocherte, auf dem Kaminvorleger kniend, erfolglos in den Holz- und Aschenresten des erloschenen Feuers. Dann stand sie unsicher wieder auf, wobei sie vor Anstrengung stöhnte wie eine alte Frau, und ließ sich in einen der Sessel sinken. Ihr gegenüber türmte sich mit dicken Polstern das gleiche Ungetüm von Sessel auf – leer und quälend. Hier hatte Maurice gesessen an jenem Oktobernachmittag vor sechs Jahren. Es war der Tag der Voruntersuchung gewesen; ein Tag kalter und plötzlich aufkommender Sturmböen. Es hatte ein schönes Feuer gebrannt an jenem Abend. Sie hatte ihn erwartet und hatte dafür gesorgt, daß beides, sie und das Zimmer, bereit war. Der Feuerschein und das gedämpfte Licht der einen Lampe warf einen genau berechneten Glanz auf das schimmernde Mahagoni und legte weiche Schatten über die zarten Rosa- und Blautöne der Polster und des Teppichs. Das Tablett mit den Getränken stand griffbereit. Nichts war dem Zufall überlassen geblieben. Und sie hatte ihn so ungeduldig erwartet wie ein junges Mädchen seine erste Verabredung. Sie hatte ein blaugraues Wollkleid getragen. Sie hatte wirklich sehr schlank, sehr jung darin ausgesehen. Es hing noch immer bei ihr im Schrank. Sie hatte es nie wieder anziehen mögen. Und er hatte ihr gegenübergesessen, schwarz und steif in seiner vorschriftsmäßigen Trauerkleidung, eine lächerliche kleine Schneiderpuppe mit schwarzer Krawatte und Armbinde und im Kummer erstarrtem Gesicht. Aber damals hatte sie nicht begriffen, daß es Kummer war. Wie konnte sie auch? Es war undenkbar, daß er um diese oberflächliche, egoistische, hemmungslose Nymphomanin trauerte. Natürlich, da war der Schock gewesen, als er erfuhr, daß Dorothy tot war, daß sie sich ertränkt hatte; das Grauen beim Identifizieren ihrer Leiche; die Tortur der Voruntersuchung; die Begegnung mit den Galerien weißer, anklagender Gesichter. Er wußte genau, was sie sagten: daß er seine Frau in den Tod getrieben habe. Kein Wunder, daß er geschockt und elend aussah. Aber Trauer? Es wäre ihr nie in den Sinn gekommen, daß er um Dorothy trauern könnte. Sie hatte als selbstverständlich angenommen, daß er insgeheim ein Gefühl der Erleichterung empfand. Erleichterung darüber, daß die langen Jahre der Qual und der Selbstbeherrschung endlich vorüber waren, daß er wieder anfangen konnte zu leben. Und sie würde dasein, um ihm zu helfen, so wie sie ihm mit ihrem Rat und ihrer Zuneigung geholfen hatte, als Dorothy noch lebte. Er war Schriftsteller, Künstler. Er war auf Zuneigung und Verständnis angewiesen. Vom heutigen Abend an brauchte er nie mehr alleine zu sein.

Hatte sie ihn geliebt, fragte sie sich. Es war schwierig, sich daran zu erinnern. Vielleicht nicht. Vielleicht hatte sie nie das empfunden, was sie sich unter Liebe vorstellte. Aber sie war dieser ersehnten, undefinierbaren, oft ausgemalten Überwältigung so nahe gekommen, wie sie überhaupt konnte. Sie hatte in fast vierzig Romanen eine Fiktion davon beschrieben; die Realität selber aber war ihr fremd geblieben.

Sie rief sich, vor dem erloschenen Feuer sitzend, den Augenblick ins Gedächtnis zurück, als sie die Wahrheit erfuhr, und ihre Wangen brannten bei der Erinnerung daran. Er hatte plötzlich angefangen zu weinen – hilflos wie ein Kind. In dem Moment waren alle Tricks vergessen. Es blieb nur das Mitleid. Sie hatte sich neben ihn gekniet, seinen Kopf mit den Armen umfangen und dabei Worte des Trostes und der Liebe geflüstert. Und da geschah es. Sein ganzer Körper wurde steif und wich vor ihr zurück. Er blickte sie mit angehaltenem Atem an, und sie sah sein Gesicht. Es war alles darin zu lesen. Mitleid, Verlegenheit, eine Spur Angst und – am schwersten von allem zu ertragen – physische Abneigung. In einem bitteren Moment völliger Klarheit hatte sie sich mit seinen

Augen gesehen. Er hatte um dieses schlanke, fröhliche, schöne Geschöpf getrauert; und eine häßliche ältere Frau hatte diesen Augenblick benutzt, um sich ihm in die Arme zu werfen. Natürlich hatte er seine Fassung wiedergewonnen. Es fiel kein Wort. Selbst das schreckliche Schluchzen hatte mitten in einem Atemzug aufgehört wie bei einem Kind, dem man ein Bonbon hinhält. Sie dachte bitter, daß nichts besser gegen Trauer half als eigene Bedrängnis. Irgendwie war sie unbeholfen, mit brennendem Gesicht, in ihren Sessel zurückgetaumelt. Er war gerade noch so lange geblieben, wie es die Höflichkeit erforderte. Sie hatte ihm einen Drink gereicht, sich die sentimentalen Erinnerungen an seine Frau angehört – lieber Gott, hatte der arme Trottel denn so rasch vergessen? – und für seine Urlaubspläne im Ausland, «wo ich versuchen will zu vergessen», Interesse geheuchelt. Es dauerte ein halbes Jahr, bis er es für ungefährlich hielt, Haus Rosemary wieder allein zu besuchen, und sogar noch länger, bis er langsam und zögernd begriff, daß sie immer verfügbar war, wenn er sich in Begleitung einer Frau in der Öffentlichkeit zeigen wollte. Kurz bevor er seine Reise antrat, hatte er ihr geschrieben, daß er sie in seinem Testament bedacht hätte, «aus Dankbarkeit für Ihr Mitgefühl und Ihr Verständnis beim Tode meiner lieben Frau». Sie hatte sehr gut verstanden. Es war die Art plumper, gefühlloser Geste, die er für eine angemessene Entschuldigung hielt. Aber ihre Reaktion darauf war nicht Ärger gewesen oder ein Gefühl der Demütigung; sie hatte sich nur gefragt, wieviel es sein würde. Sie hatte sich das seit damals immer öfter gefragt; und jetzt hatte diese Frage eine erregende Aktualität bekommen. Es konnten einfach nur 100 Pfund sein oder so. Es konnten aber auch Tausende sein. Es konnte sogar ein Vermögen sein. Schließlich hatte Dorothy als reiche Frau gegolten, und Maurice hatte sonst niemanden, dem er das Geld hinterlassen konnte. Er hatte mit seinem Stiefbruder nie viel anfangen können, und in letzter Zeit hatten sie sich sogar noch mehr auseinandergelebt. Außerdem – war er es ihr nicht schuldig?

Ein Lichtstreifen fiel vom Flur her über den Teppich. Elizabeth Marley kam auf nackten Füßen schweigend herein, ihr roter Morgenrock schimmerte in dem Dämmerlicht. Sie streckte sich steif im Sessel ihrer Tante gegenüber aus, die Füße zu dem verlöschenden Feuer hin, das Gesicht im Schatten. Sie sagte:

«Ich dachte mir doch, ich hätte dich hereinkommen hören. Kann ich dir etwas bringen? Heiße Milch? Kakao?»

Der Ton war unliebenswürdig, verlegen, aber das Angebot kam unerwartet, und Miss Calthrop war gerührt.

«Nein, danke, mein Kind. Geh nur wieder ins Bett. Du wirst dich erkälten. Ich werde selbst etwas zu trinken machen und bringe dir deins nach oben.»

Das junge Mädchen rührte sich nicht. Miss Calthrop rückte erneut dem Kamin zu Leibe. Diesmal zischte eine Flammenzunge um die Kohlen, und sie spürte die erste willkommene Wärme an Gesicht und Händen. Sie fragte:

«Hast du Sylvia gut nach Hause gebracht? Wie fühlte sie sich denn?»

«Nicht besonders. Aber andererseits tut sie das ja nie.»

Ihre Tante sagte:

«Ich habe mich hinterher gefragt, ob wir nicht hätten darauf bestehen müssen, daß sie hierbleibt. Sie sah wirklich sehr elend aus, nicht so, als könne man sie beruhigt alleine lassen.»

Elizabeth zuckte die Achseln. «Ich habe ihr gesagt, daß bei uns ein Bett leersteht, bis das neue Au-pair-Mädchen kommt, und daß sie es gerne benutzen kann. Sie wollte nicht. Als ich sie gedrängt habe, wurde sie gereizt, deshalb habe ich es gelassen. Schließlich ist sie dreißig Jahre alt. Sie ist kein Kind mehr. Ich konnte sie ja nicht zwingen hierzubleiben.»

«Nein, natürlich nicht.» Celia Calthrop dachte, daß ihre Nichte Sylvia wohl kaum gern im Haus gehabt hätte. Es war ihr schon aufgefallen, daß Frauen Sylvia meist weniger mochten als Männer, und Elizabeth machte aus ihrer Abneigung keinen Hehl. Die Stimme aus dem Sessel fragte:

«Was gab es denn noch, nachdem wir gegangen waren?»

«Nicht viel. Jane Dalgliesh glaubt anscheinend, daß er mit ihrem Hackbeil umgebracht worden sein könnte. Offenbar ist es ihr vor etwa vier Wochen abhandengekommen.»

«Hat Inspektor Reckless euch gesagt, daß er auf diese Weise umgebracht worden ist?»

«Nein. Aber sicher ...»

«Dann weiß man noch nicht, wie er gestorben ist. Er kann mindestens auf ein Dutzend verschiedene Arten umgebracht worden sein, und die Hände kann man ihm auch noch nach dem Tod abgehackt haben. Das nehme ich sogar an. Ich stelle mir das nicht so einfach vor, wenn das Opfer noch lebt und bei Bewußtsein ist. Inspektor Reckless muß wissen, ob es so gewesen ist. Dann wäre zum Beispiel nicht viel Blut geflossen. Und ich glaube, daß er auch ohne Obduktionsbefund die Todeszeit ziemlich genau kennt.»

Ihre Tante sagte:

«Er ist doch sicher am Dienstagabend gestorben. Es muß ihm am Dienstag irgend etwas passiert sein. Maurice wäre nie so aus dem Club weggegangen und hätte die Nacht woanders verbracht, ohne jemandem etwas davon zu sagen. Er ist am Dienstagabend gestorben, als Sylvia und ich im Kino waren.»

Sie sprach mit verbohrtem Eigensinn. Sie wollte, daß es so war, also mußte es so sein. Maurice war am Dienstagabend gestorben, und an ihrem Alibi gab es nichts zu rütteln. Sie fügte hinzu:

«Es ist Pech für Justin und Oliver, daß sie an dem Abend in London waren. Natürlich haben sie auch ein sogenanntes Alibi. Aber es ist trotzdem nicht gut.»

Das junge Mädchen sagte ruhig:

«Ich war am Dienstagabend auch in London.» Und ehe ihre Tante etwas sagen konnte, setzte sie rasch hinzu:

«Schon gut, ich weiß, was du sagen willst. Ich hätte eigentlich im Krankenbett in Cambridge sein müssen. Na schön, ich durfte eher aufstehen, als ich dir gesagt habe. Ich bin am Dienstagmorgen mit dem ersten Schnellzug nach Liverpool Street gefahren. Ich war dort mit jemandem zum Mittagessen verabredet. Niemand, den du kennst. Jemand aus Cambridge. Er studiert jetzt an einer anderen Universität. Jedenfalls ist er nicht gekommen. Natürlich habe ich eine Nachricht von ihm vorgefunden, sehr höflich, sehr bedauernd. Es war nur dumm, daß wir uns in einem Lokal verabredet hatten, wo man uns kannte. Ich war nicht gerade erbaut, als ich dem Oberkellner am Gesicht ansah, daß ich ihm leid tat. Nicht, daß es mich wirklich geärgert hat. Die Sache ist unwichtig. Aber ich wollte nicht, daß sich Oliver und Justin über meine Angelegenheiten das Maul zerreißen. Ich sehe auch nicht ein, warum ich es Reckless erzählen sollte. Der soll ruhig selber dahinterkommen.»

Celia dachte:

«Aber mir hast du es erzählt!» Sie empfand ein so heftiges Glücksgefühl, daß sie froh war, daß sie im Dunkeln saßen. Es war das erste Mal überhaupt, daß das junge Mädchen ihr wirklich Vertrauen entgegenbrachte. Und das Glück darüber machte sie aufgeschlossen. Sie sagte, indem sie dem ersten Drang zu trösten oder Fragen zu stellen, widerstand:

«Ich weiß nicht, mein Kind, ob es vernünftig von dir war, den ganzen Tag in der Stadt zu verbringen. Du bist noch nicht wieder richtig gesund. Immerhin hat es dir ja offenbar nichts geschadet. Was hast du denn nach dem Essen gemacht?»

«Oh, am Nachmittag habe ich in der Bibliothek gearbeitet. Dann bin ich in ein Aktualitätenkino gegangen. Danach war es dann schon relativ spät, deshalb habe ich mir überlegt, daß ich besser über Nacht bleibe. Ich habe im Lyons House in der Coventry Street etwas gegessen und mir anschließend im Hotel Walter Scott in Bloomsbury ein Zimmer genommen. Den größten Teil des Abends habe ich damit verbracht, einfach so in London herumzulaufen. Kurz vor elf, glaube ich, habe ich mir den Schlüssel geholt und bin in mein Zimmer gegangen.»

Miss Calthrop fiel ihr eifrig ins Wort:

«Dann kann der Hotelportier für dich aussagen. Und vielleicht erinnert sich auch noch jemand im Lyons an dich. Ich glaube, du hattest vollkommen recht, vorläufig noch nichts davon zu sagen. Das ist ganz allein deine Angelegenheit. Wir werden jetzt erst einmal abwarten, bis wir wissen, wann er gestorben ist. Dann können wir uns die ganze Sache noch einmal überlegen.»

Es fiel ihr schwer, den glücklichen Unterton in ihrer Stimme zu unterdrücken. So hatte sie es sich immer gewünscht. Sie sprachen miteinander, machten Pläne miteinander. Sie wurde, wenn auch noch so indirekt und widerwillig, ins Vertrauen gezogen und um Rat gefragt. Wie merkwürdig, daß ausgerechnet Maurices Tod sie beide zusammenbringen sollte. Sie schwatzte weiter:

«Ich bin froh, daß du dich über die Sache mit der Verabredung nicht weiter ärgerst. Die jungen Männer von heute haben keine

Manieren. Wenn er dich nicht bis spätestens einen Tag vorher anrufen konnte, hätte er eigentlich kommen müssen. Aber du weißt jetzt zumindest, woran du bist.»

Das junge Mädchen erhob sich aus dem Sessel und ging ohne ein Wort zur Tür. Ihre Tante rief ihr nach:

«Ich hole uns beiden etwas zu trinken und bringe es nach oben in dein Zimmer. Geh schon voraus und leg dich ins Bett. Ich komme sofort.»

«Nein, danke, ich möchte nichts.»

«Aber du hast doch gesagt, daß du etwas Warmes trinken willst. Das solltest du tun. Laß mich dir ein bißchen Kakao machen. Oder vielleicht einfach nur heiße Milch.»

«Ich habe gesagt, ich möchte nichts. Und ich gehe jetzt schlafen. Ich möchte meine Ruhe haben.»

«Aber Eliza ...»

Die Tür fiel ins Schloß. Sie konnte nichts mehr hören. Nicht einmal leise Schritte auf der Treppe. Da war nur noch das Zischen des Feuers und draußen die Stille, die Einsamkeit der Nacht.

10

Dalgliesh erwachte am nächsten Morgen vom Schrillen des Telefons. Seine Tante mußte gleich an den Apparat gegangen sein, denn das Läuten hörte fast sofort auf, und er versank wieder in den seligen Dämmerzustand zwischen Schlafen und Wachen, der einer guten Nacht folgt. Es mußte etwas mehr als eine halbe Stunde vergangen sein, als das Telefon wieder läutete. Und dieses Mal kam es ihm lauter und durchdringender vor. Er machte die Augen weit auf und sah, vom Fenster umrahmt, ein Rechteck durchsichtigen blauen Lichts, das nur von einem hauchfeinen Strich in Himmel und Meer geteilt wurde. Es versprach wieder ein wunderschöner Herbsttag zu werden. Es war schon ein wunderschöner Herbsttag. Er sah mit Erstaunen auf seiner Uhr, daß es Viertel nach zehn war. Er zog sich Morgenrock und Hausschuhe an und kam gerade rechtzeitig die Treppe herunter, um seine Tante noch am Telefon sprechen zu hören.

«Sobald er wach ist, werde ich es ihm sagen, Inspektor. Ist es dringend? Nein, aber eigentlich ist er ja im Urlaub ... Er kommt sicher gerne, sobald er gefrühstückt hat. Auf Wiedersehen.»

Dalgliesh beugte sich vor und legte seine Wange einen Augenblick an ihre Wange. Sie fühlte sich, wie gewöhnlich, so weich und so fest an wie ein Lederhandschuh.

«War das Reckless?»

«Ja. Er sagt, er wäre in Setons Haus und würde sich freuen, wenn du heute morgen auch hinkommen könntest.»

«In welcher Eigenschaft hat er aber nicht gesagt, was? Soll ich selber arbeiten oder soll ich ihn nur bei seiner Arbeit bewundern? Oder bin ich am Ende verdächtig?»

«Verdächtig bin ich, Adam. Es war mit ziemlicher Sicherheit mein Hackbeil.»

«Oh, das hat man durchaus nicht übersehen. Trotzdem, glaube ich, rangierst du als Verdächtige noch hinter den meisten deiner Nachbarn. Und mit absoluter Sicherheit hinter Digby Seton. Wir Polizisten sind im Grunde schlichte Gemüter. Wir wollen gerne ein Motiv erkennen, bevor wir jemanden verhaften. Und kein Motiv erfreut unser Herz so sehr wie die Aussicht auf Profit. Digby wird seinen Stiefbruder doch wohl beerben?»

«Das nimmt man allgemein an. Ein oder zwei Eier, Adam?»

«Bitte zwei. Aber ich kümmere mich schon darum. Bleib du hier und erzähl mir. Hat das Telefon nicht zweimal geläutet? Wer hat vorhin angerufen?»

Seine Tante erklärte ihm, daß R. B. Sinclair angerufen hatte, um sie beide für Sonntagabend zum Essen einzuladen. Sie hatte versprochen zurückzurufen. Dalgliesh, der sich mit liebevoller Aufmerksamkeit seinen Spiegeleiern widmete, war verblüfft. Aber er äußerte, außer der Bereitschaft mitzugehen, nichts weiter dazu. Das war etwas Neues. Seine Tante wurde wahrscheinlich häufiger nach Haus Priory eingeladen, aber nie, wenn er in Pentlands war. Es war schließlich bekannt, daß R. B. Sinclair weder selbst Besuche machte noch Besucher bei sich empfing. Dalglieshs Tante war die einzige Ausnahme. Aber der Grund für diese Neuerung war nicht schwer zu erraten. Sinclair wollte mit dem Menschen über den Mord sprechen, von dem man eine sachkundige Meinung erwarten konnte. Es war beruhigend, festzustellen – wenn auch ein wenig desillusionierend –, daß der große alte Mann gegen ganz gewöhnliche Neugier nicht gefeit war. Gewaltsamer Tod übte selbst auf diesen Weltflüchtigen, der die menschliche Komödie aus Überzeugung nicht mitspielte, seine makabre Anziehung aus. Aber natürlich würde Dalgliesh der Einladung folgen. Die Versuchung war zu groß, um ihr zu widerstehen. Er lebte jetzt lange genug, um zu wissen, daß wenige Erlebnisse so ernüchternd sein können wie die Begegnung mit berühmten Leuten. Aber bei R. B. Sinclair würde jeder Schriftsteller dieses Risiko gern eingehen.

Dalgliesh machte sich nach dem Frühstück in aller Ruhe fertig, zog ein Tweedjackett über den Pullover und blieb einen Augenblick an der Haustür stehen, wo ihn eine Sammlung von Spazierstöcken – von ehemaligen Besuchern als Unterpfand für eine glückliche Wiederkehr zurückgelassen – in Versuchung führte, der Rolle des entschlossenen Urlaubers noch ein letztes Attribut hinzuzufügen. Er entschied sich für einen derben Knotenstock, wog ihn abschätzend in der Hand und stellte ihn dann wieder zurück. Es bestand kein Grund, die Sache zu übertreiben. Er rief seiner Tante einen Abschiedsgruß zu und machte sich auf den Weg über die Landspitze. Am schnellsten wäre er mit dem Auto dort gewesen, wenn er an der Kreuzung rechts abgebogen, einen knappen halben Kilometer Richtung Southwold gefahren und dann den schmalen, aber recht ebenen Feldweg genommen hätte, der über die Landspitze direkt zum Haus führte. Dalgliesh entschloß sich aber, zu Fuß zu gehen. Schließlich war er im Urlaub, und der Inspektor hatte bei seinem Anruf nichts davon gesagt, daß es eile. Reckless tat ihm leid. Nichts ist so ärgerlich und so verwirrend für einen Kriminalbeamten wie irgendeine Unklarheit über seinen Kompetenzbereich. Tatsächlich gab es eine solche auch nicht. Reckless war allein für die Ermittlungen zuständig, und beide wußten sie das. Selbst wenn der Polizeidirektor beschloß, den Yard um Hilfe zu bitten, war es höchst unwahrscheinlich, daß man Dalgliesh mit dem Fall betraute. Er war persönlich zu sehr in die Sache verwickelt. Aber Reckless würde kaum Vergnügen daran finden, seine Ermittlungen unter den Augen eines Kriminalinspektors durchzuführen, noch dazu eines Kriminalinspektors von Dalglieshs Ruf. Na schön, das war Reckless' Pech, dachte Dalgliesh, aber noch größeres Pech für ihn selbst. Damit konnte er die Hoffnung auf einen einfachen, ungestörten Urlaub begraben, diese glückliche Woche stillen Friedens, in der sich seine Nerven von selbst beruhigen und seine Privatprobleme von selbst lösen sollten. Wahrscheinlich war dieser Plan von Anfang an ein Luftschloß gewesen, aus seiner Müdigkeit und dem Bedürfnis nach Tapetenwechsel entstanden. Trotzdem war es irritierend, dieses Luftschloß so schnell in sich zusammenfallen zu sehen. Er hatte genausowenig Lust, sich in den Fall einzumischen, wie Reckless Lust hatte, ihn um seine Hilfe zu bitten. Natürlich waren diskrete Telefonate mit dem Yard geführt worden. Alle Beteiligten würden es für selbstverständlich halten, daß Dalgliesh dem Inspektor mit seiner genaueren Kenntnis von Monksmere und dem, was er über die betreffenden Personen wußte, zur Verfügung stehen würde. Das war nicht mehr, als jeder Bürger der Polizei schuldete. Aber wenn Reckless glaubte, daß Dalgliesh darauf erpicht war, noch massiver in die Sache einzugreifen, mußte man ihm diese Illusion schleunigst nehmen.

Es war unmöglich, sich an der Schönheit des Tages nicht zu freuen, und im Gehen verschwand ein Großteil von Dalglieshs Gereiztheit. Die ganze Landspitze war in die goldene Wärme der Herbstsonne getaucht. Der leichte Wind war frisch, aber nicht kalt. Der sandige Weg war fest unter seinen Füßen, teils geradeaus zwischen Ginster- und Heidesträuchern, teils in Windungen unter dichten Brombeerhecken und verkümmerten Weißdornbüschen verlaufend, die eine Reihe kleiner Höhlen bildeten, in die das Licht nicht durchdrang und wo der Weg sich zu einem schmalen Sandstreifen verengte. Die meiste Zeit konnte Dalgliesh das Meer sehen, nur als er an den grauen Mauern von Haus Priory vorüberging, war ihm der Ausblick für kurze Zeit versperrt. Es stand wie eine Festung gegen das Meer, nicht mehr als hundert Meter von der Felsenkante entfernt, nach Süden hin von einer hohen Steinmauer und nach Norden zu von einer Tannenreihe begrenzt. Nachts hatte das Anwesen etwas Unheimliches und Abweisendes, wodurch seine natürliche Abgeschiedenheit noch unterstrichen wurde. Dalgliesh dachte, daß Sinclair, wenn er das Bedürfnis nach Einsamkeit hatte, kaum einen besseren Ort hätte finden können. Er fragte sich, wie lange es dauern würde, bis Reckless mit seinen Fragen in diese Abgeschiedenheit eindrang. Er würde vermutlich bald dahinterkommen, daß von Sinclairs Grundstück aus eine Privattreppe zum Strand hinunterführte. Wenn man voraussetzte, daß die Leiche zum Boot gebracht und nicht das Boot eine beträchtliche Strecke die Küste entlang zur Leiche gerudert worden war, dann mußte sie auf einem von drei vorhandenen Wegen zum Strand hinuntergeschafft worden sein. Einen anderen Zugang gab es nicht. Ein Weg, und vielleicht der einleuchtendste, war die Tanner's Lane, die an Sylvia Kedges Haus vorüberführte. Da das Dinghi am Ende der Tanner's Lane auf dem Strand gelegen hatte, wäre das der direkteste Weg gewesen. Der zweite war der steile, sandige Hügel, der von Pentlands zur Küste hinabführte. Er hatte es schon bei Tag in sich. In der Nacht war er selbst für jemanden, der sich hier auskannte und keine schwere Last zu tragen hatte, gefährlich. Dalgliesh konnte sich nicht vorstellen, daß der Mörder dieses Risiko eingegangen war. Auch wenn seine Tante das Auto auf die Entfernung hin nicht gehört hätte, wäre ihr aufgefallen, daß jemand am Haus vorbeiging. Ein Mensch, der alleine lebte und noch dazu an einem so abgelegenen Ort, hatte ein feines Ohr für die ungewöhnlichen Geräusche der Nacht. Es gab keine Frau, die weniger neugierig war als seine Tante, der die Gewohnheiten der Vögel immer viel größeres Interesse abgewonnen hatten als die der Menschen. Aber selbst sie würde nicht unbeteiligt zusehen, wie eine Leiche an ihrer Tür vorbeigetragen wurde. Hinzu kam noch die Schwierigkeit, daß die Leiche einen guten halben Kilometer am Strand entlang zu der Stelle getragen werden mußte, wo die Sheldrake lag. Natürlich hätte der Mörder den Körper halb vergraben im Sand zurücklassen können, während er das Dinghi holte. Aber das hätte die Risiken nur unnötig erhöht, und es wäre unmöglich gewesen, alle Sandspuren von der Leiche zu entfernen. Viel einfacher noch, man hätte Riemen und Dollen gebraucht. Er fragte sich, ob Reckless danach gesucht hatte.

Den dritten Zugang zum Strand hatte man von Sinclairs Treppe aus. Sie war nur gute fünfzig Meter von der Tanner's Lane entfernt und führte in eine kleine versteckte Bucht, wo das Meer die Felsen, die hier am höchsten waren, zu einer sanften Höhlung ausgewaschen hatte. Dies war die einzige Stelle am Strand, wo sich der Mörder – sofern es sich um Mord handelte – die Leiche vornehmen konnte, ohne befürchten zu müssen, daß er von Norden oder von Süden her beobachtet wurde. Die Gefahr entdeckt zu werden, bestand nur, wenn der unwahrscheinliche Fall eintrat, daß irgend jemand aus der Umgebung einen Abendspaziergang am Strand machen sollte; und an dieser Stelle würde nach Einbruch der Dunkelheit kein Einheimischer alleine spazierengehen.

Haus Priory lag jetzt hinter Dalgliesh, und er langte bei dem lichten Buchengehölz an, das bis an die Tanner's Lane heranreichte. Das welke Laub raschelte unter seinen Füßen, und durch das Gitterwerk der kahlen Äste war ein blauer Schimmer zu sehen, der ebensogut Himmel wie Meer sein konnte. Plötzlich war das Gehölz zu Ende. Dalgliesh stieg über den Zauntritt und bog in die schmale Straße ein. Unmittelbar vor ihm lag das niedrige rote Backsteinhaus, in dem Sylvia Kedge seit dem Tod ihrer Mutter allein wohnte. Es war ein häßliches Bauwerk, so primitiv quadratisch wie ein Puppenhaus, die vier Fensterchen dicht mit Gardinen verhängt. Das Gartentor und die Haustür waren verbreitert worden, vermutlich, damit die junge Frau mit ihrem Rollstuhl besser durchkam, aber die Proportionen des Hauses hatte diese Veränderung nicht verbessert. Es war nicht der geringste Versuch unternommen worden, es auf irgendeine Weise zu verschönern. Der winzige Vorgarten war ein dunkler, von einem Kiesweg in zwei Hälften geteilter Fleck; Fensterrahmen und Türen waren dick in einem langweiligen, behördenbraunen Farbton gestrichen. Dalgliesh dachte, daß es hier schon seit Menschengedenken ein Haus Tanner gegeben haben mußte, jedes ein Stück weiter die Straße hoch gebaut als das andere, bis auch das letzte wieder von einer Sturmflut weggefegt wurde. Nun stand dieser plumpe rote Kasten aus dem zwanzigsten Jahrhundert trutzig hier, um seinen Kampf gegen das Meer aufzunehmen. Dalgliesh stieß, einem plötzlichen Impuls folgend, die Gartenpforte auf und ging den Weg zum Haus hinauf. Plötzlich drang ein Geräusch an sein Ohr. Es war noch jemand anderer dabei, Erkundungen anzustellen. Um die Hausecke herum tauchte die Gestalt von Elizabeth Marley auf. Sie warf ihm ohne jede Verlegenheit einen kühlen Blick zu und sagte: «Ach, Sie sind es! Ich dachte mir doch, ich hätte hier jemanden herumschnüffeln hören. Was wollen Sie denn?»

«Nichts. Ich schnüffle von Natur aus. Während Sie wahrscheinlich Miss Kedge suchen.»

«Sylvia ist nicht da. Ich dachte, sie wäre in ihrer kleinen Dunkelkammer, aber da ist sie nicht. Ich soll ihr etwas von meiner Tante ausrichten. Angeblich möchte sie wissen, ob es Sylvia wieder besser geht nach dem Schock von gestern abend. In Wirklichkeit will sie aber, daß Sylvia zu ihr zum Diktat kommt, bevor Oliver Latham oder Justin sie sich schnappen. Es wird ein großes Gerangel geben um La Kedge, und ich bin überzeugt, sie wird das weidlich ausnutzen. Der Gedanke behagt ihnen allen, für einen Shilling pro Seite inklusive Durchschlägen jederzeit eine Privatsekretärin zur Verfügung zu haben.»

«Ist das alles, was Seton ihr bezahlt hat? Wieso ist sie dann bei ihm geblieben?»

«Sie war ihm sehr ergeben oder hat zumindest so getan. Sie hatte wohl ihre Gründe, zu bleiben. Schließlich wäre es für sie nicht so einfach gewesen, in der Stadt eine Wohnung zu finden. Man darf mit Spannung erwarten, was er ihr in seinem Testament vermacht hat. Auf jeden Fall hat ihr die Rolle der treuen, überarbeiteten kleinen Gehilfin sehr gefallen, die so gern in Tantchens Dienste getreten wäre, wenn sie damit nicht den armen Maurice Seton im Stich gelassen hätte. Meine Tante hat das natürlich nie durchschaut. Aber andererseits ist sie ja auch nicht besonders intelligent.»

«Während Sie uns alle fein säuberlich in bestimmte Schubladen eingeordnet haben. Glauben Sie etwa, daß jemand Maurice Seton umgebracht hat, um seine Sekretärin zu kriegen?»

Sie wandte sich ihm heftig zu, das grobe Gesicht flammend vor Wut.

«Es ist mir piepegal, wer ihn umgebracht hat und aus welchem Grund! Ich weiß nur, daß es nicht Digby Seton war. Ich habe ihn am Mittwochabend vom Zug abgeholt. Und wenn Sie wissen wollen, wo er am Dienstagabend war, kann ich es Ihnen sagen. Er hat es mir auf der Herfahrt erzählt. Er war von elf Uhr an im Polizeirevier West Central eingesperrt. Sie haben ihn betrunken aufgegriffen, und er ist am Mittwochmorgen dem Polizeirichter vorgeführt worden. Folglich ist er zu seinem Glück von Dienstagabend um elf bis fast zum Mittwochmittag in Polizeigewahrsam gewesen. Versuchen Sie mal, dieses Alibi zu erschüttern, Inspektor!»

Dalgliesh wies freundlich darauf hin, daß es Reckless' Aufgabe war, Alibis zu erschüttern, und nicht seine. Elizabeth zuckte die Achseln, vergrub die Fäuste in den Jackentaschen und stieß mit dem Fuß die Gartenpforte von Haus Tanner zu. Sie ging mit Dalgliesh die Straße hinunter. Plötzlich sagte sie:

«Ich glaube, daß die Leiche auf dieser Straße zum Strand gebracht worden ist. Der Mörder hätte die Leiche allerdings die letzten hundert Meter tragen müssen. Die Straße ist viel zu schmal für ein Auto und sogar für ein Motorrad. Er hätte sie im Auto bis zu Coles' Wiese bringen und das Auto dort neben der Straße parken können. Es waren ein paar Beamte in Zivil dort, die nach Reifenspuren suchten, als ich vorbeikam. Sie werden nicht viel Freude haben. Jemand hat gestern abend das Tor offengelassen, und heute morgen war die ganze Straße voller Schafe.»

Das war, wie Dalgliesh wußte, nichts Ungewöhnliches. Ben Coles, der östlich von der Straße nach Dunwich ein paar unergiebige Äcker bebaute, hielt seine Zäune und Gatter nicht in allerbestem Zustand, und seine Schafe waren mit der blinden Sturheit ihrer Gattung öfter auf der Tanner's Lane als auf ihrer Wiese zu finden. Zur Urlaubszeit verwandelte sich die Straße in ein Schlachtfeld, eine laut blökende Schafherde und hupfreudige Autotouristen gerieten miteinander ins Gemenge bei dem wütenden Versuch, sich gegenseitig von dem schmalen Parkstreifen zu verdrängen. Aber vielleicht war das offene Tor gestern abend jemandem sehr zupaß gekommen; vielleicht waren Coles' Schafe mit ihrer fröhlichen Flucht einer alten örtlichen Tradition gefolgt. Es war allgemein bekannt, daß die Herden in früheren Zeiten, als noch geschmuggelt wurde, nachts durchs Westleton-Moor getrieben wurden, so daß alle Hufspuren der Pferde verwischt waren, wenn sich die Zollbeamten am nächsten Morgen auf die Suche machten.

Sie gingen zusammen weiter, bis sie an den Zauntritt kamen, über den man zum nördlichen Teil von Monksmere Head gelangte. Dalgliesh blieb stehen, um sich zu verabschieden, als das junge Mädchen plötzlich hervorstieß:

«Sie halten mich wahrscheinlich für ein undankbares Biest. Natürlich gibt sie mir auch noch Taschengeld. 400 Pfund im Jahr zusätzlich zu meinem Wechsel. Aber ich nehme an, das wissen Sie – wie offenbar die meisten hier.»

Es bedurfte keiner Frage, wen sie meinte. Dalgliesh hätte erwidern können, daß Celia Calthrop nicht die Frau war, die im Verborgenen Gutes tat. Aber er war erstaunt über die Höhe der Summe. Miss Calthrop machte keinen Hehl daraus, daß sie kein Privatvermögen hatte – «Ich Arme, ich muß von meiner Hände Arbeit leben. Alles, was ich einnehme, ist schwer verdient» –, trotzdem glaubte niemand, daß es ihr an Geld mangelte. Ihre Bücher verkauften sich ausgezeichnet, und sie arbeitete hart, sogar unglaublich hart, auch wenn Latham und Bryce der Meinung waren, daß sich die gute Celia nur bequem neben dem eingeschalteten Tonbandgerät zurückzulehnen brauche, damit der Strom ihrer fragwürdigen Erfindungsgabe mühelos und höchst ergiebig zu fließen beginne. Es war nicht schwer, etwas Unfreundliches über ihre Bücher zu sagen. Aber wenn man sich Zuneigung kaufen wollte – und schon daß sie widerwillig ertragen wurde, kostete sie ein Studium in Cambridge plus vierhundert Pfund im Jahr –, dann mußte man wohl rührig sein. Alle halbe Jahre ein Roman; eine Kolumne wöchentlich in *Heim und Herd*; Fernsehauftritte, so oft ihre Agentin sie in diesen unsäglich langweiligen Podiumsdiskussionen unterbringen konnte; Kurzgeschichten unter verschiedenen Pseudonymen in Frauenzeitschriften, freundliche Teilnahme an Wohltätigkeitsbasaren, wo Publicity umsonst zu haben war, wenn man auch seinen Tee selbst bezahlen mußte. Er empfand einen Anflug von Mitleid für Celia. Ihre Selbstgefälligkeit und Wichtigtuerei, die für Latham und Bryce ein solcher Quell verächtlicher Belustigung waren, erschienen ihm plötzlich nur noch als bedauernswerte Selbsttäuschung eines ebenso einsamen wie unsicheren Lebens. Er fragte sich, ob sie sich wirklich etwas aus Maurice Seton gemacht hatte. Und er fragte sich auch, ob er sie wohl in seinem Testament bedacht hatte.

Elizabeth Marley schien es nicht eilig zu haben, ihn sich selbst zu überlassen, und es war schwierig, sich dieser resoluten Hartnäckigkeit zu entziehen. Er war es gewöhnt, daß man sich ihm anvertraute. Das gehörte schließlich zu seinem Beruf. Aber jetzt war er nicht im Dienst, und er wußte sehr gut, daß diejenigen, die am vertrauensseligsten waren, es auch am schnellsten bereuten. Außerdem hatte er keine Lust, mit ihrer Nichte über Celia Calthrop zu sprechen. Er hoffte, daß das junge Mädchen nicht den ganzen Weg nach Haus Seton mit ihm gehen wollte. Als er sie ansah, wußte er, wo zumindest ein Teil des stattlichen Taschengeldes, das sie von ihrer Tante bekam, geblieben war. Die pelzgefütterte Jacke war aus echtem Leder. Der Faltenrock aus leichtem Tweed sah aus, als sei er für sie maßgeschneidert worden. Die Schuhe waren fest und trotzdem elegant. Es fiel ihm etwas ein, das Oliver Latham einmal gesagt hatte, er wußte nur nicht mehr, wann und warum: «Elizabeth Marley hat eine Leidenschaft fürs Geld. Das ist ein sympathischer Zug in unserer Zeit, wo jeder so tut, als sei sein Geist auf Höheres gerichtet.»

Sie lehnte sich gegen den Zauntritt und versperrte ihm so den Weg.

«Natürlich hat sie mich nach Cambridge gebracht. Das schafft man nicht ohne Geld oder Protektion bei Leuten von mäßiger Intelligenz so wie ich. Bei den Spitzenleuten ist es kein Problem. Um die reißt sich jeder. Für alle andern ist es eine Frage der richtigen Schule und der richtigen Namen in den Bewerbungsunterlagen. Selbst das hat meine Tante hingekriegt. Sie hat eine ausgesprochene Begabung, andere Leute zu benutzen. Es stört sie überhaupt nicht, ihnen auf geradezu penetrante Weise auf die Nerven zu fallen, was es natürlich einfacher macht.»

«Warum haben Sie eine solche Abneigung gegen sie?» fragte Dalgliesh.

«Oh, das hat keine persönlichen Gründe. Obwohl uns ja nicht sehr viel miteinander verbindet. Es ist ihre Arbeit. Die Romane sind schon schlimm genug. Gott sei Dank haben wir nicht denselben Namen. Die Leute in Cambridge sind ziemlich tolerant. Selbst wenn sie eine Hehlerin wäre und sich als Puffmutter tarnte, würde sich kein Mensch in Cambridge darum kümmern. Und ich auch nicht. Aber diese Kolumne! Die ist geradezu entwürdigend! Die ist noch schlimmer als ihre Bücher. Sie kennen ja diesen Mist.» Sie sprach mit affektierter Fistelstimme. «Geben Sie ihm nur nicht nach, mein Kind. Männer wollen immer nur das eine.»

Dalgliesh dachte, daß Männer das – wie er von sich selber wußte – in der Tat meistens wollten, hütete sich aber, es zu sagen. Er fühlte sich plötzlich alt, gelangweilt und gereizt. Er hatte keine Gesellschaft verlangt und konnte sich, wenn er in seiner Einsamkeit unbedingt gestört werden mußte, eine angenehmere Begleitung vorstellen als dieses törichte, unzufriedene Mädchen. Der Rest ihrer Klagen drang kaum noch an sein Ohr. Sie hatte die Stimme gesenkt, und der auffrischende Wind trug ihre Worte davon. Trotzdem hörte er sie abschließend murmeln: «Das ist doch durch und durch unmoralisch im wahrsten Sinne des Wortes. Jungfräulichkeit als sorgfältig gehüteter Köder für den geeigneten Mann. Und das in der heutigen Zeit!»

«Mir gefällt dieser Standpunkt auch nicht besonders», sagte Dalgliesh. «Aber andererseits würde mich Ihre Tante, da ich ein Mann bin, sicher für voreingenommen erklären. Er ist zumindest realistisch. Und Sie können Miss Calthrop kaum einen Vorwurf daraus machen, daß sie jede Woche von neuem darauf hinweist, nachdem sie so viele Zuschriften von Leserinnen bekommt, die sich wünschen, ihren Rat früher beherzigt zu haben.»

Das junge Mädchen zuckte die Achseln. «Natürlich muß sie eine konservative Meinung vertreten. Dieses Schundblatt würde sie nicht weiter beschäftigen, wenn sie den Mut hätte, ehrlich zu sein. Nicht daß ich ihr zutraue, daß sie dazu überhaupt in der Lage ist. Außerdem kann sie auf diese Kolumne nicht verzichten. Sie hat kein Geld, außer dem, was sie verdient, und die Romane werden sich nicht ewig verkaufen.» Dalgliesh entging der ängstliche Unterton in ihrer Stimme nicht. Er sagte grob:

«Darüber würde ich mir keine Sorgen machen. Ihre Bücher werden auch in Zukunft gehen. Sie schreibt über Sex. Die Verpackung mag Ihnen vielleicht mißfallen, aber der Inhalt wird immer gefragt sein. Ich denke, daß Ihnen Ihre 400 Pfund für die nächsten drei Jahre sicher sind.»

Einen Augenblick dachte er, sie würde ihm ins Gesicht schlagen. Dann brach sie zu seiner Überraschung in lautes Lachen aus und gab den Weg zum Zauntritt frei.

«Das geschieht mir recht! Warum nehme ich mich selbst so wichtig. Tut mir leid, daß ich Sie gelangweilt habe. Sie wollen wahrscheinlich nach Haus Seton.» Dalgliesh bejahte und fragte, ob er Sylvia Kedge, wenn er sie dort anträfe, etwas ausrichten solle.

«Sylvia nicht. Warum sollten Sie für Tantchen den Boten spielen. Nein, aber Digby. Sagen Sie ihm nur, daß er bei uns essen kann, wenn er will, bis er sich selber versorgt hat. Heute gibt es nur kaltes Fleisch und Salat, so daß er nicht viel versäumt, wenn er es nicht schafft. Aber vermutlich ist es ihm nicht recht, wenn er auf Sylvia angewiesen ist. Die beiden können sich nämlich nicht riechen. Und machen Sie sich keine falschen Vorstellungen, Inspektor. Ich fahre Digby vielleicht nach Hause und verköstige ihn auch mal ein oder zwei Tage. Aber das ist auch alles. Ich interessiere mich nicht für Homos.»

«Nein», sagte Dalgliesh, «das hatte ich auch nicht angenommen.»

Sie errötete aus irgendeinem unerfindlichen Grund. Sie drehte sich um, als Dalgliesh nur aus einer gewissen Neugier heraus fragte:

«Eine Sache beschäftigt mich. Als Digby Seton mit Ihnen telefonierte, um Sie zu bitten, ihn in Saxmundham abzuholen, woher wußte er da, daß Sie nicht in Cambridge waren?» Sie wandte sich wieder zu ihm um und begegnete seinem Blick ohne eine Spur von Verlegenheit oder Angst. Die Frage schien sie noch nicht einmal zu stören. Statt dessen lachte sie zu seiner Überraschung.

«Ich habe mir schon überlegt, wie lange es wohl dauern wird, bis mich jemand danach fragt. Ich hätte mir denken können, daß Sie es tun werden. Die Antwort ist ganz einfach. Ich habe Digby durch reinen Zufall am Dienstagmorgen in London getroffen. Genauer gesagt im U-Bahnhof Piccadilly. Ich habe an dem Tag in

London übernachtet, und zwar allein. Also habe ich wahrscheinlich kein Alibi ... Werden Sie das Inspektor Reckless erzählen? Natürlich werden Sie das.»

«Nein», erwiderte Dalgliesh. «Aber Sie!»

II

Maurice Seton hatte Glück gehabt mit seinem Architekten, und sein Haus war ein typisches Beispiel für eine gute, der Landschaft angepaßte Bauweise: Es schien aus dem Boden gewachsen zu sein. Auf dem höchsten Punkt von Monksmere Head, von wo aus der Blick in nördlicher Richtung über Sole Bay und in südlicher über Moor und Vogelschutzgebiet bis hin nach Sizewell Gap schweifte, stiegen die grauen Steinmauern wie eine Festung aus dem Heideboden auf. Es war ein schlichtes, ansprechendes Gebäude, eingeschossig und L-förmig und nur etwa fünfzig Meter von der Steilküste entfernt. Wahrscheinlich würden diese geschmackvollen Mauern und ebenso die von Sinclairs trutziger Bastion eines Tages ein Opfer der Nordsee werden, aber im Augenblick schien noch keine Gefahr zu bestehen. Die Felsen waren hier so hoch und massiv, daß einige Aussicht auf Dauer bestand. Die lange Seite des L lag in südöstlicher Richtung und bestand fast ganz aus Doppelfenstern, die sich auf eine geflieste Terrasse öffneten. Hier hatte Seton an der Planung mitgewirkt. Dalgliesh hielt es für unwahrscheinlich, daß der Architekt den Einfall gehabt hatte, die beiden schmucken Kübel am Ende der Terrasse aufzustellen, in denen ein paar Sträucher verkümmerten, die Zweige zerzaust von den kalten Winden der Küste Suffolks; oder daß er die protzige Holztafel hatte anbringen lassen, die zwischen zwei niedrigen Pfosten baumelte und auf der in geschnitzten Frakturlettern die Worte «Haus Seton» zu lesen waren.

Dalgliesh hätte auch ohne das vor der Terrasse parkende Auto gewußt, daß Reckless da war. Er konnte niemanden sehen, wußte aber, daß er beobachtet wurde, während er auf das Haus zuging. Die hohen Fenster schienen voller Augen. Die Schiebetür stand einen Spalt breit offen. Dalgliesh schob sie zurück und trat ins Wohnzimmer.

Es war, als käme man in eine Bühnendekoration. Jeder Winkel des langen, schmalen Zimmers war, wie vom Schein greller Bogenlampen, in ein helles Licht getaucht. Es war eine zeitgenössische Dekoration. Von der hinteren Mitte führte eine offene Treppe zur oberen Wohnebene. Auch die Möbel, modern, zweckmäßig und teuer aussehend, trugen zur Atmosphäre des Flüchtigen und Unwirklichen bei. Fast die gesamte Fensterfront wurde von Setons Schreibtisch eingenommen, einem raffiniert ausgeklügelten Möbelstück mit einem Sortiment von Schubladen, Schrankfächern und Bücherregalen links und rechts von der Arbeitsplatte. Wahrscheinlich war es nach Angaben seines Besitzers angefertigt worden, ein praktisches Statussymbol in heller, polierter Eiche. An den blaßgrauen Wänden hingen, lieblos gerahmt, die Drucke zweier bekannter Monets.

Die vier Anwesenden, die sich umwandten und mit ernsten Gesichtern zusahen, wie Dalgliesh durch die Schiebetür hereinkam, standen so regungslos und so sorgsam über den Raum verteilt da wie Schauspieler, die, in Erwartung, daß der Vorhang sich öffnet, ihre Pose eingenommen haben. Digby Seton lag auf einer schräg in der Zimmermitte stehenden Couch. Er trug einen lilafarbenen, kunstseidenen Morgenrock über einem roten Schlafanzug und hätte wohl wie der jugendliche Liebhaber ausgesehen, wäre nicht die weiße Bandage gewesen, die eng wie eine Kappe um seinen Kopf lag und ihm bis zu den Augenbrauen reichte. Die moderne Art des Verbands ist effektiv, aber nicht unbedingt kleidsam. Dalgliesh fragte sich, ob Seton Fieber hatte. Man hätte ihn kaum aus dem Krankenhaus entlassen, solange er nicht vernehmungsfähig war, und Reckless, der weder dumm noch unerfahren war, hatte sicher mit dem behandelnden Arzt telefoniert, um sich zu versichern, daß Seton vernehmungsfähig war. Aber seine Augen glänzten unnatürlich, und zwei rote Flecken brannten auf den Wangen, so daß er aussah wie ein zu grell geschminkter Zirkusclown, ein bizarrer Blickfang vor dem Hintergrund der grauen Couch. Inspektor Reckless saß, Wachtmeister Courtney neben sich, am Schreibtisch. Jetzt, im hellen Morgenlicht, sah Dalgliesh das Gesicht des jungen Mannes zum erstenmal deutlich und war überrascht von seiner sympathischen Erscheinung. Er war der offene, ehrliche Typ, der von den Plakatwänden herunter die Vorzüge anpreist, die eine Banklaufbahn für einen ehrgeizigen und strebsamen jungen Mann zu bieten hat. Na schön, Wachtmeister Courtney hatte sich für die Polizei entschieden. In seiner augenblicklichen Stimmung fand Dalgliesh das eher bedauerlich.

Der vierte Mitspieler hatte eine Rolle mehr im Hintergrund. Durch die offene Tür, die ins Eßzimmer führte, hatte Dalgliesh Sylvia Kedge flüchtig wahrgenommen. Sie saß in ihrem Rollstuhl am Tisch. Vor ihr stand ein Tablett mit Silber, und sie war damit beschäftigt, eine Gabel zu putzen, wobei sie ihre Arbeit mit dem gleichen Mangel an Begeisterung erledigte wie ein drittklassiger Schauspieler, der die Hoffnung aufgegeben hat, die Aufmerksamkeit des Publikums zu erringen. Sie blickte kurz zu Dalgliesh auf, und er war entsetzt über den trostlosen Ausdruck auf ihrem maskenhaften Gesicht. Sie sah sehr elend aus. Dann beugte sie sich wieder über ihre Arbeit. Digby Seton schwang die Beine von der Couch, ging entschlossen zur Eßzimmertür und stieß sie mit seinem bestrumpften Fuß sachte zu. Die beiden Polizeibeamten verhielten sich stumm.

Seton sagte:

«Tut mir leid, etcetera. Ich möchte nicht unhöflich sein, aber sie macht mich nervös. Himmel noch mal, ich habe gesagt, ich zahle ihr die 300 Pfund, die Maurice ihr vermacht hat! Gott sei Dank, daß Sie da sind, Dalgliesh. Übernehmen Sie jetzt den Fall?»

Es hätte kaum schlimmer beginnen können. Dalgliesh sagte:

«Nein. Die Sache hat nichts mit dem Yard zu tun. Inspektor Reckless hat Ihnen bestimmt schon gesagt, daß er die Ermittlungen leitet.»

Er hatte das Gefühl, daß Reckless diese boshafte Bemerkung verdiente.

Seton wandte ein:

«Aber ich dachte, bei komplizierten Mordfällen würde der Yard immer eingeschaltet.»

«Wie kommen Sie darauf, daß es sich hier um Mord handelt?» fragte Reckless. Er sichtete gemächlich einige Papiere aus dem

Schreibtisch und drehte sich beim Sprechen nicht zu Seton um. Seine Stimme klang ruhig, leidenschaftslos, fast uninteressiert.

«Ja, ist es vielleicht kein Mord? Das müssen Sie mir sagen. Sie sind die Experten. Aber mir ist nicht ganz klar, wie Maurice sich selber die Hände abgehackt haben soll. Eine vielleicht, aber nicht beide. Wenn das kein Mord ist, was ist es dann? Und schließlich haben Sie doch jemanden von Scotland Yard hier, Himmel noch mal.»

«Aber jemanden, der im Urlaub ist, bitte vergessen Sie das nicht», sagte Dalgliesh. «Ich bin genau in derselben Situation wie Sie.»

«Das wären Sie wohl gerne.» Seton kauerte sich hin und angelte unter der Couch nach seinen Schuhen. «Nur daß Ihnen mein Bruder Maurice nicht 200000 Pfund vermacht hat. Lieber Gott, das ist doch Wahnsinn! Das ist doch nicht zu fassen. Irgendein Schwein begleicht eine alte Rechnung, und ich erbe ein Vermögen! Wo zum Teufel hatte Maurice diese Unsummen überhaupt her?»

«Allem Anschein nach zum Teil von seiner Mutter, zum Teil aus dem Nachlaß seiner verstorbenen Frau», erwiderte Reckless. Er war mit den Papieren fertig und ging jetzt systematisch wie ein Wissenschaftler, der eine bestimmte Belegstelle sucht, einen kleinen Zettelkasten durch.

Seton lachte verächtlich.

«Hat Ihnen Pettigrew das gesagt? Pettigrew! Was sagen Sie dazu, Dalgliesh! Typisch für Maurice, daß er einen Anwalt hat, der Pettigrew heißt. Was konnte der arme Teufel auch anderes werden mit so einem Namen. Pettigrew! Von Geburt an dazu verdammt, ein biederer Provinzanwalt zu werden. Man sieht ihn doch förmlich vor sich. Steif, trocken, so um die sechzig, dicke Uhrkette und Nadelstreifen. Lieber Gott, ich hoffe, daß er überhaupt eine Ahnung hat, wie man ein rechtsgültiges Testament aufsetzt.»

«Darüber brauchen Sie sich kaum Sorgen zu machen», sagte Dalgliesh. Tatsächlich kannte er Pettigrew, der auch der Anwalt seiner Tante war. Es war eine alteingesessene Kanzlei, aber der augenblickliche Inhaber, der sie von seinem Großvater geerbt hatte, war ein fähiger und alerter Mann in den Dreißigern, den die

Nähe zum Meer und seine Segelleidenschaft mit der Eintönigkeit einer Landpraxis versöhnt hatten. Er sagte:

«Wahrscheinlich haben Sie eine Kopie des Testaments gefunden?»

«Ja, hier.» Reckless reichte ihm ein einzelnes, steifes Blatt Papier, und Dalgliesh überflog es. Das Testament war kurz. Nachdem er verfügt hatte, daß seine Leiche der Pathologie überstellt und anschließend verbrannt werden sollte, vermachte Maurice Seton Celia Calthrop 2000 Pfund, «aus Dankbarkeit für ihr Mitgefühl und ihr Verständnis beim Tode meiner lieben Frau», und Sylvia Kedge 300 Pfund, «vorausgesetzt, daß sie zum Zeitpunkt meines Todes zehn Jahre bei mir gearbeitet hat». Das restliche Vermögen ging an Digby Kenneth Seton, treuhänderisch, bis er verheiratet war, und danach zu seiner freien Verfügung. Falls er vor seinem Stiefbruder oder unverheiratet starb, ging das gesamte Vermögen an Celia Calthrop. Seton sagte:

«Arme alte Kedge. Wegen zwei Monaten ist sie ihre 300 Pfund los. Kein Wunder, daß sie elend aussieht! Ehrlich gesagt, ich hatte keine Ahnung von dem Testament. Ich wußte nur, daß ich sehr wahrscheinlich Maurices Erbe sein würde. Das hat er mir mal mehr oder weniger angedeutet. Er hatte ja auch sonst niemanden, dem er das Geld hinterlassen konnte. Wir haben uns nie besonders gut verstanden, aber wir hatten schließlich denselben Vater, und Maurice hatte eine große Hochachtung für den alten Herrn. Aber 200 000 Pfund! Dorothy muß ihm eine ganz schöne Stange Geld hinterlassen haben. Komische Sache, wenn man bedenkt, daß ihre Ehe ziemlich kaputt war, als sie starb.»

«Dann hatte Mrs. Maurice Seton sonst keine Angehörigen mehr?»

«Nicht daß ich wüßte. Mein Glück, nicht? Als sie sich damals umbrachte, war mal von einer Schwester die Rede, die man verständigen müßte. Oder war es ein Bruder? Ehrlich gestanden, ich weiß es nicht mehr genau. Wie auch immer, es ist niemand aufgetaucht, und Maurice war im Testament als Alleinerbe eingesetzt. Ihr Vater war ein Grundstücksspekulant, und Dorothy hat nach seinem Tode ganz hübsch was geerbt. Und das hat alles Maurice bekommen. Aber 200 000 Pfund!»

«Vielleicht hat Ihr Bruder mit seinen Büchern ganz gut verdient», meinte Reckless. Er war mit dem Zettelkasten fertig, saß aber noch am Schreibtisch und schrieb, scheinbar nur oberflächlich an Setons Reaktionen interessiert, etwas in sein Notizbuch. Aber Dalgliesh, selber ein Profi, wußte, daß die Vernehmung haargenau nach Plan verlief.

«Oh, das glaube ich nicht! Maurice hat immer gesagt, daß er vom Schreiben nicht leben könnte. Das hat ihn ziemlich erbittert. Er sagte immer, wir leben im Zeitalter der ‹Waschpulver-Literatur›. Wenn ein Schriftsteller keinen Gimmick hätte, würde sich kein Mensch für ihn interessieren. Bestseller würden von der Werbung gemacht, ein guter Stil wäre ein ausgesprochenes Handicap, und die öffentlichen Bibliotheken ruinierten den Absatz. Ich würde sagen, daß er recht hatte. Ich weiß nicht, wieso ihn das überhaupt störte, wenn er 200 000 Pfund besaß. Abgesehen davon natürlich, daß er mit Leib und Seele Schriftsteller war. Das hat vermutlich sein Selbstbewußtsein gehoben. Ich habe nie verstanden, warum er die Schriftstellerei so ernst genommen hat, aber andererseits hat er nie verstanden, warum ich unbedingt meinen eigenen Nachtclub haben wollte. Und jetzt kann ich ihn mir leisten. Eine ganze Kette sogar, wenn alles so läuft, wie ich es mir vorstelle. Sie sind beide zur Premiere eingeladen. Und Sie können von mir aus das ganze Polizeirevier mitbringen. Sie brauchen nicht heimlich auf Spesen herumzuschnüffeln, ob die Show zu freizügig ist. Und Sie brauchen keine weiblichen Beamten als Touristinnen aus der Provinz verkleidet vorbeizuschicken. Sie kriegen die besten Tische. Alles auf Kosten des Hauses. Wissen Sie, Dalgliesh, der ‹Goldfasan› wäre auch ein Erfolg geworden, wenn ich das nötige Kapital zur Verfügung gehabt hätte. Na ja, jetzt habe ich es ja.»

«Nicht, solange Sie unverheiratet sind», erwiderte Dalgliesh unfreundlicherweise. Er hatte die Namen der Treuhänder in Setons Testament gesehen und konnte sich nicht vorstellen, daß einer dieser vorsichtigen und konservativen Herren das ihm anvertraute Geld herausrücken würde, um damit einen zweiten «Goldfasan» zu finanzieren. Er fragte, warum Maurice Seton so viel daran gelegen habe, daß Digby sich verheiratete.

«Maurice hat mir immer wieder gesagt, daß ich ein normales,

bürgerliches Leben führen soll. Er wollte unbedingt, daß unser Familienname erhalten bleibt. Er hatte selber keine Kinder – jedenfalls keine, von denen ich wüßte – und hatte wohl nach dem Fiasko mit Dorothy auch keine Lust, noch mal zu heiraten. Außerdem war sein Herz nicht ganz in Ordnung. Und er hatte wohl auch Angst, daß ich mich mit einem Mann zusammentun könnte. Er wollte nicht, daß sein Geld mit einem süßen Kerlchen durchgebracht wird. Der arme alte Maurice! Ich glaube nicht, daß er einen Transvestiten erkannt hätte, wenn er einem begegnet wäre. Er dachte einfach, ganz London und vor allem die Nachtlokale im West End wären voll davon.»

«Das ist ja unglaublich!» sagte Dalgliesh trocken. Seton schien die Ironie nicht zu bemerken. Er sagte besorgt:

«Hören Sie, aber Sie glauben mir doch die Sache mit dem Anruf, nicht? Der Mörder hat mich angerufen, als ich am Mittwochabend hier ankam, und hat mich unter einem Vorwand nach Lowestoft geschickt. Seine Absicht war, mich aus dem Haus zu locken und dadurch sicherzugehen, daß ich für die Todeszeit kein Alibi habe. Jedenfalls glaube ich das. Es wäre sonst nicht zu verstehen. Das bringt mich natürlich ganz schön in die Klemme. Lieber Gott, ich wünschte, Liz wäre mit reingekommen. Ich weiß nicht, wie ich beweisen soll, daß Maurice nicht im Haus war, als ich hierherkam, oder daß ich am späten Abend – praktischerweise auch gleich mit einem Küchenmesser bewaffnet – nicht mit ihm am Strand spazierengegangen bin. Haben Sie übrigens die Waffe gefunden?»

Der Inspektor verneinte es kurz und sagte:

«Es würde mir helfen, Mr. Seton, wenn Sie sich an den Telefonanruf noch genauer erinnern könnten.»

«Ja, das kann ich aber nicht.» Seton klang plötzlich verdrossen. Er setzte mürrisch hinzu: «Sie fragen mich immer wieder, und ich sage es Ihnen immer wieder! Ich kann mich nicht erinnern. Verdammt noch mal, ich habe mir danach ganz schön den Schädel angeschlagen. Es würde mich auch nicht wundern, wenn Sie mir sagen würden, daß ich mir die ganze Sache nur eingebildet habe. Andererseits kann das nicht sein, weil ich dann den Wagen nicht aus der Garage geholt hätte. Ich war hundemüde und wäre bestimmt nicht nur so zum Spaß nach Lowestoft gefahren. Es hat jemand angerufen, das weiß ich genau. Aber ich kann mich an den Klang der Stimme nicht mehr erinnern. Ich bin mir noch nicht mal sicher, ob es ein Mann war oder eine Frau.»

«Und was hat man Ihnen gesagt?»

«Das habe ich Ihnen doch erzählt, Inspektor! Die Stimme sagte, daß sie vom Polizeirevier Lowestoft aus anriefe und daß Maurices Leiche mit abgehackten Händen in meinem Dinghi dort an Land getrieben –»

«Abgehackt oder abgeschnitten?»

«Mein Gott, das weiß ich nicht! Ich glaube, abgehackt. Auf jeden Fall sollte ich sofort nach Lowestoft kommen und die Leiche identifizieren. Also habe ich mich auf den Weg gemacht. Ich wußte, wo Maurice seine Autoschlüssel aufbewahrt, und glücklicherweise war auch noch genug Sprit im Tank. Oder unglücklicherweise. Ich habe mir fast den Schädel eingerannt. Sie werden wahrscheinlich sagen, daß es meine Schuld war. Gut, ich gebe zu, daß ich unterwegs ein oder zwei Schluck aus meiner Taschenflasche genommen habe. Aber ist das ein Wunder? Und ich war todmüde, bevor ich losfuhr. Ich habe Dienstagnacht miserabel geschlafen, man kann das West Central nicht gerade ein Hotel nennen. Und dann noch die lange Zugfahrt.»

«Und trotzdem sind Sie sofort nach Lowestoft gefahren, ohne vorher noch mal nachzusehen?»

«Doch, ich habe nachgesehen! Als ich an die Straße kam, fiel mir ein, daß ich noch mal nachsehen könnte, ob die Sheldrake wirklich nicht mehr da ist. Also bin ich in die Tanner's Lane hineingefahren, so weit es geht, und bin das letzte Stück zum Strand zu Fuß gegangen. Das Boot war weg. Das hat mir genügt. Sie denken wahrscheinlich, ich hätte die Polizeistation in Lowestoft noch mal anrufen sollen, aber der Gedanke, daß der Anruf Schwindel sein könnte, ist mir erst unterwegs gekommen, und da war es das Einfachste, nachzusehen, ob das Boot noch da ist. Ich würde sagen ...»

«Ja?» fragte Reckless ruhig.

«Wer auch immer angerufen hat, er muß gewußt haben, daß ich hier war. Und Liz Marley kann es nicht gewesen sein, weil sie gerade erst weggefahren war, als das Telefon klingelte. Aber wie könnte sonst jemand davon gewußt haben?»

«Vielleicht hat jemand Sie ankommen sehen», meinte Reckless. «Und wahrscheinlich haben Sie doch Licht gemacht, als Sie hineingingen. Das konnte man meilenweit sehen.»

«Allerdings habe ich das. Und zwar die reinste Festbeleuchtung. Mir ist es im Dunkeln hier immer unheimlich. Trotzdem ist es merkwürdig.»

Es war tatsächlich merkwürdig, dachte Dalgliesh. Aber möglicherweise war die Erklärung des Inspektors richtig. Ganz Monksmere Head konnte das hellerleuchtete Haus sehen. Und als die Lichter ausgingen, wußte jemand, daß Digby Seton unterwegs war. Aber warum hatte man ihn weggelockt? Wollte jemand noch etwas in Haus Seton erledigen? Etwas suchen? Oder eine Spur verwischen? War die Leiche in Haus Seton versteckt gewesen? Aber wie konnte das sein, wenn Digby Seton in bezug auf das Boot die Wahrheit sagte?

Plötzlich sagte Digby:

«Was muß ich denn als nächstes tun für die Abtretung der Leiche an die Pathologie? Maurice hat mir nie etwas davon gesagt, daß er so viel für die Medizin übrig hat. Aber wenn er es unbedingt so wollte ...»

Er blickte fragend von Dalgliesh zu Reckless. Der Inspektor sagte:

«Darüber würde ich mir jetzt noch keine Gedanken machen, Sir. Ihr Bruder hat alle nötigen Unterlagen bei seinen Papieren. Trotzdem müssen wir das noch ein wenig aufschieben.»

Seton sagte: «Ja, das denke ich mir. Aber ich möchte nicht ... Ich meine, wenn er es unbedingt wollte ...»

Er brach unsicher ab. Die Aufregung war zum größten Teil von ihm gewichen, und er sah plötzlich sehr müde aus. Dalgliesh und Reckless warfen einander einen Blick zu, der denselben Gedanken zum Ausdruck brachte; daß es an Maurices Leiche nicht mehr viel zu erforschen geben würde, nachdem Walter Sydenham seine Arbeit beendet hatte – der tüchtige und gründliche Dr. Sydenham, der in seinem gerichtsmedizinischen Lehrbuch keinen Zweifel daran ließ, daß er es für richtig hielt, in jedem Fall den ersten Schnitt gleich von der Kehle bis zum Schambein zu machen. Vielleicht konnte man Setons Gliedmaßen hinterher noch im anatomischen Präparierkurs verwenden, obwohl das sicher nicht in seiner Absicht gelegen hatte. Aber sein Rumpf würde der medizinischen Wissenschaft bereits seinen vollen Tribut gezollt haben.

Reckless machte Anstalten zu gehen. Er sagte Seton, daß er bei der Voruntersuchung in fünf Tagen als Zeuge erscheinen müßte, eine Ankündigung, die nicht gerade begeistert aufgenommen wurde, und begann mit der Genugtuung und Zufriedenheit eines Versicherungsagenten, der einen erfolgreichen Vormittag hinter sich hat, seine Papiere zusammenzupacken. Digby sah ihm mit der ängstlichen, leicht verlegenen Haltung eines kleinen Jungen zu, der die Gegenwart Erwachsener zwar lästig findet, sich aber nicht sicher ist, ob er möchte, daß sie weggehen. Reckless machte den Riemen seiner Aktentasche zu und fragte beiläufig:

«Finden Sie es nicht merkwürdig, Mr. Seton, daß Ihr Stiefbruder Sie zu seinem Erben gemacht hat? Sie hatten doch kein besonders gutes Verhältnis zueinander.»

«Aber ich habe es Ihnen doch gesagt!» protestierte Seton jammernd. «Es gab sonst niemanden. Außerdem hatten wir ein ganz freundschaftliches Verhältnis zueinander. Ich meine, ich habe mich jedenfalls darum bemüht. Man konnte auch ganz gut mit ihm auskommen, wenn man seine gräßlichen Bücher lobte und wenn man ein bißchen auf ihn einging. Mir liegt daran, wenn möglich, mit anderen Menschen in Frieden zu leben. Ich bin kein Freund von Zank und Streit. Ich hätte es wahrscheinlich in seiner Gesellschaft nicht lange ausgehalten, aber andererseits war ich ja auch nicht sehr oft hier. Ich habe Ihnen ja gesagt, daß ich ihn seit dem Bank Holiday im August nicht gesehen habe. Außerdem fühlte er sich einsam. Ich war der einzige Angehörige, den er noch hatte, und ihm war der Gedanke lieb, daß es da noch irgendeine verwandtschaftliche Beziehung gab.»

Reckless sagte:

«Also haben Sie ihn seines Geldes wegen toleriert. Und er hat Sie toleriert, weil er Angst davor hatte, sonst ganz allein zu sein.»

«Tja, so ist das nun mal», sagte Seton unverfroren. «Das ist das Leben. Wir wollen alle etwas voneinander. Gibt es jemanden, der Sie nur um Ihrer selbst willen liebt, Inspektor?»

Reckless stand auf und ging durch die offene Schiebetür hinaus.

Der Wind wurde frischer, aber die Sonne schien noch immer warm und golden. Auf dem grünblauen Meer bewegten sich ein paar weiße Segel so regellos wie Papierschnipsel, die der Wind vor sich hertreibt. Reckless setzte sich auf eine der Treppenstufen, die von der Terrasse zu einem schmalen Rasenstreifen und zur Felskante führten. Dalgliesh, der das dumme Gefühl hatte, daß er nicht gut stehen bleiben könne, weil er Reckless dadurch in eine unvorteilhafte Lage brächte, setzte sich neben ihn. Er verspürte eine unerwartete Kälte an Händen und Oberschenkeln, eine Erinnerung daran, daß die Herbstsonne nur noch geringe Kraft hatte. Der Inspektor sagte:

«Hier gibt es keinen Zugang zum Strand hinunter. Man würde doch annehmen, daß Seton seinen eigenen Zugang haben wollte. Es ist eine ziemliche Ecke bis zur Tanner's Lane.»

«Die Felsen sind recht hoch hier, und das Gestein ist nicht besonders massiv. Es dürfte riskant sein, hier eine Treppe zu bauen», meinte Dalgliesh.

«Möglich. Er muß ein komischer Kauz gewesen sein. Ein Systematiker und Pedant. Dieser Zettelkasten zum Beispiel. Er hat sich die Einfälle für seine Geschichten aus Zeitungen, Zeitschriften und bei anderen Leuten geholt. Oder er hat sie sich selber ausgedacht. Aber das ist alles fein säuberlich hier festgehalten und wartet darauf, daß es irgendwann mal verwendet wird.»

«Und Miss Calthrops Idee?»

«Die ist nicht da. Das bedeutet allerdings nicht sehr viel. Sylvia Kedge hat mir gesagt, daß das Haus praktisch immer offenstand, wenn Seton da war. Anscheinend schließt hier niemand sein Haus ab. Jeder hätte hereinkommen und sich das Kärtchen holen können. Außerdem hätte es jeder lesen können. Offenbar gehen sie beieinander ein und aus, wie es ihnen gerade einfällt. Das liegt wohl an der Einsamkeit. Vorausgesetzt natürlich, daß Seton sich die Idee auf einem Kärtchen notiert hat.»

«Oder daß Miss Calthrop ihm überhaupt davon erzählt hat», sagte Dalgliesh. Reckless sah ihn an.

«Der Gedanke ist Ihnen also auch schon gekommen. Was hatten Sie denn für einen Eindruck von Digby Seton?»

«Denselben wie vorher. Es bedarf schon einiger Willensanstrengung, einen Menschen zu verstehen, dessen leidenschaftlicher Ehrgeiz darin besteht, sein eigenes Nachtlokal zu führen. Aber andererseits findet er es wahrscheinlich genauso schwer verständlich, warum wir Polizisten sein wollen. Ich glaube nicht, daß unser Digby den Mut oder die Intelligenz hat, diesen speziellen Mord zu planen. Im Grunde ist er dumm.»

«Er war fast die ganze Nacht von Dienstag auf Mittwoch im Kittchen. Ich habe im West Central angerufen, und es stimmt. Obendrein war er betrunken. Und das hat er auch nicht gespielt.»

«Sehr praktisch für ihn.»

«Es ist immer praktisch, ein Alibi zu haben, Mr. Dalgliesh. Aber es gibt Alibis, bei denen es Zeitverschwendung wäre, wenn man versuchen wollte, sie zu erschüttern. Und das hier ist so eins. Außerdem weiß er nicht mal, daß die Mordwaffe kein Messer war, es sei denn, er hätte uns eben was vorgemacht. Und er glaubt, daß Seton am Mittwochabend gestorben ist. Maurice konnte nicht lebend hier im Haus gewesen sein, als Digby und Miss Marley am Mittwoch hierherkamen. Das heißt nicht, daß seine Leiche nicht hier war. Aber ich kann mir Digby nicht in der Rolle des Schlächters vorstellen, und ich kann mir auch nicht vorstellen, warum er es hätte tun sollen. Selbst wenn er die Leiche gefunden hätte und in Panik geraten wäre, ist er eher der Typ, der erst mal zur Flasche gegriffen und dann nach London zurückgeprescht wäre, statt so eine raffinierte Schau abzuziehen. Und er war auf dem Weg nach Lowestoft und nicht nach London, als er verunglückte. Außerdem weiß ich nicht, wie er etwas von Miss Calthrops aparter Eingangsszene für einen Kriminalroman hätte wissen sollen.»

«Es sei denn, daß Eliza Marley ihm auf dem Weg hierher davon erzählt hat.»

«Warum sollte sie Digby Seton davon erzählen? Das ist nicht unbedingt ein passendes Gesprächsthema für eine Heimfahrt. Aber gut. Nehmen wir an, daß sie tatsächlich davon wußte und daß sie es Digby erzählt hat oder daß er auf irgendeine andere Weise davon erfahren hatte. Er kommt hierher und findet die Leiche seines Bruders. Also beschließt er auf der Stelle, ein echtes Rätsel zu schaffen, indem er Maurice die Hände abhackt und die Leiche anschließend aufs Meer hinausstößt. Warum? Und womit hat er ihm die Hände abgehackt? Sie wissen, ich habe die Leiche gesehen, und ich könnte schwören, die Hände sind abgehackt worden, nicht abgeschnitten, auch nicht abgesägt, sondern abgehackt. Damit wäre das Küchenmesser aus dem Rennen! Setons Hackbeil liegt noch im Anrichteraum. Und das Hackbeil Ihrer Tante – falls es das Werkzeug war – ist vor drei Monaten gestohlen worden.»

«Also scheidet Digby Seton aus. Was ist mit den anderen?»

«Wir hatten bis jetzt nur Zeit für eine Vorsondierung. Das eigentliche Verhör findet heute nachmittag statt. Aber so, wie es aussieht, haben sie alle für die Todeszeit ein mehr oder weniger gutes Alibi. Alle, außer Miss Dalgliesh. Aber wenn man, wie sie, alleine lebt, ist das nicht weiter verwunderlich.»

Die langweilige, eintönige Stimme klang unverändert. Die dunklen Augen blickten noch immer aufs Meer hinaus. Aber Dalgliesh ließ sich nicht täuschen. Das also war der Grund, warum man ihn nach Haus Seton bestellt, warum der Inspektor ihn mit einem so unerwarteten Vertrauen überschüttet hatte. Er wußte, wie es sich für Reckless darstellen mußte. Da war eine ältere, unverheiratete Frau, die ein einsames und zurückgezogenes Leben führte. Sie hatte weder für die Todeszeit noch für den Mittwochabend, als die Leiche aufs Meer hinausgestoßen wurde, ein Alibi. Sie hatte einen fast privaten Zugang zum Strand. Sie wußte, wo die Sheldrake lag. Sie war gut einen Meter achtzig groß, eine kräftige, agile Frau vom Lande, die anstrengende Märsche liebte und der Dunkelheit nichts ausmachte.

Zugegeben, sie hatte kein augenfälliges Motiv. Aber was hieß das schon? Dalgliesh wußte genau, daß das Motiv – im Gegensatz zu dem, was er seiner Tante am Morgen gesagt hatte – eine untergeordnete Rolle spielte. Wenn sich ein Kriminalbeamter folgerichtig auf das «Wo», «Wann» und «Wie» konzentrierte, enthüllte sich ihm das «Warum» in seiner ganzen Erbärmlichkeit unweigerlich von selbst. Dalgliesh alter Chef pflegte zu sagen, daß die vier Hauptantriebskräfte des Menschen – Liebe, Haß, Wollust, Habgier – bereits alle Mordmotive enthielten. Oberflächlich gesehen stimmte das wohl. Aber Motive waren so vielschichtig und so komplex wie die menschliche Persönlichkeit. Er zweifelte nicht daran, daß der entsetzlich routinierte Verstand des Inspektors bereits eifrig damit beschäftigt war, sich frühere Fälle in Erinnerung zu rufen, wo aus Mißtrauen, Einsamkeit oder irrationaler Abneigung urplötzlich Gewalt und Tod erwachsen waren.

Auf einmal wurde Dalgliesh von einer so heftigen Wut gepackt, daß sein Sprech-, ja selbst sein Denkvermögen einige Sekunden lang wie gelähmt war. Sie durchfuhr ihn wie eine Welle körperlicher Übelkeit und bewirkte, daß er kreidebleich wurde und vor Selbstekel zitterte. Halberstickt von dieser Wut blieb er glücklicherweise vor den allertörichtesten Äußerungen, vor sarkastischen Bemerkungen, lautstarker Empörung oder dem vergeblichen Einwand bewahrt, daß seine Tante ihre Aussage natürlich nur in Gegenwart ihres Anwalts machen würde. Sie brauchte keinen Anwalt. Sie hatte ihn. Aber, lieber Gott, was würde das für ein Urlaub werden!

Man hörte das Quietschen von Rädern. Sylvia Kedge bewegte ihren Rollstuhl durch die Terrassentür ins Freie und manövrierte ihn mit ein paar raschen Bewegungen dorthin, wo die beiden saßen. Sie sagte nichts, sondern starrte unverwandt den Weg hinab zur Straße hin. Die Augen der Männer folgten ihrem Blick. Ein lustig spielzeugförmiges Postauto kariolte über die Landspitze auf das Haus zu.

«Das ist die Post», sagte sie.

Dalgliesh bemerkte, daß ihre Hände die Armlehnen des Rollstuhls so fest umklammerten, daß die Knöchel weiß hervortraten. Als das Postauto vor der Terrasse hielt, sah er sie sich erheben und wie von plötzlicher Starre ergriffen auf halber Höhe innehalten. Und als das Motorengeräusch verstummte, konnte er ihren schweren Atem hören.

Der Postbote schlug die Autotür zu und kam mit einem fröhlichen Gruß auf sie zu. Die junge Frau zeigte keine Reaktion, und er warf einen raschen, unsicheren Blick von ihrem starren Gesicht zu den reglosen Gestalten der beiden Männer hin. Dann händigte er Reckless die Post aus. Es war ein einzelner, brauner Geschäftsumschlag im DIN-A5-Format, auf dem in Maschinenschrift die Adresse stand.

«Hier ist wieder so einer, Sir», sagte er. «Denselben habe ich ihr gestern schon gebracht.» Er nickte mit dem Kopf zu Miss Kedge hin und verdrückte sich, als noch immer keine Reaktion kam, mit einem verlegen gemurmelten «Guten Morgen» wieder zu seinem Postauto.

Reckless sagte zu Dalgliesh:

«Adressiert an Maurice Seton, Esq. Der Brief ist am Mittwochabend oder am Donnerstag früh in Ipswich aufgegeben worden. Der Poststempel ist von gestern mittag.»

Er hielt den Umschlag vorsichtig an einer Ecke, als fürchte er, noch mehr Fingerabdrücke darauf zu hinterlassen. Er riß ihn mit dem rechten Daumen auf. Der Umschlag enthielt ein einzelnes DIN-A5-Blatt, in doppeltem Abstand mit Schreibmaschinenschrift beschrieben. Reckless begann laut vorzulesen:

«Die Leiche ohne Hände lag auf dem Boden eines kleinen Dinghis, das gerade noch in Sichtweite der Küste von Suffolk dahintrieb. Es war der Körper eines Mannes in den mittleren Jahren, ein schmucker Leichnam mit einem dunklen Nadelstreifenanzug als Leichenhemd, der im Tod genauso elegant an dem schmalen Körper saß wie im Leben ...»

Plötzlich streckte Sylvia Kedge die Hand aus.

«Lassen Sie mich mal sehen.»

Reckless zögerte einen Augenblick, dann hielt er ihr das Blatt vor die Augen.

«Das ist von ihm», sagte sie heiser. «Das ist von ihm. Und das hat er auch getippt.»

«Möglich», sagte Reckless. «Aber er kann es nicht mehr abgeschickt haben. Selbst wenn der Brief am Mittwochabend spät in den Kasten geworfen worden ist, kann er es nicht mehr getan haben. Da war er nämlich schon tot.»

Sie schrie auf:

«Das hat er getippt! Ich sage Ihnen doch, ich kenne seine Manuskripte. Das hat er getippt! Und er hatte überhaupt keine Hände mehr!»

Sie wurde von einem hysterischen Lachen geschüttelt. Es hallte wie ein gellendes Echo über die Landspitze und schreckte einen Schwarm Seemöwen auf, der unter schrillen Warnrufen wie eine weiße Wolke von der Felskante herunterwirbelte.

Reckless betrachtete ihren versteiften Körper und den kreischenden Mund mit nachdenklicher Unbeteiligtheit und machte keinerlei Anstalten, sie zu beruhigen oder wieder zur Vernunft zu bringen. Plötzlich erschien, kreidebleich unter seinem lächerlichen Verband, Digby Seton in der Terrassentür.

«Was zum Teufel ...»

Reckless sah ihn an, ohne eine Miene zu verziehen, und sagte mit seiner ausdruckslosen Stimme:

«Wir haben gerade eine Nachricht von Ihrem Bruder bekommen, Mr. Seton. Na, ist das nicht schön?»

12

Es dauerte eine Weile, bis sie Miss Kedge beruhigt hatten. Dalgliesh zweifelte nicht daran, daß der hysterische Anfall echt gewesen war; das hatte sie nicht gespielt. Sylvia Kedge schien als einzige von der ganzen kleinen Gesellschaft aus Monksmere über Setons Tod wirklich traurig und geschockt zu sein. Und sicher war dieser Schock echt genug. Sie hatte ausgesehen und sich benommen wie eine Frau, die sich am Rande der Selbstbeherrschung befindet und hatte diese Selbstbeherrschung am Ende verloren. Aber sie machte sichtliche Anstrengungen, sich zusammenzunehmen, und war schließlich soweit wiederhergestellt, daß Courtney sie nach Haus Tanner zurückbegleiten konnte. Er war dem leidvollen Ausdruck auf ihrem angespannten Gesicht und ihren flehenden Blicken völlig erlegen und schob den Rollstuhl die Straße entlang wie eine Mutter, die ihr zartes Neugeborenes den Blicken einer Welt darbietet, mit deren Feindseligkeit man rechnen kann. Dalgliesh war erleichtert, als er Sylvia aufbrechen sah. Er hatte entdeckt, daß er sie nicht mochte und schämte sich dieses Gefühls um so mehr, als er wußte, daß es eigentlich häßlich und durch nichts zu rechtfertigen war. Die meisten ihrer Nachbarn benutzten Sylvia Kedge, um sich auf billige Weise in ein wohlfeiles Mitleid zu stürzen, während sie sorgfältig darauf achteten, daß sie auf ihre Kosten kamen. Wie so viele Behinderte wurde sie zugleich bemuttert und ausgenutzt. Dalgliesh fragte sich, was sie wohl von ihnen allen hielt. Er wünschte, er hätte mehr Mitleid mit ihr haben können, aber es fiel ihm schwer, ohne eine gewisse Verachtung mitanzusehen, wie sie ihre Behinderung einsetzte. Aber andererseits, welche Waffen hatte sie sonst? Indem er den jungen Wachtmeister für seine rasche Kapitulation und sich selbst für seinen Mangel an Gefühl verachtete, brach er zum Mittagessen nach Pentlands auf. Er nahm zurück den Weg über die Straße. Das dauerte länger und war uninteressanter, aber er ging ungern zweimal dieselbe Route. Unterwegs mußte er an Bryces Haus vorbei. Als er es erreicht hatte, wurde im obersten Stockwerk ein Fenster geöffnet, und der Besitzer steckte hurtig seinen langen Hals heraus und rief ihm zu:

«Kommen Sie herein, Adam, alter Junge. Ich habe nach Ihnen Ausschau gehalten. Ich weiß, Sie haben für Ihren drögen kleinen Freund herumspioniert, aber daraus mache ich Ihnen keinen Vorwurf. Lassen Sie den Schnüffler nur vor der Tür und nehmen Sie sich zu trinken, was Sie mögen. Ich bin im Nu unten.» Dalgliesh zögerte einen Augenblick und stieß dann die Haustür auf. Der kleine Wohnraum war wie immer sehr unordentlich, ein Arsenal von Krimskrams, das in Bryces Londoner Wohnung nicht mehr gepaßt hatte. Indem er sich entschied, mit seinem Drink zu warten, rief Dalgliesh die Treppe hinauf:

«Er ist nicht mein dröger kleiner Freund. Er ist ein außerordentlich tüchtiger Polizeibeamter.»

«Oh, zweifellos!» Bryces Stimme klang gedämpft. Anscheinend zog er sich gerade ein Kleidungsstück über den Kopf. «Tüchtig genug, mich einzulochen, wenn ich nicht aufpasse. Ich bin vor ungefähr sechs Wochen wegen überhöhter Geschwindigkeit angehalten worden, und der betreffende Polizeibeamte – ein fetter Grobian mit einer Art Basiliskenblick – war ausgesprochen unhöflich. Daraufhin habe ich an den Polizeidirektor geschrieben. Das war natürlich eine riskante Sache. Das ist mir inzwischen klar. Die haben mich jetzt auf dem Kieker. Mein Name steht irgendwo auf einer kleinen Liste, darauf können Sie Gift nehmen.»

Er war inzwischen ins Zimmer gekommen, und Dalgliesh sah mit Erstaunen, daß er tatsächlich beunruhigt war. Indem er irgend etwas Beruhigendes murmelte, nahm er einen Sherry von ihm – Bryces Getränke waren immer ausgezeichnet – und ließ sich auf der neuesten Errungenschaft, einem reizenden viktorianischen Stuhl, nieder.

«Na, Adam, spucken Sie's aus, wie man so sagt. Was hat Reckless herausgefunden?»

«Ich bin nicht sein Vertrauter. Aber es ist wieder ein Stück Manuskript gekommen. Noch besser diesmal. Die Beschreibung einer Leiche ohne Hände in einem Boot und offenbar von Seton selber getippt.»

Dalgliesh sah keinen Grund, warum Bryce diese Information vorenthalten bleiben sollte. Es war ziemlich unwahrscheinlich, daß Sylvia Kedge die Sache für sich behalten würde.

«Und wann ist der Brief aufgegeben worden?»

«Gestern vormittag in Ipswich.»

Bryces Entsetzen machte sich in einem Aufheulen Luft.

«O nein! Nicht in Ipswich. Man war am Donnerstag in Ipswich. Man ist öfter dort. Zum Einkaufen, verstehen Sie. Man hat kein Alibi.»

«Da sind Sie wahrscheinlich nicht der einzige», bemerkte Dalgliesh tröstend. «Miss Calthrop war mit dem Wagen unterwegs. Und Latham. Und ich übrigens auch. Sogar diese Frau von Haus Priory war mit der Kutsche unterwegs. Ich habe sie gesehen, als ich über die Landspitze fuhr.»

«Wahrscheinlich Alice Kerrison, Sinclairs Haushälterin. Sie war sicher nur in Southwold und hat dort eingekauft.»

«Am Donnerstagnachmittag? Sind da nicht die Läden schon ab Mittag zu?»

«O lieber Adam, das ist doch egal. Vielleicht ist sie auch nur spazierengefahren. Sie würde kaum mit der Kutsche bis nach Ipswich fahren, nur um dort einen Brief in den Kasten zu werfen, der sie belasten würde. Allerdings hat sie Seton gehaßt. Sie war Haushälterin in Haus Seton, bevor seine Frau starb. Sinclair hat sie bei sich eingestellt, nachdem Dorothy sich umgebracht hatte, und seitdem ist sie dort. Es war eine höchst ungewöhnliche Geschichte. Alice ist bis nach der Voruntersuchung bei Seton geblieben, dann hat sie, ohne ein Wort, ihre Sachen gepackt, ist nach Haus Priory gegangen und hat Sinclair gefragt, ob er sie brauchen kann. Anscheinend war Sinclair zu der Erkenntnis gekommen, daß sein

Drang nach Eigenständigkeit nicht bis zum Geschirrwaschen reicht, und er hat sie bei sich eingestellt. Soweit ich weiß, hat es keiner von beiden bereut.»

«Erzählen Sie mir etwas von Dorothy Seton», bat Dalgliesh.

«Oh, sie war reizend, Adam! Ich habe hier irgendwo ein Foto von ihr, das muß ich Ihnen unbedingt zeigen. Natürlich war sie schrecklich neurotisch, aber sie war wirklich schön. Manisch-depressiv ist wohl der Fachausdruck dafür. Im einen Moment himmelhoch jauchzend und im nächsten zu Tode betrübt, und zwar so, daß man selber ganz traurig wurde. Für mich war das natürlich ganz schlecht. Ich habe genug damit zu tun, mit meiner eigenen Neurose klarzukommen, ich kann auf die Neurosen anderer Leute verzichten. Ich glaube, sie hat Seton das Leben zur Hölle gemacht. Man hätte ihn fast bedauern können, wenn das mit der armen Arabella nicht passiert wäre.»

«Wie ist sie denn gestorben?» fragte Dalgliesh.

«Das war eine ganz entsetzliche Geschichte! Seton hat sie in meiner Küche oben am Fleischerhaken im Balken aufgehängt. Ich werde den Anblick nie vergessen, wie das süße Pelztierchen, langgezogen wie ein totes Kaninchen, da herunterhing. Sie war noch warm, als ich sie abgeschnitten habe. Kommen Sie, ich zeige es Ihnen.»

Dalgliesh fühlte sich schon halb mit in die Küche gezogen, als er begriff, daß Bryce von seiner Katze sprach. Es gelang ihm, ein nervöses Lachen zu unterdrücken, während er Bryce folgte. Der Mann zitterte vor Wut, umklammerte Dalglieshs Unterarm mit unerwarteter Kraft und gestikulierte in ohnmächtigem Zorn zu dem Haken hinauf, als wäre er an Setons Schuld beteiligt. Es schien keine unmittelbare Chance zu bestehen, etwas über Dorothy Setons Tod zu erfahren, jetzt, wo Arabellas Ende so lebendig heraufbeschworen worden war. Dalgliesh hatte Mitleid mit Bryce. Seine Liebe zu Katzen war ebenso groß, wenn auch weniger lautstark. Falls Seton wirklich aus Rachsucht und Gehässigkeit ein schönes Tier mutwillig getötet hatte, fiel es schwer, um ihn zu trauern. Mehr noch, ein solcher Mensch mußte sich einige Feinde geschaffen haben.

Dalgliesh fragte, wer Arabella gefunden hatte.

«Sylvia Kedge. Sie war gekommen, weil ich ihr diktieren wollte, und ich hatte mich auf dem Weg von London verspätet. Ich kam ungefähr fünf Minuten später. Sie hatte Celia angerufen, daß sie kommen und Arabella abschneiden sollte. Sie selbst kam an das tote Tier nicht heran. Natürlich waren sie beide schrecklich aufgeregt. Sylvia war es richtiggehend schlecht. Wir mußten den Rollstuhl in die Küche schieben, und sie hat da alles vollgespuckt. Auf meine Empfindungen will ich gar nicht näher eingehen. Aber ich dachte, das wüßten Sie alles. Ich hatte Miss Dalgliesh gebeten, Ihnen zu schreiben. Ich hatte gehofft, Sie könnten herkommen und beweisen, daß Seton es getan hat. Auf dem hiesigen Polizeirevier hat man mir keine großen Hoffnungen gemacht. Überlegen Sie mal, wenn es ein Mensch gewesen wäre, was man dann für ein Theater gemacht hätte! Genau wie bei Seton. Es ist so lächerlich. Ich gehöre nicht zu diesen sentimentalen Leuten, die der Ansicht sind, daß Menschen den Vorrang haben vor jeder anderen Form des Lebens. Es gibt sowieso zu viele von uns, und die meisten verstehen es weder, selber glücklich zu sein, noch andere glücklich zu machen. Und wie sind wir häßlich. Häßlich! Sie haben Arabella gekannt, Adam. Ist sie nicht ein wunderschönes Geschöpf gewesen? Glauben Sie nicht, daß es ein Privileg war, sie zu beobachten? Sie war ein Lebenselixier.»

Dalgliesh, der bei Bryces Ausdrucksweise zusammengezuckt war, äußerte die gebührenden Schmeicheleien über Arabella, die tatsächlich eine schöne Katze und sich dessen nach allen Anzeichen auch bewußt gewesen war. Seine Tante hatte ihm in einem ihrer vierzehntägigen Briefe von dem Vorfall berichtet, hatte aber verständlicherweise nichts von Bryces Bitte erwähnt, daß er kommen und die Sache untersuchen solle. Dalgliesh unterdrückte die Bemerkung, daß man keinen einzigen stichhaltigen Beweis gegen Seton hatte. Es hatte eine Menge Ärger, Ressentiments und Verdächtigungen gegeben, doch das Problem war mit erstaunlich wenig vernünftigem Denken angegangen worden. Aber er hatte keine Lust, es jetzt zu lösen. Er brachte Bryce dazu, wieder mit ins Wohnzimmer zurückzugehen, und fragte noch einmal, wie Dorothy Seton gestorben sei.

«Dorothy? Sie war mit Alice Kerrison zu einem Herbsturlaub

nach Le Touquet gefahren. Da war das Verhältnis zwischen ihr und Seton schon ziemlich schlecht. Sie konnte ohne Alice gar nicht mehr sein, und Seton glaubte wohl, daß es gut wäre, wenn sie jemanden bei sich hätte, der ein bißchen auf sie aufpaßt. Als sie eine Woche weg waren, wurde es Seton klar, daß er ein Zusammenleben mit ihr nicht länger ertragen konnte, und er schrieb ihr, daß er sich scheiden lassen wolle. Niemand weiß, was im einzelnen in dem Brief stand, aber Alice Kerrison war bei Dorothy, als sie ihn aufmachte, und sie sagte bei der Voruntersuchung, daß Mrs. Seton furchtbar aufgeregt gewesen sei und gesagt habe, sie müßten sofort nach Hause fahren. Seton hatte vom Cadaver Club aus geschrieben, und es war niemand im Haus, als sie zurückkamen. Alice sagte, daß Dorothy einen ausgeglichenen, völlig ruhigen Eindruck gemacht habe und tatsächlich viel fröhlicher gewesen sei als sonst. Sie, Alice, habe angefangen, für sie beide das Abendessen zu machen, und Dorothy habe kurze Zeit am Schreibtisch gesessen und etwas geschrieben. Danach habe sie gesagt, daß sie einen Spaziergang am Strand machen wolle, um den Mond über dem Meer zu sehen. Sie ging die Tanner's Lane hinunter, zog ihre Kleider aus, legte sie ordentlich auf einen Haufen, tat einen Stein obendrauf und ging ins Wasser. Eine Woche später hat man ihre Leiche gefunden. Sie hinterließ ein Briefchen unter dem Stein, in dem sie schrieb, ihr sei klar geworden, daß sie zu nichts nütze sei, weder für sich noch für andere, und daß sie beschlossen habe, sich umzubringen. Es war ein vollkommen klarer, vollkommen eindeutiger Brief. Ich kann mich noch erinnern, wie ich damals dachte, daß die meisten Selbstmörder davon reden, daß sie mit allem Schluß machen wollen. Dorothy hat nur geschrieben, daß sie beschlossen habe, sich umzubringen.»

«Was ist aus dem Brief geworden, den Seton ihr geschrieben hat?»

«Der ist nie gefunden worden. Bei Dorothys Sachen war er nicht, und Alice hat nicht gesehen, daß sie ihn vernichtet hat. Aber Seton hat ganz offen darüber gesprochen. Er bedauerte es, aber er konnte nicht anders handeln. Es war unmöglich geworden, so weiterzumachen. Welche Wirkung das Zusammenleben mit Dorothy auf ihn gehabt hat, ist mir erst richtig klargeworden, als ich zwei Jahre später sein Theaterstück sah. Es handelte von der Ehe mit einer Neurotikerin, aber in dem Stück ist es der Mann, der sich umbringt. Na ja, kein Wunder. Seton hat sich in der Hauptrolle selbst darstellen wollen. Natürlich nicht im wörtlichen Sinn. Obwohl er die Rolle auch auf der Bühne hätte spielen können. Viel schlechter als der arme Barry hätte er auch nicht sein können. Nicht, daß ich den Schauspielern einen Vorwurf mache. Es war ein hundsmiserables Stück, Adam! Und trotzdem war es mit entsetzlicher Aufrichtigkeit und Pein geschrieben.»

«Waren Sie dort?» fragte Dalgliesh.

«Vorne in der dritten Reihe, und ich habe mich vor Verlegenheit gekrümmt. Seton saß in der Loge. Er hatte Celia bei sich, und man muß sagen, er konnte sich mit ihr sehen lassen. Sie war bis zum Nabel dekolletiert und wie ein Christbaum mit unechtem Schmuck behängt. Meinen Sie, Seton wollte, daß die Leute sie für seine Geliebte halten? Ich habe das Gefühl, unser Maurice wollte gern als Draufgänger dastehen. Lieber Gott, sie sahen aus wie die königlichen Hoheiten eines Zwergstaates im Exil. Seton hatte sogar einen Orden angelegt. Eine Ehrenmedaille der Bürgerwehr oder etwas in der Preislage. Ich war mit Paul Markham dort; er ist ein so empfindsamer junger Mann. Am Ende des ersten Akts standen ihm die Tränen in den Augen. Zugegeben, es ist einem guten Drittel der Zuschauer ähnlich ergangen, aber ich habe den Verdacht, daß ihnen die Tränen vor Lachen in den Augen standen. Wir sind in der ersten Pause gegangen und haben den Rest des Abends bei Moloneys verbracht. Ich kann eine ganze Menge Qualen ertragen, vorausgesetzt, daß es nicht meine eigenen sind, aber bei einer öffentlichen Hinrichtung hört für mich der Spaß auf. Celia hat, höflich wie sie ist, bis zum Schluß ausgehalten. Sie haben sogar hinterher noch im Ivy gefeiert. Wenn ich an diesen Abend zurückdenke – o Arabella, wie sehr bist du gerächt.»

«Und dann hat Latham in seiner Kritik so richtig vom Leder gezogen, was? Meinen Sie, daß er ein persönliches Interesse daran hatte, das Stück kaputtzumachen?»

«O nein, das glaube ich nicht.» Die großen Augen waren unschuldig wie Kinderaugen auf ihn gerichtet, aber Adam hatte einen gehörigen Respekt vor der Intelligenz, die sich dahinter verbarg.

«Oliver kann schlechte Stücke oder schlechte Schauspieler nicht ausstehen, und wenn dann noch beides zusammenkommt, macht ihn das vollends rasend. Also, wenn man Oliver tot und mit abgehackten Händen gefunden hätte, würde einen das nicht wundern. Die Hälfte all dieser Analphabetinnen, die in London herumschwirren und sich Schauspielerinnen nennen, dabei aber noch nicht mal das Zeug zu einem anständigen Fotomodell haben, hätte das ohne weiteres tun können, vorausgesetzt, daß sie den Grips dazu im Kopf hätten.»

«Aber Latham hat Dorothy Seton gekannt, nicht wahr?»

«O Adam! Sie sind aber wirklich hartnäckig! Nicht sehr feinfühlig, mein Lieber. Ja, er hat sie gekannt. Sie war groß darin, unangemeldet hereinzuschneien. Manchmal betrunken, manchmal nüchtern und immer gleich lästig.»

«Haben sie und Latham etwas miteinander gehabt?» fragte Dalgliesh ohne Umschweife. Wie er erwartet hatte, war Bryce weder überrascht noch schockiert über die Frage. Wie alle notorischen Klatschmäuler hatte er ein grundlegendes Interesse an anderen Menschen. Und dies war eine der ersten Fragen, die er sich in bezug auf jeden Mann und jede Frau aus seinem Bekanntenkreis stellte, die einander anziehend fanden.

«Celia behauptet es, aber andererseits tut sie das immer. Ich meine, die Gute kann sich zwischen einem heterosexuellen Mann und einer hübschen Frau keine andere Beziehung vorstellen. Und wo Latham im Spiel ist, hat sie vermutlich sogar recht damit. Man kann Dorothy kaum einen Vorwurf daraus machen, bei dem langweiligen Dasein in diesem Glashaus mit Seton, aus dem es kein Entrinnen gab. Ich habe ihr das Recht zugestanden, sich mit jedem Mann zu trösten, solange ich es nicht war.»

«Aber Sie glauben nicht, daß Latham besonders viel an ihr gelegen hat?»

«Ich weiß es nicht. Ich möchte es nicht unbedingt annehmen. Der arme Oliver kann sich selber nicht leiden. Er macht Jagd auf eine Frau, und wenn sie sich in ihn verliebt hat, verachtet er sie für ihren Mangel an Scharfblick. Die armen Dinger sind bei ihm einfach zum Scheitern verurteilt. Es muß schrecklich anstrengend sein, wenn man sich selber so wenig leiden kann. Also, ich bin da glücklich dran. Ich finde mich faszinierend.»

Die Faszination begann Dalgliesh zu ermüden. Er stand auf und sagte mit einem Blick auf seine Uhr, es sei Viertel vor eins und er werde zum Mittagessen erwartet.

«Oh, aber Sie müssen das Foto von Dorothy noch sehen. Ich muß es hier irgendwo haben. Dann können Sie sich ein Bild davon machen, wie hübsch sie war.»

Er zog die Schreibtischschublade auf und kramte in dem Papierwust herum. Dalgliesh dachte, daß es ein ziemlich hoffnungsloses Unterfangen war. Aber es mußte eine gewisse Ordnung in dem Chaos herrschen, denn in weniger als einer Minute hatte Bryce das Gesuchte gefunden. Er brachte Dalgliesh das Foto.

«Sylvia Kedge hat die Aufnahme gemacht, als wir im Juli irgendwann mal am Strand gepicknickt haben. Sie ist eine recht geübte Amateurfotografin.»

Das Foto war jedenfalls alles andere als professionell. Es zeigte die Teilnehmer des Picknicks um die Sheldrake gruppiert. Sie waren alle da, Maurice und Digby Seton, Celia Calthrop und ein Kind mit einem verdrossenen Gesichtsausdruck, in dem man Liz Marley erkannte, Oliver Latham und Bryce selber. Dorothy Seton stand im Badeanzug gegen den Rumpf des Dinghis gelehnt und lachte in die Kamera. Es war ein ziemlich scharfes Foto, trotzdem verriet es Dalgliesh nur, daß sie eine schöne Figur hatte und wußte, wie man sie am besten zur Geltung bringt. Das Gesicht war das einer hübschen Frau, aber nicht mehr. Bryce blickte über Dalglieshs Schulter auf die Fotografie hinunter. Wie in plötzlichem Innewerden dieses neuerlichen Beweises von der Trügerischkeit von Zeit und Erinnerung sagte er traurig: «Komisch ... Es vermittelt einem eigentlich gar keinen Eindruck von ihr ... Ich dachte, es wäre besser ...»

Bryce begleitete ihn zur Haustür. Als Dalgliesh hinausging, kam ein Kombiwagen die Straße hochgeschaukelt und hielt mit einem Ruck vorm Gartentor. Heraus sprang eine untersetzte schwarzhaarige Frau mit säulenförmigen Beinen über den weißen Söckchen und den Schulmädchensandalen. Sie wurde von Bryce mit spitzen Freudenschreien begrüßt.

«Mrs. Bain-Porter! Sie haben sie doch nicht etwa mitgebracht! Tatsächlich, Sie haben sie mitgebracht! Wie ungeheuer goldig von Ihnen!»

Mrs. Bain-Porter hatte die sonore Stimme weiblicher Angehöriger der Oberklasse, die geschult war darin, die Domestiken in Angst und Schrecken zu versetzen oder bei wütendem Sturm über jedes Hockeyfeld zu dringen. Ihre Worte dröhnten unmißverständlich in Dalglieshs Ohren.

«Als ich gestern Ihren Brief bekam, dachte ich mir, ich versuch's mal. Ich habe Ihnen die drei Besten aus dem Wurf mitgebracht. Ich finde, es ist soviel angenehmer, wenn man sie bei sich zu Hause aussuchen kann. Angenehmer auch für Sie.»

Der hintere Teil des Wagens wurde jetzt aufgemacht, und Mrs. Bain-Porter hob unter Mithilfe von Bryce drei Katzenkörbe heraus, aus denen sofort – als schriller Diskant zu Mrs. Bain-Porters Baß und Bryces fröhlichem Zwitschern – ein aufgeregtes Miauen erscholl. Die vielstimmige Gesellschaft verschwand durch die Haustür. Dalgliesh ging in nachdenklicher Stimmung zum Mittagessen nach Hause. Es war eine dieser Kleinigkeiten, die alles oder nichts bedeuten konnten. Aber wenn Mrs. Bain-Porter am Donnerstag einen Brief von Julian Bryce bekommen hatte, war er spätestens am Mittwoch aufgegeben worden. Folglich hatte Bryce sich am Mittwoch entweder entschlossen, es trotz Setons Hang, Katzen zu töten, einfach darauf ankommen zu lassen, oder aber er hatte gewußt, daß es nichts mehr zu fürchten gab.

13

Am Freitagnachmittag fanden sich die Verdächtigen zu Fuß oder mit dem Auto bei dem kleinen Gasthaus am Rand von Dunwich ein, das Reckless zu seinem Stützpunkt gemacht hatte, und gaben dort ihre Aussagen zu Protokoll. Sie hatten den Green Man immer als ihre Kneipe betrachtet – tatsächlich gingen sie davon aus, daß George Prike das Gasthaus hauptsächlich zu ihrem Nutz und Frommen betrieb – und kritisierten die Wahl des Inspektors als

Zeichen einer krassen Fühllosigkeit und einer generellen Mißachtung des Wohlbefindens anderer. Celia Calthrop zeigte sich am pikiertesten, obwohl sie den Green Man seltener besuchte als die anderen und verurteilte Georges Unbedachtheit aufs schärfste, daß er sich törichterweise zu einer so ärgerlichen Sache hatte breitschlagen lassen. Sie konnte beim besten Willen nicht sagen, ob sie ihren Sherry auch in Zukunft von George beziehen würde, wo sie jeder Schluck, den sie davon nahm, an Inspektor Reckless erinnern würde; und wo ein Besuch im Barraum unerträglich seelische Erschütterungen auslösen würde. Latham und Bryce teilten ihre Ansicht über den Inspektor. Ihr erster Eindruck von ihm war nicht günstig gewesen, und als sie später noch einmal darüber nachdachten, kamen sie zu dem Ergebnis, daß sie ihn nicht mochten. Vielleicht hatte sie, wie Bryce meinte, eine allzu enge Bekanntschaft mit Setons Inspektor Briggs für die Wirklichkeit verdorben. Briggs, von Ehrenwert Martin in übertrieben falscher Kameraderie gelegentlich Briggsy genannt, besaß eine Bescheidenheit, die sie an Inspektor Reckless nicht entdecken konnten. Trotz seiner Stellung im Yard war er glücklich, neben Carruthers die zweite Geige zu spielen, und hatte es sich, weit entfernt davon, Ehrenwert Martins Einmischung in seine Fälle als störend zu empfinden, zur Regel gemacht, ihn hinzuzuziehen, wenn seine spezielle Sachkenntnis benötigt wurde. Als Wein- und Frauenkenner, der sich zudem in Wappenkunde, beim Landadel, mit exotischen Giften und in der elisabethanischen Minderdichtung auskannte, war sein Urteil unschätzbar. Wie Bryce hervorhob, vertrieb Inspektor Briggs die Leute nicht aus ihrer Lieblingskneipe und starrte sie auch nicht aus mürrischen dunklen Augen unaufhörlich an, als höre er nur halb auf das, was sie sagten, und glaube es ihnen ohnehin nicht. Und er ließ auch nicht erkennen, daß sich für ihn ein Schriftsteller durch nichts von den gewöhnlichen Sterblichen unterschied, es sei denn durch die Gabe, ein ausgeklügelteres Alibi zu erfinden. Wenn Verdächtige sich einem Verhör seitens Inspektor Briggs unterziehen mußten – was selten genug vorkam –, fand es in der Behaglichkeit ihrer eigenen vier Wände unter Aufsicht willfähriger Polizeibeamter und in Gegenwart von Carruthers statt, der auf angenehmste Weise dafür sorgte, daß Briggs seine Grenzen wahrte.

Sie achteten peinlich darauf, nicht zusammen beim Gasthaus anzukommen; auf die unbefangene Offenheit vom Donnerstagabend war eine gewisse Vorsicht gefolgt. Bis Freitagnachmittag hatte man Zeit zum Nachdenken gehabt, und Setons Tod wurde nun nicht mehr als ein seltsamer Abstecher der Literatur ins Leben angesehen, sondern als ein höchst verwirrendes Faktum. Man gestand sich einige unangenehme Wahrheiten ein. Seton war zwar zuletzt in London lebend gesehen worden, aber seine verstümmelte Leiche war von Monksmere Beach aus aufs Meer hinausgestoßen worden. Man brauchte keine Landkarten und mußte auch keine komplizierten Berechnungen an Hand von Windstärke, Strömungsverlauf und Strömungsgeschwindigkeit anstellen, um das jedermann deutlich zu machen. Es war durchaus möglich, daß er bei seiner naiven Suche nach einem literarischen Stoff in London in Schwierigkeiten geraten war, aber das gefälschte Manuskript, die abgetrennten Hände und der Anruf in Haus Seton wiesen doch mehr in die Richtung Monksmere. Celia Calthrop vertrat am entschiedensten die Theorie von einer Londoner Gangsterbande, aber auch sie konnte keine plausible Erklärung dafür geben, woher die Verbrecher wissen sollten, wo die Sheldrake lag, oder warum sie sich entschlossen hatten, die Leiche nach Suffolk zurückzubringen. Die Behauptung, «natürlich um den Verdacht auf uns zu lenken», warf nach Meinung aller mehr Fragen auf, als sie beantwortete.

Nachdem die Aussagen zu Protokoll gegeben waren, wurde eine gewisse Anzahl von Telefongesprächen geführt. Vorsichtig, als fürchteten sie ein bißchen, die Leitungen seien angezapft, tauschten sie die Stückchen von Tatsachen, Gerüchten und Vermutungen aus, die wahrscheinlich zusammengenommen die gesamte Information ausmachten. Aus Furcht davor, was sie dabei zu hören bekommen oder, schlimmer noch, unfreiwillig preisgeben könnten, vermieden sie es für den Augenblick, einander zu sehen. Gleichwohl waren sie begierig darauf, etwas zu erfahren.

Telefonanrufe nach Pentlands wurden mit schöner Regelmäßigkeit von der höflichen und eisigen Jane Dalgliesh beantwortet. Niemand mochte sich die Blöße geben, direkt nach Adam zu fragen, außer Celia Calthrop, deren Versuch aber so kläglich scheiterte, daß sie sich damit tröstete, Adam hätte wahrscheinlich doch nichts zu sagen gehabt. Aber sie sprachen miteinander und gaben, in dem Bedürfnis, sich jemandem anzuvertrauen, und in dem Hunger nach Neuigkeiten, allmählich ihre Vorsicht auf. Die bröckchenweisen Informationen, die zumeist noch im Erzählakt selbst kaum merklich entstellt wurden und zum Teil mehr auf Hoffnung als auf Tatsachen gründeten, ergaben ein unvollständiges, bizarres Bild. Niemand hatte seine Geschichte verändert, und die verschiedenen Alibis für Dienstagabend, die mit so bereitwilliger Offenheit vorgetragen worden waren, hatten einer ersten Überprüfung standgehalten. Wie man hörte, hatte Lathams Besucherin seine Angaben ohne weiteres bestätigt, aber da Reckless völlig unzugänglich war und Latham ein ritterliches Stillschweigen bewahrte, würde die allgemeine Neugier auf den Namen wohl kaum befriedigt werden. Die Nachricht, daß Elizabeth Marley zugegeben hatte, die Nacht vom Dienstag auf Mittwoch in London verbracht zu haben, hatte zu lustvoll ausgekosteten Spekulationen geführt, die dadurch weitere Nahrung erhielten, daß Celia unaufhörlich und wenig überzeugend erklärte, daß ihre Nichte unbedingt die Londoner Stadtbibliothek besuchen mußte. Wie Bryce zu Latham sagte, hätte man das verstehen können, wenn das arme Mädchen an irgendeiner kleinen Universität gewesen wäre, aber in Cambridge gab es doch einige Bücher, wie er sich von früher erinnerte. Die Autos von Bryce und Latham waren von der Polizei untersucht worden, doch hatten ihre Besitzer nur einen so schwachen Einwand gegen diese Prozedur erhoben, daß man sich darin einig war, daß sie nichts zu fürchten hatten. Wie berichtet wurde, war Dr. Forbes-Denby während Bryces Anwesenheit im Green Man erfreulicherweise am Telefon recht barsch zu Inspektor Reckless gewesen und hatte sich nicht davon abbringen lassen, Bryces Anruf als eine strikte Vertrauenssache zwischen sich und seinem Patienten zu betrachten. Schließlich hatte er aber, als Bryce schon fast hysterisch darauf drang, bejaht, daß es einen solchen Anruf gegeben hatte. Celias Geschichte, daß Seton den Einfall einer auf dem Meer dahintreibenden Leiche von ihr hatte, wurde von einem alten Fischer aus Warwick bestätigt, der in den Green Man kam und sagte, daß er sich daran erinnern könne, wie Mr. Seton ihn vor einigen Monaten gefragt hätte, wo eine Leiche an Land getrieben würde, wenn man sie in Monksmere Beach aufs Meer hinausstieße. Da niemand die Wahrheit von Celias Aussage bezweifelt hatte, wurde das ohne sonderliches Interesse aufgenommen. Angesichts ihres einhelligen Wunsches, die Theorie von einer Londoner Verbrecherbande bestätigt zu finden, war es deprimierend, daß niemand außer Bryce am Mittwochabend einen Fremden in Monksmere gesehen hatte. Er war um kurz nach sieben in seinen Schuppen gegangen, um Holz zu holen, als von der Hauptstraße her ein Motorradfahrer entlanggedonnert kam und unmittelbar vor seinem Haus wendete. Justin haßte Motorräder, und der Lärm war ganz unerträglich gewesen. Er hatte laut geschimpft, und der Bursche war dann aus Rache ein paar Minuten vor dem Haus hin und her gefahren, wobei er nach Bryces Angaben unanständige Bewegungen gemacht hatte. Schließlich war er mit einem abschiednehmenden Hupen davongerast. Man wußte nicht, was Reckless von der Sache hielt, obwohl er Bryce immerhin um eine genaue Beschreibung des Motorradfahrers bat und sie sicher zu Protokoll genommen hätte, wenn Bryce in der Lage gewesen wäre, ihm eine solche Beschreibung zu geben. Aber der Mann hatte einen schwarzen Lederanzug, einen Helm und eine Brille getragen, und Bryce konnte nur sagen, daß er offenbar noch jung war und ganz abscheuliche Manieren hatte. Doch Celia Calthrop war überzeugt davon, daß er zu der Bande gehörte. Was hatte er sonst in Monksmere gewollt?

Bis zum Samstagmittag hatten sich die Gerüchte kräftig vermehrt. Digby hatte 100000, 200000, eine halbe Million Pfund geerbt; die Obduktion hatte sich verzögert, weil Dr. Sydenham die Todesursache nicht feststellen konnte; der Tod war durch Ertrinken, Erwürgen, Ersticken, durch Gift, durch innere Blutungen eingetreten; Forbes-Denby hatte Reckless gesagt, daß Seton es gut noch weitere zwanzig Jahre hätte machen können; man mußte jeden Moment damit rechnen, daß Setons Herz versagte; Adam Dalgliesh und der Inspektor sprachen so gut wie nicht mehr miteinander; Reckless hätte Jane Dalgliesh verhaftet, wenn es ihm gelungen wäre, ein Motiv zu finden; Sylvia Kedge war schrecklich halsstarrig und weigerte sich, die Erbschaft von

300 Pfund anzunehmen, die Digby ihr ausbezahlen wollte; Reckless hatte am Freitagabend spät in Haus Priory angerufen, und er und seine Männer waren mit Taschenlampen auf dem Felsenweg gesehen worden; die Voruntersuchung sollte am Mittwoch um 14 Uhr 30 stattfinden. Nur in diesem Punkt war man sich einig. Die Voruntersuchung war tatsächlich für den kommenden Mittwoch anberaumt worden. Digby Seton und Sylvia Kedge hatten eine Vorladung erhalten. Diejenigen, denen es freistand, zu kommen, waren unschlüssig, ob ihre Anwesenheit zusätzliche Fragen aufwerfen oder die Verdachtsmomente eher abschwächen würde, oder ob sie als gebührende Achtungsbezeigung für den Toten einfach geboten war.

Am Samstagmorgen wurde allgemein bekanntgegeben, daß Inspektor Reckless Freitagnacht mit dem Wagen nach London gefahren war und nicht vor Sonntagmorgen zurück erwartet wurde. Wahrscheinlich wollte er die Londoner Alibis überprüfen und Nachforschungen im Cadaver Club anstellen. Man war nicht überrascht, daß er so schnell zurück erwartet wurde. Es war klar, daß er nur zu gut wußte, wo sein eigentliches Aufgabengebiet lag. Aber selbst diese vorübergehende Abwesenheit war eine Erleichterung. Es war, als hätte sich eine Wolke über Monksmere Head verzogen. Diese finstere, schweigsame, anklagende Gestalt hatte ihr Treiben anderswohin verlegt, und seit er weg war, fühlte man sich freier. Hinter ihm blieb eine allgemeine Unruhe, die sich in Aktivität entlud. Selbst Jane Dalgliesh und ihren Neffen, die unter Reckless am wenigsten zu leiden hatten, sah man mit Rucksack, Fernglas und Malutensilien beladen den Strand entlang in Richtung Sizewell wandern. Es war klar, daß sie nicht vor Einbruch der Dunkelheit zurück sein würden. Kurz danach fuhr Latham weg; der Jaguar fuhr mit hundertzwanzig an Haus Rosemary vorbei, und Celia stellte säuerlich fest, daß Oliver wieder dabei war, einen seiner Versuche zu unternehmen, sich das Genick zu brechen. Sie und Eliza hatten eigentlich vorgehabt, Sylvia Kedge auf einen Ausflug nach Aldeburgh mitzunehmen, aber Eliza hatte es sich, kurz bevor sie losfahren wollten, anders überlegt und war allein zu einem Spaziergang nach Walberswick aufgebrochen. Niemand wußte, was Digby Seton vorhatte, aber ein Anruf Miss Calthrops in Haus Seton, bei dem sie ihn zur Teilnahme am Picknick zu überreden hoffte, blieb unbeantwortet. Bryce erzählte jedem, daß er zu einer Haushaltsauflösung etwas außerhalb von Saxmundham fuhr, wo er sich einiges Porzellan aus dem 17. Jahrhundert zu ersteigern hoffte. Bis um halb zehn war auch er über alle Berge, und Monksmere blieb den paar Herbsturlaubern überlassen, die allein oder zu zweit über Tag kamen und ihre Autos in der Tanner's Lane parkten, sowie den vereinzelten Spaziergängern aus Dunwich oder Walberswick, die über die Dünen zum Vogelschutzgebiet stapften.

Reckless mußte am Samstagabend spät nach Monksmere zurückgekommen sein. Bei Anbruch der Dämmerung stand sein Wagen schon vor dem Green Man, und um kurz nach neun hatte Wachtmeister Courtney die meisten der Verdächtigen angerufen und sie aufgefordert, in das Gasthaus zu kommen. Die Aufforderung war in überaus höflicher Form vorgebracht worden, trotzdem gab sich niemand der Illusion hin, daß es ihm freistand, ob er kommen wollte oder nicht. Sie ließen sich Zeit mit ihrem Erscheinen, und wieder fand eine schweigende Übereinkunft statt, daß sie nicht zusammen kamen. Sylvia Kedge wurde, wie die anderen Male auch, von Wachtmeister Courtney im Polizeiauto geholt. Es machte den Eindruck, als ob Sylvia sich im ganzen recht gut unterhielt.

Im Gasthaus erwartete Maurice Setons Reiseschreibmaschine die Vorgeladenen. Sie stand unförmig und glänzend auf einem kleinen Eichentisch im Barraum. Die Aufmerksamkeit der Fingerabdrucksexperten und der Schreibmaschinenfachleute schien ihr noch zusätzlichen Glanz verliehen zu haben. Sie sah zugleich alltäglich und furchterregend, harmlos und gefährlich aus. Sie war vielleicht der Gegenstand aus Setons Besitz, zu dem er das intimste Verhältnis gehabt hatte. Es war unmöglich, beim Betrachten des schimmernden Tastenfelds nicht mit Abscheu an die blutigen Stümpfe zu denken und sich zu fragen, was mit den abgetrennten Händen geschehen war. Sie wußten sofort, warum die Schreibmaschine da stand. Sie sollten zwei Texte abtippen; die Schilderung von Carruthers Besuch im Nachtclub und die Beschreibung der Leiche ohne Hände, die aufs Meer hinaustreibt.

Wachtmeister Courtney, der die Veranstaltung leitete, kam sich wie ein Verhaltensforscher vor, und die unterschiedlichen Reaktionen seiner Verdächtigen boten ihm dankbares Material. Es dauerte eine Weile, bis Sylvia Kedge sich zurechtgesetzt hatte; nachdem sie aber einmal angefangen hatte, tanzten die kräftigen, männlich-knochigen Finger über die Tasten und hatten in unglaublich kurzer Zeit zwei tadellos saubere Abschriften fertig. Es ist immer befriedigend mitanzusehen, wenn jemand sein Metier beherrscht, und Wachtmeister Courtney reagierte mit respektvollem Schweigen auf Miss Kedges Glanzleistung. Miss Dalgliesh, die zwanzig Minuten später ins Gasthaus kam, erwies sich als unerwartet geschickt. Sie hatte sich das Maschineschreiben anhand eines Buches selber beigebracht und früher die Predigten ihres Vaters und das Kirchenblatt getippt. Sie benutzte vorschriftsmäßig alle fünf Finger, schrieb aber relativ langsam und hielt dabei – anders als Miss Kedge – den Blick unverwandt auf die Tasten gerichtet. Miss Calthrop wandte kurz ein, indem sie die Schreibmaschine anstarrte, als ob sie vorher noch nie eine gesehen hätte, daß sie nicht tippen könne – alle ihre Arbeiten wurden auf Band diktiert –, und wollte nicht einsehen, warum sie ihre Zeit damit verschwenden sollte, es zu versuchen. Schließlich bewegte man sie dazu anzufangen, und nach einer halbstündigen Bemühung hatte sie zwei fürchterlich getippte Seiten zustandegebracht, die sie Wachtmeister Courtney mit der Haltung einer erlösten Märtyrerin hinstreckte. Courtney, der Miss Calthrops lange Fingernägel betrachtete, wunderte sich nur, daß es ihr überhaupt gelungen war, die Tasten herunterzudrücken. Bryce arbeitete erstaunlich schnell und sauber, nachdem er sich dazu durchgerungen hatte, die Schreibmaschine zu benutzen, obwohl er es für nötig hielt, sich in fortwährenden Sottisen über den Stil der Prosa zu ergehen. Latham war fast so geübt wie Miss Kedge und ratterte die Texte in teilnahmslosem Schweigen herunter. Miss Marley sagte kurz, daß sie nicht tippen könne, hatte aber nichts dagegen, es zu versuchen. Sie lehnte Courtneys Hilfe ab, verbrachte fünf Minuten damit, das Tastenfeld und den Wagen zu untersuchen, und machte sich dann an die mühevolle Arbeit, die beiden Passagen Wort für Wort abzuschreiben. Das Resultat war ganz beachtlich, und Wachtmeister

Courtney fand Miss Marley im stillen eine gelehrige Person, im Gegensatz zum Urteil ihrer Tante: «Das hätte sie besser gekonnt, wenn sie sich Mühe gegeben hätte.» Mit Digby Seton war es völlig aussichtslos, aber selbst Courtney glaubte nicht, daß er Theater spielte. Schließlich wurde ihm, zur Erleichterung aller, erlaubt aufzuhören. Wie vorauszusehen war, hatte keine der Abschriften, Digbys kümmerliches Elaborat eingeschlossen, irgendeine Ähnlichkeit mit den Originalen. Es hätte Wachtmeister Courtney, der glaubte, daß Maurice Seton den zweiten, wahrscheinlich aber auch den ersten Text getippt hatte, überrascht, wenn es anders gewesen wäre. Aber das endgültige Urteil darüber lag nicht bei ihm. Die Kopien würden jetzt an einen Experten geschickt und auf subtilere Ähnlichkeiten untersucht werden. Er erzählte seinen Verdächtigen nichts davon; aber andererseits war er dazu auch nicht verpflichtet. Sie hatten ihren Maurice Seton schließlich nicht umsonst gelesen.

Bevor sie das Gasthaus verließen, nahm man ihre Fingerabdrücke. Miss Calthrop war schockiert, als sie an die Reihe kam. Sie begann jetzt zu bereuen, daß sie, um unnötige Ausgaben zu vermeiden, vorher nicht mit ihrem Anwalt gesprochen hatte. Aber Wachtmeister Courtney redete ihr so gut zu, hatte so viel Verständnis für ihre Gefühle, war so an ihrer Mithilfe interessiert und war in jeder Beziehung so anders als dieser ungehobelte Inspektor, daß sie sich schließlich zum Beigeben entschloß. «Blöde alte Kuh», dachte der Wachtmeister, während er ihr die dicken Finger führte. «Wenn die andern nur halb soviel Theater machen, kann ich von Glück sagen, wenn ich fertig bin, bis der Alte zurückkommt.»

Aber die andern machten gar kein Theater. Digby Seton kommentierte die Prozedur mit seinen lahmen Späßen, wobei er seine Nervosität hinter einem übertriebenen Interesse an dem technischen Ablauf zu verbergen suchte. Eliza Marley fügte sich mürrisch, und Jane Dalgliesh schien mit ihren Gedanken anderswo zu sein. Bryce mißfiel die Sache am meisten. Für ihn lag etwas Ominöses und Unwiderrufliches darin, sich von einem Symbol zu trennen, das er als so einzigartig zu ihm selbst gehörig empfand. Er verstand, warum die Naturvölker so sorgsam darauf achteten, daß ihren Feinden auch nicht das Bruchteil eines Haares in die

Hände fiel. Während er mit einer Grimasse des Widerwillens die Finger auf das Farbkissen drückte, spürte er, daß er diese Unschuld verloren hatte.

Oliver Latham stach mit den Fingern in das Farbkissen, als ob es Reckless' Augen wären. Als er aufblickte, sah er, daß der Inspektor schweigend hereingekommen war und ihn beobachtete. Wachtmeister Courtney erhob sich. Reckless sagte:

«Guten Abend, Sir. Das ist eine reine Formalität.»

«Oh, danke. Ich weiß Bescheid. Der Wachtmeister hat mir schon seine übliche Beruhigungspille verabreicht. Ich habe mich schon gefragt, wo Sie stecken. Hoffentlich hat Ihnen die Vernehmung der ‹Dame meines Herzens› – wie Sie sie sicher nennen würden – Spaß gemacht. Und der Portier? Ich hoffe, daß Duncombe Ihnen behilflich war?»

«Danke, Sir, sie waren alle sehr hilfsbereit.»

«Oh, davon bin ich überzeugt. Sie haben sich ganz bestimmt prächtig amüsiert. Es ist zur Zeit nicht viel los in London. Ich liefere ihnen sicher den besten Stoff zum Klatschen seit Wochen. Und da wir alle so entgegenkommend sind, wie wär's mit ein bißchen Entgegenkommen von Ihrer Seite? Ich nehme an, es spricht nichts dagegen, daß ich erfahre, wie Seton zu Tode gekommen ist?»

«Oh, ganz und gar nicht, Sir – zu gegebener Zeit. Aber wir haben den Obduktionsbefund noch nicht.»

«Ihr Freund ist ein bißchen langsam, nicht?»

«Im Gegenteil, Sir. Dr. Sydenham arbeitet sehr schnell. Aber es müssen noch ein paar Tests gemacht werden. Der Fall ist nicht eindeutig.»

«Diese Bemerkung möchte ich als Untertreibung des Jahres bezeichnen.»

Latham holte sein Taschentuch aus der Tasche und wischte sich sorgfältig seine bereits sauberen Finger ab. Der Inspektor sagte, indem er ihm zusah, ruhig:

«Wenn Sie so ungeduldig sind, Mr. Latham, warum erkundigen Sie sich dann nicht mal bei einigen Ihrer Freunde? Sie wissen genausogut wie ich, daß es jemand in Monksmere gibt, der Ihnen genau erzählen könnte, wie Maurice Seton gestorben ist.»

14

Seit dem Tod seines Stiefbruders hatte Digby Seton sich darauf verlegt, zum Essen nach Haus Rosemary zu kommen, und seine Nachbarn belustigten sich unfehlbar darüber, *wie* oft man den Vauxhall am Rasen vor dem Haus parken sähe. Sie räumten ein, daß man von Celia nicht erwarten durfte, daß sie die Gesellschaft eines sehr reichen jungen Mannes ablehnte, während seine Motive weniger leicht zu durchschauen waren. Niemand glaubte, daß es Elizas Reize waren, die ihn anzogen, oder daß er in ihrer tristen Unscheinbarkeit ein Mittel sah, an Maurices Vermögen heranzukommen. Alles in allem war man der Meinung, daß er Celias Essen, obwohl es ziemlich unaufregend war, vermutlich dem Umstand, zweimal am Tag nach Southwold zu fahren, oder der Mühe, sich selbst etwas zu kochen, vorzog, und daß er froh darüber war, Sylvia Kedge aus dem Weg gehen zu können. Seit der Mord passiert war, tauchte sie mit der Hartnäckigkeit eines Klageweibes, das auf seine Bezahlung wartet, in Haus Seton auf. Die fanatische Aufmerksamkeit, die sie Maurices Arbeit gewidmet hatte, schien sie jetzt auf sein Haus zu übertragen, sie räumte auf, rieb die Möbel blank, machte sauber, zählte die Wäsche und schleppte sich mit dem Staubtuch in der Hand auf Krücken durchs Haus, als erwarte sie, dessen verstorbenen Besitzer jeden Augenblick erscheinen und mit den Fingern über die Fensterbänke fahren zu sehen. Wie Digby zu Eliza Marley sagte, machte ihn das nervös. Er hatte Haus Seton, das er trotz seiner modernen Luftigkeit seltsam bedrückend und unheimlich fand, nie gemocht. Und jetzt, wo sich die brennenden schwarzen Augen aus jeder Ecke, von jedem Schrank her auf ihn richten konnten, fühlte er sich wie in einer von diesen düsteren griechischen Tragödien, wo die Erinnyen schon draußen auf ihr Stichwort lauern.

Diese Bemerkung hatte Elizas Interesse erregt, da sie daraufhindeutete, daß Digby möglicherweise klüger und sensibler war, als man allgemein annahm. Ohne physisch im mindesten von ihm angezogen zu sein, begann sie ihn interessant, ja sogar ein wenig faszinierend zu finden. Es war erstaunlich, was der Besitz von zweihunderttausend Pfund für einen Mann tun konnte. Schon vermochte sie die feine Aura des Erfolgs, die Sicherheit und Selbstzufriedenheit zu entdecken, die der Besitz von Macht oder Geld immer verleiht. Sie war nach dem Drüsenfieber müde und deprimiert. Und in dieser Stimmung, wo ihr der Arbeitsantrieb fehlte und sie von Langeweile geplagt wurde, war fast jede Gesellschaft besser als gar keine. Obgleich sie für den opportunistischen Gesinnungswechsel ihrer Tante, der aus Maurices schwierigem Bruder über Nacht einen schlechthin bezaubernden jungen Mann gemacht hatte, nur Verachtung empfand, gestand sie sich jetzt gleichwohl ein, daß eventuell mehr in Digby steckte, als auf den ersten Blick zu vermuten war. Aber nicht *viel* mehr.

Er hatte Miss Calthrops Einladung zum Abendessen am Sonntagabend ausgeschlagen, erschien aber kurz nach neun in Haus Rosemary und hatte ganz offensichtlich keine Eile, wieder zu gehen. Es war jetzt fast elf, und er war immer noch da, drehte sich auf dem Klavierhocker hin und her, zwischendurch immer wieder Bruchstücke eigener und fremder Melodien spielend. Eliza kauerte in ihrem Sessel am Kamin, sah und hörte ihm zu und hatte es nicht eilig, daß er ging. Er spielte nicht schlecht. Natürlich war er nicht wirklich begabt, aber wenn er sich Mühe gab, was selten geschah, war er ganz gut. Sie konnte sich daran erinnern, daß Maurice einmal davon gesprochen hatte, daß er Digby zum Pianisten ausbilden lassen wollte. Der arme Maurice. Das war zu einer Zeit gewesen, als er sich verzweifelt einzureden versuchte, daß sein einziger noch lebender Verwandter irgendwelche Fähigkeiten besaß, die eine Verwandtschaft mit ihm erträglich machten. Auch als Digby noch zur Schule ging, trompetete Maurice seine bescheidenen Erfolge herum – zum Beispiel als er die Boxmeisterschaft gewonnen hatte –, als ob er große Leistungen vollbracht hätte. Es war undenkbar, daß Maurice Setons Stiefbruder gänzlich unbegabt war. Und das war er auch nicht. Er hatte die Sheldrake ohne fremde Hilfe nach eigenem Entwurf selbst gebaut und hatte sie fachmännisch gesegelt, wenn seine Begeisterung auch nur ein paar Jahre gedauert hatte. Aber diese Art sportlicher Kunstfertigkeit, die in gewisser Weise gar nicht zu Digby paßte, konnte einen intellektuellen Snob wie Maurice kaum beeindrucken. Schließlich und endlich hatte er natürlich aufgehört, sich etwas vorzumachen, genau wie Celia den Gedanken aufgegeben hatte, daß ihre Nichte hübsch war und daß sie als Frau Erfolg haben würde. Eliza blickte zu dem Farbfoto von sich hinüber, das von Celias lächerlichen und demütigenden Ambitionen zeugte. Es war gemacht worden, als sie elf Jahre alt war, drei Jahre nach dem Tod ihrer Eltern. Die schwarzen Haare waren albern gelockt und von Schleifen zusammengehalten, das weiße Organdykleid mit der rosa Schärpe sah geradezu peinlich aus an einem so plumpen und häßlichen Kind. Nein, ihre Tante hatte diese Illusion rasch aufgegeben. Aber andererseits war natürlich bald eine neue an ihre Stelle getreten – wenn die gute Eliza nicht hübsch sein konnte, mußte sie eben klug sein. Jetzt hieß es: «Wissen Sie, meine Nichte ist hochintelligent. Sie studiert in Cambridge.» Arme Tante Celia! Es war kleinlich, ihr diese intellektuelle Ersatzbefriedigung nicht zu gönnen. Schließlich bezahlte sie mit klingender Münze dafür. Aber für Digby Seton empfand Eliza so etwas wie Mitgefühl. Bis zu einem gewissen Grad hatten sie beide unter dem Druck einer anderen Persönlichkeit gelitten, man hatte sich auf beide um solcher Eigenschaften willen eingelassen, die sie nie haben würden, beide waren sie als Fehlkäufe abqualifiziert worden.

Sie fragte ihn plötzlich, einem Impuls nachgebend:

«Was glauben Sie, wer von uns Ihren Bruder umgebracht hat?»

Er intonierte unsauber und mißtönend laut eine Nummer aus einer neueren Londoner Show. Er mußte den Lärm, den er machte, fast überschreien:

«Das müssen Sie mir sagen. Sie sind doch diejenige, die als so intelligent gilt.»

«Ich bin nicht so intelligent, wie meine Tante mich hinstellt, aber intelligent genug, um mich zu fragen, warum Sie ausgerechnet mich angerufen haben, um sich in Saxmundham abholen zu lassen. Wir waren doch nie so besonders dick miteinander.»

«Vielleicht war ich der Meinung, daß wir das endlich ändern sollten. Wie auch immer, nehmen wir mal an, ich wollte umsonst nach Monksmere kommen, wen hätte ich da anrufen sollen?»

«Na gut. Und nehmen wir mal an, Sie wollten ein Alibi für die Dauer der Zugfahrt.»

«Ich hatte ein Alibi. Der Fahrkartenschaffner hatte mich wiedererkannt; außerdem hatte ich im Zug ein interessantes Gespräch mit einem alten Herrn über die schlechten Manieren der heutigen Jugend. Ich kann ohne Ihre Hilfe beweisen, daß ich in diesem Zug war, meine Liebe.»

«Aber können Sie auch beweisen, wo Sie eingestiegen sind?»

«In Liverpool Street. Es war ziemlich voll, deshalb glaube ich nicht, daß ich jemand aufgefallen bin; aber das soll Reckless erst einmal versuchen mir zu beweisen. Warum sind Sie denn auf einmal so mißtrauisch?»

«Das bin ich im Grunde gar nicht. Ich kann mir nämlich nicht vorstellen, wie Sie es gemacht haben sollen.»

«Besten Dank. Die Polizisten vom Polizeirevier West Central auch nicht.»

Das junge Mädchen überlief ein Schauer, und sie sagte mit unvermittelter Heftigkeit: «Die Hände – schrecklich, jemand so etwas anzutun. Schrecklich! Finden Sie nicht auch? Besonders einem Schriftsteller. Schrecklich und bezeichnend. Ich glaube nicht, daß Sie ihn so sehr gehaßt haben.»

Er ließ die Hände von den Tasten gleiten und drehte sich mit Schwung zu ihr herum.

«Ich habe ihn überhaupt nicht gehaßt. Himmel noch mal, Eliza! Sehe ich aus wie ein Mörder?»

«Woher soll ich das wissen? Sie sind der einzige, der ein Motiv hat: Das Vermögen von 200 000 Pfund.»

«Nicht, solange ich keine Frau habe. Hätten Sie nicht Lust, sich um diesen Job zu bewerben?»

«Nein, danke. Ich mag Männer, die etwa den gleichen Intelligenzquotienten haben wie ich. Wir würden nicht zusammenpassen. Was Sie für Ihren Club brauchen, ist eine Superblondine mit Atombusen, einem goldigen Herzen und einer Rechenmaschine als Kopf.»

«O nein!» sagte er ernst. «Ich weiß, was ich für den Club haben will. Und jetzt, wo ich das Geld habe, kann ich es mir auch leisten. Ich will Klasse.»

Die Tür zum Wohnzimmer öffnete sich, Miss Calthrop steckte den Kopf herein und warf ihnen einen unbestimmt fragenden Blick zu. Sie sagte zu Eliza:

«Anscheinend habe ich eins von meinen neuen Tonbändern verlegt. Du hast es nicht zufällig gesehen?»

Die einzige Reaktion ihrer Nichte bestand in einem desinteressierten Achselzucken, Digby jedoch sprang auf und spähte suchend im Zimmer umher, als erwarte er, daß die Spule auf dem Klavier Gestalt annehme oder unter den Kissen hervorgeschossen komme. Während sie seinen ergebnislosen Faxen zusah, dachte Eliza:

«So, so, jetzt sind wir also ganz Kavalier. Sonst hat er sich mit Tante Celia nie besondere Umstände gemacht. Was zum Teufel mag da wohl dahinterstecken?»

Natürlich blieb die Suche erfolglos, und Digby wandte sich Miss Calthrop mit einem liebenswürdigen, um Verzeihung bittenden Lächeln zu.

«Tut mir leid. Es ist anscheinend nicht hier.»

Celia, die mit schlecht verborgener Ungeduld gewartet hatte, dankte ihm und ging zurück an die Arbeit. Sobald sich die Tür hinter ihr geschlossen hatte, sagte Digby:

«Sie trägt es mit ziemlicher Fassung, nicht?»

«Was?»

«Maurices Testament. Schließlich, wenn es mich nicht gäbe, wäre sie jetzt eine reiche Frau.»

Glaubte der Idiot wirklich, daß sie das nicht wußten, daß ihnen dieser simple Zusammenhang entgangen war? Sie sah zu ihm hin und bemerkte in seiner selbstgefälligen, amüsierten Miene einen Anflug heimlicher Genugtuung. Plötzlich kam ihr der Gedanke, daß er irgend etwas über Maurices Tod wissen mußte, daß dieses heimliche Lächeln mehr bedeutete als eine momentane Genugtuung über ihre Enttäuschung und das Glück, das er selber gehabt hatte. Es lag ihr auf der Zunge, ihn zu warnen. Wenn er wirklich etwas entdeckt hatte, war er in Gefahr. Er war genau der Dummkopf, der durch einen Zufall auf einen Teil der Wahrheit stößt und nicht klug genug ist, den Mund zu halten. Aber sie überlegte es sich anders, gereizt über die heimliche Genugtuung in seinem Blick. Wahrscheinlich war es nur Einbildung. Wahrscheinlich hatte er keine Ahnung. Und wenn nun doch? Na schön, Digby Seton mußte selber sehen, wo er blieb, mußte sein Risiko auf sich nehmen wie sie alle.

15

Im Speisesaal von Haus Priory war man mit dem Abendessen fast fertig. Es hatte Dalgliesh geschmeckt. Er wußte nicht genau, was er erwartet hatte. Es hätte ein Essen mit sechs Gängen auf Sèvres-Porzellan serviert sein können oder ein deftiges Kotelett vom Holzteller mit anschließendem gemeinschaftlichen Abwaschen. Keines von beiden hätte ihn überrascht. Tatsächlich hatte es einen schmackhaften Hühnertopf mit Kräutern gegeben, gefolgt von Salat und Käse. Der rote Bordeaux war billig und ein wenig herb gewesen, aber es hatte reichlich davon gegeben, und Dalgliesh, der kein Weinsnob war, hatte sich nie der Meinung angeschlossen, daß die einzig angemessene Alternative zu gutem Wein gar kein Wein war. Jetzt saß er zufrieden, fast glücklich, in einem sanften Dämmer des Wohlbehagens da und ließ seine Blicke in dem riesigen Raum umherschweifen, in dem sie, klein wie Puppen, zu viert um den schlichten Eichentisch saßen.

Es war deutlich zu erkennen, daß dieses Haus ursprünglich zu einem Kloster gehört hatte. Dieser Raum mußte das Refektorium gewesen sein. Er war eine riesige Ausgabe des Wohnraums von Pentlands, aber hier wölbten sich die vom Alter geschwärzten Eichenbalken wie große Bäume zum Dach hinauf und tauchten, mehr als fünf Meter über dem schwachen Kerzenschimmer, der den Eßtisch erhellte, in eine schwarze Leere. Der Kamin war genau der gleiche wie in Pentlands, nur ins Monumentale vergrößert, so daß er schon fast einer Höhle glich, in der die großen Holzscheite wie Kohle verglommen. Die sechs zum Meer hin gelegenen Rundbogenfenster waren jetzt durch Läden verschlossen, aber Dalgliesh konnte das Murmeln des Meers hören und von Zeit zu Zeit ein leises Ächzen, das ein Auffrischen des Winds verriet.

Alice Kerrison saß Sinclair gegenüber, eine dralle, ruhige, gelassene Frau, die sich ihrer Stellung im Haus sicher war und, soweit Dalgliesh sehen konnte, hauptsächlich darum bemüht war, daß Sinclair sich überfraß. Als sie einander vorgestellt wurden, hatte er spontan das Gefühl gehabt, ihr schon einmal begegnet zu sein, sie sogar gut gekannt zu haben. Dann wurde ihm fast schlagartig klar, warum. Hier hatte er leibhaftig die Mrs. Noah aus der Arche

Noah seiner Kindertage vor sich. Dasselbe glatte Haar, schwarz und eng am Kopf anliegend wie gemalt, das von einem Mittelscheitel aus zu einem festen kleinen Knoten im Nacken zurückgekämmt war; dieselbe rundliche, untersetzte, fast taillenlose Gestalt und das runde, rotbackige Gesicht, an das er sich so gut erinnerte, mit den beiden strahlenden Augen darin. Auch ihre Kleidung war ihm vertraut. Sie trug ein einfaches schwarzes Kleid mit langen Ärmeln, das an Hals und Manschetten einen schmalen Spitzenbesatz hatte. Das Ganze erinnerte ebensosehr an die sonntägliche Ruhe früher im Pfarrhaus seines Vaters wie der Klang von Kirchenglocken oder der morgendliche Geruch frischer wollener Unterwäsche.

Er sah zu ihr hinüber, während sie den Kaffee einschenkte, und fragte sich, wie sie wohl zu Sinclair stand. Es war schwer zu erraten. Sie behandelte ihn nicht wie ein Genie, und er behandelte sie nicht wie einen Dienstboten. Offensichtlich machte es ihr Freude, für ihn zu sorgen, aber es lag etwas Nüchternes, fast Respektloses in der Art, wie sie ihn ruhig tolerierte. Manchmal, wenn sie gemeinsam das Essen auftrugen, wie es offenbar ihre Gewohnheit war, und sich ein wenig unsicher über den Wein berieten, wirkten sie vertraut und heimlichtuerisch wie Verschwörer. Er fragte sich, was sie an jenem Morgen vor sechs Jahren dazu bewogen hatte, ihre Sachen zu packen und Maurice zu verlassen, um zu Sinclair zu gehen. Es kam ihm der Gedanke, daß Alice Kerrison wahrscheinlich mehr über Seton und sein Verhältnis zu seiner Frau wußte als sonst jemand auf der Welt. Er fragte sich, was sie noch wußte.

Er ließ seinen Blick zu Sinclair schweifen, der mit dem Rücken zum Feuer saß. Der Schriftsteller wirkte kleiner als man nach seinen Fotos gedacht hätte, aber die breiten Schultern und die langen Affenarme ließen noch immer eine große Kraft erkennen. Das Gesicht war vom Alter vergröbert, so daß die Züge undeutlich und verwischt waren wie auf einem schlechten Foto. Die Haut hing in schweren Falten herunter. Die müden Augen waren unter den borstigen Brauen so tief eingesunken, daß sie kaum zu sehen waren, doch unverkennbar waren die stolze Kopfhaltung und der mächtige weiße Haarhelm, der jetzt wie ein brennender

Dornbusch leuchtete und damit die ganze Erscheinung noch mehr dem Bilde eines alttestamentlichen Jehova anglich. Wie alt mochte er sein, fragte Dalgliesh sich. Der letzte seiner drei großen Romane war vor über dreißig Jahren erschienen, und damals war er in den mittleren Jahren gewesen. Drei Bücher waren ein schmales Fundament für einen so fest gegründeten Ruhm. Celia Calthrop, verärgert darüber, daß sie ihn nicht dazu bewegen konnte, an einem Monksmere-Literaturfestival mitzuwirken, sich einen ihrer Romane widmen zu lassen oder sie auch nur zum Tee einzuladen, betonte mit Vorliebe, daß er überschätzt sei, und daß zu einem literarisch bedeutsamen Werk nicht nur Qualität, sondern auch Quantität gehöre. Dalgliesh dachte manchmal, daß das nicht ganz falsch sei. Aber man kehrte immer wieder mit einem Gefühl des Staunens zu den Romanen zurück. Sie standen wie monolithische Blöcke an einem Gestade, wo im Gezeitenwechsel der Mode so manche literarische Reputation in sich zusammengefallen war wie eine Sandburg. Haus Priory würde eines Tages im Meer versinken, Sinclairs Ruhm jedoch würde bestehen bleiben.

Dalgliesh war weder so naiv anzunehmen, daß ein großer Schriftsteller auch ein guter Causeur sein müsse, noch war er so anmaßend zu erwarten, daß Sinclair ihn unterhalten würde. Aber sein Gastgeber war während des Essens durchaus nicht schweigsam gewesen. Er hatte sachverständig und mit Anerkennung über Dalglieshs zwei Gedichtbände gesprochen, und das nicht, wie sein Gast spürte, um ihm damit eine Freude zu machen. Er war spontan und direkt wie ein Kind. Sobald ein Gegenstand aufhörte, ihn zu interessieren, wechselte er das Thema. Das Gespräch drehte sich hauptsächlich um Bücher, obwohl ihn seine eigenen offenbar nicht mehr interessierten, und seine Lieblingsunterhaltungslektüre waren anscheinend Kriminalromane. Mit allem, was in der Welt vor sich ging, hatte er nichts mehr im Sinn. «Die Menschen werden entweder lernen müssen, einander zu lieben, mein lieber Dalgliesh, in der ganz pragmatischen und unsentimentalen Bedeutung des Wortes, oder sie werden einander zerstören. Auf beides habe ich keinen Einfluß mehr.» Und trotzdem hatte Dalgliesh nicht den Eindruck, daß Sinclair enttäuscht oder zynisch war. Er hatte sich von der Welt zurückgezogen, aber weder aus Haß noch aus Verzweiflung; er hatte einfach aufgehört, sich für sie zu interessieren.

Er sprach jetzt mit Jane Dalgliesh, und sie unterhielten sich darüber, ob der Säbelschnäbler wohl in diesem Jahr am Ort nisten würde. Beide widmeten sich diesem Gegenstand mit ernsterer Aufmerksamkeit als allen anderen Gesprächsthemen vorher. Dalgliesh sah über den Tisch hinweg zu seiner Tante hinüber. Sie trug eine kirschrote, hochgeschlossene Kaschmirbluse, bei der die Ärmel bis fast zum Ellbogen hinauf geknöpft waren. Es war ein zweckmäßiges Kleidungsstück, wenn man an der kalten Ostküste zum Abendessen ausging, und sie hatte es, solange Dalgliesh sich erinnern konnte, bei derlei Anlässen fast immer getragen. Aber jetzt war die Bluse unvermutet wieder modern geworden, und die persönliche, ungezwungene Eleganz seiner Tante erhielt einen Hauch von modischem Schick, den er an ihr nicht kannte. Sie hatte die Wange in die linke Hand gestützt. An den langen braunen Fingern steckten die schweren Ringe aus dem Familienschmuck, die sie nur abends trug. Die Rubine und Brillanten funkelten im Kerzenlicht. Sie sprachen jetzt über einen Totenschädel, den Sinclair vor kurzem bei sich am Strand gefunden hatte. Die im Meer versunkenen Friedhöfe gaben in der Regel ihre Gebeine wieder heraus, und Spaziergänger, die am Strand entlanggingen, konnten damit rechnen, gelegentlich einen Oberschenkelknochen oder ein Schulterblatt zu finden – Knochen, die das Meer gebleicht und das Alter porös gemacht hatte. Aber einen ganzen Totenschädel fand man schon seltener. Sinclair erörterte mit einigem Sachverstand sein mögliches Alter. Doch bis jetzt war die andere, jüngere Leiche unerwähnt geblieben. Vielleicht, dachte Dalgliesh, hatte er sich über das Motiv für diese Einladung zum Abendessen getäuscht. Vielleicht interessierte Sinclair der Mord an Seton gar nicht. Aber es war schwer zu glauben, daß es lediglich eine plötzliche Laune gewesen war, Jane Dalglieshs Neffen kennenzulernen. Plötzlich wandte sich sein Gastgeber an ihn und sagte mit seiner langsamen, dröhnenden Stimme:

«Sie werden wahrscheinlich von vielen Leuten gefragt, warum Sie ausgerechnet Kriminalbeamter geworden sind.»

Dalgliesh antwortete ruhig:

«Es sind nur wenige darunter, denen ich gerne eine Antwort darauf gebe ... Es ist ein Beruf, der mir Spaß macht; zu dem ich einigermaßen tauge; der es mir erlaubt, meiner Neugier in bezug auf andere Menschen nachzugeben und bei dem ich mich – jedenfalls die meiste Zeit – nicht langweile.»

«Ah, ja! Langeweile. Der Zustand, den ein Schriftsteller am wenigsten ertragen kann. Aber kommt da nicht noch mehr hinzu? Sichert Ihnen die Tatsache, daß Sie Polizist sind, nicht Ihre Ungestörtheit? Sie haben von berufswegen die Entschuldigung, sich nicht involvieren zu lassen. Polizeibeamte leben isoliert von anderen Menschen. Wir behandeln sie wie Pfarrer, mit scheinbarer Kameraderie, aber grundlegendem Mißtrauen. Wir fühlen uns unbehaglich in ihrer Gegenwart. Ich glaube, Sie sind ein Mensch, der seine Ungestörtheit sehr schätzt.»

«Dann sind wir gleich», meinte Dalgliesh. «Ich habe meinen Beruf, und Sie haben Haus Priory.» Sinclair sagte:

«Es hat mich heute nachmittag nicht geschützt. Wir hatten Besuch von Ihrem Kollegen Inspektor Stanley Gerald Reckless. Erzählen Sie Mr. Dalgliesh davon, Alice.»

Dalgliesh war es leid, darauf hinzuweisen, daß er für Reckless nicht verantwortlich war, trotzdem war er neugierig zu erfahren, wie Sinclair hinter den vollen Namen des Inspektors gekommen war. Wahrscheinlich, indem er ihn einfach danach gefragt hatte.

Alice Kerrison sagte:

«Reckless. Das ist kein Name, wie er hier in Suffolk üblich ist. Er machte den Eindruck eines Kranken auf mich. Wahrscheinlich ein Magengeschwür. Vielleicht vom Ärger und von zuviel Arbeit ...»

Mit dem Magengeschwür konnte sie recht haben, dachte Dalgliesh, indem er sich an die blasse Gesichtsfarbe, den gepeinigten Augenausdruck, die tiefen Falten zwischen Nase und Mund erinnerte. Er hörte die ruhige Stimme fortfahren:

«Er kam hierher, um zu fragen, ob wir Mr. Seton umgebracht haben.»

«Aber doch sicher mit etwas mehr Takt?» meinte Dalgliesh. Sinclair sagte:

«Er war so taktvoll, wie er es vermochte. Aber nichtsdestoweniger war dies der Zweck seines Besuchs. Ich habe ihm erklärt, daß ich Seton noch nicht einmal gekannt habe, obwohl ich einmal versucht hatte, eines seiner Bücher zu lesen. Aber er ist nie hier gewesen. Nur weil ich selber nicht mehr schreiben kann, bin ich noch lange nicht verpflichtet, mich mit Leuten abzugeben, die es selber nie gekonnt haben. Glücklicherweise können Alice und ich einander für Dienstag- und Mittwochabend ein Alibi geben, welches, wie wir gehört haben, die fraglichen Zeiten sind. Ich habe dem Inspektor gesagt, daß keiner von uns beiden das Haus verlassen hat. Ich bin nicht überzeugt, daß er mir restlos geglaubt hat. Übrigens hat er mich gefragt, Jane, ob wir uns Ihr Hackbeil ausgeliehen hätten. Ich habe aus dieser Frage geschlossen, daß Sie dem Täter unwissentlich die Waffe geliefert haben. Wir haben dem Inspektor unsere beiden Hackbeile gezeigt, beide in ausgezeichnetem Zustand, wie ich zu meiner Freude sagen darf, und er konnte sich davon überzeugen, daß niemand sie benutzt hatte, um dem armen Maurice Seton damit die Hände abzuhacken.»

Alice Kerrison sagte plötzlich:

«Er war ein böser Mensch, und es ist besser, daß er tot ist. Aber das ist keine Rechtfertigung für einen Mord.»

«In welcher Beziehung war er böse?» fragte Dalgliesh.

Es wäre gar nicht nötig gewesen, diese Frage zu stellen. Er hätte es in jedem Fall zu hören bekommen, ob er nun wollte oder nicht. Er spürte Sinclairs amüsierten und neugierigen Blick auf seinem Gesicht. Das war also einer der Gründe für die Einladung gewesen. Sinclair hoffte nicht nur, etwas zu erfahren. Er hatte auch etwas mitzuteilen. Alice Kerrison saß kerzengerade da, ihr Gesicht war vor innerer Erregung fleckig, und sie hatte die Hände unter dem Tisch ineinander verkrampft. Sie warf Dalgliesh den fassungslosen, halb bittenden Blick eines verstörten Kindes zu und murmelte:

«Dieser Brief, den er ihr geschrieben hat. Es war ein schlimmer Brief, Mr. Dalgliesh. Er ist so sicher für ihren Tod verantwortlich, als hätte er sie selber ins Meer getrieben und ihr den Kopf unter Wasser gehalten.»

«Dann haben Sie den Brief gelesen?»

«Nicht ganz. Sie hat ihn mir fast unbewußt hingehalten und hat ihn mir wieder weggenommen, als sie sich etwas gefaßt hatte. Es war ein Brief, wie ihn keine Frau einer anderen Frau zu lesen geben würde. Es standen Dinge darin, die ich keiner Menschenseele je erzählen könnte. Dinge, die ich lieber vergessen möchte. Er wollte, daß sie stirbt. Es war Mord.»

Dalgliesh fragte:

«Sind Sie sicher, daß er den Brief geschrieben hat?»

«Es war seine Schrift, Mr. Dalgliesh. Auf allen fünf Seiten. Er hat nur ihren Namen mit Schreibmaschine oben hingeschrieben. Ich würde Mr. Setons Handschrift nicht verwechseln.» Natürlich nicht, dachte Dalgliesh. Und seine Frau würde sie erst recht nicht verwechseln. Dann hatte Seton seine Frau absichtlich zum Selbstmord getrieben. Wenn das stimmte, war es die gleiche rücksichtslose Grausamkeit wie bei der Tötung von Bryces Katze, lediglich in gesteigerter Form. Aber irgendwie stimmte an dem Bild von dem berechnenden Sadisten etwas nicht. Dalgliesh war Seton nur zweimal begegnet, aber er war ihm nicht wie ein Ungeheuer vorgekommen. War es wirklich möglich, daß dieser pedantische, nervöse und von sich selbst eingenommene kleine Mann mit seiner lächerlich überschätzten Begabung derart von Haß erfüllt gewesen war? Oder war diese Skepsis nur die Arroganz eines Kriminalbeamten, der sich einzubilden begann, ein Diagnostiker des Bösen zu sein? Selbst wenn man dem kleinen Crippen das Fehlen von Beweisen zugute hielt, gab es doch Präzedenzfälle, aus denen hervorging, daß sich nervöse, schwächliche Männer höchst resolut gezeigt hatten, als es darum ging, sich ihrer Frau zu entledigen. Wie sollte er nach zwei kurzen Begegnungen den wahren Seton so gut kennen, wie Alice Kerrison ihn gekannt haben mußte. Und dann gab es da den Brief als Beweis; einen Brief, den Seton, dessen gesamte in Haus Seton sorgfältig aufbewahrte Korrespondenz mit der Maschine geschrieben war, sich die Mühe gemacht hatte, mit der Hand zu schreiben.

Er wollte gerade fragen, was Dorothy Seton mit dem Brief gemacht hatte, als das Telefon klingelte. Es war ein unerwartet schrilles Geräusch in der Stille des riesigen, von Kerzenlicht erleuchteten Raums. Dalgliesh, der zusammengefahren war, wurde plötzlich bewußt, daß er unsinnigerweise angenommen hatte, es gäbe in Haus Priory keine Elektrizität. Er sah sich nach dem Apparat um. Das Klingeln schien aus einem Bücherregal in einem dunklen Winkel am anderen Ende des Raums zu kommen. Weder Sinclair noch Alice Kerrison machten Anstalten hinzugehen. Sinclair sagte:

«Da hat sich jemand verwählt. Wir werden nie angerufen. Wir haben das Telefon nur für den Notfall, aber die Nummer steht nicht im Telefonbuch.» Er sah wohlgefällig zu dem Apparat hinüber, als erfülle ihn das Bewußtsein seines tatsächlichen Funktionierens mit Befriedigung. Dalgliesh erhob sich. «Entschuldigen Sie», sagte er. «Aber es könnte für mich sein.» Er tastete nach dem Telefon und umfaßte die glatte Kühle zwischen dem Krimskrams, der auf dem oberen Bücherregal herumlag. Das unangenehme Geräusch verstummte. Er glaubte fast, daß die Anwesenden in der Stille, die im Raum herrschte, Inspektor Reckless sprechen hören konnten.

«Mr. Dalgliesh? Ich rufe aus Pentlands an. Es ist etwas geschehen, das Sie meiner Meinung nach erfahren sollten. Wäre es Ihnen wohl möglich, jetzt gleich hierherzukommen?»

Dann, als Dalgliesh zögerte, fügte er hinzu:

«Ich habe den Obduktionsbefund bekommen. Ich glaube, daß er Sie interessieren wird.»

Er stellte es hin wie eine Vergünstigung, dachte Dalgliesh. Aber er mußte natürlich hingehen. Trotz des höflichen, leidenschaftslosen Tons, in dem die Bitte vorgetragen wurde, war zwischen beiden keine Täuschung möglich. Wenn sie zusammen an einem Fall gearbeitet hätten, wäre es Inspektor Dalgliesh von Scotland Yard gewesen, der Reckless zu sich beordert hätte, nicht umgekehrt. Aber sie arbeiteten nicht zusammen an einem Fall. Und wenn Reckless einen Verdächtigen vernehmen wollte – oder auch den Neffen eines Verdächtigen – lag es in seinem Ermessen, die Zeit und den Ort zu bestimmen. Trotzdem war es interessant zu erfahren, was er in Pentlands machte. Miss Dalgliesh hatte das Haus nicht abgeschlossen, als sie nach Haus Priory aufgebrochen waren. Wenige Leute in Monksmere machten sich die Mühe, ihr Haus abzuschließen, und die Tatsache, daß ein Nachbar möglicherweise ermordet worden war, hatte seine Tante nicht dazu bewogen, ihre Gewohnheiten zu ändern. Aber eine solche Formlosigkeit paßte nicht zu Reckless.

Dalgliesh entschuldigte sich bei seinem Gastgeber, der das ohne Anzeichen des Bedauern hinnahm, und hatte das Gefühl, daß Sinclair, an keine anderen Besucher als seine Tante gewöhnt, ganz froh darüber war, die Gesellschaft wieder auf die vertraute Dreisamkeit reduziert zu sehen. Er hatte, aus einem Grund, den nur er allein kannte, gewollt, daß Dalgliesh Alice Kerrisons Geschichte hörte. Jetzt, wo sie erzählt war, konnte er seinen Gast zufrieden und mit einiger Erleichterung ziehen lassen. Er erinnerte Dalgliesh nur daran, beim Gehen seine Taschenlampe mitzunehmen, und wies ihn darauf hin, daß er nicht zurückzukommen brauche, um seine Tante abzuholen, da er und Alice sie nach Hause bringen würden. Jane Dalgliesh schien diese Vereinbarung recht zu sein. Dalgliesh hatte das Gefühl, daß es Takt von ihr war. Reckless hatte nur ihn sehen wollen, und seine Tante hatte keine Lust, die Rolle des ungebetenen Gasts zu spielen, und sei es auch in ihrem eigenen Haus.

Er lehnte es ab, sich zur Tür begleiten zu lassen, und trat in eine so undurchdringliche Finsternis, daß seine Augen zuerst nur die undeutliche Helle des Wegs zu seinen Füßen erkennen konnten. Dann kam der Mond hinter den Wolken hervor, und die Nacht wurde sichtbar, ein Wesen aus Formen und Schatten, von Geheimnissen schwer und von den Geräuschen des Meers durchdrungen. Dalgliesh dachte, daß man in London, zerrissen von Lichtergefunkel und menschlicher Unrast wie es war, nur selten Gelegenheit hatte, die Nacht zu erleben. Hier war sie fast greifbar gegenwärtig, so daß sich in seinen Adern eine atavistische Furcht vor der Dunkelheit und dem Unbekannten zu regen begann. Selbst die Bewohner von Suffolk, denen die Nacht nichts Unvertrautes war, konnten diese schmalen Felsenwege kaum ohne ein Gefühl der Beklommenheit gehen. Es war leicht zu verstehen, wie die Lokalsagen entstanden waren: daß manchmal, an einem Herbstabend der gedämpfte Hufschlag von Pferden zu hören war, wenn Schmuggler ihre Fässer und Ballen von Sizewell Gap ins Moor brachten, um sie dort zu verstecken, oder sie über das öde Heideland von Westleton ins Landesinnere schafften; und daß an einem solchen Herbstabend auch das schwache Glockenläuten längst versunkener Kirchen zu hören war – die Glocken von St. Leonard, St. John, St. Peter und Allerheiligen, die ihren Klagegesang für die Seelen der Toten anstimmten. Und jetzt waren vielleicht schon neue Sagen entstanden, die die Einheimischen an den Herbstabenden in ihre Häuser bannten. Die Oktobersagen. Eine um eine nackte Frau, die bleich im Mondlicht durch die Wellen in den Tod ging; eine andere um einen Toten ohne Hände, der mit der Strömung aufs Meer hinaustrieb.

Aus einer Laune heraus entschied Dalgliesh sich dafür, am Küstenrand entlang nach Hause zu gehen. Es dauerte fünfzehn Minuten länger, aber es würde Reckless, der es sich in Pentlands bequem gemacht hatte, nichts schaden, eine Viertelstunde länger auf ihn zu warten. Er fand den Weg mit Hilfe seiner Taschenlampe und folgte der kleinen Lichtpfütze, die sich geisterhaft vor ihm her bewegte. Er warf einen Blick zurück auf das Haus. Es war jetzt eine schwarze, formlose Masse gegen den Nachthimmel und wirkte fast ausgestorben, wären nicht die dünnen Lichtstrahlen zwischen den Fensterläden des Speisesaals und das einzelne runde Fenster im oberen Stock gewesen, das wie ein Zyklopenauge leuchtete. Das Licht ging aus, während er hinaufsah. Irgend jemand, wahrscheinlich Alice Kerrison, war nach oben gegangen.

Er näherte sich jetzt der Felskante. Das Dröhnen der Brandung drang deutlicher an sein Ohr, und irgendwo schrie gellend ein Seevogel. Er dachte, daß es vielleicht noch stürmisch wurde, obwohl bis jetzt nur ein frischer Wind wehte. Aber hier, auf dieser ungeschützten Landspitze, schienen Meer, Land und Himmel ständig einer leichten Turbulenz ausgesetzt zu sein. Der Weg wurde allmählich überwachsener. Die nächsten zwanzig Meter waren ein mühsames Sich-Durchkämpfen durch Stechginster und Brombeergestrüpp, deren dornige Zweige an seinen Hosenbeinen hängenblieben. Er kam allmählich zu der Überzeugung, daß es vernünftiger gewesen wäre, einen Weg mehr im Landesinneren zu nehmen. Die Genugtuung darüber, daß er Reckless warten ließ, kam ihm jetzt albern und kindisch vor, und sie war es sicher nicht wert, daß er sich ihretwegen eine tadellose Hose ruinierte. Wenn Setons Leiche durch dieses Dorngestrüpp getragen worden wäre, hätte das hier irgendwelche Spuren hinterlassen. Reckless hatte die Gegend bestimmt sorgfältig untersucht; Dalgliesh fragte sich, ob er etwas gefunden hatte, und, wenn ja, was. Und da war ja nicht nur der Weg über den Felsen. Danach kamen noch an die vierzig lärmige Holzstufen zum Strand hinunter, die bewältigt werden mußten. Sinclair war trotz seines Alters ein kräftiger Mann, und Alice Kerrison war eine gesunde Landfrau; aber Seton wäre, so klein er war, doch eine zu schwere Last gewesen. Es wäre ein mühseliges, fast unmögliches Unterfangen gewesen.

Plötzlich tauchte vor seinen Augen ein weißes Gebilde links vom Weg auf. Es war einer der wenigen Grabsteine, die es auf diesem Felsenstück noch gab. Die meisten waren längst verfallen oder im Meer versunken, um der übrigen Menschheit schließlich ihren Tribut an Gebeinen zu zollen, den die Flut an Land spülte. Aber dieser hier stand noch da, und Dalgliesh ging, einem Impuls folgend, hin, um ihn sich anzusehen. Der Grabstein war größer, als er gedacht hatte, und die Buchstaben waren sorgfältig herausgemeißelt. Er hockte sich hin und richtete die Taschenlampe auf die Inschrift:

Zur Erinnerung an
Henry Willm. Scrivener,
der von einer Schmugglerbande
vom Pferd geschossen wurde,
als er diese Gegend bereiste.
24. Sept. 1786

Der Kugeln Schärfe
Hat mein Herz durchbohrt,
Für ein Gebet bleibt keine Zeit,
Denn ich muß fort.
Wandrer halt ein –
Auch du kennst nicht den Tag,
An dem dein Schöpfer
Dir begegnen mag!

Armer Henry Scrivener! Welches böse Geschick, fragte sich Dalgliesh, hatte ihn dazu bewogen, auf diesem einsamen Weg nach

Dunwich zu reisen. Er mußte ein ziemlich wohlhabender Mann gewesen sein. Es war ein schöner Stein. Er fragte sich, wie viele Jahre es dauern würde, bis nun auch Scrivener und sein Grabstein mitsamt der frommen Ermahnung hinweggespült und der Vergessenheit anheimfallen würde. Er rappelte sich wieder auf die Füße, als plötzlich, beim Rudern mit den Armen, das Licht der Taschenlampe direkt auf das Grab fiel. Der Rasen war wieder an die alte Stelle gelegt, die dornigen Brombeerzweige wieder zu einem dichten Baldachin ineinandergeschlungen worden, aber das Grab war zweifellos nicht mehr unberührt. Er kniete sich wieder hin und schob mit den behandschuhten Händen die Erde zur Seite. Sie war locker und bröckelig. Andere Hände als seine waren vor ihm hier gewesen. Innerhalb weniger Sekunden grub er einen Oberschenkelknochen, ein zerbrochenes Schulterblatt und schließlich einen Schädel aus. Henry Scrivener hatte im Tode Gesellschaft bekommen. Dalgliesh erriet sofort, was geschehen war. Auf diese Weise entledigten sich Sinclair und Alice Kerrison der Gebeine, die sie am Strand gefunden hatten. Alle waren sehr alt, alle waren vom Meer gebleicht. Irgend jemand, und er vermutete, daß es Alice war, hatte sie wieder in geweihter Erde begraben wollen.

Er dachte noch über diesen neuen Einblick in die Gepflogenheiten des seltsamen Paars von Haus Priory nach und drehte dabei den Totenschädel in den Händen, als er das leise Tappen näher kommender Schritte vernahm. Es folgte ein Rascheln, als ob Zweige auseinandergebogen würden, und plötzlich stand eine schwarze, den Nachthimmel verdunkelnde Gestalt über ihm. Er hörte Oliver Lathams unernste, ironische Stimme:

«Na, immer noch beim Inspizieren, Inspektor? Sie sehen aus, wenn Sie mir die Bemerkung gestatten, wie ein noch nicht bühnenreifer Erster Totengräber aus dem ‹Hamlet›. Was sind Sie für ein Arbeitstier! Aber den armen Henry Scrivener können Sie doch sicher in Frieden ruhen lassen. Ich würde meinen, daß es ein bißchen spät ist, jetzt mit der Untersuchung dieses Mordfalls zu beginnen. Außerdem, sind Sie nicht gerade dabei, Hausfriedensbruch zu begehen?»

«Das trifft doch wohl eher für Sie zu», sagte Dalgliesh ruhig.

Latham lachte:

«Aha, dann waren Sie also bei R.B. Sinclair eingeladen. Ich hoffe, Sie haben diese Ehre zu schätzen gewußt. Und was hatte unser Apostel der allesumfassenden Liebe über Setons so sonderbar unerquickliches Ende zu sagen?»

«Nicht viel.»

Dalgliesh grub ein Loch in die lockere Erde und begann, den Totenschädel zuzudecken. Er strich die Erde über der blassen Stirn glatt und ließ sie in die Augenhöhlen und in die Lücken zwischen den Zähnen rinnen. Er sagte, ohne aufzublicken:

«Ich wußte nicht, daß Sie ein Freund von nächtlichen Spaziergängen sind.»

«Das ist eine Gewohnheit, die ich erst kürzlich angenommen habe. Sie ist überaus lohnend. Man bekommt so interessante Dinge zu sehen.»

Er sah Dalgliesh zu, bis das Begräbnis beendet und der Rasen an die alte Stelle zurückgelegt worden war. Dann wandte er sich wortlos zum Gehen. Dalgliesh rief ihm ruhig nach:

«Hat Dorothy Seton Ihnen kurz vor ihrem Tod einen Brief geschickt?»

Die schwarze Gestalt blieb wie angewurzelt stehen und drehte sich dann langsam um. Latham fragte sachlich:

«Geht Sie das irgend etwas an?» Und, als Dalgliesh zögerte, fügte er hinzu:

«Warum fragen Sie dann?»

Er drehte sich ohne ein weiteres Wort wieder um und verschwand in der Dunkelheit.

16

Das Licht über der Haustür brannte, aber der Wohnraum war fast dunkel. Inspektor Reckless saß allein vor dem verlöschenden Feuer und wirkte ein wenig wie ein Besucher, der, im Zweifel darüber, ob seine Anwesenheit willkommen ist, den Hausherrn dadurch versöhnlich stimmen möchte, daß er sparsam mit dem Licht umgeht. Als Dalgliesh hereinkam, stand er auf und machte eine kleine Tischlampe an. Die beiden Männer sahen einander in dem weichen, schwachen Licht an.

«Ganz allein, Mr. Dalgliesh? War sicher nicht ganz einfach für Sie, sich loszueisen.»

Die Stimme des Inspektors war ohne jeden Ausdruck. Man konnte dieser tonlosen Feststellung unmöglich anhören, ob sie kritisch oder fragend gemeint war.

«Jedenfalls habe ich es geschafft. Ich habe den Felsenweg genommen. Woher wußten Sie, wo Sie mich erreichen konnten?»

«Als ich herkam und niemand da war, habe ich mir gedacht, daß Sie und Miss Dalgliesh irgendwo in der Nachbarschaft zum Abendessen eingeladen sind. Ich habe es zuerst da probiert, wo es mir am wahrscheinlichsten erschien. Es hat sich einiges ereignet, was ich heute abend mit Ihnen besprechen möchte, und ich wollte es nicht gern am Telefon tun.»

«Na, dann schießen Sie mal los. Aber wie wäre es mit etwas zu trinken?»

Es gelang Dalgliesh nicht, einen fröhlich-aufmunternden Unterton in seiner Stimme zu unterdrücken. Es behagte ihm nicht, daß er sich selbst wie der Tutor in einem Internat vorkam, der einen vielversprechenden, aber nervösen Examenskandidaten bei Laune hält. Und dabei war Reckless völlig ungezwungen. Die dunklen Augen sahen ihn ohne die geringste Verlegenheit oder Unterwürfigkeit an. «Du lieber Himmel, was ist los mit mir», dachte Dalgliesh. «Warum fühle ich mich in Gegenwart dieses Mannes so gezwungen?»

«Nein, danke, Mr. Dalgliesh, ich möchte nichts trinken. Ich dachte, der Bericht des Pathologen, den ich heute am frühen Abend bekommen habe, würde Sie interessieren. Dr. Sydenham und er müssen sich die ganze letzte Nacht um die Ohren geschlagen haben. Wollen Sie raten, woran Seton gestorben ist?»

«Nein», dachte Dalgliesh, «das will ich nicht. Das ist dein Fall, und ich wünschte bei Gott, du würdest mit der Lösung vorankommen. Ich bin nicht in der Stimmung zum Rätselraten.» Er sagte:

«Ist er erstickt?»

«Er ist eines ganz natürlichen Todes gestorben, Mr. Dalgliesh. An einem Herzanfall.»

«Was?»

«Es besteht überhaupt kein Zweifel. Er litt an einer leichten Angina pectoris, die durch einen Schaden an der linken Herzkammer kompliziert wurde. Beides zusammen ergab ein ziemlich schwaches Herz, und das hat ihn im Stich gelassen. Er ist nicht erstickt, er wurde nicht vergiftet, und es gibt auch keine Anzeichen von äußerer Gewaltanwendung mit Ausnahme der abgetrennten Hände. Er ist nicht verblutet, und er ist nicht ertrunken. Er ist drei Stunden, nachdem er die letzte Mahlzeit zu sich genommen hatte, gestorben. An einem Herzanfall.»

«Und diese letzte Mahlzeit bestand worin? Als ob ich das überhaupt fragen müßte!»

«Sie bestand in gebackenen Scampi mit Sauce tartare, grünem Salat mit Kräutersauce, Bauernbrot und Butter, Roquefortkäse und Crackern; und heruntergespült hat er das Ganze mit Chiantiwein.»

«Es sollte mich wundern, wenn er das in Monksmere gegessen hätte», sagte Dalgliesh. «Es ist typisches Essen für Londoner Restaurants. Übrigens, was ist mit den Händen?»

«Die sind ihm einige Stunden nach seinem Tod abgehackt worden. Dr. Sydenham vermutet, daß es am Mittwochabend geschehen ist, und das wäre ja auch ganz logisch, Mr. Dalgliesh. Die Bank im Dinghi wurde als Hackblock benutzt. Viel Blut konnte nicht dabei fließen, aber falls der Betreffende sich damit beschmierte, war genug Meerwasser da, um es wieder abzuwaschen. Eine scheußliche Sache, eine gemeine Sache, und ich werde denjenigen finden, der es getan hat, aber das heißt nicht, daß es ein Mord war. Seton ist eines natürlichen Todes gestorben.»

«Ein wirklich großer Schrecken hätte ihn doch wohl umgebracht.»

«Aber wie groß? Sie wissen, wie es mit diesen Herzkranken ist. Einer von meinen Jungs hat mit diesem Dr. Forbes-Denby gesprochen, und der sagt, daß Seton bei einiger Vorsicht noch Jahre hätte leben können. Und vorsichtig war er. Keine unnötige Anstrengung, keine Flugreisen, leichte Kost, ein sorgenfreies Leben. Es sind schon Leute mit einem schlechteren Herzen steinalt geworden. Ich hatte so eine Tante. Sie ist zweimal ausgebombt worden und hat es überlebt. Man könnte sich nie darauf verlassen, so jemanden dadurch umzubringen, daß man ihm einen großen Schrecken einjagt. Herzkranke überleben die unglaublichsten Aufregungen.»

«Und sterben an einer leichten Verdauungsstörung. Ich weiß. Das, was er da zuletzt gegessen hat, war ja nicht unbedingt das Geeignete für einen Herzkranken, aber man kann doch nicht ernstlich davon ausgehen, daß jemand mit ihm essen gegangen ist und ihn zu dieser Mahlzeit verführt hat, um dadurch eine tödliche Verdauungsstörung heraufzubeschwören.»

«Es ist niemand mit ihm essen gegangen, Mr. Dalgliesh. Er hat dort gegessen, wo Sie vermutet haben. Im Cortez Club in Soho, in Lukers Etablissement. Er ist vom Cadaver Club aus direkt dort hingegangen, und er war alleine, als er ankam.»

«Und ist er alleine geblieben?»

«Nein. Es gibt da eine Empfangsdame, eine Blondine namens Lily Coombs. Sie ist so etwas wie Lukers rechte Hand. Sie hat ein Auge auf die Mädchen und auf die Getränke und hält die schwierigen Gäste bei Laune. Sie müßten sie eigentlich kennen, wenn sie neunundfünfzig, als Luker Martin erschoß, schon mit ihm zusammen war. Ihre Geschichte lautet folgendermaßen: Seton hätte sie an seinen Tisch gerufen und gesagt, daß ihm ein Freund ihren Namen genannt hätte. Er wollte etwas über die Drogenszene erfahren und hätte gehört, daß sie ihm dabei helfen könnte.» Dalgliesh sagte:

«Lil ist nicht unbedingt ein Unschuldslamm, aber soweit ich weiß, hat sie nie etwas mit Rauschgifthandel zu tun gehabt. Und Luker auch nicht – jedenfalls bis jetzt. Seton hat ihr den Namen seines Freundes wohl nicht genannt?»

«Sie sagt, daß sie ihn gefragt hat, daß er ihn aber nicht nennen wollte. Jedenfalls sah sie eine Gelegenheit, ein paar Scheine zu verdienen, und sie haben den Club um 21 Uhr 30 zusammen verlassen. Seton hat zu ihr gesagt, daß sie nicht in seinen Club gehen und sich dort unterhalten könnten, weil Frauen dort keinen Zutritt hätten. Es stimmt, sie haben wirklich keinen Zutritt. Deshalb sind sie etwa vierzig Minuten lang im Taxi im Hyde Park und im Westend herumgefahren. Er hat ihr für ihre Auskunft 10 Pfund bezahlt – was für ein Märchen sie ihm aufgetischt hat, weiß ich nicht –, ist an der U-Bahnstation Paddington ausgestiegen und hat sie alleine im Taxi zum Cortez zurückfahren lassen. Sie war um 22 Uhr 30 wieder da und ist in Gesellschaft von etwa dreißig Gästen bis um ein Uhr früh dort geblieben.»

«Aber warum sind sie überhaupt weggegangen? Hätte sie ihm das Märchen nicht an seinem Tisch erzählen können?»

«Sie sagte, daß er unbedingt weg wollte. Der Ober hat bestätigt, daß er nervös und gereizt war. Luker mag es nicht, wenn sie sich zu lange mit einem Gast beschäftigt.»

«So, wie ich Luker kenne, mußte es ihm ja noch verdächtiger vorkommen, wenn sie vierzig Minuten aus dem Club verschwindet und im Hyde Park spazierenfährt. Aber das hört sich ja alles ganz honorig an. Lil muß sich seit damals verändert haben. Halten Sie Ihre Geschichte für glaubhaft?»

Reckless sagte:

«Ich übe meinen Beruf auf dem Lande aus, Mr. Dalgliesh. Für mich ist es keine ausgemachte Sache, daß jedes leichte Mädchen in Soho eine Lügnerin ist. Ich glaube, daß sie die Wahrheit gesagt hat, wenn auch nicht die ganze Wahrheit. Außerdem haben wir den Taxifahrer ausfindig gemacht. Er hat bestätigt, daß er sie um 21 Uhr 30 am Club abgeholt und Seton etwa vierzig Minuten später vor dem Eingang vom U-Bahnhof Paddington abgesetzt hat. Er sagte, daß sie sich während der ganzen Fahrt anscheinend ernsthaft unterhalten haben, und daß der Herr ab und zu etwas in ein Notizbuch geschrieben hat. Wenn er das wirklich getan hat, würde mich interessieren, was damit geschehen ist. Als ich den Toten sah, hatte er kein Notizbuch bei sich.»

Dalgliesh sagte:

«Das war ja rasche Arbeit. Also ist der Zeitpunkt, an dem er zum letztenmal lebend gesehen wurde, auf zehn nach zehn vorgerückt. Und knapp zwei Stunden später ist er gestorben.»

«Keines gewaltsamen Todes, Mr. Dalgliesh.»

«Ich glaube, daß er sterben sollte.»

«Vielleicht. Aber ich streite nicht gegen die Tatsachen. Seton ist am vergangenen Dienstag um Mitternacht gestorben, weil er ein schwaches Herz hatte und es aufgehört hat zu schlagen. Das hat mir Dr. Sydenham gesagt, und ich werde keine öffentlichen Gelder damit verschwenden, daß ich versuche, ihm das Gegenteil zu beweisen. Jetzt erzählen Sie mir, daß irgend jemand diesen Herzanfall herbeigeführt hat. Ich sage nicht, daß das unmöglich ist. Ich sage, daß wir dafür bis jetzt keinen Beweis haben. Ich möchte mich bei der ganzen Sache nicht vorzeitig festlegen. Es gibt eine Menge, was wir noch nicht wissen.»

Dalgliesh fand diese Bemerkung ziemlich untertrieben. Das meiste von dem, was Reckless noch nicht wußte, waren beinahe ebenso wichtige Dinge wie die Todesursache. Dalgliesh hatte eine ganze Liste offener Fragen im Kopf. Warum hatte Seton sich am U-Bahnhof Paddington absetzen lassen? Wen wollte er unterwegs treffen, falls er überhaupt jemanden treffen wollte? Wo war er gestorben? Wo war die Leiche von Dienstagnacht an gewesen? Wer hatte sie nach Monksmere gebracht und warum? Wenn es tatsächlich vorsätzlicher Mord gewesen war, wie war es dem Mörder so überzeugend gelungen, es wie einen natürlichen Tod aussehen zu lassen? Und das führte zu einer Frage, die Dalgliesh am interessantesten fand. Warum hatte der Mörder den Toten nach vollbrachter Tat nicht irgendwo in London am Straßenrand liegenlassen, wo man ihn später als einen älteren, unbedeutenden Krimischriftsteller identifiziert hätte, der in irgendeiner unbekannten Angelegenheit in London unterwegs war und dabei von einem Herzanfall überrascht wurde. Warum wurde die Leiche nach Monksmere zurückgebracht und dann dieses alberne Theater mit ihr angestellt, das doch unweigerlich Verdacht erregen und die gesamte Polizei von Suffolk aufscheuchen mußte?

Reckless sagte, als könne er Dalglieshs Gedanken lesen:

«Wir haben keinen Beweis dafür, daß Setons Tod und die Verstümmelung der Leiche in unmittelbarem Zusammenhang stehen. Er ist eines natürlichen Todes gestorben. Früher oder später werden wir herausfinden, wo. Dann werden wir etwas über die Person erfahren, die für den anschließenden Unfug verantwortlich ist; für die Verstümmelung; für das gefälschte Telefongespräch mit Digby Seton – falls es überhaupt geführt worden ist; für die beiden Manuskripte, die an Miss Kedge geschickt worden sind – falls sie überhaupt geschickt worden sind. Da ist ein Witzbold in unserer

Mannschaft, und sein Humor gefällt mir nicht; aber ich glaube nicht, daß er ein Mörder ist.»

«Dann halten Sie also das Ganze für einen besonders ausgefallenen Schabernack? Aber warum sollte jemand so etwas tun?»

«Aus Bosheit, Mr. Dalgliesh. Aus Bosheit gegenüber dem Toten oder gegenüber den Lebenden. Um andere Menschen in Verdacht zu bringen. Um ihnen Schwierigkeiten zu bereiten. Zum Beispiel Miss Calthrop. Sie bestreitet nicht, daß die Leiche ohne Hände in einem Dinghi ihre Idee gewesen ist. Oder Digby Seton. Er ist derjenige, der durch den Tod seines Stiefbruders am meisten gewinnt. Oder auch Miss Dalgliesh. Schließlich ist es ihr Hackbeil gewesen.»

Dalgliesh sagte:

«Das ist eine reine Vermutung. Das Hackbeil ist verschwunden, das ist alles, was wir wissen. Es gibt überhaupt keinen Beweis dafür, daß es als Tatwerkzeug benutzt worden ist.»

«Diesen Beweis haben wir jetzt. Es ist nämlich wieder da. Machen Sie das Licht an, Mr. Dalgliesh, und überzeugen Sie sich selbst.»

Das Hackbeil war tatsächlich wieder da. Am hinteren Ende des Zimmers stand ein kleiner Sofatisch aus dem 18. Jahrhundert, ein reizendes, zierliches Möbelstück, das, wie Dalgliesh sich aus seiner Kindheit erinnerte, einstmals im Zimmer seiner Großmutter gestanden hatte. Das Hackbeil war mitten hineingetrieben worden. Es hatte das glänzende Holz fast in zwei Hälften gespalten. In dem hellen Licht der Deckenbeleuchtung, das jetzt den Raum überflutete, konnte Dalgliesh die braunen Blutflecken auf dem Blatt deutlich sehen. Das Hackbeil würde natürlich zur Untersuchung weggeschickt werden. Nichts würde dem Zufall überlassen bleiben. Aber er hatte keinen Zweifel daran, daß es Maurice Setons Blut war.

Reckless sagte:

«Ich bin hierher gekommen, um Sie über den Obduktionsbefund zu informieren. Ich dachte, er würde Sie vielleicht interessieren. Die Tür stand halb offen, als ich ankam, deshalb bin ich eingetreten und habe nach Ihnen gerufen. Dann habe ich das Hackbeil gesehen. Unter diesen Umständen, dachte ich, könnte ich mir die Freiheit nehmen, hier auf Sie zu warten.»

Ob er über den Erfolg seiner kleinen Inszenierung befriedigt war, gab er nicht zu erkennen. Dalgliesh hätte ihm einen solchen Sinn für dramatische Effekte gar nicht zugetraut. Es war alles recht geschickt eingefädelt gewesen, das ruhige Gespräch im Halbdunkel, das plötzliche Aufflammen des Lichts, der Schock darüber, etwas Schönes und Unersetzliches mutwillig und boshaft zerstört zu sehen. Dalgliesh hätte gerne gefragt, ob Reckless ihn seine Neuigkeiten auf dieselbe spektakuläre Art eröffnet hätte, wenn seine Tante dabeigewesen wäre. Aber warum nicht? Reckless wußte sehr gut, daß Jane Dalgliesh das Hackbeil in den Tisch geschlagen haben konnte, bevor sie und Dalgliesh nach Haus Priory aufbrachen. Eine Frau, die einem Toten die Hände abhakken konnte, um sich ein kleines Privatvergnügen zu verschaffen, würde wohl kaum davor zurückschrecken, zum gleichen Zweck einen Sofatisch zu opfern. Der kleine Abstecher des Inspektors ins dramatische Fach hatte Methode gehabt. Er hatte darauf spekuliert, in den Augen seines Verdächtigen das untrügliche Aufblitzen von Überraschung und Entsetzen ausbleiben zu sehen. Nun, Dalglieshs Reaktion hatte ihm keine großen Aufschlüsse gegeben. Plötzlich faßte Dalgliesh, den kalte Wut erfüllte, einen Entschluß. Er sagte, sobald er seine Stimme wieder in der Gewalt hatte:

«Ich werde morgen nach London fahren. Ich wäre Ihnen dankbar, wenn Sie hier auf das Haus ein Auge hätten. Ich glaube nicht, daß ich länger weg sein werde als eine Nacht.»

Reckless sagte:

«Ich werde auf alle in Monksmere ein Auge haben, Mr. Dalgliesh. Ich werde Ihnen einige Fragen stellen müssen. Um wieviel Uhr sind Sie und Ihre Tante heute abend weggegangen?»

«Gegen dreiviertel sieben.»

«Und sie sind zusammen weggegangen?»

«Ja. Wenn Sie mich jetzt fragen, ob meine Tante noch mal allein zurückgelaufen ist, um sich ein frisches Taschentuch zu holen, lautet die Antwort nein. Und das Hackbeil, nur um das klarzustellen, war, als wir weggingen, auch noch nicht da, wo es jetzt ist.»

Reckless sagte, ohne sich provozieren zu lassen, ruhig:

«Und ich bin um kurz vor neun hier gewesen. Demnach hatte

der Betreffende fast zwei Stunden Zeit. Haben Sie irgend jemandem etwas von der Einladung zum Abendessen erzählt, Mr. Dalgliesh?»

«Nein, und ich bin sicher, meine Tante auch nicht. Aber das hat eigentlich nichts zu sagen. Man weiß in Monksmere immer, ob jemand zu Hause ist oder nicht, je nachdem, ob Licht brennt oder nicht.»

«Und jeder läßt auch noch passenderweise seine Haustür offenstehen. Da wird's einem ja so richtig leicht gemacht. Und wenn in diesem Fall alles nach Schema weiterläuft, dann haben jetzt entweder alle ein Alibi oder gar keiner.» Er ging zu dem Sofatisch hinüber und zog, indem er ein riesiges weißes Taschentuch aus der Tasche holte und es um den Stiel des Hackbeils wickelte, die Schneide aus dem Tisch. Er ging mit dem Hackbeil bis zur Tür. Dann drehte er sich um und sah Dalgliesh an:

«Er ist um Mitternacht gestorben, Mr. Dalgliesh. Um Mitternacht. Da war Digby Seton seit mehr als einer Stunde in Polizeigewahrsam; da amüsierte sich Oliver Latham mit zwei Rittern und drei Damen des britischen Empire sowie der halben Londoner Kultursociety auf einer Premierenfeier; da lag, nach bisher gesicherter Erkenntnis, Miss Marley wohlbehalten in ihrem Hotelbett; und da rang Justin Bryce mit seinem ersten Asthmaanfall. Mindestens zwei von ihnen haben ein bombensicheres Alibi, und die anderen zwei machen keinen sonderlich beunruhigten Eindruck ... Ach, übrigens, das habe ich ja ganz vergessen Ihnen zu sagen. Es hat jemand für Sie angerufen, während ich hier gewartet habe. Ein Mr. Max Gurney. Sie sollen ihn möglichst bald zurückrufen. Er sagte, Sie hätten die Nummer.»

Dalgliesh war überrascht. Max Gurney war von all seinen Freunden derjenige, der ihn als letzter im Urlaub angerufen hätte. Aber das eigentlich Interessante: Gurney war Hauptgesellschafter des Verlags, der Maurice Setons Bücher verlegte. Er fragte sich, ob Reckless das wußte. Anscheinend nicht, da er nichts weiter dazu sagte. Der Inspektor hatte enorm schnell gearbeitet, und nur wenige Leute, die etwas mit Seton zu tun gehabt hatten, waren nicht vernommen worden. Aber entweder hatte er es nicht geschafft, sich mit Setons Verleger zu treffen, oder er war zu dem Schluß gekommen, daß es nichts bringen würde.

Reckless wandte sich nun endgültig zum Gehen:

«Gute Nacht, Mr. Dalgliesh ... Bitte, sagen Sie Ihrer Tante, daß mir die Sache mit dem Tisch leid tut ... Wenn Ihre Annahme stimmt, daß es sich um Mord handelt, dann wissen wir jetzt etwas über den Mörder, nicht wahr? Er liest zuviel Kriminalromane.»

Damit war er verschwunden. Sobald sich das Motorengeräusch seines Wagens in der Ferne verloren hatte, rief Dalgliesh Max Gurney an. Gurney mußte auf seinen Anruf gewartet haben, denn er war sofort am Apparat.

«Adam? Schön, daß du mich gleich zurückrufst. Man wollte mir im Yard nicht sagen, wo du steckst, aber ich habe mir gedacht, daß du vielleicht in Suffolk bist. Wann kommst du wieder nach London? Könnten wir uns dann gleich treffen?»

Dalgliesh sagte, daß er am nächsten Tag in London sei. Er konnte die Erleichterung in Maxens Stimme hören.

«Können wir zusammen zu Mittag essen? Oh, wunderbar. Sagen wir um eins? Hast du irgendeinen Wunsch in bezug auf das Lokal?»

«Warst du nicht mal Mitglied im Cadaver Club, Max?»

«Das bin ich immer noch, möchtest du gerne dort essen? Die Plants kochen wirklich vorzüglich. Also, sagen wir um eins im Cadaver Club? Paßt dir das auch wirklich?»

Dalgliesh sagte, daß ihm das ausgezeichnet passe.

17

In der Tanner's Lane, im parterre gelegenen Wohnzimmer des Puppenhauses, hörte Sylvia Kedge das Ächzen des aufkommenden Winds und fürchtete sich. Sie hatte stürmische Nächte schon immer gehaßt und ebenso den Gegensatz zwischen dem Aufruhr, der draußen tobte, und der tiefen Ruhe im Haus, das klamm im Schatten des Felsen geduckt lag. Selbst bei starkem Wind war die Luft drinnen drückend und unbewegt, als ob das Haus eine eigene Ausdünstung hervorbrächte, der keine Macht von außen etwas anzuhaben vermochte. Nur selten rüttelte der Sturm an den Fenstern und brachte die Türen und Balken zum Knarren. Und auch bei starkem Wind bewegten sich die Zweige der Holunderbüsche, die sich gegen die hinteren Fenster drängten, nur träge, als fehlte ihnen die Kraft, gegen die Fenster zu klopfen. Ihre Mutter, in animalischer Behaglichkeit in den Sessel vorm Kamin gekauert, pflegte dann immer zu sagen:

«Die Leute können reden, was sie wollen. Wir haben es sehr gemütlich hier drin. Ich möchte in einer solchen Nacht nicht in Pentlands oder Haus Seton sein.» – «Die Leute können reden, was sie wollen.» Das war die Lieblingswendung ihrer Mutter gewesen. Immer vorgebracht mit der Streitbarkeit der leidgeprüften Witwe, die sich in permanentem Unfrieden mit der Welt befindet. Ihre Mutter hatte an einem zwanghaften Bedürfnis nach Gemütlichkeit, Heimeligkeit und Sicherheit gelitten. Die gesamte Natur war für sie eine subtile Beleidigung, und der Frieden von Haus Tanner ermöglichte es ihr, mehr als nur die Gewalt des Winds aus ihren Gedanken zu verbannen. Sylvia dagegen wäre es am liebsten gewesen, wenn kalte Regengüsse, heftig wie auf See, gegen die Türen und Fenster geprasselt wären. Denn dann hätte sie doch wenigstens die Gewißheit gehabt, daß eine Außenwelt existierte und sie ein Teil darin war. Es wäre soviel weniger quälend gewesen als diese unnatürliche Ruhe, dieses Gefühl eines so vollständigen Isoliertseins, daß selbst die Natur sie der Beachtung nicht für wert zu halten schien.

Doch heute abend verspürte sie eine größere Angst, etwas, das tiefer ging als das Unbehagen über ihre Einsamkeit und Isolation. Sie fürchtete sich davor, ermordet zu werden. Zunächst war es nur ein Kokettieren mit der Angst gewesen, ein genau kalkuliertes Sich-Einlassen auf diesen halb wohligen Schauder, den das Gefühl einer drohenden Gefahr auszulösen vermag. Aber ihre Phantasie hatte sich erschreckenderweise unvermittelt verselbständigt. Aus eingebildeter Angst war echte Angst geworden. Sie war allein im Haus und wehrlos. Und sie fürchtete sich entsetzlich. Sie stellte sich die Gasse draußen vor, den aufgeweichten sandigen Weg, die hohen schwarzen Hecken auf beiden Seiten. Wenn der Mörder heute abend kam, hatte sie keine Chance, sein Kommen zu hören. Der Inspektor hatte sie oft genug gefragt, und ihre Antwort war immer dieselbe gewesen. Es war möglich, daß ein Mann, wenn er behutsam auftrat, ungesehen und ungehört an Haus Tanner vorbeikam. Aber ein Mann, der eine Leiche schleppte? Sich das vorzustellen, war schwieriger, trotzdem hielt sie es für möglich. Wenn sie schlief, schlief sie fest, bei geschlossenen Fenstern und mit zugezogenen Vorhängen. Aber heute abend würde er keine Leiche tragen. Er würde zu ihr kommen und allein sein. Vielleicht würde er ein Beil bei sich haben oder ein Messer, oder er würde ein Stück Schnur durch die Hände gleiten lassen. Sie versuchte, sich sein Gesicht vorzustellen. Es würde ein Gesicht sein, das sie kannte; es hatte nicht der beharrlichen Fragen des Inspektors bedurft, um sie davon zu überzeugen, daß es jemand aus Monksmere gewesen war, der Maurice Seton getötet hatte. Doch heute abend würde sich sein Gesicht in eine Maske verwandelt haben, bleich und angespannt – das Gesicht eines beutegierigen Wesens, das sich leichtfüßig an sein Opfer heranpirscht. Vielleicht war er jetzt schon am Gartentor und fragte sich, die Hand auf das Holz gelegt, ob er das leise Knarren beim Öffnen riskieren sollte. Denn er würde sicher wissen, daß die Pforte knarrte. Jeder in Monksmere mußte das wissen. Aber warum sollte er sich darüber Gedanken machen? Es war niemand in der Nähe, der sie hören konnte, wenn sie schrie. Und er würde wissen, daß sie nicht weglaufen konnte.

Sie blickte sich verzweifelt im Wohnzimmer um, sah auf die schweren dunklen Möbel, die ihre Mutter mit in die Ehe gebracht hatte. Sowohl der große verzierte Bücherschrank als auch der Eckschrank wären ein schützendes Bollwerk vor der Tür gewesen, hätte sie sie nur bewegen können. Sie rappelte sich mühsam von der schmalen Liege hoch, griff nach ihren Krücken und humpelte in die Küche. Die Glasscheibe des Küchenschranks spiegelte ihr Gesicht wider, einen bleichen Mond mit Augen wie schwarze Seen, das Haar schwer und feucht wie das einer Ertrunkenen. Das Gesicht einer Hexe. Sie dachte: «Vor dreihundert Jahren hätte man mich bei lebendigem Leibe verbrannt. Jetzt hat man noch nicht mal mehr Angst vor mir.» Und sie fragte sich, was schlimmer war, gefürchtet oder bemitleidet zu werden. Sie zog die Schublade des Küchenschranks auf, holte ein paar Gabeln und Löffel heraus und legte sie nebeneinander auf den äußersten Rand des Fensterbretts.

Sie konnte in der Stille ihren Atem gegen die Scheibe schlagen hören. Dann stellte sie, nach kurzem Überlegen, noch ein paar Gläser dazu. Wenn er versuchen sollte, durchs Küchenfenster einzusteigen, würde sie durch das Klirren des herabfallenden Silbers und der zerbrochenen Gläser wenigstens gewarnt sein. Jetzt sah sie sich in der Küche nach einer Waffe um. Das Tranchiermesser? Zu unhandlich und nicht unbedingt scharf genug. Vielleicht die Küchenschere? Sie öffnete die Schneiden und versuchte, die Schere auseinanderzureißen, aber die Niete saß, selbst für ihre kräftigen Hände, zu fest. Dann fiel ihr das kaputte Messer ein, das sie zum Gemüseputzen benutzte. Die spitz zulaufende Klinge war nur etwa sieben Zentimeter lang, aber sie war hart und scharf und der kurze Griff leicht zu umfassen. Sie wetzte die Klinge an der Steinkante der Küchenspüle und prüfte sie mit den Fingern. Es war besser als nichts. Mit dieser Waffe ausgerüstet fühlte sie sich wohler. Sie überzeugte sich noch einmal, daß die Haustür verriegelt war, und stellte ein paar kleine gläserne Zierstücke aus dem Eckschrank auf die Fensterbank im Wohnzimmer. Dann setzte sie sich, ohne die Beinschienen abzunehmen, kerzengerade auf die Liege, das Messer in der Hand und einen schweren gläsernen Briefbeschwerer auf dem Kissen neben sich. Und dort saß sie und wartete darauf, daß die Angst nachließ. Das Herz pochte ihr im Leib, während sie angestrengt lauschte, ob durch das ferne Ächzen des Winds nicht das Knarren der Gartenpforte oder das Klirren zersplitternden Glases zu hören war.

Zweites Buch

I

Am nächsten Morgen frühstückte Dalgliesh zeitig und allein und brach dann, nach einem kurzen Telefongespräch mit Reckless, bei dem er sich nach Digby Setons Londoner Adresse und dem Namen des Hotels erkundigte, in dem Elizabeth Marley übernachtet hatte, unverzüglich auf. Er erklärte nicht, warum er beides wissen wollte, und Reckless fragte ihn nicht danach, sondern gab ihm die gewünschte Auskunft, ohne mehr hinzuzufügen, als daß er Mr. Dalgliesh eine angenehme und erfolgreiche Reise wünsche. Ob sie das eine oder andere werde, sei gleichermaßen zweifelhaft, meinte Dalgliesh, aber er danke dem Inspektor für seine Hilfsbereitschaft. Keiner von beiden machte sich die Mühe, die Ironie in seiner Stimme zu verbergen. Ihre gegenseitige Abneigung schien förmlich in der Leitung zu knistern.

Es war ein wenig rücksichtslos, Justin Bryce so früh am Morgen aufzusuchen, aber Dalgliesh wollte sich das Foto von der Strandparty ausleihen. Es war zwar mehrere Jahre alt, aber die Setons, Oliver Latham und Bryce selber waren gut genug darauf zu erkennen, um es zur Identifizierung zu verwenden.

Sein Klopfen brachte einen schlaftrunkenen Bryce an die Haustür. Die frühe Morgenstunde schien ihn ebensosehr seiner Sinne wie seiner Sprache beraubt zu haben, denn es dauerte eine Weile, bis er begriff, was Dalgliesh wollte, und das Foto herbeiholte. Erst da kamen ihm Zweifel, ob es richtig war, es herzugeben. Als Dalgliesh sich wieder auf den Weg machte, kam er hinter ihm her gehastet und sagte in weinerlich-besorgtem Ton: «Sie verraten doch Oliver nichts davon, daß ich es Ihnen gegeben habe, Adam? Er ist bestimmt auf der Zinne, wenn er erfährt, daß man mit der Polizei zusammenarbeitet. Tut mir leid, aber Oliver ist ein bißchen mißtrauisch Ihnen gegenüber. Man muß dringend um Diskretion bitten.»

Dalgliesh murmelte etwas Beruhigendes und ermunterte ihn, wieder ins Bett zu gehen, aber er kannte Justins Launen zu gut, um ihn weiter ernstzunehmen. Sobald Bryce gefrühstückt und genug Kraft für die Unbilden des Tages gesammelt hatte, würde er mit an Sicherheit grenzender Wahrscheinlichkeit Celia Calthrop anrufen, und sie würden sich gemeinsam in ausführlichen Spekulationen darüber ergehen, was Adam Dalgliesh jetzt vorhaben mochte. Bis zum Mittag würde ganz Monksmere inklusive Oliver Latham wissen, daß er nach London gefahren war und das Foto mitgenommen hatte.

Es war eine recht gemütliche Fahrt, und gegen halb zwölf näherte er sich der Stadt. Er hatte nicht erwartet, London so bald wiederzusehen. Es war wie das vorzeitige Ende eines bereits verdorbenen Urlaubs. In der halb tröstlichen Hoffnung, daß es vielleicht doch noch anders werden könnte, widerstand er der Versuchung, noch rasch in seine Wohnung zu gehen, und fuhr direkt zum Westend weiter. Kurz vor zwölf hatte er den Cooper Bristol in der Lexington Street geparkt und ging zu Fuß nach Bloomsbury und zum Cadaver Club weiter.

Der Cadaver Club ist insofern eine typisch englische Einrichtung, als zwar jeder von seinem Nutzen überzeugt ist, aber niemand genau sagen kann, worin dieser Nutzen eigentlich besteht. Er wurde 1892 von einem Rechtsanwalt als Treffpunkt für Männer gegründet, die sich für Mord interessieren, und nach seinem Tod vererbte der Gründer dem Club sein schönes Haus am Tavistock Square. Der Club ist ausschließlich Männern vorbehalten; Frauen sind weder als Mitglieder noch als Gäste zugelassen. Unter den Mitgliedern findet man eine erkleckliche Zahl von Krimiautoren – mehr nach dem Ansehen ihrer Verleger als nach der Höhe ihrer Auflagen ausgewählt –, ein oder zwei Polizeibeamte im Ruhestand, ein Dutzend praktizierender Anwälte, drei pensionierte Richter sowie einen Großteil der bekannteren Amateurkriminologen und Gerichtsreporter. Daneben gibt es noch diejenigen Mitglieder, deren Qualifikation darin besteht, daß sie pünktlich ihre Beiträge bezahlen und sich intelligent über die mögliche Schuld von William Wallace oder die feineren Argumente in der Verteidigung der Madeline Smith unterhalten können. Der Ausschluß von

Frauen hat zur Folge, daß einige der besten Krimiautoren nicht vertreten sind, aber das kümmert niemanden; das Komitee steht auf dem Standpunkt, daß ihre Anwesenheit kaum ein Ausgleich für den Aufwand wäre, den der nachträgliche Einbau von Damentoiletten bedeuten würde. An den sanitären Einrichtungen ist im Cadaver Club tatsächlich seit dem Jahr 1900, als der Club nach Tavistock Square umzog, so gut wie nichts verändert worden, aber es ist ein Märchen, daß die Bäder noch aus dem Besitz von George Joseph Smith stammen. Doch die sanitären Anlagen sind nicht das einzig Altmodische an diesem Club; gerade seine Exklusivität wird mit dem Vorurteil gerechtfertigt, daß Mord kein geeignetes Thema sei, über das man sich in der Gegenwart von Frauen unterhalten könne. Und der Mord wiederum tritt im Cadaver Club nur als kultivierter Archaismus in Erscheinung, wie ihn die Zeit und die Macht der Gesetze längst in den Bereich des Irrealen verbannt haben, in einer Gestalt, die nicht das gerinste mit den schmutzigen und kläglichen Verbrechen zu tun hat, mit denen sich Dalgliesh die meiste Zeit in seinem Berufsleben herumzuschlagen hatte. Mord erweckt hier die Vorstellung von einem viktorianischen Hausmädchen, korrekt in Häubchen und Schürze, das durch die Schlafzimmertür beobachtet, wie Adelaide Bartlett die Medizin für ihren Mann bereitet; von einer schlanken Hand, die aus einem Souterrain in Edinburgh heraus jemandem eine Tasse Kakao mit einer Prise Arsen anbietet; von Dr. Lamson, der auf der letzten Teegesellschaft seines reichen Schwagers Gebäck herumreicht; oder von Lizzie Borden, die mit der Axt in der Hand in der sommerlichen Hitze von Massachusetts durch das stille Haus in Fall River schleicht.

Jeder Club hat seine speziellen Pluspunkte. Im Fall des Cadaver Clubs waren das die Plants. Wenn die Mitglieder sich manchmal fragen: «Was soll werden, wenn die Plants von uns gehen?» hat das den gleichen Unterton, als würden sie sich fragen: «Was soll werden, wenn ein Atomkrieg ausbricht?» Beide Fragen haben ihre Berechtigung, aber nur morbide Gemüter widmen ihnen längere Aufmerksamkeit. Mr. Plant hat – man möchte fast glauben zum Wohle des Clubs – fünf tüchtige, vor Gesundheit strotzende Töchter gezeugt. Die drei ältesten, Rose, Marigold und Violet, sind verheiratet und kommen zum Helfen in den Club. Die zwei jüngsten, Heather und Primrose, arbeiten im Speisesaal als Serviererinnen. Plant selbst ist Butler und Hausfaktotum, und seine Frau gilt allgemein als eine der besten Köchinnen Londons. Die Plants sind es, die dem Club die Atmosphäre eines privaten Stadthauses verleihen, wo die Behaglichkeit der Familie in den Händen treuer, tüchtiger und diskreter Hausangestellter liegt. Diejenigen Mitglieder, die sich dieser Annehmlichkeit schon früher im Leben erfreuen konnten, geben sich der angenehmen Illusion hin, in ihre Jugend zurückversetzt zu sein, während den anderen allmählich dämmert, was sie versäumt haben. Selbst die Marotten der Plants sind eigenartig genug, um ihre Träger interessant zu machen, ohne dabei ihrer Tüchtigkeit Abbruch zu tun – und es gibt wenige Bedienstete in einem Club, von denen man das sagen kann.

Dalgliesh hatte, obwohl er selbst nicht Mitglied des Clubs war, gelegentlich dort gegessen, und Plant kannte ihn. Überdies hatte Dalgliesh, auf Grund der sonderbaren Alchimie, die in diesen Dingen waltet, glücklicherweise Gnade vor seinen Augen gefunden. Plant sträubte sich nicht im mindesten, ihn herumzuführen und seine Fragen zu beantworten; und Dalgliesh mußte auf seinen gegenwärtigen Amateurstatus nicht weiter hinweisen. Es wurde nur wenig gesprochen, trotzdem herrschte vollkommene Übereinstimmung zwischen den beiden Männern. Plant führte Dalgliesh in das kleine, nach vorn hin gelegene Zimmer im Erdgeschoß, das Seton immer bewohnt hatte, und wartete an der Tür, während Dalgliesh das Zimmer untersuchte. Dalgliesh war daran gewöhnt, daß man ihm bei der Arbeit zusah, sonst hätte ihn die ungerührte Aufmerksamkeit des Mannes vielleicht irritiert. Plant war eine imposante Erscheinung. Er war 1,87 Meter groß, breitschultrig und hatte ein bleiches, wächsernes Gesicht, über dessen linke Wange schräg eine dünne Narbe verlief. Dieses Mal, Folge eines unrühmlichen Sturzes vom Fahrrad auf ein Eisengitter in seiner Jugend, sah einem Schmiß so bemerkenswert ähnlich, daß Plant nicht widerstehen konnte, diese Wirkung noch dadurch zu erhöhen, daß er einen Kneifer und, wie der böse General in einem Antinazifilm, einen Weißwandhaarschnitt trug. Seine Dienstkleidung, ein dunkelblauer Anzug mit einem Miniaturtotenschädel auf jedem Revers, paßte zu seinem Äußeren. Diese Albernheit, die der Begründer des Clubs 1896 eingeführt hatte, war, wie Plant selber, durch Zeit und Gewohnheit inzwischen sanktioniert worden. Tatsächlich waren Clubmitglieder immer ein wenig verlegen, wenn ihre Gäste sich über Plants ungewöhnliche Erscheinung mokierten.

Es gab wenig zu sehen in dem Zimmer. Die dünnen Diolengardinen waren zum Schutz gegen das graue Licht des Oktobernachmittags zugezogen. Die Kommode und der Schrank waren leer. Der kleine Schreibtisch aus heller Eiche vor dem Fenster enthielt nichts weiter als einen unbenutzten Tintenlöscher und einen Stapel Clubbriefpapier. Das frischbezogene Bett wartete auf seinen nächsten Benutzer. Plant sagte:

«Die Beamten von der Kriminalpolizei in Suffolk haben seine Schreibmaschine und die Kleider mitgenommen, Sir. Sie haben auch nach irgendwelchen Papieren gesucht, aber er hatte nichts Nennenswertes hier. Nur ein Päckchen braune Geschäftsumschläge, einen DIN-A5-Block und ein oder zwei Blatt unbenutztes Kohlepapier. Er war ein sehr ordentlicher Herr, Sir.»

«Er war regelmäßig jeden Oktober da, nicht?»

«Die letzten zwei Wochen im Monat, Sir. Jedes Jahr. Und er hat immer dieses Zimmer bewohnt. Im Erdgeschoß haben wir nur dieses eine Schlafzimmer, und er konnte wegen seines schlechten Herzens keine Treppen steigen. Natürlich hätte er den Fahrstuhl benutzen können, aber er sagte, daß er ein grundlegendes Mißtrauen gegen Fahrstühle hätte. Deshalb wollte er unbedingt dieses Zimmer haben.»

«Hat er hier gearbeitet?»

«Ja, Sir. Fast jeden Vormittag von zehn bis halb eins. Dann hat er gegessen. Und danach wieder von halb drei bis halb fünf. Das heißt, wenn er etwas zu tippen hatte. Zum Lesen oder Exzerpieren ist er in die Bibliothek gegangen. Aber in der Bibliothek ist das Tippen nicht gestattet, weil die anderen Mitglieder dadurch gestört würden.»

«Haben Sie ihn am Dienstag tippen hören?»

«Die Frau und ich haben jemanden tippen hören, und natürlich haben wir angenommen, daß es Mr. Seton ist. Es hing ein Schild an der Tür, daß er nicht gestört werden wollte, aber wir wären ohnedies nicht hineingegangen. Das tun wir nie, wenn ein Clubmitglied arbeitet. Der Inspektor hat offenbar geglaubt, daß noch jemand hier drin gewesen sein könnte.»

«So, hat er das? Und was meinen Sie dazu?»

«Na ja, es wäre schon möglich. Die Frau hat morgens gegen elf die Schreibmaschine gehört, und ich habe sie wieder gegen vier gehört. Aber wir könnten beide nicht sagen, ob das Mr. Seton war. Es klang ziemlich flüssig und geübt, aber was bedeutet das schon? Der Inspektor hat gefragt, ob sonst irgend jemand hier hereinkommen konnte. Wir haben niemand Fremdes bemerkt, aber wir waren über Mittag beide beschäftigt und waren den größten Teil des Nachmittags unten. Wie Sie wissen, Sir, gehen die Leute hier völlig ungehindert ein und aus. Wohlgemerkt, eine Dame wäre sicher aufgefallen. Eines der Clubmitglieder hätte sicher eine Bemerkung dazu gemacht, wenn eine Dame hier gewesen wäre. Aber sonst – naja, ich konnte dem Inspektor nicht gut weismachen, daß dieses Haus hier das ist, was er als gut bewacht bezeichnen würde. Offenbar hat er von unseren Sicherheitsvorkehrungen nicht viel gehalten. Aber wie ich ihm sagte, Sir, ist das hier ein Club und kein Polizeirevier.»

«Sie haben zwei Tage gewartet, bevor Sie Mr. Setons Verschwinden gemeldet haben, nicht?»

«Leider noch länger, Sir. Und auch dann habe ich nicht die Polizei angerufen. Ich habe bei ihm zu Hause angerufen und es seiner Sekretärin gesagt. Sie meinte, daß man im Augenblick noch nichts unternehmen sollte und daß sie versuchen wollte, Mr. Setons Stiefbruder zu finden. Ich habe den Herrn selber nie gesehen, glaube aber, daß Mr. Maurice Seton ihn mir gegenüber einmal erwähnt hat. Aber soweit ich mich erinnern kann, ist er nie hier im Club gewesen. Danach hat mich der Inspektor ausdrücklich gefragt.»

«Nach Mr. Oliver Latham und Mr. Justin Bryce hat er Sie doch sicher auch gefragt.»

«Ja, Sir. Sie sind beide Mitglieder hier, und das habe ich ihm auch gesagt. Aber ich habe keinen der beiden Herren in letzter Zeit gesehen, und ich glaube nicht, daß sie hierherkommen und wieder gehen würden, ohne mit mir oder der Frau zu sprechen. Sie wollen sicher das Badezimmer und die Toilette hier im Erdgeschoß sehen.

Bitte sehr, diese kleine Suite hat Mr. Seton immer benutzt. Der Inspektor hat in den Wasserbehälter hineingesehen.»

«Ach ja? Hoffentlich hat er gefunden, was er suchte.»

«Er hat den Schwimmer gefunden, Sir. Ich hoffe zu Gott, daß er ihn nicht verstellt hat. Ist nämlich sehr launisch, diese Toilette. Sie wollen jetzt sicher noch die Bibliothek sehen. Dort hat Mr. Seton immer gesessen, wenn er nicht getippt hat. Sie ist einen Stock höher, wie Sie wahrscheinlich wissen.»

Eine Besichtigung der Bibliothek stand offenbar auf dem Programm. Inspektor Reckless war gründlich gewesen, und Plant war nicht der Mann, der seinen Schützling mit weniger abspeiste. Während sie sich gemeinsam in den winzigen Fahrstuhl zwängten, stellte Dalgliesh seine letzten Fragen. Plant bekräftigte, daß weder er noch jemand vom Personal etwas für Seton zur Post gebracht hatten. Niemand hatte sein Zimmer aufgeräumt oder irgendwelche Papiere vernichtet. Soweit Plant wußte, war gar nichts zum Vernichten dagewesen. Abgesehen von Setons Schreibmaschine und seinen Kleidern, war das Zimmer noch im selben Zustand wie an dem Abend, als er verschwand.

Die Bibliothek mit Blick nach Süden auf den Platz war vielleicht das schönste Zimmer im ganzen Haus. Es war ursprünglich einmal der Salon gewesen und sah, mit Ausnahme der Bücherregale an der gesamten westlichen Wand, noch fast genauso aus wie zu der Zeit, als der Club das Haus bezog. Die Vorhänge waren Nachahmungen der Originalvorhänge, die Tapete hatte ein verblaßtes präraffaelitisches Muster, die Schreibtische zwischen den vier hohen Fenstern stammten aus viktorianischer Zeit. Die Bücher stellten zusammengenommen eine kleine, aber recht umfassende Bibliothek des Verbrechens dar. Da gab es die denkwürdigen «British Trials» sowie die Reihe «Famous Trials», Lehrbücher der Gerichtsmedizin, Toxikologie und gerichtsmedizinischen Pathologie, Memoiren von Richtern, Anwälten, Pathologen und Polizeibeamten, eine ganze Anzahl Bücher von Amateurkriminologen, die sich mit spektakulären und strittigen Mordfällen beschäftigten, Lehrbücher des Straf- und Polizeirechts und sogar ein paar Abhandlungen über soziologische und psychologische Aspekte des Gewaltverbrechens, die ganz offensichtlich noch nicht sehr häufig benutzt worden waren. Die Regale mit der Belletristik enthielten eine kleine Abteilung mit Erstausgaben von Poe, Le Fanu und Conan Doyle, die dem Club gehörten; im übrigen waren hier die meisten der englischen und amerikanischen Krimiautoren vertreten, und es war deutlich zu sehen, daß alle schriftstellernden Mitglieder dem Club Exemplare ihrer Bücher schenkten. Dalgliesh stellte mit Interesse fest, daß die Bücher von Maurice Seton einen besonderen Einband hatten, den sein Monogramm in goldenen Lettern zierte. Außerdem fiel ihm auf, daß der Bann, der sich gegen Frauen als Clubmitglieder richtete, nicht für ihre Bücher galt, so daß die Krimiliteratur der letzten hundertfünfzig Jahre hier ziemlich vollständig vertreten war.

An der gegenüberliegenden Seite des Zimmers standen ein paar Vitrinen, die so etwas wie ein kleines Mordmuseum darstellten. Da die Ausstellungsstücke im Lauf der Jahre von Mitgliedern geschenkt oder vererbt und im selben Geist unkritischen Wohlwollens entgegengenommen worden waren, unterschieden sie sich, wie Dalgliesh vermutete, ebensosehr ihrer Bedeutung wie dem Grad ihrer Echtheit nach. Man hatte nicht versucht, sie chronologisch zu ordnen und auch auf eine genaue Beschriftung weitgehend verzichtet und hatte anscheinend bei der Aufteilung der Gegenstände auf die einzelnen Vitrinen mehr die allgemeine künstlerische Wirkung als die logische Zusammengehörigkeit im Auge gehabt. Da gab es eine Duellpistole mit Feuersteinschloß, silbernen Beschlägen und vergoldeten Pfannen, die nach Ausweis des dazugehörigen Schildchens das Tatwerkzeug des Rev. James Hackman war, der im Jahre 1779 wegen Mordes an Margaret Reay, der Geliebten des Earl of Sandwich, in Tyburn hingerichtet wurde. Dalgliesh hielt das für unwahrscheinlich. Seiner Schätzung nach war die Pistole gut fünfzehn Jahre jünger. Aber er konnte sich vorstellen, daß dieses schöne, glänzende Ding eine schlimme Vorgeschichte hatte. An der Echtheit des nächsten Ausstellungsstücks war kaum zu zweifeln. Es war ein Brief, braun und vom Alter brüchig, von Mary Blandy an ihren Liebhaber, in dem sie sich für sein Geschenk, «ein Reinigungspulver für die Quarzperlen», bedankte – für das Arsen, das ihren Vater töten und sie selber aufs Schafott bringen sollte. In derselben Vitrine lagen eine Bibel mit dem Namenszug «Constance Kent» auf dem Vorsatzblatt, ein zerschlissener Fetzen der Schlafanzugjacke, die ein Teil der Bekleidung gewesen war, in der man Mrs. Crippens Leiche gefunden hatte, ein kleiner Stoffhandschuh, von dem es auf dem Schildchen hieß, daß er Madeline Smith gehört hatte, und ein Fläschchen mit weißem Pulver, «Arsen aus dem Besitz von Major Herbert Armstrong». Wenn das Zeug echt war, reichte es aus, um im Speisesaal eine Massenvernichtung anzurichten. Aber Plant lächelte, als Dalgliesh seine Besorgnis äußerte:

«Das ist kein Arsen, Sir. Sir Charles Winkworth hat vor neun Monaten genau dasselbe gesagt wie Sie. ‹Plant›, hat er gesagt, ‹wenn das Zeug Arsen ist, müssen wir es entweder beiseite schaffen, oder wir müssen es einschließen.› Also haben wir eine Probe davon genommen und es heimlich untersuchen lassen. Es ist nichts anderes als Natron, Sir. Ich behaupte nicht, daß es nicht von Major Armstrong kommt, und ich bestreite nicht, daß es kein Natron war, womit seine Frau getötet wurde. Aber dieses Zeug hier ist harmlos. Wir haben es dort gelassen und haben nichts gesagt. Es ist die vergangenen dreißig Jahre Arsen gewesen und soll nun auch ruhig Arsen bleiben. Wie Sir Charles sagte: ‹Wenn man anfängt, die Ausstellungsstücke allzu genau zu betrachten, bleibt am Ende von unserem Museum nichts mehr übrig.› Und wenn Sie mich jetzt bitte entschuldigen wollen, Sir, ich glaube, ich werde im Speisesaal gebraucht. Das heißt, es sei denn, ich könnte Ihnen sonst noch irgend etwas zeigen.»

Dalgliesh bedankte sich bei Plant und ließ ihn gehen. Er selber aber blieb noch ein paar Minuten länger in der Bibliothek. Er hatte ein quälendes und irrationales Gefühl, daß er irgendwo in allerletzter Zeit eine Spur zu Setons Tod gesehen hatte, einen flüchtigen Hinweis, der sich aber hartnäckig dagegen sträubte, aufzutauchen und erkannt zu werden. Diese Erfahrung war ihm nicht neu. Er hatte sie, wie jeder gute Kriminalbeamte, schon öfter gemacht. Gelegentlich hatte sie ihm einen jener scheinbar intuitiven Erfolge beschert, von denen sich sein Ruf zum Teil herleitete. Meist jedoch hatte sich der flüchtige Eindruck, wenn er sich daran erinnerte und ihn genau untersuchte, als unbedeutend erwiesen. Aber das Unterbewußtsein ließ sich nicht zwingen. Die Spur, wenn es denn eine solche war, entzog sich ihm für den Augenblick. Und jetzt schlug die Uhr über dem Kamin ein. Sein Gastgeber wartete wahrscheinlich schon auf ihn.

Im Speisesaal brannte ein schwaches Kaminfeuer, dessen Flamme im Strahl des Herbstlichts, das schräg über die Tische und den Teppich fiel, kaum zu sehen war. Es war ein einfacher, behaglicher, ganz dem ernsten Zweck des Essens gewidmeter Raum. Die schweren Tische, ohne Blumenschmuck, mit schimmerndem weißen Leinen bedeckt, waren geräumig verteilt. An den Wänden hing eine Serie echter «Phiz»-Zeichnungen, Illustrationen zum «Martin Chuzzlewit», für deren Vorhandensein es keinen vernünftigen Grund gab außer dem, daß sie dem Club unlängst von einem berühmten Mitglied geschenkt worden waren. Dalgliesh dachte, daß sie ein erfreulicher Ersatz für die Ansichten aus dem alten Tyburn waren, die vorher die Wände geschmückt hatten, die das Komitee aber, an allem Vergangenen festhaltend, mit Bedauern abgenommen haben mochte.

Zum Mittag- oder Abendessen wurde im Cadaver Club nur jeweils ein Gericht serviert, da Mrs. Plant die Meinung vertrat, daß sich bei begrenzten personellen Möglichkeiten höchste Qualität mit Abwechslungsreichtum nicht vereinbaren ließ. Es gab aber immer noch einen Salat und kalten Braten zur Auswahl, und denjenigen, denen weder das noch das Hauptgericht zusagte, stand es frei zu erproben, ob sie anderswo besser fuhren. Heute würde es, wie auf der Speisekarte am schwarzen Brett in der Bibliothek zu lesen war, Melone, Steak- und Kidneypudding sowie Zitronensoufflé geben. Schon wurden die ersten Puddings in eine Serviette gehüllt hereingetragen.

Max Gurney erwartete ihn an einem Tisch in der Ecke, wo er sich gerade mit Plant über den Wein beriet. Er hob seine dicke Hand zu einem bischöflichen Gruß, was den Eindruck erweckte, als wolle er zugleich mit der Begrüßung seines Gastes den Steak- und Kidneypuddings seinen Segen erteilen. Dalgliesh freute sich sofort, ihn zu sehen. Es war ein Gefühl, das Max Gurney immer in ihm auslöste. Er war ein Mensch, dessen Gesellschaft einem selten lästig wurde. Weltmännisch, höflich und großzügig, hatte er eine Freude am Leben und an Menschen, die ansteckend und kraftspendend wirkte. Er war ein dicker Mann, der trotzdem den Eindruck von Leichtigkeit erweckte, wie er so auf kleinen Füßen mit hohen Rist dahergewippt kam, mit wedelnden Händen, die Augen schwarz und leuchtend hinter der gewaltigen Hornbrille. Er strahlte Dalgliesh an.

«Adam! Schön, dich zu sehen. Plant und ich sind übereingekommen, daß eine Johannisberger Auslese 1959 genau das Richtige wäre, es sei denn, daß du etwas Leichteres vorziehst. Gut. Ich halte mich ungern länger als nötig mit dem Wein auf. Ich komme mir dabei immer ein bißchen vor, als benähme ich mich wie Ehrenwert Martin Carruthers.»

Das war ein neuer Zug an Setons Kriminalkommissar. Dalgliesh sagte, er hätte nie bemerkt, daß Seton etwas von Weinen verstand.

«Das hat er auch nicht, der arme Maurice. Er hat sich noch nicht einmal besonders viel daraus gemacht. Er glaubte, Wein sei nicht gut für sein Herz. Nein, er hat sich die Details alle aus Büchern zusammengetragen. Was natürlich bedeutete, daß Carruthers einen beklagenswert mediokeren Geschmack hatte. Du siehst sehr gut aus, Adam. Ich hatte schon befürchtet, daß ich dich, auf Grund der Belastung, jemand anderem bei den Ermittlungen zusehen zu müssen, leicht derangiert antreffen würde.»

Dalgliesh erwiderte mit ernster Miene, daß sein Stolz mehr gelitten habe als seine Gesundheit, daß die Belastung aber in der Tat ziemlich groß sei. Ein Mittagessen mit Max würde, wie immer, ein rechter Trost sein.

In den folgenden zwanzig Minuten wurde nicht weiter über Setons Tod gesprochen. Sie waren beide mit Essen beschäftigt. Als aber der Pudding aufgetragen und der Wein eingeschenkt war, sagte Max:

«Also, Adam, diese Sache mit Maurice Seton. Ich muß sagen, daß ich die Nachricht von seinem Tod mit Entsetzen und –» er nahm ein saftiges Stück Fleisch aufs Korn und spießte es zusammen mit einem Pilz und einer halben Niere auf die Gabel – «Wut aufgenommen habe. Und die übrigen Mitarbeiter des Verlags natürlich auch. Wir rechnen nicht damit, unsere Autoren auf derart spektakuläre Weise zu verlieren.»

«Obwohl es doch sicher den Absatz fördert», meinte Dalgliesh boshaft.

«O nein, mein lieber Junge! Durchaus nicht. Das ist ein allgemeiner Irrglaube. Selbst wenn Setons Tod ein Publicitygag gewesen wäre – was auf seiten des armen Maurice freilich eine übertriebene Opferbereitschaft vorausgesetzt hätte –, bezweifle ich, daß dadurch auch nur ein einziges Buch mehr verkauft worden wäre. Ein paar Dutzend alte Damen werden sein letztes Buch auf ihre Bücherliste für die Leihbibliothek setzen, aber das ist ja nicht unbedingt dasselbe. Hast du übrigens sein letztes Buch gelesen? ‹Der Gute ins Töpfchen›. Es handelt von einem Mord in einer Töpferei, der mit Arsen begangen wird. Gewissenhaft wie er immer war, ist er im vorigen April, bevor er angefangen hat zu schreiben, drei Wochen dort gewesen, um töpfern zu lernen. Aber nein, du liest ja wahrscheinlich keine Krimis.»

«Nicht aus Überheblichkeit», sagte Dalgliesh. «Du kannst es meinem Neid zuschreiben. Es ärgert mich, wie die Polizeibeamten in Kriminalromanen ihren Täter verhaften können und kostenlos dazu ein volles Geständnis bekommen, und das alles auf Grund von Beweismaterial, für das ich noch nicht einmal einen Haftbefehl ausgestellt bekäme. Ich wünschte, im wirklichen Leben würden die Mörder genauso leicht die Nerven verlieren. Außerdem kommt noch die Kleinigkeit hinzu, daß diese Romanbeamten anscheinend noch nie etwas von der Strafprozeßordnung gehört haben.»

«Oh, Ehrenwert Martin ist ein vollendeter Gentleman. Man könnte bestimmt eine Menge von ihm lernen. Er kann immer mit einem passenden Zitat aufwarten und ist ein richtiger Draufgänger bei den Frauen. In allen Ehren selbstverständlich, aber es ist deutlich zu erkennen, daß die weiblichen Verdächtigen sofort mit dem Ehrenwert ins Bett hüpfen würden, wenn Seton sie nur ließe. Armer Maurice! Ich glaube, daß da eine gehörige Portion Wunschdenken mit im Spiel war.»

«Wie steht's mit seinem Stil?» fragte Dalgliesh, der den Eindruck gewann, daß er in seiner Lektüre vielleicht doch etwas versäumt hatte.

«Der ist schwülstig, aber grammatikalisch korrekt. Und woher sollte ich es mir anmaßen in unserer heutigen Zeit, wo sich jede ungebildete Anfängerin schon für eine Romanschriftstellerin hält, dagegen etwas einzuwenden? Ich glaube, daß er seine Sachen mit dem Duden in der rechten und dem Dornseiff in der linken Hand geschrieben hat. Sie sind langweilig und abgedroschen, und sie werden bald auch unverkäuflich sein. Ich wollte ihn nicht in unseren Verlag übernehmen, als er vor fünf Jahren von Maxwell Dawson wegging, aber ich bin überstimmt worden. Er war damals schon fast ausgeschrieben. Nun haben wir immer ein oder zwei Krimis im Programm gehabt, deshalb haben wir ihn angenommen. Ich glaube, daß beide Seiten es hinterher bereut haben, trotzdem waren wir noch nicht soweit, daß wir Trennungsabsichten gehabt hätten.»

«Was ist er für ein Mensch gewesen?» fragte Dalgliesh.

«Oh, er war schwierig. Sehr schwierig, der arme Kerl! Ich dachte, du hättest ihn gekannt. Ein pingeliger, von sich selbst eingenommener, nervöser kleiner Mann, der über den Verkauf seiner Bücher, über die Werbung oder über seine Buchumschläge ständig etwas zu meckern hatte. Er hat seine eigene Begabung über- und die Begabung aller anderen unterschätzt, was nicht unbedingt zu seiner Beliebtheit beigetragen hat.»

«Also ein typischer Schriftsteller?» meinte Dalgliesh boshaft.

«Na, weißt du, Adam, das ist aber böse. Und aus dem Munde eines Schriftstellers kann man es geradezu Verrat nennen. Du weißt genau, daß unsere Leutchen so fleißig, umgänglich und begabt sind, wie man sie außerhalb einer Irrenanstalt nur finden kann. Nein, er war kein typischer Schriftsteller. Er war unglücklicher und unsicherer als die meisten. Er hat mir manchmal leid getan, obwohl diese menschenfreundliche Anwandlung in seiner Gegenwart nie länger als zehn Minuten angehalten hat.»

Dalgliesh fragte, ob Seton ihm erzählt habe, daß er etwas völlig Neues schreiben wollte.

«Ja, das hat er getan. Als ich ihn das letzte Mal vor ungefähr zehn Wochen gesehen habe. Ich mußte mir zuerst die übliche Schelte über den Verfall des Niveaus und die Ausschlachtung von Sex und Sadismus in der Literatur anhören, aber dann hat er mir gesagt, daß er vorhätte, selber einen Thriller zu schreiben. Theoretisch hätte ich diesen Plan natürlich begrüßen müssen, aber praktisch konnte ich mir eigentlich nicht vorstellen, wie er das schaffen wollte. Er hatte weder die Sprache noch die Kenntnisse dafür. Das ist nur eine Sache für Profis, und Seton war hilflos, wenn er sich aus seinem eigenen Erfahrungsbereich hinauswagte.»

«Für einen Krimiautor ist das doch sicher ein ziemliches Handikap?»

«Oh, soweit ich weiß, hat er nicht gerade einen Mord begangen. Jedenfalls nicht im Zusammenhang mit seiner Schriftstellerei. Aber er hat sich an Figuren und Schauplätze gehalten, die ihm vertraut waren. Man kennt ja diese Dinge. Das behäbige englische Dorf oder die Kleinstadt als Kulisse. Milieugetreue Typen, die präzise wie Schachfiguren nach dem vorgegebenen Schema geführt werden. Die tröstliche Illusion, daß Gewalt etwas Außergewöhnliches ist, daß alle Polizisten ehrlich sind, daß das englische Klassensystem seit zwanzig Jahren unverändert geblieben und daß ein Mörder kein Gentleman ist. Dabei war er in Einzelheiten geradezu überpenibel. Er hat zum Beispiel nie einen Mord mit einer Schußwaffe beschrieben, weil er sich mit Schußwaffen nicht auskannte. Dafür war er sehr bewandert in Toxikologie, und seine Kenntnisse in der Gerichtsmedizin waren geradezu beachtlich. Er hat eine ungeheure Akribie auf die Todesstarre und derlei Einzelheiten verwendet. Und es hat ihn geärgert, wenn die Kritiker das gar nicht bemerkt und die Leser auch nicht weiter darauf geachtet haben.»

Dalgliesh sagte:

«Du hast ihn also vor ungefähr zehn Wochen gesehen. Wie war das?»

«Er hat mir geschrieben und gebeten, ob er mich sehen könnte. Er ist extra deswegen nach London gekommen, und wir haben uns um 18 Uhr 15, als die meisten unserer Angestellten schon weg waren, bei mir im Büro getroffen. Danach sind wir zum Essen hierher gegangen. Und darüber wollte ich mit dir sprechen, Adam. Er hatte die Absicht, sein Testament zu ändern. Dieser Brief hier erklärt, warum.» Gurney zog einen zusammengefalteten Briefbogen aus der Tasche und reichte ihn Dalgliesh. Der Brief war mit «Haus Seton, Monksmere Head, Suffolk» überschrieben; er trug das Datum vom 30. Juli und war mit der Maschine getippt. Aber die

Tipparbeit, obwohl mit Sorgfalt angefertigt, machte einen ungeübten Eindruck, und irgend etwas an den Abständen und an der Trennung der Wörter am Ende der Zeilen wies sie als das Werk eines Nichtfachmanns aus. Dalgliesh wußte sofort, daß er in jüngster Vergangenheit einen von derselben Hand getippten Text gesehen hatte. Er las:

«Lieber Gurney,

ich habe über unser Gespräch vom letzten Freitag nachgedacht – lassen Sie mich an dieser Stelle kurz unterbrechen und Ihnen noch einmal für das überaus köstliche Essen danken – und bin zu dem Schluß gekommen, daß mein erster Impuls doch richtig war. Es hat absolut keinen Sinn, sich mit halben Sachen zufriedenzugeben. Wenn der Maurice-Seton-Literaturpreis den großen Zweck erfüllen soll, der mir vorschwebt, muß der Kapitalstock groß genug sein, um erstens eine der Bedeutung des Preises entsprechende Dotation zu ermöglichen und zweitens die Finanzierung des Preises auf Dauer sicherzustellen. Ich habe keinen Anhang, der einen Rechtsanspruch auf mein Vermögen hätte. Es gibt zwar einige Leute, die glauben mögen, einen Anspruch darauf zu haben, aber das steht auf einem anderen Blatt. Meinem einzigen noch lebenden Verwandten werde ich einen gewissen Betrag vermachen, den er, sollte er Lust haben, sich in diesen Tugenden zu üben, durch Fleiß und Umsicht beliebig vergrößern kann. Noch mehr zu tun, bin ich nicht länger bereit. Wenn ich dieser und einigen anderen kleinen Verpflichtungen nachgekommen bin, würde zur Stiftung des Preises noch eine Summe von annähernd 120000 Pfund zur Verfügung stehen. Ich erzähle Ihnen das, damit Sie sich von meinen Intentionen in etwa eine Vorstellung machen können. Wie Sie wissen, steht es mit meiner Gesundheit nicht zum Besten, und obwohl es keinen Grund gibt, warum ich nicht noch viele Jahre leben sollte, ist mir sehr daran gelegen, diese Sache unter Dach und Fach zu bringen. Sie kennen meine Vorstellungen. Der Preis soll alle zwei Jahre für einen bedeutenden Roman vergeben werden. Ich habe kein besonderes Interesse daran, die junge Garde zu fördern. Wir haben in den letzten Jahren unter der weinerlichen Selbstbemitleidung unserer Nachwuchsschriftsteller genug gelitten.

Auch möchte ich nicht dem literarischen Realismus Vorschub leisten. Ein Roman hat das Ergebnis schöpferischer Kunst zu sein und keine langweilige Zusammenstellung von Phrasen aus den Protokollbüchern von Sozialarbeitern. Und schließlich möchte ich den Preis auch keineswegs dem Detektivroman alter Schule vorbehalten wissen; der Detektivroman, so wie ich ihn verstehe, wird heute gar nicht mehr geschrieben.

Vielleicht machen Sie sich einmal Gedanken über diese Gesichtspunkte und lassen mich dann wissen, was Sie dazu meinen. Natürlich werden wir auch ein Treuhändergremium brauchen, und ich werde wegen der genauen Formulierung meines neuen Testaments noch meinen Anwalt aufsuchen. Im Augenblick aber spreche ich noch mit niemandem über dieses Vorhaben, und ich vertraue darauf, daß Sie es auch nicht tun. Es wird unvermeidlich Aufsehen geben, wenn die Einzelheiten bekannt werden, aber jede vorzeitige Enthüllung wäre mir äußerst unangenehm. Ich werde die letzten zwei Wochen im Oktober wie gewöhnlich im Cadaver Club sein und würde deshalb vorschlagen, daß Sie sich dort mit mir in Verbindung setzen.

Herzlich
Ihr Maurice Seton»

Dalgliesh wußte, während er las, daß Gurneys kleine schwarze Augen auf ihn ruhten. Als er fertig war, gab er ihm den Brief zurück und sagte:

«Er hat ja einiges von dir erwartet. Was hätte der Verlag denn davon gehabt?»

«Oh, mein lieber Adam, gar nichts. Nur eine Menge Mühe und Arbeit, und das alles natürlich zum größeren Ruhm von Maurice Seton. Er wollte den Preis noch nicht mal unseren Autoren vorbehalten. Ich gebe zu, das wäre auch nicht besonders vernünftig gewesen. Er hatte es auf die wirklich großen Namen abgesehen. Und es war eine seiner Hauptsorgen, ob sie es der Mühe wert halten würden, sich darum zu bewerben. Ich habe ihm gesagt, daß er den Preis hoch genug dotieren soll, und dann würde er schon sehen, wie sie sich bewerben. Aber 120000 Pfund! Ich wußte gar nicht, daß er so reich ist.»

«Seine Frau hatte Geld ... Weißt du, ob er sonst mit irgend jemandem über seinen Plan gesprochen hat, Max?»

«Tja, er behauptete nein. Er hat sich deswegen ja beinahe wie ein Schuljunge aufgeführt. Ich mußte heilige Eide schwören, daß niemand etwas davon erfährt, und ich mußte ihm versprechen, noch nicht einmal mit ihm darüber zu telefonieren. Aber du verstehst mein Problem. Soll ich den Brief nun der Polizei übergeben oder nicht?»

«Aber natürlich. Genau gesagt, Inspektor Reckless von der Kriminalpolizei Suffolk. Ich gebe dir seine Adresse. Und du solltest ihn sogar anrufen und ihm sagen, daß der Brief unterwegs ist.»

«Ich habe mir schon gedacht, daß du das sagen würdest. Es ist wohl ziemlich klar. Trotzdem hat man da so gewisse irrationale Hemmungen. Ich kenne den jetzigen Erben überhaupt nicht. Aber ich denke mir, daß dieser Brief irgend jemandem ein wunderschönes Motiv gibt.»

«Das allerschönste. Trotzdem haben wir keinen Beweis dafür, daß Setons Erbe etwas davon gewußt hat. Und, falls es dich tröstet, der Mann mit dem eindeutigsten finanziellen Motiv hat zugleich das unerschütterlichste Alibi. Er war in Polizeigewahrsam, als Maurice Seton starb.»

«Das war aber geschickt von ihm ... Könnte ich diesen Brief nicht einfach dir geben, Adam?»

«Es tut mir leid, Max. Aber das möchte ich lieber nicht.»

Gurney seufzte, steckte den Brief zurück in die Brieftasche und wandte seine Aufmerksamkeit wieder dem Essen zu. Sie sprachen nicht mehr von Seton, bis sie mit Essen fertig waren und Max sich in seinen gewaltigen schwarzen Umhang hüllte, den er zwischen Oktober und Mai immer trug und der ihm das Aussehen eines Amateuranarchisten verlieh, der schon bessere Tage gesehen hat.

«Ich muß mich beeilen, sonst komme ich zu spät zur Vorstandssitzung. Es geht neuerdings bei uns sehr formell, sehr leistungsbewußt zu, Adam. Alles wird jetzt nur noch vom Gesamtvorstand entschieden. Das kommt von unseren neuen Gebäuden. Früher saßen wir in unseren verstaubten Kämmerlein und haben unsere eigenen Entscheidungen getroffen. Dadurch war unsere Verlagslinie zwar etwas uneinheitlich, was meiner Ansicht nach aber gar nicht so schlecht war ... Kann ich dich irgendwo absetzen? Wer ist als nächster dran bei deinen Ermittlungen?»

«Danke, Max, ich gehe zu Fuß. Ich will nach Soho und mich ein bißchen mit einem Mörder unterhalten.» Max verstummte einen Augenblick überrascht.

«Aber doch nicht Setons Mörder? Ich dachte, du und die Kriminalpolizei von Suffolk, ihr wüßtet nicht weiter. Meinst du, ich habe aus Spaß mit meinem Gewissen gerungen?»

«Nein, dieser Mörder hat Maurice Seton nicht umgebracht, obwohl er wahrscheinlich keine moralischen Bedenken dagegen gehabt hätte. Auf jeden Fall hofft jemand, die Polizei davon zu überzeugen, daß er etwas mit der Sache zu tun hat. Es ist L. J. Luker. Kannst du dich an ihn erinnern?»

«Hat er nicht seinen Geschäftspartner mitten auf dem Piccadilly Circus erschossen und ist ungeschoren davongekommen? Das war doch 1959, nicht?»

«Genau der. Das Urteil ist von einer Berufungsinstanz wegen eines Verfahrensfehlers aufgehoben worden. Richter Brothwick hat in einer ungewöhnlichen Entgleisung gegenüber den Geschworenen die Bemerkung fallen lassen, ein Angeklagter, der die Aussage verweigere, müsse irgend etwas zu verbergen haben. Die Konsequenz seiner Worte muß ihm klar gewesen sein, sobald er sie ausgesprochen hatte. Aber da war es zu spät. Und Luker war frei, genau wie er es vorausgesagt hatte.»

«Und was hat er mit Maurice Seton zu tun? Ich kann mir kaum zwei Leute vorstellen, die weniger miteinander gemein haben.»

«Genau das», sagte Dalgliesh, «hoffe ich herauszufinden.»

2

Dalgliesh ging durch Soho zum Cortez Club. In seinem Herzen noch erquickt von der leeren Weite Suffolks, erschienen ihm die Straßenschluchten selbst in ihrer nachmittäglichen Ruhe deprimierender als gewöhnlich. Er konnte es kaum glauben, daß er zwischen diesen schäbigen Häuserfronten einmal gern spazierengegangen war. Jetzt fand er es schon nach nur vierwöchiger Abwesenheit schwer erträglich, wieder hier zu sein. Zum größten Teil war es sicher eine Frage seiner Stimmung, denn dieses Stadtviertel bedeutet für alle möglichen Menschen alles mögliche, sorgt umfassend für alle Bedürfnisse, die mit Geld zu befriedigen sind. Jeder sieht Soho nach dem eigenen Geschmack. Als eine Gegend, wo man vorzüglich essen kann; als kosmopolitisches Dorf, versteckt hinter Piccadilly gelegen, mit eigenem, geheimnisvollem Leben; als eines der besten Einkaufszentren für Lebensmittel in London; als übelste und schmutzigste Brutstätte des Verbrechens in Europa. Selbst die Reiseschriftsteller sind von seinen vielen Gesichtern fasziniert und können sich nicht zu einem eindeutigen Urteil durchringen. Während er an den Stripteaselokalen, den schmutzigen Kellertreppen, den Silhouetten gelangweilter Mädchen in den Fenstern der oberen Stockwerke vorüberging, dachte Dalgliesh, daß ein täglicher Gang durch diese häßlichen Straßen jeden Mann ins Kloster treiben könnte, weniger aus sexuellem Ekel als vielmehr aus einer unerträglichen Langeweile angesichts der Eintönigkeit und Freudlosigkeit der Lust.

Der Cortez Club war nicht besser und nicht schlechter als seine Nachbarn. Draußen waren die üblichen Fotos und die unvermeidliche Gruppe älterer, deprimiert aussehender Männer, die sich die Fotos mit gespielter Gleichgültigkeit ansahen. Das Lokal war noch geschlossen, aber die Tür gab seinem Druck nach. Der kleine Rezeptionskiosk war leer. Er ging die schmalen Stufen mit dem unordentlich roten Teppich hinunter und schob den Perlenvorhang zur Seite, der das Lokal vom Flur trennte.

Es war genauso, wie er es in Erinnerung hatte. Der Cortez Club hatte ebenso wie sein Besitzer ein natürliches Überlebenstalent. Er wirkte ein wenig eleganter, obwohl das Nachmittagslicht die Geschmacklosigkeit des pseudospanischen Interieurs und die Schmuddeligkeit der Wände deutlich sichtbar werden ließ. Der Raum war so mit Tischen vollgestopft, viele davon gerade groß genug für eine Person, daß man unmöglich bequem daran sitzen konnte. Aber andererseits kamen die Gäste nicht in den Cortez Club, um dort ein Familienfest zu feiern, und waren auch nicht in erster Linie am Essen interessiert.

Am hinteren Ende des Raumes war eine kleine Bühne, auf der nur ein Stuhl und ein großer Wandschirm standen. Links von der Bühne war ein Klavier, auf dem Bogen von Schreibpapier verstreut umherlagen. Ein dünner junger Mann in Jeans und Pullover stand an das Instrument gelehnt, wobei er mit der linken Hand eine Melodie spielte und sie mit der rechten aufschrieb. Trotz seiner lässigen Haltung und des Ausdrucks unbeteiligter Langeweile war er ganz bei der Sache. Er blickte kurz auf, als Dalgliesh hereinkam, kehrte aber sofort wieder zu seinem monotonen Geklimper zurück.

Außer ihm war nur noch ein Neger da, der gemächlich einen Besen auf dem Fußboden hin und her schob. Er sagte mit leiser, weicher Stimme:

«Wir haben noch geschlossen, Sir. Vor halb sieben wird hier nicht bedient.»

«Danke, ich möchte nicht bedient werden. Ist Mr. Luker da?»

«Da muß ich erst fragen, Sir.»

«Bitte tun Sie das. Und Miss Coombs würde ich auch gerne sehen.»

«Da muß ich erst fragen, Sir. Ich bin nicht sicher, ob sie da ist.»

«Oh, ich glaube, Sie werden sehen, daß sie da ist. Sagen Sie ihr bitte, Adam Dalgliesh möchte sie sprechen.»

Der Mann verschwand. Der Pianist fuhr ohne aufzusehen mit seinen Improvisationen fort, und Dalgliesh setzte sich an cinen der Tische vor der Tür, um so die zehn Minuten hinzubringen, die ihn warten zu lassen Luker vermutlich für angemessen hielt. Er vertrieb sich die Zeit damit, über den Mann im oberen Stock nachzudenken.

Luker hatte gesagt, daß er seinen Partner umbringen würde, und er hatte ihn umgebracht. Er hatte gesagt, daß man ihn dafür nicht hängen würde, und man hatte ihn nicht gehängt. Nachdem er mit Richter Brothwicks Unterstützung kaum hatte rechnen können, hatte diese Prophezeiung entweder eine ungewöhnliche Voraussicht oder aber ein bemerkenswertes Vertrauen auf sein persönliches Glück bewiesen. Ein Teil der Geschichten, die seit dem Prozeß um seine Person entstanden waren, war sicher erfunden, aber Luker war nicht der Mann, der sie bestritt. Er war in den

Kreisen der Berufsverbrecher bekannt und akzeptiert, ohne daß er dazugehört hätte. Sie brachten ihm den ehrfürchtigen, halb abergläubischen Respekt entgegen, den Menschen, die ihr Risiko stets genau kalkulieren, für jemanden empfinden, der sich mit einem einzigen unwiderruflichen Schritt außerhalb aller Grenzen gestellt hat. Ein Mann, der dem letzten, schrecklichen Gang so nahe gewesen war, verbreitet eine Atmosphäre des Schreckens um sich. Dalgliesh nahm manchmal irritiert zur Kenntnis, daß selbst Polizisten dagegen nicht gefeit waren. Sie konnten sich schwer vorstellen, daß ein Mensch, der einem persönlichen Groll zuliebe so eiskalt getötet hatte, sich damit zufriedengeben sollte, eine Kette zweitklassiger Nachtlokale zu führen. Man erwartete eigentlich grandiosere Untaten von ihm als einen Verstoß gegen die Schankgesetze, frisierte Steuererklärungen oder das bißchen schlüpfrige Unterhaltung, das er den in seinem Lokal trübe herumsitzenden Spesenrittern bot. Falls er jedoch noch andere Geschäfte betrieb, wußte man bis jetzt nichts davon. Vielleicht gab es auch gar nichts zu wissen. Vielleicht war alles, wonach es ihn verlangte, diese üppig genossene Pseudorespektabilität, der falsche Nimbus, die Freiheit des Niemandslands zwischen den Welten.

Es waren genau zehn Minuten vergangen, als der Farbige mit der Nachricht zurückkam, daß Luker ihn empfangen wollte. Dalgliesh stieg allein die zwei Treppen hoch, die zu dem großen, nach vorn hin gelegenen Zimmer führten, das Luker als Kommandozentrale nicht nur für den Cortez Club, sondern auch für all seine anderen Nachtlokale diente. Das Zimmer war warm und stickig, zu reichlich möbliert und zuwenig gelüftet. Die Einrichtung bestand aus einem Schreibtisch in der Mitte, ein paar Aktenschränken an einer Wand, einem riesigen Safe links von dem mit Gas betriebenen Kamin sowie einem Sofa und drei bequemen Sesseln, die um einen Fernsehapparat gruppiert waren. In der Ecke befand sich ein kleines Waschbecken. Das Zimmer sollte offenbar zugleich als Büro und als Wohnraum dienen und war am Ende keines von beiden. Es waren drei Personen anwesend: Luker selbst, Sid Martelli, sein Faktotum im Cortez Club, und Lil Coombs. Sid stand in Hemdsärmeln an einem Gaskocher neben dem Kamin und machte sich in einem Töpfchen Milch heiß. Er trug seine übliche trübsinnig-resignierte Miene zur Schau. Miss Coombs, bereits im schwarzen Abendkleid, kauerte auf einem Sitzkissen vor dem Kamin und lackierte sich die Fingernägel. Sie hob eine Hand zum Gruß und bedachte Dalgliesh mit einem breiten, unbekümmerten Lächeln. Dalgliesh mußte unwillkürlich denken, daß sie in dem Manuskript, von wem auch immer es stammen mochte, ziemlich treffend beschrieben war. Er für seinen Teil konnte Hinweise auf russisches Aristokratenblut nicht an ihr entdecken, aber das überraschte ihn kaum, da er ganz genau wußte, daß ihre Wiege nicht weiter östlich als Whitechapel Road gestanden hatte. Sie war eine stattliche, gesund wirkende Blondine mit kräftigen Zähnen und der dicken, ziemlich blassen Haut, die der Faltenbildung so gut widersteht. Sie hätte Anfang Vierzig sein können. Genau ließ sich das schwer schätzen. Sie sah noch genauso aus wie vor fünf Jahren, als Dalgliesh sie zum erstenmal gesehen hatte. Wahrscheinlich würde sie auch in fünf Jahren noch so aussehen.

Luker war dicker geworden, seit sie sich das letzte Mal begegnet waren. Der teure Anzug spannte über den Schultern, und der Hals quoll über den blütenweißen Kragen. Er hatte ein kräftiges, unangenehmes Gesicht, die glatte Haut schimmerte wie poliert. Ungewöhnlich waren seine Augen. Die Pupillen saßen wie graue Kieselsteine im Weiß der Augäpfel und waren so leblos, daß das ganze Gesicht dadurch entstellt wirkte. Das kräftige schwarze Haar mit dem vorn spitz zulaufenden Ansatz reichte bis tief in die Stirn, was dem Gesicht einen aus dem Rahmen fallenden femininen Zug verlieh. Das drahtige Haar war kurz geschnitten und schimmerte wie ein Hundefell. Er stellte das dar, was er jetzt war. Aber wenn er sprach, verriet die Stimme seine Herkunft. In ihr lag noch seine ganze frühe Vergangenheit drin: das Kleinstadtpfarrhaus, die sorgsam gepflegte Pseudovornehmheit, die höhere Privatschule. Er hatte vieles verändern können. Aber es war ihm nicht gelungen, seine Stimme zu verändern.

«Ah, Inspektor Dalgliesh. Nett, Sie zu sehen. Wir sind leider heute abend ausverkauft. Aber vielleicht kann Michael noch einen Tisch für Sie auftreiben. Sie wollen doch sicher die Vorstellung sehen.»

«Danke, ich möchte weder essen noch die Vorstellung sehen.

Dem letzten meiner Bekannten, der hier zu Abend gegessen hat, ist anscheinend das Essen nicht bekommen. Außerdem muß für mich eine Frau wie eine Frau aussehen und nicht wie ein stillendes Nilpferd. Die Fotos draußen haben mir gereicht. Wo holen Sie die Damen bloß her?»

«Die holen wir nirgendwo her. Die guten Kinder entdecken von selbst die – na, sagen wir Vorzüge, die sie haben, und kommen dann zu uns. Und Sie dürfen nicht so streng sein, Inspektor. Jeder von uns hat seine sexuellen Phantasien. Die Tatsache, daß wir Ihnen hier nichts bieten können, bedeutet nicht, daß Sie keine hätten. Gibt es da nicht den schönen Ausdruck vom Splitter und vom Balken? Vergessen Sie nicht, wir sind beide Pfarrerssöhne. Es scheint allerdings, daß wir ziemlich verschiedene Wege gegangen sind.» Er hielt inne, als sei er für einen Augenblick an den Reaktionen seiner Zuhörer interessiert, dann fuhr er leichthin fort:

«Der Inspektor und ich teilen das Mißgeschick, Pfarrerssöhne zu sein, Sid. Das ist ein schlechter Start für einen Jungen. Sind sie es mit dem Herzen, hält man sie für Narren, sind sie es nicht, werden sie als Heuchler abgestempelt. Sie haben in jedem Fall keine Chance.»

Sid, den ein zypriotischer Barmixer mit einem geistig zurückgebliebenen Dienstmädchen gezeugt hatte, nickte in begeisterter Zustimmung.

Dalgliesh sagte:

«Ich wollte mit Ihnen und Miss Coombs kurz über Maurice Seton sprechen. Da es nicht mein Fall ist, sind Sie auch nicht verpflichtet, mir Auskunft zu geben, wenn Sie nicht wollen, aber das wissen Sie natürlich.»

«Stimmt. Ich bin nicht verpflichtet, auch nur ein Sterbenswörtchen zu sagen. Aber andererseits ist es ja durchaus möglich, daß ich in gefälliger und hilfsbereiter Laune bin. Probieren Sie's doch mal.»

«Sie kennen Digby Seton, nicht?»

Dalgliesh hätte schwören können, daß die Frage für Luker überraschend kam. Seine toten Augen flackerten. Er sagte:

«Digby hat im letzten Jahr, als mir der Pianist weggestorben war, ein paar Monate hier gearbeitet. Das war, nachdem er mit seinem Nachtclub bankrott gegangen war. Ich habe ihm finanziell ein bißchen unter die Arme gegriffen, damit er den Laden halten kann, aber es hat nicht hingehauen. Er ist da schon ziemlich unfähig. Aber er ist ein guter Pianist.»

«Und wann ist er das letzte Mal hier gewesen?»

Luker hob die Hände und wandte sich an seine Gefährten.

«Er hat im Mai eine Woche für uns gearbeitet, als Ricki Carlis die Überdosis genommen hat. Seitdem haben wir ihn nicht mehr gesehen.»

Lil sagte:

«Er ist noch ein- oder zweimal dagewesen, L. J. Allerdings, als du nicht hier warst.» Luker wurde von seinen Leuten immer mit den Anfangsbuchstaben seines Namens angeredet. Dalgliesh wußte nicht recht, ob das ihr ungezwungenes Verhältnis zu ihm dokumentieren oder aber Luker das Gefühl geben sollte, ein amerikanischer Tycoon zu sein. Lil fuhr hilfsbereit fort: «War er nicht im Sommer mal mit mehreren Leuten hier?»

Sid setzte eine Miene angestrengten Nachdenkens auf:

«Das war nicht im Sommer, Lil. Eher im späten Frühling. Ist er nicht mit Mavis Manning und ihrem Anhang hergekommen, als Mavis' Show im Mai bankrott gegangen war?»

«Das war Ricki, Sid. Du denkst an Ricki. Digby Seton ist nie mit Mavis hier gewesen.»

Sie waren so gut gedrillt, dachte Dalgliesh, wie zwei Entertainer, die einen Sketch aufführten. Luker lächelte sanft:

«Warum lassen wir Digby nicht in Ruhe. Es handelt sich hier nicht um Mord, und selbst wenn es Mord gewesen sein sollte, ist Digby ziemlich unangreifbar. Sehen wir uns doch mal die Fakten an. Digby hatte einen reichen Bruder. Das war angenehm für beide. Der Bruder hatte ein schwaches Herz, das jeden Augenblick aufhören konnte zu schlagen. Pech für ihn, aber wiederum angenehm für Digby. Und eines Tages hört es wirklich auf zu schlagen. Das ist eine natürliche Todesursache, Inspektor, wenn dieser Ausdruck überhaupt einen Sinn haben soll. Zugegeben, irgend jemand hat die Leiche nach Suffolk geschafft und sie dort aufs Meer hinausgestoßen. Außerdem hat er, wie ich höre, vorher noch ein paar ziemlich scheußliche Dinge mit ihr gemacht. Es sieht mir so aus, als ob der arme Mr. Seton bei einigen seiner Nachbarn ziemlich unbeliebt gewesen wäre. Es wundert mich, Inspektor, daß es Ihrer Tante nichts ausmacht, unter diesen Leuten zu leben, ganz zu schweigen davon, daß sie ihr Hackbeil unbeaufsichtigt herumliegen läßt, so daß sich jeder, der mag, seine Leiche damit zurechthacken kann.»

«Sie scheinen ja sehr gut informiert zu sein», sagte Dalgliesh. Und er war auch erstaunlich schnell informiert worden. Dalgliesh fragte sich, wer ihn so gut auf dem laufenden hielt.

Luker zuckte die Achseln.

«Das ist nichts Ungesetzliches. Meine Freunde sprechen sich gern bei mir aus. Sie wissen, daß ich immer ein offenes Ohr für sie habe.»

«Besonders wenn sie 200000 Pfund erben.»

«Hören Sie, Inspektor, wenn ich Geld brauche, kann ich es mir verdienen, und zwar auf legale Weise. Jeder Idiot kann ein Vermögen machen, wenn er dabei die Gesetze umgeht. Man muß heutzutage schon etwas auf dem Kasten haben, wenn man das auf legale Weise schaffen will. Digby Seton kann mir die 1500 Pfund, die ich ihm zur Rettung des Goldenen Fasan geliehen habe, zurückzahlen, wann er will. Ich dränge ihn nicht.»

Sid richtete seine Lemurenaugen auf seinen Chef. Der Ausdruck von Unterwürfigkeit in ihnen war schon fast peinlich.

Dalgliesh sagte:

«Maurice Seton hat am Abend, als er starb, hier gegessen. Digby Seton hat etwas mit diesem Lokal zu tun. Und Digby kann damit rechnen, 200000 Pfund zu erben. Sie können den Leuten keinen Vorwurf machen, wenn sie herkommen und Fragen stellen, ganz besonders, nachdem Miss Coombs die letzte war, die Maurice lebend gesehen hat.»

Luker wandte sich an Lil:

«Halt lieber deinen Mund, Lil. Oder noch besser, nimm dir einen Anwalt. Ich werde Bernie anrufen.»

«Was zum Teufel soll ich mit Bernie? Ich habe dem Kerl von der Kripo alles gesagt, als er da war. Und das war die Wahrheit. Michael und die Jungs haben gesehen, wie Mr. Seton mich zu sich an den Tisch gerufen hat, und dort haben wir bis um halb zehn, bis wir weggegangen sind, gesessen. Ich war gegen halb elf wieder da. Du hast mich gesehen, Sid hat mich gesehen, und alle anderen, die da drunten rumsaßen, haben mich auch gesehen.»

«Das stimmt, Inspektor. Lil war gegen halb elf wieder hier.»

«Lil hätte den Club gar nicht verlassen sollen», sagte Luker sanft. «Aber das ist mein Problem und nicht Ihres.»

Der Gedanke, Lukers Unwillen erregt zu haben, schien Miss Coombs nicht weiter zu bekümmern. Wie alle seine Angestellten wußte sie genau, wie weit sie gehen konnte. Es gab einige wenige wohlverstandene Regeln. Den Club an einem Abend, wo wenig los war, für eine Stunde zu verlassen, war verzeihlich. Mord, unter gewissen, genau umrissenen Umständen, war vermutlich auch verzeihlich. Aber wenn jemand in Monksmere hoffte, diesen Mord Luker anzuhängen, würde er eine Enttäuschung erleben. Luker war nicht der Mann, der anderen Leuten zu Gefallen jemand umbrachte, und er machte sich auch nicht die Mühe, seine Spuren zu verwischen. Wenn Luker einen Mord beging, dann machte es ihm nichts aus, seine Fingerabdrücke zu hinterlassen.

Dalgliesh fragte, was an dem Abend geschehen war. Von Rechtsanwälten war keine Rede mehr, und er hatte auch keine Mühe, Lils Geschichte zu erfahren. Dalgliesh entging nicht der rasche Blick, den sie ihrem Chef zuwarf, ehe sie ihre Geschichte begann. Aus irgendeinem Grund war Luker bereit, sie reden zu lassen.

«Also, er kam gegen acht hierher und setzte sich an den Tisch direkt vor der Tür. Er ist mir sofort aufgefallen. Er war ein komisches Männchen, klein, sehr proper angezogen, und er wirkte ziemlich nervös. Ich hielt ihn für einen Beamten, der sich einen flotten Abend machen will. Wir haben alle möglichen Leute hier. Normalerweise kommen sie zu mehreren, aber es gibt auch diese komischen Einzelgänger. Die wollen sich meistens ein Mädchen aufgabeln. Naja, und das ist hier bei uns nicht drin, und es ist meine Aufgabe, ihnen das zu sagen.» Miss Coombs setzte eine Miene frommer Strenge auf, die keinen der Anwesenden täuschen konnte und auch nicht sollte. Dalgliesh fragte, was dann geschehen sei.

«Michael hat seine Bestellung aufgenommen. Er verlangte gebackene Scampi, grünen Salat, Brot, Butter und eine Flasche Ruffino. Er wußte offenbar genau, was er wollte, und hat keine langen Faxen gemacht. Als Michael ihm das Essen brachte, hat er ihn gefragt, ob er mit mir sprechen könnte. Also bin ich zu ihm gegangen, und er hat mich gefragt, was ich trinken will. Ich habe mir einen Gin Tonic bestellt und habe ihn getrunken, während er anfing, in seinen Scampi herumzustochern. Entweder hatte er keinen Hunger oder er wollte nur etwas auf dem Teller herumschieben, während er mit mir sprach. Schließlich hatte er sein Essen so ziemlich auf, aber er machte nicht den Eindruck, als ob es ihm geschmeckt hätte. Aber den Wein hat er getrunken. Er hat beinah die ganze Flasche weggeputzt.»

Dalgliesh fragte, worüber gesprochen worden war.

«Über Stoff», sagte Miss Coombs offenherzig. «Das war es, was ihn interessierte. Nicht für sich selber, wohlgemerkt. Nein, es war ziemlich klar, daß er kein Junkie war, und er wäre auch nicht zu mir gekommen, wenn er einer gewesen wäre. Diese Leute wissen genau, wo sie ihren Stoff herkriegen können. Die kommen nicht zu uns in den Cortez Club. Der Typ hat mir erzählt, daß er ein ziemlich berühmter Schriftsteller ist und daß er ein Buch über die Drogenszene schreibt. Er hat mir seinen Namen nicht genannt, und ich habe ihn auch nicht danach gefragt. Jedenfalls hatte ihm jemand gesagt, daß ich ihm ein paar nützliche Informationen geben könnte, wenn er etwas für mich springen läßt. Offenbar hatte sein Bekannter ihm gesagt, daß er zum Cortez Club gehen und Lil fragen soll, wenn er etwas über Soho erfahren will. Das ist reizend, muß ich sagen. Ich habe mich nie für eine Expertin für die Drogenszene gehalten. Aber es sah so aus, als ob mir jemand einen Gefallen tun wollte. Es schaute Geld dabei heraus, und der Typ gehörte nicht zu der Sorte Menschen, die 'ne echte von 'ner falschen Information unterscheiden können. Alles, was er wollte, war ein bißchen Lokalkolorit für sein Buch, und ich war der Meinung, daß ich ihm das verschaffen könnte. Man kann in London alles kaufen, wenn man das nötige Kleingeld hat und weiß, an wen man sich wenden muß. Das wissen Sie doch genausogut wie ich, Schätzchen. Natürlich hätte ich ihm ein oder zwei Kneipen nennen können, wo das Zeug angeblich gehandelt wird. Aber was hätte er davon gehabt? Er wollte ein bißchen Zauber und ein bißchen Sensation, aber die Drogenszene hat nun mal keinen Zauber und die Junkies auch nicht, die armen Kerle. Deshalb habe ich gesagt, daß ich ihm vielleicht ein paar Informationen geben könnte, und was er denn dafür springen ließe. Er sagte zehn Piepen, und ich sagte o. k. Und kommen Sie mir nicht mit Vorspiegelung falscher Tatsachen. Er hat den vollen Gegenwert bekommen.»

Dalgliesh sagte, er sei überzeugt, daß Miss Coombs immer den vollen Gegenwert bezahle, und Miss Coombs entschied sich nach einem kurzen inneren Kampf klugerweise, die Bemerkung unter den Tisch fallenzulassen. Dalgliesh fragte:

«Haben Sie ihm die Geschichte vom Schriftsteller abgenommen?»

«Nee, Schätzchen. Jedenfalls zuerst nicht. Das habe ich schon zu oft gehört. Sie würden sich wundern, wie viele Kerle sich hier ein Mädchen aufreißen wollen mit dem Vorwand, ‹ich brauche noch ein bißchen echtes Milieu für meinen neuen Roman›. Und wenn es das nicht ist, dann treiben sie soziologische Studien. So kann man das natürlich auch nennen! Der sah genauso aus. Verstehen Sie, nichtssagend, nervös und interessiert, alles zusammen. Aber als er vorschlug, wir sollten ein Taxi nehmen und ich könnte ihm das Zeug gleich in die Maschine diktieren, wurde ich allmählich stutzig. Ich sagte ihm, daß ich höchstens eine Stunde aus dem Club verschwinden könnte und daß es mir lieber wäre, wenn wir zu mir nach Hause gingen. Meine Devise ist immer: Wenn man nicht weiß, gegen wen man spielt, bleibt man gescheiter auf dem eigenen Platz. Deshalb habe ich ihm vorgeschlagen, daß wir mit dem Taxi zu mir fahren. Er sagte okay, und wir sind um kurz vor halb zehn gegangen. Das stimmt doch, Sid?»

«Ja, das stimmt, Lil. Es war halb zehn.» Sid hob die traurigen Augen von seinem Glas Milch. Er hatte ohne sonderliches Interesse die faltige Haut betrachtet, die sich darauf gebildet hatte. Ein widerlicher, süßlicher Geruch von heißer Milch erfüllte das stikkige Büro. Luker sagte:

«Um Himmels willen, Sid, trink das Zeug aus oder gieß es weg. Du machst mich nervös.»

«Trink es aus, Schätzchen», redete Miss Coombs ihm zu. «Denk an dein Magengeschwür. Du willst doch nicht so enden wie der arme Solly Goldstein.»

«Solly ist an einem Herzschlag gestorben, und dagegen hat Milch noch nie geholfen. Im Gegenteil, würde ich sagen. Auf jeden Fall ist das Zeug praktisch radioaktiv verseucht. Das ist voller Strontium 90. Das ist gefährlich, Sid.»

Sid trottete zum Waschbecken und kippte die Milch hinein. Indem er den Drang, ein Fenster aufzureißen, unterdrückte, fragte Dalgliesh:

«Wie wirkte Mr. Seton auf Sie, während Sie zusammen waren?»

«Zappelig. Er war aufgeregt und nervös. Michael wollte ihn an einen anderen Tisch setzen, weil es an der Tür ein bißchen zieht, aber das wollte er ums Verrecken nicht. Er hat immerfort zur Tür gesehen, während wir uns unterhielten.»

«Als ob er jemanden erwartete?»

«Nee, Schätzchen. Eher als ob er sich vergewissern wollte, daß sie noch da ist. Ich hatte dauernd das Gefühl, daß er sich gern wieder verdrückt hätte. Er war ein komischer Heiliger, das muß man schon sagen.»

Dalgliesh fragte, was passiert war, nachdem sie den Club verlassen hatten.

«Das, was ich dem Kerl von der Kripo in Suffolk auch schon gesagt habe. Wir haben an der Ecke Greek Street ein Taxi genommen, und als ich dem Taxichauffeur meine Adresse nennen wollte, hat Mr. Seton plötzlich gesagt, daß er lieber ein bißchen spazierenfahren wollte und ob ich etwas dagegen hätte. Wenn Sie mich fragen, hat er plötzlich kalte Füße gekriegt. Er hatte wohl Angst, was ihm bei mir zu Hause alles passieren könnte, der arme kleine Dünnmann. Auf jeden Fall war mir das recht, und wir sind ein bißchen in West End und Hyde Park herumgefahren. Dabei habe ich ihm ein kleines Märchen über die Drogenszene erzählt, und er hat sich in ein Büchlein Notizen gemacht. Wenn Sie mich fragen, war er ein bißchen betrunken. Auf einmal hat er mich gepackt und hat versucht, mich zu küssen. Naja, und langsam war ich etwas bedient von ihm und hatte auch keine Lust, mich von dem blöden Stummel befummeln zu lassen. Ich hatte das Gefühl, daß er's nur probiert hat, weil er glaubte, sich das schuldig zu sein. Deshalb habe ich gesagt, ich müßte zurück in den Club. Er hat den Taxifahrer gebeten, ihn vor der U-Bahnstation Paddington abzusetzen, und hat gesagt, daß er mit der Bahn weiterfahren wollte. Er war kein bißchen sauer. Er gab mir zwei Fünfer und das Geld fürs Taxi noch extra.»

«Hat er Ihnen gesagt, wo er hin wollte?»

«Nein. Wir fuhren Sussex Gardens hoch – die Praed Street ist ja jetzt 'ne Einbahnstraße – und haben ihn vor dem U-Bahnhof abgesetzt. Aber er hätte natürlich auch über die Straße zur Bakerloo gehen können. Darauf habe ich nicht geachtet. Ich habe mich gegen Viertel nach zehn vor der U-Bahnstation Paddington von ihm verabschiedet, das war das letzte, was ich von ihm gesehen habe. Und das ist die Wahrheit.»

Selbst wenn es nicht die Wahrheit war, dachte Dalgliesh, gab es wohl kaum eine Möglichkeit, diese Geschichte zu widerlegen. Zu viele Einzelheiten ließen sich beweisen, und Lil war die letzte, die man durch Einschüchterung dazu bringen konnte, eine gute Geschichte zurückzunehmen. Der Besuch im Cortez Club war Zeitverschwendung gewesen. Luker war unnatürlich, ja fast verdächtig hilfsbereit gewesen, trotzdem hatte Dalgliesh nichts erfahren, was ihm Reckless nicht in der Hälfte der Zeit hätte erzählen können.

Plötzlich hatte er wieder dasselbe Gefühl von Unsicherheit und Unzulänglichkeit, das den jungen Kriminalbeamten Dalgliesh vor fast zwanzig Jahren gequält hatte. Als er Bryces Foto von der Strandparty herausholte und herumzeigte, tat er es ohne Hoffnung auf Erfolg. Er kam sich vor wie ein Hausierer, der seinen unerwünschten Plunder feilbietet. Sie sahen sich das Foto mit geziemender Höflichkeit an. Vielleicht hatten sie, wie freundliche Hausbewohner, Mitleid mit ihm. Beharrlich, verbissen fragte er, ob sie irgendeine der Personen auf dem Bild schon einmal im Cortez Club gesehen hätten. Lil kniff angestrengt die Augen zusammen, während sie das Foto auf Armeslänge von sich hielt, mit dem Erfolg, daß sie nun so gut wie gar nichts mehr sah. Lil war wie die meisten Frauen, erinnerte Dalgliesh sich. Sie log am besten, wenn sie sich einreden konnte, daß sie eigentlich die Wahrheit sagte.

«Nein, Schätzchen. Ich könnte nicht sagen, daß ich jemand wiedererkenne. Außer Maurice Seton und Digby natürlich. Aber das heißt nicht, daß sie nicht hier waren. Sie sollten sie lieber selber fragen.»

Luker und Sid warfen, weniger gehemmt, nur einen Blick auf die Fotografie und versicherten, daß sie diese Leute noch nie im Leben gesehen hätten.

Dalgliesh betrachtete die drei. Sid hatte die gequälte, ziemlich ängstliche Miene eines unterernährten kleinen Jungen, der in der bösen Erwachsenenwelt hoffnungslos verloren ist. Dalgliesh dachte, daß Luker vielleicht heimlich gelacht hätte, wenn dieser Mensch überhaupt in der Lage gewesen wäre zu lachen. Lil sah Dalgliesh mit dem aufmunternden, mütterlichen, fast mitleidigen Blick an, der, wie er bitter dachte, normalerweise ihren Gästen vorbehalten war. Er bedankte sich für ihre Hilfe – der Unterton kühler Ironie würde, wie er glaubte, seine Wirkung auf Luker nicht verfehlen – und ging.

3

Als Dalgliesh gegangen war, machte Luker eine kurze Kopfbewegung zu Sid hin. Der kleine Mann verschwand wortlos, ohne einen Blick zurück. Luker wartete, bis seine Schritte auf der Treppe verklungen waren. Allein mit ihrem Chef, zeigte Lil sich nicht weiter beunruhigt, sondern kuschelte sich tiefer in den schäbigen Sessel links vom Kamin und beobachtete ihn mit Augen, die sanft und gleichgültig waren wie Katzenaugen. Luker ging zum Wandsafe. Sie betrachtete seinen breiten Rücken, während er regungslos dastand und an dem Kombinationsschloß drehte. Als er sich wieder umwandte, sah sie, daß er ein Päckchen von der Größe eines Schuhkartons in der Hand hielt, das in braunes Packpapier gewikkelt und mit einer dünnen weißen Kordel locker verschnürt war. Er legte es auf den Schreibtisch.

«Hast du das schon gesehen?»

Lil hielt es für unter ihrer Würde, Neugier zu zeigen.

«Das ist doch heute morgen mit der Post für dich gekommen, nicht? Sid hat es angenommen. Was ist damit?»

«Gar nichts ist damit. Im Gegenteil, es ist ein schönes Paket. Ich habe es schon mal aufgemacht, wie du sehen kannst, aber das war ziemlich mühsam. Siehst du die Anschrift? L. J. Luker, Esq., Cortez Club, W. 1. Saubere Großbuchstaben, ohne besondere Merkmale, mit Kugelschreiber geschrieben. Nicht ganz leicht zu identifizieren, diese Schrift. Das Esquire gefällt mir. Meine Familie ist, wie sich das nun mal so trifft, nicht von Stand, also greift der Absender ein bißchen hoch, aber da er diesen Fehler mit dem Finanzamt und der Hälfte aller Kaufleute von Soho teilt, kann man das kaum als ein Indiz betrachten. Dann ist da noch das Papier. Ganz gewöhnliches Packpapier; wie man es in jedem Schreibwarenladen bogenweise kaufen kann. Und die Kordel. Siehst du irgend etwas Auffälliges an der Kordel?»

Lil gab zu, nachdem sie sie aufmerksam gemustert hatte, daß an der Kordel nichts Auffälliges sei. Luker fuhr fort:

«Ziemlich ungewöhnlich ist allerdings das Porto, das er – oder sie – dafür bezahlt hat. Mindestens einen Schilling zuviel, meiner Schätzung nach. Also kann man davon ausgehen, daß das Päckchen bereits frankiert zur Post gebracht und, als gerade Hochbetrieb war, mit an den Schalter gelegt wurde, ohne daß die betreffende Person abwartete, bis es gewogen war. Auf die Weise bestand weniger die Gefahr, daß man sich den Kunden gemerkt hätte.»

«Und wo ist es aufgegeben worden?»

«Am Samstag in Ipswich. Sagt dir das irgend etwas?»

«Nur daß es irre weit von hier aufgegeben worden ist. Liegt Ipswich nicht in der Nähe von dem Ort, wo man Maurice Seton gefunden hat?»

«Es ist die nächste größere Stadt in der Umgebung von Monksmere. Der nächste Ort, wo der Betreffende sicher sein konnte, nicht erkannt zu werden. Man hätte das kaum in Walberswick oder Southwold aufgeben können, ohne damit rechnen zu müssen, daß sich jemand an einen erinnert.»

«Um Gottes willen, L. J.! Was ist denn da drin?»

«Mach's auf und sieh nach.»

Lil kam vorsichtig, jedoch mit gespielter Unbekümmertheit näher. Die Papierumhüllung war dicker, als sie erwartet hatte. Die Schachtel selbst erwies sich als ein gewöhnlicher weißer Schuhkarton, von dem aber die Firmenschilder abgerissen waren. Es war ein sehr alter Karton, einer von der Sorte, wie man ihn in fast jedem Haus in irgendeiner Schublade oder einem Schrank finden kann. Lils Hände flatterten über dem Deckel.

«Wenn mir da raus jetzt irgendein Viech entgegenspringt, bring ich dich um, L. J., so wahr mir Gott helfe! Ich hasse solche blöden Scherze. Und was stinkt denn da so?»

«Formalin. Los, mach es auf.»

Er beobachtete sie gespannt, die kalten grauen Augen blitzten neugierig, fast amüsiert. Es war ihm gelungen, sie zu verunsichern. Eine Sekunde lang begegneten sich ihre Blicke. Dann trat sie vom Schreibtisch zurück und kippte mit einer raschen Bewegung der ausgestreckten Hand den Deckel zurück.

Ein süßlich-beißender Geruch wie von einem Betäubungsmittel breitete sich aus. Die abgetrennten Hände lagen auf einem Polster aus feuchter Watte wie zum Gebet zusammengebogen, die Handflächen berührten einander leicht, die Fingerspitzen waren fest zusammengepreßt. Die gedunsene Haut, oder was davon übrig war, war kreideweiß und so verschrumpelt, daß es aussah, als steckten die Hände in zu großen alten Handschuhen, aus denen sie bei der geringsten Berührung herausrutschen würden. Das Fleisch zog sich bereits von den Schnittflächen an den Handgelenken zurück, und der Nagel des rechten Zeigefingers hatte sich aus seinem Bett gelöst.

Die Frau starrte angeekelt und wie gebannt auf die Hände. Dann nahm sie den Deckel und warf ihn zurück auf die Schachtel. Die Pappe verbog sich durch die Heftigkeit des Aufpralls.

«Es war kein Mord, L. J. Ich schwöre es dir! Digby hatte nichts damit zu tun. Dazu wäre er gar nicht fähig.»

«Das hätte ich auch angenommen. Du hast mir doch nichts vorgemacht, Lil?»

«Bestimmt nicht. Ich habe dir nur die Wahrheit gesagt, L. J. Sieh mal, er kann es ja gar nicht getan haben. Er war doch die ganze Nacht von Dienstag auf Mittwoch im Kittchen.»

«Das weiß ich alles. Aber wenn er uns das da nicht geschickt hat, wer war es dann? Vergiß nicht, daß er damit rechnen konnte, 200 000 Pfund zu erben.»

Lil sagte plötzlich:

«Er meinte, daß sein Bruder sterben würde. Das hat er mir mal gesagt.» Sie starrte entsetzt und immer noch wie unter einem Bann auf die Schachtel.

Luker sagte:

«Na klar, daß er sterben würde. Irgendwann einmal. Er hatte doch ein schwaches Herz, nicht? Das heißt aber nicht, daß Digby ihn umgebracht hat. Er ist eines natürlichen Todes gestorben.»

Möglicherweise hatte Lil eine leise Unsicherheit in seiner Stimme gehört. Sie warf ihm einen kurzen Blick zu und sagte rasch:

«Er war schon immer scharf darauf, bei dir einzusteigen. Das weißt du doch. Und er hat 200 000 Pfund.»

«Noch nicht. Und es ist durchaus möglich, daß er sie nie in die Finger bekommt. Geld hin, Geld her, ich möchte keinen Trottel zum Partner.»

«Wenn er Maurice tatsächlich umgebracht und die Sache hinterher wie einen natürlichen Tod hingedreht hat, ist er gar kein solcher Trottel.»

«Vielleicht nicht. Warten wir's ab, ob er ungeschoren davonkommt.»

«Und was wird … mit denen da?» Lil machte eine Kopfbewegung zu der harmlos wirkenden Schachtel hin.

«Die kommen wieder in den Safe. Morgen laß ich sie von Sid verpacken und an Digby schicken. Danach sind wir dann etwas schlauer. Es wäre doch ein ganz hübscher Gag, meine Visitenkarte mit reinzulegen. Es wird Zeit, daß Digby Seton und ich ein Wörtchen miteinander reden.»

4

Dalgliesh machte die Tür des Cortez Club hinter sich zu und sog die Luft von Soho so gierig ein, als wäre es der frische Seewind von Monksmere Head. Luker hatte schon immer so gewirkt, als ob er die Atmosphäre um sich herum verpeste. Dalgliesh war froh, dem stickigen kleinen Büro und dem starren Blick der toten Augen entronnen zu sein. Es mußte kurz geregnet haben, während er im Club war, denn die Autos fuhren mit singenden Reifen über nasses Pflaster und der Bürgersteig war rutschig unter seinen Füßen. Soho begann langsam zum Leben zu erwachen, und auf der engen Straße wirbelte billiges Treibgut von Kreuzung zu Kreuzung. Es ging ein kräftiger Wind, der die Straße unter seinen Blicken trocknete. Er fragte sich, ob es auch auf Monksmere Head so windig war. Vielleicht schloß seine Tante gerade jetzt die Fensterläden vor der Dunkelheit.

Er dachte über seinen nächsten Schritt nach, während er langsam auf die Shaftesbury Avenue zuging. Bis jetzt hatte ihm die Spritztour nach London, zu der ihn eine ärgerliche Regung veranlaßt hatte, wenig gebracht, was er nicht auf bequemere Weise erfahren hätte, wenn er in Suffolk geblieben wäre. Selbst Max Gurney hätte ihm seine Neuigkeiten am Telefon erzählen können, obwohl Max natürlich bekanntermaßen vorsichtig war. Alles in allem genommen bereute Dalgliesh die Reise nicht, aber es war ein langer Tag gewesen, und er hatte keine Lust, ihn noch weiter zu verlängern. Um so ärgerlicher fand er es, daß er die Überzeugung nicht loswerden konnte, noch etwas tun zu müssen.

Es war schwer zu entscheiden, was. Keine der Möglichkeiten war verlockend. Er konnte zu den exklusiven teuren Häusern gehen, wo Latham wohnte, und versuchen, etwas aus dem Portier herauszubekommen, aber in seiner jetzigen nichtoffiziellen Stellung würde er kaum Erfolg haben. Außerdem würden Reckless und seine Leute vor ihm dort gewesen sein und hätten Lathams Alibi bereits erschüttert, wenn es sich erschüttern ließ. Er konnte sein Glück im hochachtbaren Bloomsbury Hotel versuchen, wo Eliza Marley am vergangenen Dienstag die Nacht verbracht haben wollte. Aber auch dort würde man ihn kaum mit Begeisterung empfangen, und auch dort würde Reckless schon vor ihm gewesen sein. Er war es ein bißchen leid, in die Fußstapfen des Inspektors zu treten wie ein gehorsamer Hund.

Er hätte zu Bryces Wohnung in der Innenstadt gehen können, aber das erschien ihm nicht sehr reizvoll. Da Bryce noch in Suffolk war, würde es kaum eine Möglichkeit geben, die Wohnung von innen zu besichtigen, und er konnte sich nicht vorstellen, daß es ihm viel bringen würde, sich das Haus von außen anzusehen. Er kannte es bereits gut, da es einer der hübscheren architektonischen Einfälle in der Innenstadt war. Bryce wohnte über den Büros der «Monthly Critical Review» in einem kleinen Innenhof in der Nähe der Fleet Street, der noch aus dem 18. Jahrhundert stammte und so sorgsam instand gehalten wurde, daß er schon ganz unecht wirkte. Der einzige Ausgang zur Straße führte durch die Pie Crust Passage, die schon für eine einzelne Person fast zu schmal war. Dalgliesh wußte nicht, wo Bryce seinen Wagen parkte, aber sicher nicht im Pie Crust Court. Plötzlich tauchte das groteske Bild vor seinem geistigen Auge auf, wie der kleine Mann mit Setons Leiche über der Schulter die Pie Crust Passage hinunterschwankte und seine Last unter den neugierigen Blicken der diensttuenden Verkehrswächter und der halben Polizeibelegschaft Londons im Kofferraum seines Wagens verstaute. Er wünschte, er hätte das glauben können.

Es gab natürlich noch eine andere Möglichkeit, den Abend zu verbringen. Er konnte Deborah Riscoe in ihrem Büro anrufen – sie würde jetzt gleich Feierabend machen – und sie bitten, den Abend mit ihm in seiner Wohnung zu verbringen. Sie würde natürlich kommen. Die Zeiten, wo er ihrer Besuche nicht sicher sein konnte – so köstlich in seiner Erinnerung trotz damit verbundener gelegentlicher Qualen –, sie waren jetzt vorbei. Was auch immer sie sich für den Abend vorgenommen haben mochte, sie würde kommen. Dann würde der ganze Überdruß, Ärger und alle Ungewißheit wenigstens ein körperliches Ventil finden. Und am Morgen würde das Problem noch immer dasein und seinen Schatten auf den neuen Tag werfen.

Plötzlich faßte er einen Entschluß. Er bog rasch in die Greek Street ein, hielt ein Taxi an und bat den Fahrer, ihn vor der U-Bahnstation Paddington abzusetzen.

Er wollte von der U-Bahnstation Paddington aus zu Fuß zu Digby Setons Wohnung gehen. Wenn Maurice Seton den gleichen Weg genommen hatte, dann hatte er möglicherweise einen Bus oder noch mal ein Taxi benutzt (hatte Reckless das überprüft, fragte sich Dalgliesh), aber am wahrscheinlichsten war es noch, daß er zu Fuß gegangen war. Dalgliesh sah auf die Uhr, um festzustellen, wie lange er für den Weg brauchte. Er mußte genau sechzehn Minuten in raschem Tempo gehen, bis er zu dem Torweg aus Backsteinen und verfallendem Stuck kam, der in die Carrington Mews führte. Maurice Seton hatte vielleicht länger gebraucht.

Der gepflasterte Durchgang war wenig einladend, schlecht beleuchtet und roch durchdringend nach Urin. Dalgliesh ging unbeobachtet, da hier offenbar niemand wohnte, durch den Torweg in einen geräumigen Hof, der von einer einzigen nackten Glühbirne beleuchtet wurde, die über einer der in Doppelreihe stehenden Garagen angebracht war. Das Grundstück mit den Gebäuden war anscheinend einmal der Sitz einer Fahrschule gewesen, und ein paar alte Anschlagzettel hingen noch an den Garagentüren. Aber jetzt waren die Garagen einem edleren Zweck zugedacht, nämlich der Linderung von Londons chronischer Wohnungsnot. Genauer gesagt, sie wurden zu winzigen, überteuerten Wohnungen umgebaut, um in nächster Zeit als «Luxusstadtwohnung» zum Kauf oder zur Miete angeboten zu werden für Leute, die für eine Londoner Adresse und modernen Chi-chi jeden Preis und jede Unbequemlichkeit auf sich nahmen. Die vorhandenen Doppelgaragen wurden so aufgeteilt, daß ein Wohnzimmer entstand und dabei noch Einstellmöglichkeit für einen kleinen Wagen übrigblieb, und der Dachraum wurde zu zwei Kämmerchen ausgebaut, die als Schlafzimmer und Bad dienten.

Digby Setons Häuschen war als einziges fertig, und die Außenausstattung war von öder Durchschnittlichkeit. Es hatte eine orangefarbene Tür mit einem Messingklopfer in Gestalt einer Meerjungfrau, Blumenkästen vor den beiden winzigen Fenstern und eine schmiedeeiserne Lampe über der Tür. Die Lampe brannte nicht, doch war das kaum verwunderlich, da sie, wie Dalgliesh sehen konnte, nicht angeschlossen war. Sie wirkte gedrechselt, ohne hübsch, und protzig, ohne zweckmäßig zu sein und war darin symbolisch für das ganze Haus. Die orangefarbenen Blumenkästen bogen sich unter der Last der zusammengeklumpten Erde. Sie waren mit Chrysanthemen bepflanzt, deren Pracht, als sie noch frisch waren, zweifellos einen Mietaufschlag von zwei Guineas bedingt hatte. Aber die ehedem goldgelben Blumen waren jetzt verblaßt und vertrocknet. Die toten Blätter rochen nach Fäulnis.

Dalgliesh strich auf dem gepflasterten Hof umher und leuchtete mit der Taschenlampe in die dunklen Fensterhöhlen. Die beiden angrenzenden Garagen wurden als nächste ausgebaut. Sie waren völlig leer, und die Garagentüren waren entfernt worden, so daß er eintreten und mit Interesse feststellen konnte, daß zwischen dem Wohnraum und der zukünftigen Garage eine Verbindungstür vorgesehen war. Überall hing der Geruch von frischem Holz, Farbe und Ziegelstaub in der Luft. Es würde sicher noch eine ganze Weile dauern, bis die Gegend hier zu einem gesellschaftsfähigen oder gar exklusiven Wohngebiet geworden war, aber der Anfang war gemacht. Digby hatte lediglich als erster den richtigen Riecher gehabt.

Und das führte natürlich zu der interessanten Frage, warum er gerade hierher gezogen war. An sich war es kein Haus, das nicht zu ihm gepaßt hätte. Dieses schäbige kleine Statussymbol war in mancher Hinsicht sehr bequem für Digby. Aber war es nicht mehr als ein bloßer Zufall, daß er ein Haus gemietet hatte, das sich so gut für einen Mord eignete? Es lag nur zwanzig Minuten Fußweg von dem Ort entfernt, wo Maurice sich hatte absetzen lassen; es stand in einem dunklen, unauffälligen Hof, wo sich, wenn die Handwerker erst einmal gegangen waren, niemand mehr aufhielt außer Digby; es hatte eine Garage mit einem direkten Zugang zum Haus. Und da war noch ein Faktum, vielleicht das bedeutsamste von allen. Digby war erst kürzlich umgezogen und hatte niemandem in Monksmere seine neue Adresse gegeben. Als Sylvia Kedge ihn nach Maurices Tod verständigen wollte, wußte sie nicht, wo sie ihn finden konnte. Und das bedeutete, daß Maurice, falls Lil ihn tatsächlich zu den Carrington Mews geschickt hatte, nicht wußte, daß es Digby war, der ihn erwartete. Auf jeden Fall war Maurice vom Cortez Club aus direkt in den Tod gegangen. Und

Digby war der einzige unter den Verdächtigen, der etwas mit dem Club zu tun hatte.

Aber das alles waren nur Vermutungen. Es gab nirgendwo einen Beweis. Es gab keinerlei Anhaltspunkte dafür, daß Lil Maurice hierher dirigiert hatte; und selbst wenn sie es getan hätte – Lil konnte auf einer guten Geschichte mit einer Ausdauer beharren, die einer besseren Sache würdig gewesen wäre. Es hätte energischerer Mittel bedurft, als sie einem englischen Polizisten zu Gebote standen, um Lil zum Reden zu bringen. Es gab keinen Beweis dafür, daß Maurice in den Mews gewesen war. Dalgliesh konnte in das verschlossene Haus nicht hinein, aber Reckless oder seine Leute hatten es sicher durchsucht; wenn dort etwas zu finden gewesen war, hatten sie es gefunden. Es gab noch nicht einmal einen Anhaltspunkt dafür, daß Maurice ermordet worden war. Reckless glaubte es nicht, der Polizeidirektor glaubte es nicht, und wahrscheinlich glaubte es auch sonst niemand außer Adam Dalgliesh, der in unbelehrbarer Hartnäckigkeit allen festgestellten Tatsachen zum Trotz blindlings seinem Verdacht nachging. Und falls man Maurice ermordet hatte, war das größte Problem noch immer ungelöst. Er war um Mitternacht gestorben – zu einem Zeitpunkt, für den Digby Seton und die meisten anderen Verdächtigen ein hieb- und stichfestes Alibi hatten. Solange man nicht hinter das «Wie» kommen konnte, hatte es keinen Sinn, nach dem «Wer» zu fragen.

Dalgliesh leuchtete mit der Taschenlampe ein letztes Mal den verlassenen Hof ab, die aufgeschichteten Bretter unter der Segeltuchplane, die Stapel neuer Ziegelsteine, die Garagentüren mit den herunterhängenden Anschlagzetteln. Dann ging er, so langsam wie er gekommen war, durch den Torweg hinaus und schlug den Weg zur Lexington Street ein, wo sein Wagen stand.

Er hatte gerade Ipswich hinter sich, als ihn schlagartig die Müdigkeit überfiel, und er wußte, daß es riskant sein würde, noch sehr viel weiter zu fahren. Er mußte etwas essen. Das opulente Mahl mit Max lag schon eine ganze Weile zurück, und er hatte seitdem nichts mehr zu sich genommen. Es machte ihm nichts aus, die Nacht auf einem Rastplatz zu verbringen, aber der Gedanke, am frühen Morgen mit knurrendem Magen und ohne Aussicht auf ein Frühstück aufzuwachen, war ihm ausgesprochen unangenehm. Doch das Problem lag darin, daß es bereits zu spät war für ein Gasthaus und daß er keine Lust hatte, an einem Vereinsheim oder einem kleinen Hotel zu halten und sich in ein Gerangel einzulassen, weil der Inhaber wildentschlossen war, warmes Essen nur zu den gesetzlichen Zeiten zu servieren, und das obendrein zu einem Preis und in einer Qualität, die jeden, der nicht am Verhungern war, abschrecken mußten. Aber nach zwei oder drei Kilometern kam er an eine Fernfahrerraststätte, die die ganze Nacht geöffnet hatte, kenntlich an der dunklen Reihe von Lastern, die vor den Türen geparkt waren, und dem hellen Licht in den niedrigen Fenstern. Der Raum war beinahe voll besetzt, die Luft rauchgeschwängert, von Stimmengewirr und den Mißklängen der Musikbox erfüllt, trotzdem ließ er sich nicht abschrecken und nahm an einem nackten, sauberen Holztisch in der Ecke Platz und hatte bald einen Teller voll Eier, Würstchen und knusprigen Pommes frites und einen großen Becher heißen, süßen Tee vor sich stehen.

Anschließend machte er sich auf die Suche nach dem Telefon, das lästigerweise in einem engen Gang zwischen der Küche und dem Parkplatz angebracht war, und wählte durch nach Pentlands. Er hatte keinen Grund, dort anzurufen. Seine Tante erwartete ihn nicht zu einer bestimmten Zeit zurück. Aber er war plötzlich in Sorge um sie und beschloß weiterzufahren, falls sie sich nicht meldete. Er sagte sich, daß es eine irrationale Angst war. Es konnte gut sein, daß sie in Haus Priory zu Abend aß oder noch einen ihrer einsamen Spaziergänge am Strand machte. Er hatte nichts entdeckt, woraus sich vermuten ließ, daß sie sich in Gefahr befand; trotzdem hatte er weiterhin das Gefühl, als sei irgend etwas nicht in Ordnung. Wahrscheinlich war es nur die Folge seiner Müdigkeit und Enttäuschung, aber er mußte sich Gewißheit verschaffen.

Es schien ihm ungewöhnlich lange zu dauern, bis sie sich meldete und er die ruhige, vertraute Stimme hörte. Falls sie über seinen Anruf überrascht war, ließ sie es jedenfalls nicht merken. Sie sprachen kurz miteinander vor der Geräuschkulisse von Geschirrklappern und dem Gedröhn abfahrender Laster. Er fühlte sich besser, als er den Hörer auflegte, war aber noch immer beunruhigt. Sie hatte ihm versprochen, heute nacht die Haustür zu verriegeln –

Gott sei Dank war sie keine Frau, die bei einer einfachen Bitte eine Diskussion begann, Fragen stellte oder einen auslachte –, und mehr konnte er im Augenblick nicht tun. Er fühlte sich beinahe irritiert über diese Unruhe, von der er wußte, daß sie töricht war; wäre es anders gewesen, hätte er trotz seiner Müdigkeit weiterfahren müssen.

Bevor er die Telefonzelle verließ, kam ihm plötzlich ein Gedanke, und er suchte in der Tasche nach weiteren Geldstücken. Diesmal dauerte es länger, bis die Verbindung zustande kam, und es waren Geräusche in der Leitung. Aber schließlich hörte er Plants Stimme und stellte ihm seine Fragen. Ja, Mr. Dalgliesh hatte ganz recht. Plant hatte am Mittwochabend in Haus Seton angerufen. Er bedauerte es, daß er nicht daran gedacht hatte, es Mr. Dalgliesh zu sagen. Er hatte tatsächlich an diesem Abend etwa alle drei Stunden dort angerufen in der Hoffnung, Mr. Seton zu erreichen. Um wieviel Uhr? Nun, soweit er sich erinnern konnte, gegen sechs, gegen neun und gegen zwölf. Aber ganz und gar nicht. Plant war nur zu glücklich, daß er ihm hatte helfen können.

War das überhaupt eine Hilfe gewesen? fragte sich Dalgliesh. Es war nichts damit bewiesen, als daß Plants unbeantworteter Anruf das Läuten gewesen sein konnte, das Eliza Marley gehört hatte, als sie sich vor Haus Seton von Digby trennte. Die Zeit stimmte in etwa, und es war Reckless nicht gelungen, einen anderen Anrufer ausfindig zu machen. Aber das bedeutete nicht, daß es ihn nicht gegeben hatte. Dalgliesh brauchte stichhaltigere Beweise, um Digby Seton als Lügner zu entlarven.

Zehn Minuten später parkte Dalgliesh auf dem nächsten Rastplatz im Schutz einer Hecke und machte es sich in seinem Wagen so bequem, wie es einem Mann von seiner Größe möglich war. Trotz des Tees und des schwerverdaulichen Essens wurde er fast auf der Stelle vom Schlaf übermannt und schlief ein paar Stunden tief und traumlos. Er erwachte von einem Schwall von Steinchen, der gegen die Scheiben prasselte, und von dem hohen Klageton des Winds. Auf seiner Uhr war es Viertel nach drei. Es ging ein heftiger Wind, und der Wagen, obwohl im Schutz der Hecke stehend, schaukelte leicht hin und her. Die Wolken rasten wie schwarze Furien am Mond vorbei, und die oberen Zweige der Hecke, die sich dunkel gegen den Nachthimmel abzeichneten, ächzten und knicksten wie ein Ballett wahnwitziger Hexen. Er befreite sich aus dem Wagen und ging ein Stück die leere Straße entlang. Über ein Gattertor in der Hecke gelehnt, starrte er hinaus auf die schwarzen, ebenen Felder und ließ sich den Wind voll ins Gesicht blasen, so daß er nur mit Mühe Atem holen konnte. Er hatte dasselbe Gefühl, wie er es als Junge bei seinen einsamen Radtouren gehabt hatte, wenn er sein kleines Zelt verließ, um in der Nacht spazierenzugehen. Es war eine seiner größten Freuden gewesen, dieses Gefühl vollkommener Einsamkeit – nicht nur ohne einen Gefährten zu sein, sondern auch zu wissen, daß kein Mensch auf der Welt genau zu sagen vermochte, wo er sich aufhielt.

Eine halbe Stunde später rückte er sich wieder zum Schlafen zurecht. Aber bevor er in die Bewußtlosigkeit eintauchte, geschah etwas. Er hatte, schlaftrunken und ohne es zu wollen, an Setons Mörder gedacht. Es war nur der automatische, träge Rückblick des Geistes auf den vergangenen Tag gewesen. Und plötzlich, unerklärlicherweise, wußte er, wie es sich abgespielt haben konnte.

Drittes Buch

1

Es war kurz nach neun, als Dalgliesh nach Pentlands zurückkam. Das Haus war leer, und wieder wurde er von seinen düsteren Ahnungen befallen. Dann sah er die Nachricht auf dem Küchentisch. Seine Tante hatte zeitig gefrühstückt und war anschließend zu einem Spaziergang an der Küste entlang nach Sizewell aufgebrochen. Eine Kanne Kaffee stand zum Aufwärmen bereit, und der Frühstückstisch war für eine Person gedeckt. Dalgliesh mußte lächeln. Das war typisch für seine Tante. Sie machte morgens immer einen Spaziergang am Strand, und es wäre ihr nicht in den Sinn gekommen, von dieser Gewohnheit abzugehen, nur weil ihr Neffe, auf der Jagd nach einem Mörder, zwischen London und Monksmere hin und her schoß und sie vielleicht gerne greifbar gehabt hätte, damit sie sich seine Neuigkeiten anhörte. Und sie wäre auch nicht auf den Gedanken gekommen, daß ein gesunder Mann nicht in der Lage sein könnte, sich sein Frühstück selber zu machen. Doch die wesentlichen Annehmlichkeiten waren, wie immer in Pentlands, vorhanden: die Küche war warm und anheimelnd, der Kaffee stark, und es stand eine blaue Schüssel mit frischen Eiern sowie ein Korb voll selbstgebackener, noch warmer Brötchen für ihn bereit. Seine Tante war offensichtlich früh aufgestanden. Dalgliesh frühstückte rasch und beschloß dann, sich die im Auto steif gewordenen Beine zu vertreten, indem er ihr am Strand entgegenging.

Er sprang den holprigen, halb sandigen, halb felsigen Weg hinunter, der von Pentlands zum Strand führte. Das bewegte Meer war zum Horizont hin mit Schaumkronen bedeckt, eine graubraune Ödnis wogenden Wassers, auf dem man weit und breit kein einziges Segel, sondern nur die gedrungene Silhouette eines Küstendampfers gegen den Himmel entdecken konnte. Die Flut stieg rasch. Er rutschte stolpernd über die Steine am oberen Teil des Strandes und erreichte schließlich den schmalen Kiesstreifen zwischen dem Meer und der mit Strandhafer bedeckten Anhöhe, die an das Sumpfgebiet grenzte. Hier ging es sich leichter, obwohl er von Zeit zu Zeit dem Wind den Rücken zukehren und nach Atem ringen mußte. Durchgewalkt und schaumbespritzt patschte er vorwärts über den Kies und freute sich über die vereinzelten, unregelmäßig geformten festen Sandflecken; ab und zu blieb er stehen und betrachtete den glatten grünen Bauch der Wellen, die sich zu einer letzten Wölbung erhoben, bevor sie in einem Wirbel fliegender Kieselsteine und zerstiebendem Gischt zu seinen Füßen zusammenstürzten. Es war eine einsame Küste, öde und verlassen wie das äußerste Ende der Welt. Sie rief keine heimelig-nostalgischen Erinnerungen an die Kinderfreuden am Meer verbrachter Ferien wach. Hier gab es keine zur Erforschung einladenden Felstümpel, keine exotischen Muscheln, keine mit Seegras umwundenen Wellenbrecher und auch keine langen gelben, von unzähligen Kinderschaufeln zerteilten Sandflächen. Hier gab es nur Meer, Himmel und Sumpfland, einen menschenleeren Strand, dessen kilometerlange Kiesweite nur hier und da von einem Bündel teerbeflecktem Treibholz und den rostenden Nägeln alter Schiffsaufbauten markiert wurde. Dalgliesh liebte diese Ödnis, dieses Ineinander von Meer und Himmel. Aber heute war ihm die Gegend unbehaglich. Er sah sie plötzlich mit neuen Augen: eine fremdartige, unheimliche, total verödete Küste. Die Unruhe vom Abend vorher befiel ihn aufs neue, und er war froh, als er in den Dünen die vertraute Gestalt seiner Tante auftauchen sah, die sich, die Enden des roten Kopftuchs flatternd, wie eine Fahnenstange gegen den Wind stemmte.

Sie bemerkte ihn fast sofort und kam auf ihn zu. Als sie sich trafen und einen Moment gemeinsam stehenblieben, um während eines heftigen Windstoßes wieder zu Atem zu kommen, erklang ein mißtönendes «Krääänk», und zwei Reiher flogen, mit trägen Schwingen die Luft zerteilend, dicht über ihre Köpfe hinweg. Dalgliesh beobachtete ihren Flug. Die langen Hälse waren eingezogen, die zierlichen braunen Beine nach hinten abgehend wie ein Nachstrom.

«Reiher», sagte er mit gespieltem Triumph.

Jane Dalgliesh lachte und reichte ihm ihr Fernglas.

«Aber was würdest du zu denen da sagen?»

Eine kleine Schar graubrauner Singvögel zwitscherte am Rand des Kiesstreifens. Doch ehe Dalgliesh Zeit hatte, mehr als ihre weißen Bürzel und die schwärzlichen gebogenen Schnäbel wahrzunehmen, stob die ganze Schar in blitzartigem Aufbruch davon und löste sich wie ein dünnes weißes Rauchwölkchen im Wind auf.

«Alpenstrandläufer?» versuchte er es auf gut Glück.

«Ich dachte mir, daß du das sagen würdest. Sie sehen ihnen sehr ähnlich. Nein, das hier waren Strandläufer.»

«Aber als du mir letztesmal einen Strandläufer gezeigt hast, hatte er ein rosa Gefieder», wandte Dalgliesh ein.

«Das war im Sommer. Im Herbst nimmt das Gefieder die braungelbliche Färbung der Jungvögel an. Deshalb sahen sie dem Alpenstrandläufer so ähnlich ... Hast du in London Erfolg gehabt?»

Dalgliesh sagte:

«Ich habe den größten Teil des Tages damit verbracht, ziemlich ergebnislos in Reckless' Fußstapfen zu treten. Aber während eines allzu üppigen Mittagessens mit Max habe ich dann doch noch etwas Neues erfahren. Seton hatte die Absicht, praktisch sein gesamtes Vermögen zur Stiftung eines Literaturpreises zu verwenden. Nachdem er die Hoffnung auf eigenen Ruhm aufgegeben hatte, wollte er sich eine Ersatzunsterblichkeit kaufen. Und er wollte bei dem Preis auch nicht knauserig sein. Ich kann mir daraufhin jetzt vorstellen, wie Seton umgekommen ist. Aber da es praktisch unmöglich ist, das zu beweisen, wird Reckless mir kaum sonderlich dankbar sein. Ich muß ihn wohl gleich mal anrufen, wenn wir nach Hause kommen.»

Er sagte das vollkommen leidenschaftslos. Jane Dalgliesh warf ihm einen kurzen Blick zu, stellte aber keine Fragen und wandte rasch das Gesicht ab, damit er ihre Besorgnis nicht sehen und sich dadurch beunruhigt fühlen sollte.

«Wußte Digby, daß er enterbt werden sollte?» fragte sie.

«Anscheinend wußte niemand etwas davon außer Max. Das Komische ist, daß Seton es ihm geschrieben und den Brief allem Anschein nach auch selber getippt hat. Trotzdem hat Reckless im

Haus Seton keinen Durchschlag gefunden. Das hätte er sonst bestimmt erwähnt. Und er hätte Sylvia Kedge und Digby sicher danach gefragt, um herauszufinden, ob sie etwas davon wußten.»

«Wenn Maurice seinen Plan geheimhalten wollte, hätte er dann nicht den Brief ohne Durchschlag geschrieben?» meinte Miss Dalgliesh.

«Er hat aber einen Durchschlag gemacht. Der untere Rand des Kohlepapiers war umgeknickt, als er die Bogen in die Maschine spannte, und die letzten Worte stehen auf der Rückseite des Briefs. Außerdem ist der obere Rand vom Kohlepapier ein bißchen beschmutzt. Möglicherweise hat er sich später entschlossen, den Durchschlag zu vernichten, da er aber sehr penibel war in allen Dingen, scheint mir das ziemlich unwahrscheinlich. Übrigens ist das nicht das einzige Rätsel in puncto Durchschlägen. Seton soll die Stelle über den Besuch seines Helden im Cortez Club während seines Londonaufenthaltes geschrieben haben. Der Bedienstete im Cadaver Club sagte aber, daß man in seinem Zimmer keine Durchschläge gefunden hätte. Was also ist damit passiert?»

Seine Tante dachte einen Augenblick nach. Es war das erste Mal, daß er sich mit ihr über einen Fall unterhielt, und sie war überrascht und ein wenig geschmeichelt, bis ihr einfiel, daß es ja gar nicht sein Fall war. Reckless war zuständig. Reckless war es, der entscheiden mußte, welche Bedeutung, wenn überhaupt, den verschwundenen Durchschlägen im Cadaver Club zukam. Aber sie war erstaunt über ihr Interesse an der Sache. Sie sagte:

«Es gibt da wohl mehrere Möglichkeiten. Vielleicht hat Seton keine Durchschläge gemacht. Bei seiner Übergenauigkeit halte ich das für unwahrscheinlich. Oder vielleicht hat er selber oder jemand, der Zutritt zu seinem Zimmer hatte, sie vernichtet. Oder vielleicht war das Manuskript, das Sylvia uns gezeigt hat, gar nicht das Manuskript, das Seton ihr geschickt hat. Ich nehme an, daß der Briefträger Reckless auf seine Frage hin bestätigt hat, daß er ihr einen länglichen Geschäftsumschlag gebracht hat, aber wir haben lediglich ihre Aussage, daß er das Manuskript enthielt. Und wenn es tatsächlich so war, hätte doch irgend jemand, der von Setons Aufenthalt im Cadaver Club wußte, in der Zeit, die zwischen dem Verschließen des Umschlags und dem Abschicken lag, die darin enthaltenen Papiere gegen andere austauschen können. Aber war das überhaupt möglich? Weiß man, ob Seton den Brief irgendwo draußen hingelegt hat, wo ihn andere Leute sehen konnten, damit er zur Post mitgenommen wird? Oder hat er ihn gleich selber zur Post gebracht?»

«Das war eine der Fragen, die ich Plant gestellt habe. Niemand im Cadaver Club hat für Seton etwas zur Post gebracht. Aber es wäre möglich, daß der Umschlag lange genug in seinem Zimmer lag, daß irgend jemand drankommen konnte. Oder er hat ihn jemandem zur Post mitgegeben. Aber darauf konnte sich der Betreffende doch nicht gut verlassen. Und wir wissen, daß es sich hier um einen vorsätzlichen Mord handelt. Zumindest ich weiß es. Reckless werde ich erst noch davon überzeugen müssen.»

Seine Tante sagte: «Gibt es nicht noch eine andere Möglichkeit? Wir wissen, daß Seton das zweite Manuskript, die Beschreibung der Leiche, die an Land treibt, nicht mehr selber zur Post bringen konnte. Er war inzwischen schon tot. Und wir haben noch nicht mal einen Grund zu der Annahme, daß er es überhaupt geschrieben hat. Wir haben lediglich Sylvia Kedges Aussage, daß es von ihm stammt.»

«Ich glaube, daß er es geschrieben hat», sagte Dalgliesh. «Als Max Gurney mir Setons Brief zeigte, habe ich seine Art zu tippen wiedererkannt. Er hat auch das zweite Manuskript getippt.»

Bei diesen letzten Sätzen zogen sie sich instinktiv vor dem scharfen Wind in den Schutz des Hohlwegs zurück, der die Sanddünen vom Vogelschutzgebiet trennte. Entlang des Wegs befand sich eine Reihe von Beobachtungshütten, von denen aus man einen guten Überblick über das Vogelschutzgebiet hatte. Die dritte davon lag etwa zwanzig Meter vom Eingang des Hohlwegs entfernt. Sie war so etwas wie ein natürlicher Zielpunkt für ihre Spaziergänge am Strand, und Dalgliesh brauchte seine Tante nicht erst zu fragen, ob sie hineingehen sollten. Für zehn Minuten die Nester im Schilf durch das Fernglas seiner Tante zu beobachten und vor den kalten Winden der Ostküste Schutz zu suchen, war längst eines jener Rituale geworden, die zu einem Herbsturlaub in Monksmere gehörten. Es war die übliche Beobachtungshütte, ein Häuschen aus rohen Holzbalken, schilfgedeckt, mit einem Querbrett an der

Hinterwand als Stütze für die müden Schenkel und einem Schlitz in Augenhöhe, durch den man einen weiten Blick über das ganze Sumpfland hatte. Ein kräftiger Geruch von sonnendurchwärmtem Holz, feuchter Erde und frischem Gras erfüllte im Sommer das Innere. Und selbst in den kalten Monaten hielt sich die Wärme, als seien die Hitze und die Gerüche des Sommers zwischen den hölzernen Wänden eingefangen.

Sie waren bei der Hütte angelangt, und Miss Dalgliesh wollte gerade als erste durch die schmale Öffnung schlüpfen, als Dalgliesh plötzlich sagte:

«Nein! Warte!» Eine Minute vorher war er noch wie traumverloren vor sich hingegangen. Aber plötzlich war er hellwach, als sein Gehirn die Bedeutung der Zeichen erkannte, die seine geschulten Sinne bisher unbewußt registriert hatten: die Fußspuren eines Mannes, die von dem sandbedeckten Hohlweg bis zum Eingang der Hütte führten, den Anflug eines widerwärtigen Gestanks, den der Wind herantrug und der nichts mit dem Geruch von Erde oder Gras gemein hatte. Während seine Tante stehenblieb, glitt er an ihr vorbei in den Eingang der Beobachtungshütte.

Seine große Gestalt ließ kaum Licht durch die schmale Öffnung ins Innere dringen, so daß er den Tod roch, bevor er ihn sah. Der Gestank von saurem Erbrochenem, Blut und Durchfall stieg ihm so beißend in die Nase, als sei die Luft in dem kleinen Raum mit Unheil und Verderben gesättigt. Dieser Geruch war ihm nicht unbekannt, trotzdem mußte er wie jedesmal gegen einen kurzen und kaum erträglichen Drang, sich zu übergeben, ankämpfen. Dann beugte er sich vor, das Licht strömte hinter ihm herein, und er sah die Leiche zum erstenmal deutlich.

Digby Seton war zum Sterben wie ein Hund in eine Ecke der Hütte gekrochen, und er war nicht leicht gestorben. Seine kalte und starre Leiche lag grotesk zusammengekauert an der hinteren Wand, die Knie hochgezogen bis fast zum Kinn, den Kopf nach oben gedreht, als hätten die glasigen Augen eine letzte, verzweifelte Anstrengung unternommen, einen Lichtschimmer zu erhaschen. Er hatte sich die Unterlippe im Todeskampf fast durchgebissen, und ein inzwischen schwarz gewordener Blutstrom hatte sich mit dem Erbrochenen vermischt, das verkrustet an seinem

Kinn und den Revers des ehemals eleganten Wollmantels klebte. Er hatte mit aufgeschürften, blutigen Händen die Erde in der Hütte zerwühlt, sich das Gesicht und die Haare damit beschmiert und hatte sie sich, wie in einem letzten, rasenden Verlangen nach Kühle und Wasser, sogar noch in den Mund gestopft. Etwa zwanzig Zentimeter von Digbys Leiche entfernt lag seine offene Taschenflasche.

Dalgliesh hörte die ruhige Stimme seiner Tante:

«Wer ist es, Adam?»

«Digby Seton. Nein, komm lieber nicht herein. Wir können nichts mehr für ihn tun. Er ist mindestens schon zwölf Stunden tot; allem Anschein nach ist er an einem schnell wirkenden Gift gestorben, der arme Kerl.»

Er hörte sie seufzen und etwas murmeln, das er nicht verstand. Dann sagte sie:

«Soll ich gehen und Inspektor Reckless holen, oder möchtest du lieber, daß ich hierbleibe?»

«Nein, geh du, wenn es dir recht ist. Ich behalte die Umgebung im Auge.»

Möglicherweise hätte er zehn oder fünfzehn Minuten gespart, wenn er selber gegangen wäre, aber es gab nichts mehr, was man hätte tun können, um Seton zu helfen, und er wollte sie an diesem stinkenden Ort des Todes nicht alleine lassen. Sie hatte einen raschen, kräftigen Schritt, so daß man kaum Zeit verlieren würde.

Sie brach sofort auf, und er sah ihr nach, bis ihre Gestalt hinter einer Wegbiegung verschwunden war. Dann stieg er auf die Dünen und fand dort eine Mulde, in deren Schutz er, den Rücken gegen ein Büschel Strandhafer gepreßt, sitzen konnte. Von dieser günstigen Stelle aus konnte er die Hütte im Auge behalten und gleichzeitig zu seiner Rechten den Strand und zu seiner Linken den Hohlweg überblicken. Von Zeit zu Zeit tauchte für einen kurzen Moment die hohe, energisch ausschreitende Gestalt seiner Tante in seinem Gesichtsfeld auf. Sie legte offenbar ein zügiges Tempo vor, trotzdem würde es mindestens eine Dreiviertelstunde dauern, bis Reckless und seine Leute, mit einer Bahre und ihren sonstigen Gerätschaften beladen, hier ankamen. Es gab keine Möglichkeit, mit dem Unfallwagen näher an den Strand heranzufahren als bis Pentlands, und keinen kürzeren Weg zur Beobachtungshütte als durch den Hohlweg. Mit ihrer Ausrüstung bepackt, würden sie es schwer haben gegen den Wind.

Dalgliesh war nur wenige Minuten in der Hütte gewesen, doch jede Einzelheit stand ihm klar und deutlich vor Augen. Er zweifelte nicht daran, daß Digby ermordet worden war. Er hatte die Leiche nicht durchsucht – das war Reckless' Aufgabe – und sie nur kurz berührt, um festzustellen, ob sie kalt war und die Todesstarre bereits eingesetzt hatte, trotzdem war er ziemlich sicher, daß man keinen Abschiedsbrief finden würde. Digby Seton, diesen freundlichen, unkomplizierten, ziemlich dummen jungen Mann, der sich über seinen Reichtum gefreut hatte wie ein Kind über ein neues Spielzeug und voller begeisterter Pläne für noch größere und glänzendere Nachtlokale war, konnte man sich als Selbstmordkandidaten kaum vorstellen. Und selbst Digby hatte Verstand genug, um zu wissen, daß es leichtere Arten zu sterben gab, als sich die Kehle und den Magen mit Gift zu verätzen. Es hatte kein anderes Gefäß als die Taschenflasche in der Nähe der Leiche gelegen. Da war das Zeug mit an Sicherheit grenzender Wahrscheinlichkeit drin gewesen. Die Dosis mußte sehr hoch gewesen sein. Dalgliesh ging in Gedanken die Gifte durch, die in Frage kamen. Arsen? Antimon? Quecksilber? Blei? Sie alle riefen diese Symptome hervor. Aber das war reine Spekulation. Schließlich würde der Gerichtspathologe alle Antworten geben, den Namen des Gifts, die Dosis, die Zeit, die es gedauert hatte, bis Seton starb. Und alles weitere war Sache von Reckless.

Aber angenommen, jemand hatte das Zeug in die Flasche getan, wer kam dafür in Frage? Jemand, der an beides, an das Gift und an die Flasche heran konnte. Das war klar. Jemand, der das Opfer gut kannte und wußte, daß Digby, allein und gelangweilt, nicht widerstehen konnte, einen Schluck aus der Taschenflasche zu nehmen, bevor er sich in den scharfen Wind hinauswagte und den langen Heimweg antrat. Und das bedeutete gleichzeitig, daß es derjenige gewesen war, der Digby zum Treffen in der Hütte überreden konnte. Warum hätte er sonst dorthin gehen sollen? Niemand in Monksmere hatte je davon gehört, daß Digby ein Interesse daran hatte, Vögel zu beobachten oder Spaziergänge zu machen. Er war für keine von beiden Unternehmungen angezogen. Und er hatte auch kein Fernglas bei sich. Das hier war Mord, daran gab es nichts zu deuteln. Selbst Reckless würde kaum glauben, daß Digby eines natürlichen Todes gestorben war oder daß jemand mit einer sonderbaren Art von Humor die Leiche in die Hütte gelegt hatte, um Adam Dalgliesh und seiner Tante Ungelegenheiten zu bereiten.

Dalgliesh zweifelte nicht daran, daß zwischen beiden Morden ein Zusammenhang bestand, obwohl ihre Unterschiedlichkeit nicht zu übersehen war. Es war, als seien zwei Gehirne am Werk gewesen. Der Mord an Maurice war fast unnötig kompliziert gewesen. Mochte es auch immer noch ein Problem sein, dem gerichtsmedizinischen Befund auf natürliche Todesursache zum Trotz zu beweisen, daß tatsächlich ein Mord vorlag, so war die Todesursache andererseits das einzige dabei, was natürlich war. Die Schwierigkeit lag nicht darin, daß es zu wenige Spuren gab. Es waren zu viele. Es sah fast so aus, als hätte dem Mörder ebensosehr daran gelegen, seine Klugheit zu beweisen wie Seton umzubringen. Dieser neue Mord aber war einfacher, direkter. Hier konnte man nicht zu dem Urteil kommen, daß es sich um eine natürliche Todesursache handle. Dieser Mörder versuchte nicht, das Täuschungsmanöver zu wiederholen. Es war noch nicht einmal versucht worden, die Sache wie einen Selbstmord aussehen zu lassen, den Eindruck zu erwecken, daß Digby sich in einem Anfall von Reue über den Tod seines Bruders selber umgebracht hatte. Zugegeben, es wäre nicht einfach gewesen, einen Selbstmord vorzutäuschen, aber Dalgliesh hielt es für bedeutsam, daß es gar nicht versucht worden war. Und er begriff allmählich, warum. Er konnte sich den Grund denken, warum der Mörder keinerlei Vermutung aufkommen lassen wollte, daß Digby sich aus Reue getötet oder sonst etwas mit dem Tod seines Bruders zu tun hatte.

Dalgliesh fand sein Versteck im Strandhafer wider Erwarten warm und behaglich. Er hörte das Pfeifen des Windes in den Dünen und das unablässige Rauschen des Meeres. Aber die hohen Grasbüschel schützten ihn so gut, daß er von einem sonderbaren Gefühl des Isoliertseins befallen wurde, als käme das Tosen von Wind und Meer aus weiter Ferne. Durch die dünne Graswand konnte er die Beobachtungshütte sehen, eine gewöhnliche, primitive Holzhütte, äußerlich genau wie die sechs anderen, die am Rand des Vogelschutzgebiets standen. Er glaubte fast selber daran, daß an dieser Hütte nichts anders war. Gefangen in dem Gefühl des Isoliertseins und der Irrationalität, mußte er einem absurden Bedürfnis widerstehen, nachzusehen, ob Setons Leiche wirklich dort drin lag.

Jane Dalgliesh mußte ein gutes Tempo vorgelegt haben. Es war noch keine Dreiviertelstunde vergangen, als er im Hohlweg eine Reihe näher kommender Gestalten wahrnahm. Das versprengte Grüppchen trat kurz in sein Blickfeld und war dann wieder hinter den Sanddünen verschwunden. Das zweite Mal, als er sie erspähte, schienen sie noch genauso weit von ihm entfernt zu sein. Dann kamen sie ganz unerwartet um die letzte Wegbiegung und waren bei ihm. Er sah eine vom Wind getriebene, bunt zusammengewürfelte kleine Schar, die sich mit der Ausrüstung abschleppte und den Eindruck einer schlecht organisierten, halb demoralisierten Expedition erweckte. Natürlich war Reckless dabei, mit grimmigem Gesicht und verbissener Wut, den obligatorischen Regenmantel bis unters Kinn zugeknöpft. Er hatte seinen Wachtmeister, den Polizeiarzt, einen Fotografen und zwei junge Kriminalbeamte bei sich, die eine Bahre und eine zusammengerollte Segeltuchplane trugen. Man wechselte ein paar Worte miteinander. Dalgliesh brüllte Reckless seinen Bericht ins Ohr und kehrte dann in seinen Unterschlupf in den Dünen zurück, um alles weitere ihnen zu überlassen. Das Kommende war nicht seine Aufgabe. Es brachte nichts, wenn zwei Füße mehr den feuchten Sand um die Hütte herum zertrampelten. Die Männer machten sich an die Arbeit. Es wurde viel geschrien und gestikuliert. Der Wind hatte, wie zum Trotz, bei ihrer Ankunft kräftig zugenommen, und man konnte sich selbst in dem verhältnismäßig geschützten Hohlweg nur schwer verständigen. Reckless und der Arzt verschwanden in der Hütte. Dort drin zumindest, dachte Dalgliesh, würde es ziemlich geschützt sein. Geschützt, stickig und übelriechend von dem Gestank des Todes. Er gönnte ihnen gern das Vergnügen. Nach etwa fünf Minuten kamen sie wieder heraus, und der Fotograf, der größte in der Gruppe, klappte seine lange Gestalt zusammen und zwängte seine Ausrüstung durch die Öffnung. Währenddessen mühten sich die beiden Kriminalbeamten vergeblich, eine Schutzwand um die Hütte zu errichten. Das Segeltuch tanzte und flatterte in ihren Händen und klatschte ihnen bei jedem Windstoß um die Knöchel. Dalgliesh fragte sich, warum sie sich diese Mühe machten. Es würde kaum Schaulustige geben an dieser einsamen Küste, und man würde auf dem sandigen Umland auch keine weiteren Spuren finden. Es gab nur drei Fußspuren, die zur Tür führten: seine eigene, die seiner Tante, und die dritte stammte wahrscheinlich von Digby Seton selbst. Sie waren schon vermessen und fotografiert, zweifellos würde sie der verwehende Sand bald völlig ausgelöscht haben.

Es dauerte eine halbe Stunde, bis sie die Leiche aus der Hütte brachten und auf die Bahre legten. Während sich die Kriminalbeamten abmühten, die Plane festzuhalten, bis die Gurte angezogen waren, kam Reckless zu Dalgliesh herüber. Er sagte:

«Gestern nachmittag hat mich ein Bekannter von Ihnen angerufen. Ein Mister Max Gurney. Anscheinend hat er eine interessante Information Maurice Setons Tod betreffend bisher für sich behalten.»

Es war ein unerwarteter Anfang. Dalgliesh sagte:

«Ich habe mit ihm zu Mittag gegessen, und er fragte mich, ob er sich mit Ihnen in Verbindung setzen sollte.»

«Das hat er mir gesagt. Man sollte annehmen, daß er in der Lage wäre, von selber darauf zu kommen. Seton wurde tot und mit Spuren von Gewaltanwendung gefunden. Da dürfte es doch klar sein, daß wir an seinen Vermögensverhältnissen interessiert sind.»

«Vielleicht teilt er Ihre Ansicht, daß es eine natürliche Todesursache war», meinte Dalgliesh.

«Möglich. Aber darüber hat nicht er sich den Kopf zu zerbrechen. Auf jeden Fall hat er uns die Geschichte jetzt erzählt, und sie war neu für mich. Es gab im Haus Seton keinen Beleg dafür.»

Dalgliesh sagte:

«Seton hat von dem Brief einen Durchschlag gemacht. Gurney wird Ihnen das Original zuschicken, und Sie werden die Spuren des Kohlepapiers auf der Rückseite finden. Wahrscheinlich hat irgend jemand den Durchschlag vernichtet.»

Reckless sagte finster:

«Irgend jemand. Vielleicht war es Seton selber. Ich habe meine Meinung in der Mordfrage noch nicht geändert, Mr. Dalgliesh. Aber Sie könnten recht haben. Besonders angesichts dieser Sache da.» Er machte eine Kopfbewegung zu der Bahre hin, welche die beiden Kriminalbeamten, die jeder an einem Ende in die Knie gegangen waren, sich gerade anschickten hochzuheben. «In *dem* Fall gibt es keinen Zweifel. Das ist eindeutig Mord. Damit haben wir die Wahl. Wir haben es entweder mit einem Mörder und einem geschmacklosen Spaßvogel zu tun. Oder mit einem Mörder und zwei Verbrechen. Oder mit zwei Mördern.»

Dalgliesh meinte, daß letzteres in einem so kleinen Kreis unwahrscheinlich sei.

«Aber möglich, Mr. Dalgliesh. Schließlich haben die beiden Fälle nicht viel gemeinsam. Zu diesem Mord gehörte keine große Schlauheit und Erfindungsgabe. Lediglich eine gehörige Portion Gift in Setons Taschenflasche und die Gewißheit, daß er früher oder später einen Schluck daraus trinken würde. Der Mörder mußte nur dafür sorgen, daß keine ärztliche Hilfe erreichbar war, wenn es geschah. Obwohl Seton das allem Anschein nach auch nicht mehr viel genützt hätte.»

Dalgliesh fragte sich, wie der Mörder es geschafft hatte, daß Seton zu der Hütte hinauskam – mit Lockungen oder mit Drohungen? Hatte Seton einen Freund oder einen Feind erwartet? Wenn das letztere der Fall gewesen war, wäre er der Mensch gewesen, der allein und wehrlos dorthin gegangen wäre? Aber angenommen, es war eine ganz andere Art Stelldichein gewesen? Für wie viele Menschen in Monksmere wäre Digby Seton bereit gewesen, an einem kalten Herbsttag angesichts eines aufkommenden Sturms knapp drei Kilometer über schwieriges Gelände zu laufen?

Die Bahre bewegte sich jetzt vorwärts. Einen der beiden Kriminalbeamten hatte man offenbar angewiesen, als Wache in der Hütte zurückzubleiben. Die übrige Gesellschaft schloß sich der Leiche an wie ein kunterbunter Zug nachlässig gekleideter Trauergäste. Dalgliesh und Reckless gingen schweigend nebeneinander her. Vorn schwankte der verhüllte Klumpen auf der Bahre sachte von einer Seite zur anderen, während die Träger sich auf dem holprigen Untergrund mühsam voranka̎mpften. Die Enden der Plane flatterten rhythmisch wie Segel im Wind, und über der Leiche schwebte, wie eine gepeinigte Seele, kreischend ein Seevogel, um dann in weitem Bogen in die Luft zu steigen und über dem Sumpfland zu verschwinden.

2

Es wurde Abend, bis Dalgliesh Reckless unter vier Augen sah. Der Inspektor hatte den Nachmittag damit verbracht, die Verdächtigen zu verhören und Digby Setons Tun und Treiben während der vergangenen Tage zu ermitteln. Er kam um kurz vor sechs nach Pentlands, angeblich, um Miss Dalgliesh noch einmal zu fragen, ob sie am vorhergehenden Tag jemanden die Küste entlang in Richtung Sizewell hätte gehen sehen und ob sie eine Ahnung hätte, was Digby Seton dazu veranlaßt haben könnte, zur Beobachtungshütte zu gehen. Beide Fragen waren schon beantwortet worden, als Dalgliesh und seine Tante bei Reckless im Green Man gewesen waren, um ihren Bericht über das Auffinden der Leiche zu Protokoll zu geben. Jane Dalgliesh hatte ausgesagt, daß sie den ganzen Montagabend in Pentlands gewesen war und niemanden gesehen hatte. Aber andererseits hätte Digby, wie sie schon einmal gesagt hatte – und ebenso jeder andere auch –, durch den Hohlweg hinter den Dünen zur Hütte gehen können oder aber am Strand entlang, und dieser Weg war zum größten Teil von Pentlands aus nicht einsehbar.

«Trotzdem», sagte Reckless hartnäckig, «mußte er an Ihrem Haus vorbei, um zum Hohlweg zu kommen. Wäre das wirklich möglich gewesen, ohne daß Sie ihn gesehen hätten?»

«O ja, er mußte nur nahe genug am Steilhang bleiben. Zwischen meinem Zugang zum Strand und dem Eingang zum Hohlweg ist ein etwa zwanzig Meter breiter Streifen, auf dem ich ihn hätte sehen können. Aber ich habe ihn nicht gesehen. Vielleicht wollte er nicht gesehen werden und hat den Augenblick abgepaßt, wo er unbemerkt vorbeischlüpfen konnte.»

Reckless murmelte, als dächte er laut nach:

«Und das deutet auf ein heimliches Rendezvous hin. Naja, das haben wir ja vermutet. Er war kein Mensch, der allein loszieht, um Vögel zu beobachten. Außerdem war es ja schon ziemlich dunkel, als er aufbrach. Miss Kedge sagte, daß er sich gestern im Haus Seton Tee gemacht hätte. Sie hat heute morgen das schmutzige Teegeschirr gefunden, das noch zum Spülen für sie dastand.»

«Aber er hat dort nicht zu Abend gegessen?»

«Nein, Miss Dalgliesh, das hat er nicht. Es sieht ganz so aus, als ob er vor dem Abendbrot gestorben wäre. Aber Genaueres wird uns natürlich erst der Obduktionsbefund verraten.»

Jane Dalgliesh entschuldigte sich und ging in die Küche, um das Abendessen zu machen. Dalgliesh dachte sich, daß sie es wohl für taktvoller hielt, ihn mit Reckless allein zu lassen. Sobald sich die Tür hinter ihr geschlossen hatte, fragte er:

«Wer hat ihn zuletzt gesehen?»

«Latham und Bryce. Aber sie geben fast alle zu, gestern irgendwann einmal mit ihm zusammen gewesen zu sein. Miss Kedge hat ihn kurz nach dem Frühstück gesehen, als sie nach Haus Seton kam, um dort ihre Arbeit zu machen. Er hat sie als eine Art Putz- und Tippmamsell weiterbeschäftigt. Wahrscheinlich hat er sie genauso ausgenutzt wie sein Stiefbruder. Dann hat er mit Miss Calthrop und ihrer Nichte im Haus Rosemary zu Mittag gegessen und ist um kurz nach drei gegangen. Auf dem Rückweg nach Haus Seton hat er schnell bei Bryce hereingeschaut, um über das Hackbeil Ihrer Tante und sein Wiederauftauchen zu schwätzen und um herauszukriegen, was Sie in London treiben. Ihr kleiner Ausflug scheint allgemeines Interesse erregt zu haben. Latham war auch gerade bei Bryce, und die drei sind zusammen geblieben, bis Seton um kurz nach vier wieder ging.»

«Was hat er angehabt?»

«Die Sachen, in denen man ihn gefunden hat. Er könnte die Taschenflasche in der Jacken-, Hosen- oder Manteltasche gehabt haben. Im Haus Rosemary hat er den Mantel natürlich ausgezogen, und Miss Calthrop hat ihn in die Flurgarderobe gehängt. Bei Bryce hat er ihn über einen Sessel gelegt. Keiner gibt zu, die Flasche gesehen zu haben. Meiner Meinung nach könnte jeder von ihnen das Gift hineingetan haben, Kedge, Calthrop, Marley, Bryce oder

Latham. Jeder von ihnen! Und es muß nicht unbedingt gestern geschehen sein.» Er fügte Miss Dalglieshs Namen nicht hinzu, wie Dalgliesh bemerkte, aber das hieß nicht, daß sie nicht mit auf der Liste stand. Reckless fuhr fort:

«Es ist klar, daß ich nicht viel weiter komme, solange ich den Obduktionsbefund nicht habe und weiß, was das für ein Gift war. Aber dann können wir loslegen. Es dürfte nicht allzu schwierig sein herauszukriegen, wer als Besitzer des Gifts in Frage kommt. Das Zeug kriegt man nicht auf Krankenschein verschrieben, und man kann es auch nicht einfach übern Ladentisch kaufen.»

Dalgliesh dachte, daß er sich vorstellen konnte, um welches Gift es sich handelte und wo es hergekommen war. Aber er sagte nichts. Es war schon viel zuviel spekuliert worden ohne genaue Faktenkenntnis, und er hielt es für klüger, den Obduktionsbefund abzuwarten. Aber wenn er recht hatte, durfte es für Reckless gar nicht so einfach sein, den Besitzer des Gifts herauszufinden. Fast jeder in Monksmere hatte Zugang zu dieser Quelle. Der Inspektor tat ihm langsam ziemlich leid.

Sie saßen eine Minute schweigend zusammen. Es war kein einträchtiges Schweigen. Dalgliesh spürte die Spannung, die zwischen ihnen herrschte. Er hätte nicht sagen können, was in Reckless vorging, er empfand nur mit einem gewissen ohnmächtigen Ärger sein eigenes Unbehagen und seine Abneigung. Er betrachtete mit kühler Neugier das Gesicht des Inspektors, indem er die Züge im Geiste wie Einzelheiten eines Phantombilds zusammenaddierte: die flachen, breiten Backenknochen, die glatte, weiße Haut beiderseits des Mundes, das abwärtsgebogene Fältchen an den Augenwinkeln und das regelmäßige Zucken des Augenlids, das einzige Anzeichen dafür, daß der Mann auch Nerven hatte. Es war ein ganz gewöhnliches, durchschnittliches Gesicht. Und doch strahlte Reckless, wie er in dem schmuddeligen Regenmantel dasaß, das Gesicht grau vor Müdigkeit, eine gewisse Energie und Persönlichkeit aus. Vielleicht war es eine Persönlichkeit, die nicht jeder mochte. Aber sie war zweifellos vorhanden.

Plötzlich sagte Reckless schroff, als hätte er einen Entschluß gefaßt: «Der Polizeidirektor möchte den Yard einschalten. Er hat sich noch nicht endgültig entschieden, aber ich glaube, daß es schon beschlossene Sache ist. Und es gibt Leute, die sagen werden, daß es keinen Augenblick zu früh geschieht.»

Dalgliesh fiel keine passende Antwort darauf ein. Reckless setzte hinzu, immer noch ohne Dalgliesh anzusehen:

«Offenbar ist er derselben Meinung wie Sie, daß die beiden Verbrechen miteinander in Zusammenhang stehen.»

Dalgliesh fragte sich, ob er ihn damit beschuldigen wollte, den Polizeidirektor beeinflußt zu haben. Er konnte sich nicht erinnern, daß er dies jemals Reckless gegenüber als seine Ansicht geäußert hätte, aber es schien ihm eine Selbstverständlichkeit zu sein. Er äußerte das und setzte hinzu:

«Als ich gestern in London war, kam mir plötzlich ein Gedanke, wie Maurice Seton umgebracht worden sein könnte. Es ist im Augenblick noch nicht viel mehr als eine Vermutung, und der Himmel weiß, wie man das beweisen soll. Aber ich glaube, ich weiß, wie es passiert ist.»

Er setzte Reckless seine Theorie kurz auseinander, wobei er sorgfältig darauf achtete, in seiner Stimme jeden Anklang zu unterdrücken, den der Inspektor als Kritik oder Selbstbelobigung deuten konnte. Sein Bericht wurde schweigend angehört. Dann sagte Reckless:

«Und wie sind Sie darauf gekommen, Mr. Dalgliesh?»

«Ganz genau weiß ich es nicht. Es waren wohl mehrere Kleinigkeiten, die mich darauf gebracht haben. Die Bestimmungen in Setons Testament; die Art und Weise, wie er sich an dem Tisch im Cortez Club benommen hat; die Hartnäckigkeit, mit der er darauf bestand, im Cadaver Club immer ein bestimmtes Zimmer zu bewohnen; ja, sogar der Stil, in dem sein Haus gebaut ist.»

Reckless sagte:

«Es könnte durchaus so gewesen sein. Aber ohne ein Geständnis kann ich das nie und nimmer beweisen, es sei denn, irgend jemand verliert die Nerven.»

«Sie könnten nach dem Tatwerkzeug suchen.»

«Ein komisches Tatwerkzeug, Mr. Dalgliesh.»

«Trotzdem ist es ein Tatwerkzeug und noch dazu ein tödliches.»

Reckless holte eine topographische Karte aus der Tasche und breitete sie auf dem Tisch aus. Sie beugten beide die Köpfe darüber, und der Inspektor ließ seinen Bleistift in einem Radius von etwa dreißig Kilometern um Monksmere kreisen.

«Hier?» fragte er.

«Oder hier. Wenn ich der Mörder wäre, hätte ich mir ein tiefes Wasser gesucht.»

Reckless sagte:

«Aber nicht das Meer. Das Ding hätte angeschwemmt werden können, solange man es noch identifizieren konnte. Obwohl ich es für unwahrscheinlich halte, daß es irgend jemand mit dem Verbrechen in Zusammenhang gebracht hätte.»

«Aber *Sie* hätten das tun können. Und dieses Risiko konnte der Mörder nicht eingehen. Es war besser, es irgendwo verschwinden zu lassen, wo die Chance bestand, daß es gar nicht oder aber zu spät gefunden würde. Und da es hier keine Bergwerksschächte gibt, hätte ich mir einen Stausee oder einen Fluß gesucht.»

Der Bleistift senkte sich herab, und der Inspektor machte drei Kreuzchen.

«Wir werden es hier zuerst probieren, Mr. Dalgliesh. Und ich hoffe zu Gott, daß Sie recht haben. Mit diesem zweiten Mord am Hals würden wir sonst kostbare Zeit verlieren.»

Er faltete die Karte ohne ein weiteres Wort zusammen und war verschwunden.

3

Nach dem Abendessen kam noch mal Besuch. Celia Calthrop, ihre Nichte, Latham und Bryce trafen kurz nacheinander in Pentlands ein. Sie kamen mit dem Auto oder kämpften sich zu Fuß durch den aufkommenden Sturm, um an Jane Dalgliesh Kamin eine scheinbare Geborgenheit zu finden. Wahrscheinlich, dachte Dalgliesh, konnten sie es weder jeder für sich allein noch miteinander aushalten. Hier war man wenigstens auf neutralem Boden, wo man die tröstliche Illusion normaler Verhältnisse hatte und die uralten Hilfsmittel von Licht und einem warmen Feuer zum

Schutz gegen die Finsternis und Feindseligkeit der Nacht. Es war ein Abend, an dem nervöse und phantasievolle Gemüter besser nicht alleine blieben. Der Wind fegte bald heulend, bald ächzend über die Landspitze, und die schnell hereinströmende Flut schlug donnernd gegen den Strand, Geröll und Kies in Wellen vor sich hertreibend. Sogar im Wohnzimmer von Pentlands konnte er noch den langgezogenen Seufzer hören, mit dem sich das Wasser wieder zurückzog. Von Zeit zu Zeit trat der Mond hinter den Wolken hervor und tauchte Monksmere in sein kaltes Licht, so daß es hell wurde draußen in der Sturmnacht und Dalgliesh vom Fenster aus die verkrüppelten, sich wie im Todeskampf windenden Bäume und die endlose Wasserwüste sehen konnte, die weiß und aufgewühlt unter dem Himmel lag.

Die Köpfe gesenkt, kämpften sich die ungebetenen Gäste mit der Verzweiflung einer Flüchtlingsschar den Weg hinauf zu Miss Dalglieshs Haustür.

Bis um halb acht waren alle versammelt. Keiner hatte daran gedacht, Sylvia Kedge mitzubringen, aber bis auf sie war der kleine Kreis von vor fünf Tagen wieder zusammen. Dalgliesh fiel auf, wie sehr sie sich verändert hatten. Als er sie genauer ansah, stellte er fest, daß sie zehn Jahre älter wirkten. Vor fünf Tagen hatte sie Setons Verschwinden nur leicht beunruhigt und ein wenig überrascht. Heute waren sie verängstigt und aufgewühlt von Bildern des Todes und der Vernichtung, die je wieder loszuwerden für sie kaum Hoffnung bestand. Hinter der tapfer zur Schau getragenen Unbefangenheit und den verzweifelten Versuchen, so zu tun, als wäre nichts, witterte er die Angst.

Maurice Seton war in London gestorben, und man konnte theoretisch immer noch glauben, daß er entweder eines natürlichen Todes gestorben oder daß irgend jemand in London für den Mord an ihm verantwortlich war, wenn auch nicht für die Verstümmelung der Leiche. Digby hingegen war hier auf heimischem Terrain umgekommen, und niemand konnte so tun, als ob irgend etwas daran natürlich wäre. Doch Celia Calthrop war offenbar fest entschlossen, es zu versuchen. Sie kauerte in dem Sessel vorm Kamin, die Knie ungraziös gespreizt, die Hände in unruhiger Bewegung in dem breiten Schoß.

«Eine schreckliche Tragödie. Der arme Junge! Wahrscheinlich werden wir nie erfahren, was ihn dazu getrieben hat. Und er hatte alles, wofür es sich lohnt zu leben: Jugend, Geld, Talent, ein angenehmes Äußeres, Charme.»

Diese kraß unrealistische Charakterisierung von Digby Seton wurde allgemein mit Schweigen aufgenommen. Schließlich sagte Bryce:

«Ich gebe ja zu, daß er Geld hatte, Celia. Oder zumindest die Aussicht darauf. Im übrigen war man immer geneigt, den armen Digby für einen käsigen, unfähigen, eingebildeten, ungehobelten kleinen Flachkopf zu halten. Nicht daß man den leisesten Groll gegen ihn gehegt hätte. Und nebenbei bemerkt glaubt man auch nicht, daß er sich selber umgebracht hat.»

Latham platzte ungeduldig heraus:

«Natürlich hat er sich nicht selber umgebracht! Und das glaubt Celia auch nicht! Warum sind Sie also zur Abwechslung nicht mal offen und ehrlich, Celia? Warum geben Sie nicht zu, daß Sie genau solche Angst haben wie wir alle.»

Celia sagte mit Würde:

«Ich habe überhaupt keine Angst.»

«Oh, die sollten Sie aber haben!» Bryces gnomenhaftes Gesicht war ganz zerknittert vor Bosheit, und seine Augen funkelten. Er wirkte plötzlich kaum noch beunruhigt, kaum noch wie ein müder alter Mann.

«Schließlich und endlich sind Sie es doch, die durch seinen Tod gewinnt. Es dürfte doch trotz zweifacher Beerdigungskosten ein ganz hübsches Sümmchen übrigbleiben. Und Digby ist in letzter Zeit ziemlich häufig bei Ihnen gewesen, nicht wahr? Hat er nicht gestern noch mit Ihnen zu Mittag gegessen? Sie müssen doch reichlich Gelegenheit gehabt haben, eine gewisse kleine Sache in seine Taschenflasche zu tun. Sie waren schließlich diejenige, die uns erzählt hat, daß er die Flasche immer bei sich hat. Hier in diesem Zimmer. Können Sie sich daran nicht erinnern?»

«Und wo soll ich das Arsen herbekommen haben?»

«Ah – aber wir wissen doch noch gar nicht, daß es Arsen war, Celia! Genau diese Art Bemerkungen sollten Sie besser unterlassen. Bei mir und bei Oliver macht es nichts, aber der Inspektor könnte daraus falsche Schlüsse ziehen. Ich hoffe sehr, Sie haben ihm nichts von Arsen erzählt!»

«Ich habe ihm überhaupt nichts erzählt. Ich habe ihm lediglich seine Fragen beantwortet, und zwar so offen und ehrlich, wie ich konnte. Das werden Sie und Oliver ja wahrscheinlich auch tun. Und ich verstehe nicht, warum Sie unbedingt beweisen wollen, daß Digby ermordet worden ist. Das ist diese krankhafte Neigung von Ihnen beiden, alles im schwärzesten Licht zu sehen.»

Latham sagte trocken:

«Nur die krankhafte Neigung, den Tatsachen ins Auge zu sehen.»

Aber Celia ließ sich nicht beirren.

«Na schön, wenn es wirklich Mord war, dann kann ich nur sagen, Jane Dalgliesh hat großes Glück gehabt, daß sie und Adam die Leiche gemeinsam gefunden haben. Sonst könnten die Leute leicht auf dumme Gedanken kommen. Aber ein Kriminalinspektor – naja, der weiß natürlich, wie wichtig es ist, daß nichts verändert oder an den Spuren manipuliert wird.»

Dalgliesh, von der Ungeheuerlichkeit dieser Bemerkung und Celias Fähigkeit, sich selber etwas vorzumachen, zu verblüfft, um Einwände zu erheben, fragte sich, ob sie vergessen hatte, daß er da war. Die anderen hatten es anscheinend auch vergessen.

«Auf was für dumme Gedanken könnten die Leute kommen?» fragte Latham ruhig; Bryce lachte.

«Sie können Miss Dalgliesh doch nicht im Ernst verdächtigen, Celia! Sonst werden Sie nämlich binnen kurzem vor einem delikaten Problem stehen. In diesem Augenblick kocht Ihnen Ihre Gastgeberin gerade eigenhändig einen Kaffee. Werden Sie ihn höflich austrinken oder schütten Sie ihn heimlich in die Blumenvase?»

Plötzlich fuhr Eliza Marley auf sie los:

«Um Gottes willen, halten Sie den Mund, alle beide. Digby Seton ist tot, und er ist auf eine entsetzliche Weise gestorben. Sie haben ihn vielleicht nicht gemocht, aber er war immerhin ein menschliches Wesen. Und was viel wichtiger ist, er hat es verstanden, das Leben auf seine Art zu genießen. Es mag nicht Ihre Art gewesen sein, na und? Es hat ihm Spaß gemacht, Pläne für seine gräßlichen Nachtlokale zu schmieden und sich zu überlegen, wofür er sein Geld ausgeben könnte. Sie mögen das verachten, aber er hat Ihnen damit ja nichts Böses getan. Und jetzt ist er tot. Und einer von uns hat ihn umgebracht. Ich kann das zufällig nicht komisch finden.»

«Nimm dir das doch nicht so zu Herzen, meine Liebe!» Celias Stimme hatte jetzt den bebenden, gefühlsgeladenen Ton, den sie in letzter Zeit fast unbewußt annahm, wenn sie die gewichtigeren Stellen in ihren Romanen diktierte.

«Wir kennen doch Justin inzwischen alle. Weder er noch Oliver haben auch nur das Geringste für Maurice oder Digby übrig gehabt, deshalb kann man auch nicht von ihnen erwarten, daß sie sich nur halbwegs mit Anstand betragen, von Respekt gar nicht erst zu reden. Ich fürchte, sie haben für niemanden etwas übrig, außer für sich selbst. Das ist natürlich der nackte Egoismus. Egoismus und Neid. Keiner von beiden hat es Maurice je verziehen, daß er ein produktiver Schriftsteller war, während sie zu nichts in der Lage sind, als die Arbeiten anderer Leute zu kritisieren und an ihrem Talent zu schmarotzen. Das erlebt man doch alle Tage, diesen Neid der literarischen Parasiten auf die schöpferischen Künstler. Denken Sie doch nur daran, was mit Maurices Stück passiert ist. Oliver hat es erledigt, weil er nicht ertragen konnte, daß es Erfolg hatte.»

«Ach, diese Geschichte!» Latham lachte. «Meine liebe Celia, wenn Maurice sich einen Gefühlserguß leisten wollte, hätte er zum Psychiater gehen sollen, statt ihn als Bühnenstück zu verkleiden und die Zuschauer damit zu überschütten. Es gibt drei Eigenschaften, die für jeden unabdingbar sind, der ein Dramatiker sein will, und Maurice Seton hatte keine einzige davon. Er muß Dialoge schreiben können, er muß begriffen haben, was ein dramatischer Konflikt ist, und er muß die Kunst beherrschen, eine Handlung geschickt in Szene zu setzen.»

Das war nun wieder Lathams Erkennungsmelodie, und Celia ließ sich nicht beeindrucken.

«Erzählen Sie mir nichts von Kunstbeherrschung, Oliver. Erst wenn Sie ein Werk zustande gebracht haben, das nur das leiseste Anzeichen einer originellen schöpferischen Begabung aufweist, hat es überhaupt einen Sinn, über Kunstbeherrschung zu reden. Und das gleiche gilt auch für Sie, Justin.»

«Und was ist mit meinem Roman?» fragte Bryce verletzt.

Celia warf ihm einen leidenden Blick zu und seufzte tief. Sie war offenbar nicht gewillt, über Bryces Roman zu reden. Dalgliesh rief sich das fragliche Werk in Erinnerung; ein kleines Meisterstück an Sensibilität, das zwar allgemein gut angekommen war, aber offenbar eine Leistung darstellte, die zu wiederholen Bryce nicht die Kraft besaß. Dalgliesh hörte Eliza Marleys Lachen.

«Ist das nicht das Buch, über das die Kritiker geschrieben haben, es besäße die Eindringlichkeit und die Sensibilität einer Novelle? Das ist nicht weiter verwunderlich, denn mehr ist es ja im Grunde auch nicht. Hundertfünfzig Seiten Sensibilität würde ich auch noch schaffen.»

Dalgliesh blieb gerade noch so lange, um Bryce in ein Protestgeheul ausbrechen zu hören. Wahrscheinlich würde der Streit in eine Verunglimpfung der gegenseitigen literarischen Fähigkeiten ausarten. Das überraschte ihn nicht, da ihm diese Neigung an seinen schriftstellernden Bekannten schon früher aufgefallen war; aber er hatte keine Lust, sich in die Sache hineinziehen zu lassen. Er würde jetzt jeden Moment um seine Meinung befragt werden, und die junge Generation würde mit schonungsloser Offenheit seine Gedichte zerpflücken. Zwar schien man über dem Streit das Thema Mord vergessen zu haben, aber es gab angenehmere Arten, den Abend zu verbringen.

Er hielt seiner Tante die Tür auf, als sie mit dem Kaffeetablett hereinkam, und benutzte die Gelegenheit, sich unbemerkt hinauszustehlen. Es war vielleicht ein bißchen herzlos, sie allein dem Gezänk ihrer Gäste zu überlassen, aber er zweifelte nicht, daß sie es mit Anstand überstehen würde. Was ihn selbst betraf, war er sich da nicht so sicher.

Es war still und sehr friedlich in seinem Zimmer, und die solide Zwischendecke mit den Eichenbohlen schluckte das Gewirr der streitenden Stimmen aus dem Zimmer unter ihm. Er öffnete den Riegel an dem Fenster, das zum Meer hinausging, und drückte es mit beiden Händen gegen die heftigen Sturmböen auf. Der Wind fuhr ins Zimmer, warf die Bettdecke in Falten, fegte den Schreibtisch leer und blätterte wie die Hand eines Riesen in dem Roman von Jane Austen auf seinem Nachttisch. Er schnürte Dalgliesh die

Luft ab, so daß er sich keuchend gegen das Fensterbrett lehnte, während er gleichzeitig das wohltuende Prickeln der Gischt auf seinem Gesicht spürte und das Salz auf seinen Lippen schmeckte. Als er das Fenster wieder schloß, schien absolute Stille einzutreten. Das Donnern der Brandung wurde schwächer und verklang wie leises Ächzen an einer anderen, weit entfernten Küste.

Es war kalt im Zimmer. Er zog sich den Morgenrock um die Schultern und machte am Elektroöfchen eine Heizschlange an. Dann sammelte er das verstreut am Boden liegende Schreibpapier wieder auf und legte es mit zwanghafter Ordentlichkeit Blatt für Blatt auf den kleinen Schreibtisch. Die viereckigen weißen Blätter schienen ihn vorwurfsvoll anzublicken, und es fiel ihm ein, daß er noch immer nicht an Deborah geschrieben hatte. Es lag nicht daran, daß er zu träge, zu beschäftigt oder in Gedanken zu sehr durch den Mord an Seton in Anspruch genommen gewesen wäre. Er wußte genau, was ihn davon abgehalten hatte. Es war ein feiges Zögern, sich auch nur mit einem einzigen Wort weiter zu binden, solange er keine Entscheidung über die Zukunft getroffen hatte. Und er war damit heute abend noch keinen Schritt weiter als am ersten Urlaubstag. Er hatte gewußt, als sie sich am letzten Abend voneinander verabschiedeten, sie verstand und akzeptierte, daß diese kurze Trennung für sie beide entscheidend war, daß er nicht nur wegen eines Tapetenwechsels, oder um sich von den Strapazen seines letzten Falls zu erholen, allein nach Monksmere fuhr. Es gab sonst keinen Grund, warum sie nicht hätte mit ihm fahren sollen. So sehr war sie in ihrem Beruf nicht gebunden. Aber er hatte es ihr nicht vorgeschlagen, und sie hatte beim Abschied nur gesagt: «Denk an mich in Blythburgh.» Sie war in der Nähe von Southwold zur Schule gegangen und kannte und liebte Suffolk. Er hatte plötzlich Sehnsucht nach ihr. Das Gefühl war so heftig, daß er sich nicht länger darum kümmerte, ob es klug war, ihr zu schreiben, oder nicht. Angesichts seines Verlangens, sie wiederzusehen und ihre Stimme zu hören, war all seine Ungewißheit, all sein Selbstzweifel so bedeutungslos und so lächerlich unwirklich wie die schaurigen Nachbilder eines Alptraums, die sich bei Tageslicht in nichts auflösen. Er sehnte sich danach, mit ihr zu sprechen, aber es war aussichtslos, in dem überfüllten Wohnzimmer heute abend mit ihr zu telefonieren. Er machte die Schreibtischlampe an, setzte sich an den Tisch und schraubte den Füllfederhalter auf. Die Worte flossen ihm einfach und leicht aus der Feder, wie das manchmal geschieht. Er schrieb sie nieder, ohne allzu lange nachzudenken oder sich zu fragen, ob sie ehrlich waren.

In Blythburgh, sagtest du zu mir,
Gedenke mein,
Als könntest jemals du
Mir nicht im Gedächtnis sein,
Als gäb es eine Kunst
Ein Herz, das dir so ganz zu eigen,
Zu rühren, sich noch mehr dir zuzuneigen.
Lösch in der du-entrückten Seele
Aus das Du,
Auf's Neue wendet sich dein Bild
Noch strahlender der Seele zu.
Und an dem stillen, abgeschied'nen Ort
Ein unvergeß'ner Zauber waltet fort.
Ich, du-besessen, meine Liebe, denke dein
In Blythburgh oder wo es immer sonst soll sein.

«Dieses metaphysische Concetto verfolgt, wie die meisten Gelegenheitsgedichte, einen Hintergedanken. Ich brauche Dir nicht zu sagen, welchen. Ich kann nicht sagen, ich wollte, Du wärest da. Aber ich wollte, wir wären zusammen. Hier hat man es nur mit Tod und Unerfreulichkeiten zu tun, und ich weiß nicht, was von beidem schlimmer ist. Aber so Gott und die Kriminalpolizei von Suffolk will, werde ich am Freitagabend wieder in London sein. Es wäre tröstlich, Dich dann in Queenhithe treffen zu können.»

Er mußte länger für den Brief gebraucht haben, als er gedacht hatte, denn es überraschte ihn, seine Tante an die Tür klopfen zu hören. Sie sagte:

«Sie wollen gehen, Adam. Ich weiß nicht, willst du dich noch von ihnen verabschieden?»

Er ging mit ihr hinunter. Sie waren tatsächlich im Aufbruch, und er stellte mit Erstaunen fest, daß die Uhr zwanzig nach elf war.

Niemand sprach mit ihm, sie reagierten auf sein Erscheinen mit dem gleichen Desinteresse wie vorher auf sein Verschwinden. Man hatte das Feuer im Kamin ausgehen lassen, und es war jetzt nur noch ein Häufchen weißer Asche davon übrig. Bryce half Celia Calthrop in den Mantel, und Dalgliesh hörte sie sagen:

«Es ist sehr ungezogen von uns, so lange zu bleiben. Und ich muß morgen schon so früh aufstehen. Sylvia hat mich heute am späten Nachmittag von Haus Seton aus angerufen und mich gebeten, sie morgen früh als erstes zum Green Man zu fahren. Sie muß Reckless etwas Wichtiges sagen.»

Latham, schon an der Tür, fuhr herum.

«Was soll das heißen – sie muß ihm etwas Wichtiges sagen?»

Miss Calthrop zuckte die Achseln.

«Mein lieber Oliver, woher soll ich das wissen? Sie hat mehr oder weniger angedeutet, daß sie etwas über Digby weiß, aber ich glaube, daß unsere Sylvia sich nur wieder mal wichtig machen will. Sie wissen doch, wie sie ist. Trotzdem kann man es ja nicht gut ablehnen, sie hinzufahren.»

«Aber hat sie nicht irgend etwas fallenlassen, worum es geht?»

Latham sprach mit gezieltem Nachdruck.

«Nein, das hat sie nicht. Und ich hätte ihr auf keinen Fall die Genugtuung bereitet, sie danach zu fragen. Und ich werde mich auch nicht beeilen. Wenn der Wind weiter so anhält, kann ich froh sein, wenn ich heute nacht überhaupt ein Auge zumache.»

Latham sah aus, als hätte er gern noch weitergefragt, aber Celia hatte sich schon an ihm vorbeigedrängt. Mit einem gemurmelten, nur mehr angedeuteten «Gute Nacht» folgte er den anderen in den Sturm hinaus. Angestrengt lauschend hörte Dalgliesh einige Minuten später im Heulen des Winds Türenklappen und das schwache Geräusch abfahrender Wagen.

4

Der Wind weckte Dalgliesh um kurz vor drei. Während er langsam zu sich kam, hörte er die Wohnzimmeruhr dreimal schlagen, und sein erster bewußter Gedanke war ein verschlafenes Erstaunen darüber, daß ein so wohlklingendes, unaufdringliches Geräusch so klar und deutlich durch das Tohuwabohu der Nacht schallen konnte. Er lag wach und lauschte. An die Stelle der Schläfrigkeit trat ein Gefühl des Wohlbehagens und dann eine leichte Erregung. Er hatte die stürmischen Nächte in Monksmere schon immer geliebt. Es war ein vertrautes, vorhersehbares Gefühl; ein Kitzel der Gefahr; die Illusion, am äußersten Rand des Chaos zu schweben; der Kontrast zwischen der gewohnten Behaglichkeit seines Betts und dem Aufruhr der Nacht. Er hatte keine Angst, Pentlands hatte vierhundert Jahre lang den Meeren Suffolks standgehalten. Es würde auch heute nacht standhalten. Die Geräusche, die er jetzt vernahm, waren im Laufe langer Zeiten stets die gleichen geblieben. Seit über vierhundert Jahren hatten Menschen in diesem Zimmer wach gelegen und den Lauten des Meeres gelauscht. Alle Stürme glichen einander, doch keiner ließ sich beschreiben, es sei denn in abgenutzten, nichtssagenden Wendungen. Er lag regungslos da und horchte auf die vertrauten Geräusche; auf den Wind, der sich wie ein rasendes Tier gegen die Mauern warf; auf das unablässige Donnern der Brandung im Hintergrund; auf das Rauschen des Regens, das zwischen den Sturmböen zu hören war; und, in den kurzen Augenblicken der Stille, auf das leise Prasseln der Steinchen, die von Dach und Fensterbrettern herabfielen. Gegen zwanzig vor vier schien der Sturm sich zu legen. Einen Moment lang herrschte absoluter Friede, und Dalgliesh konnte seinen eigenen Atem hören. Kurz darauf mußte er wieder eingeschlafen sein.

Plötzlich wurde er von einer Sturmbö wieder geweckt, die so heftig war, daß das ganze Haus zu schwanken schien, und das Meer heulte auf, als wolle es das Haus überschwemmen. So etwas hatte er selbst in Monksmere noch nie erlebt. Es war unmöglich, bei einem solchen Aufruhr weiterzuschlafen. Ein unbehagliches Gefühl trieb ihn, aufzustehen und sich anzuziehen.

Er machte die Lampe an seinem Bett an, und im selben Augenblick erschien seine Tante in der Tür, fest eingepackt in ihren alten karierten Morgenrock, das Haar in einem langen Zopf über der einen Schulter. Sie sagte:

«Justin ist da. Er meint, man müßte nach Sylvia Kedge sehen. Vielleicht muß man sie aus ihrem Haus herausholen. Er sagt, das Wasser steigt sehr schnell.»

Dalgliesh griff nach seinen Sachen.

«Wie ist er denn hierhergekommen? Ich habe ihn gar nicht gehört.»

«Na, das ist nicht weiter verwunderlich. Du hast wahrscheinlich geschlafen. Er sagt, man kommt mit dem Wagen nicht mehr zur Straße, weil alles überflutet ist. Deshalb muß man wahrscheinlich über die Landspitze gehen. Er hat versucht, die Küstenwache anzurufen, aber die Leitung ist unterbrochen.»

Sie verschwand wieder, und Dalgliesh zog sich unter leisem Fluchen hastig an.

Es war eine Sache, in warmer Geborgenheit zu liegen und die Geräusche des Sturms zu analysieren; aber es war etwas anderes, sich mühsam über die höchste Stelle der Landspitze zu quälen – ein Abenteuer, das nur junge Leute, Draufgänger und unverbesserliche Romantiker reizen konnte.

Er empfand einen ungerechtfertigten Ärger auf Sylvia Kedge, als ob sie in irgendeiner Weise selbst schuld wäre an der Gefahr, in der sie sich befand. Die junge Frau mußte doch bei Gott wissen, ob ihr Haus in einem Sturm sicher war! Es konnte natürlich sein, daß Bryce ein unnötiges Theater machte. Wenn Haus Tanner die Flutkatastrophe von 1953 überstanden hatte, würde es auch den heutigen Abend überstehen. Aber es war auf jeden Fall kein Fehler, sich davon zu überzeugen. Trotzdem war es nicht gerade eine Unternehmung, über die man besonders erfreut sein konnte. Bestenfalls würde es eine unbequeme, anstrengende und lästige Sache sein. Schlimmstenfalls, besonders mit Bryce im Schlepptau, erfüllte sie alle Voraussetzungen einer Farce.

Seine Tante war schon im Wohnzimmer, als er nach unten kam. Sie packte eine Thermosflasche und Becher in einen Rucksack und war bereits fertig angezogen. Sie mußte das meiste schon unter ihrem Morgenrock angehabt haben, als sie ihn gerufen hatte. Dalgliesh kam der Gedanke, daß Bryce ganz und gar nicht überraschend gekommen war, und daß Sylvia sich in größerer Gefahr befinden mochte, als er glaubte. Bryce, in schwerem Ölzeug, das ihm bis zu den Knöcheln reichte und das von einem riesigen Südwester gekrönt wurde, stand wie eine lebendig gewordene Reklame für Lebertran tropfend und glänzend mitten im Zimmer. Er hielt eine Rolle Tauwerk fest in der Hand, als wisse er genau, was er damit zu tun habe, und trug die Miene eines Mannes zur Schau, der zum Handeln entschlossen ist.

Er sagte:

«Falls es nötig werden sollte zu schwimmen, muß man das Ihnen überlassen, lieber Adam. Man hat ja leider sein Asthma.» Er bedachte Dalgliesh mit einem listigen, unergründlichen Blick und setzte entschuldigend hinzu: «Außerdem kann man nicht schwimmen.»

«Natürlich», erwiderte Dalgliesh schwach. War Bryce denn ernstlich der Meinung, daß in einer solchen Nacht noch irgend jemand schwimmen konnte? Aber es hatte keinen Sinn, eine Auseinandersetzung anzufangen. Dalgliesh kam sich vor wie ein Mensch, der zu einer Unternehmung verdammt ist, die er für Wahnsinn hält, gegen die sich zu wehren er aber nicht die Kraft aufbringt.

Bryce fuhr fort:

«Ich habe Celia oder Liz nicht abgeholt. Es hat keinen Sinn, mit einer ganzen Horde loszuziehen. Außerdem ist die Straße überflutet, und sie wären gar nicht durchgekommen. Aber ich habe versucht, Latham aufzustöbern. Er war allerdings nicht zu Hause. Deshalb müssen wir es eben alleine schaffen.» Offenbar machte er sich über Lathams Abwesenheit keine weiteren Gedanken. Dalgliesh verschluckte die Fragen, die ihm auf der Zunge lagen. Er hatte schon genug am Hals, auch ohne neue Probleme aufzuwerfen. Aber was in aller Welt konnte Latham in so einer Nacht außer Haus treiben? War denn ganz Monksmere auf einmal verrückt geworden?

Sobald sie aus dem Schutz der Straße herausgetreten und auf die Landspitze hinaufgestiegen waren, mußten sie alle Kraft zusammennehmen, um vorwärts zu kommen, und Dalgliesh verdrängte das Problem Latham aus seinem Bewußtsein. Es war unmöglich, aufrecht zu gehen, und sie schoben sich wie geduckte Tiere auf Händen und Füßen vorwärts, bis die Schmerzen in Schenkeln und Bauchmuskeln sie nötigten, sich auf die Knie und die ausgestreckten Handflächen niederzulassen, um wieder zu Kräften und zu Atem zu kommen. Aber die Nacht war wärmer, als Dalgliesh erwartet hatte, und der Regen, jetzt weniger heftig, trocknete sanft auf ihren Gesichtern. Von Zeit zu Zeit boten ihnen Büsche und Sträucher Schutz, und dann zogen sie, von der drückenden Last des Winds befreit, leicht wie körperlose Geister durch die warme, nach feuchtem Gras duftende Dunkelheit.

Als sie zum letztenmal aus dieser Deckung heraustraten, erblickten sie zum Meer hin Haus Priory, die Fenster hell erleuchtet, so daß das Haus aussah wie ein großes Schiff, das im Sturm reitet. Bryce zog sich zurück in den Schutz der Büsche und rief:

«Ich würde vorschlagen, daß Miss Dalgliesh Sinclair und seine Haushälterin zu Hilfe holt. Allem Anschein nach sind sie ja noch auf. Und wir werden eine lange, stabile Leiter brauchen. Unserer Meinung nach wäre es das beste, daß Sie, Adam, wenn das Wasser nicht zu hoch ist, über die Tanner's Lane waten, um möglichst schnell zum Haus zu kommen. Wir anderen werden ein Stück weiter landeinwärts gehen, bis wir die Straße überqueren können und kommen dann von der Nordseite her zum Haus. Von dieser Seite aus müßte es uns möglich sein, Sie mit der Leiter zu erreichen.»

Noch ehe er mit der Erläuterung dieses erstaunlich klaren und vernünftigen Plans fertig war, war Miss Dalgliesh bereits wortlos nach Haus Priory aufgebrochen. Dalgliesh, dem ohne seine Zustimmung die Rolle des Helden zugefallen war, stellte mit Erstaunen fest, wie sehr sich Bryce verändert hatte. Der kleine Mann besaß offenbar eine geheime Leidenschaft fürs Handeln. Er war auch nicht mehr so affektiert. Dalgliesh hatte das neuartige und gar nicht unangenehme Gefühl, unter fremdem Befehl zu stehen. Er war immer noch nicht überzeugt davon, daß überhaupt eine Gefahr bestand. Aber falls es sie gab, war Bryces Plan so gut wie jeder andere.

Doch als sie zur Tanner's Lane kamen und im Schutz des südlich gelegenen Hangs auf Haus Tanner hinunterblickten, war die Gefahr deutlich zu sehen. Im Mondlicht, das zwischen den wie rasend dahinsegelnden Wolken hervorbrach, lag die Straße wie eine aufgewühlte, weißschäumende Fläche da. Das Wasser hatte bereits den Gartenweg überschwemmt und leckte jetzt an der Haustür. Im Erdgeschoß brannte Licht. Von ihrem Standort aus sah das kompakte, häßliche Puppenhaus seltsam verloren und gefährdet aus. Aber Bryce fand die Situation offenbar nicht so hoffnungslos, wie er erwartet hatte. Er zischte Dalgliesh ins Ohr:

«Es ist nicht sehr hoch. Mit Hilfe des Seils müßten Sie es schaffen rüberzukommen. Komisch, ich dachte, es wäre inzwischen schon höher. Vielleicht steigt es auch gar nicht weiter. Wirklich nicht sehr gefährlich. Trotzdem sehen Sie wohl besser mal drüben nach.» Es klang fast enttäuscht.

Das Wasser war unbeschreiblich kalt. Obwohl Dalgliesh darauf vorbereitet war, nahm ihm der Schock fast den Atem. Er hatte das Ölzeug und das Jackett ausgezogen und war jetzt nur in Hose und Pullover. Er hatte das eine Ende des Seils um seine Hüften gebunden. Das andere Ende, das sie um einen dünnen Baumstamm gewickelt hatten, glitt Zentimeter für Zentimeter durch Bryces achtsame Hände. Das rasch dahinströmende Wasser reichte Dalgliesh schon fast bis zur Brust, und er hatte große Mühe, sich aufrecht zu halten. Von Zeit zu Zeit stolperte er über Unebenheiten in der Straße, und seine Füße verloren den Halt. Am Seil zappelnd wie ein Fisch an der Leine mußte er einen bedrohlichen Augenblick lang darum kämpfen, den Kopf über Wasser zu halten. Es war aussichtslos, gegen diese Strömung anschwimmen zu wollen. Das Licht im Haus brannte noch, als er an der Tür ankam und sich mit dem Rücken dagegenlehnte. Das Wasser kreiste in großen Wirbeln um seine Knöchel und stieg mit jeder Welle höher. Keuchend, um wieder zu Atem zu kommen, signalisierte er Bryce, das Seil loszumachen. Die kleine dicke Gestalt an dem jenseitigen Hang schwenkte begeistert die Arme, machte aber keinerlei Anstalten, das Seil vom Baum loszubinden. Wahrscheinlich sollten die überschwenglichen Gesten nur Glückwunsch und Anerkennung zum Ausdruck bringen, daß Dalgliesh sein Ziel erreicht hatte. Dalgliesh verfluchte sich im stillen, daß er versäumt hatte, mit Bryce auszumachen, wer von ihnen beiden das Seil einholen sollte, bevor er sich Hals über Kopf in seine Aufgabe gestürzt hatte. Es war unmöglich, sich zu verständigen, noch nicht einmal durch Schreien. Wenn er nicht für alle Zeit an diesen Baum gefesselt bleiben wollte – und seine Lage kam einer Posse schon bedenklich nahe –, mußte er das Seil Bryce überlassen. Er löste den Knoten, und das Seil schnellte von seinen Hüften. Sofort begann Bryce, es mit ausladenden Armbewegungen einzuholen.

Der Wind hatte ein wenig nachgelassen, aber Dalgliesh hörte keine Geräusche im Haus, und auf sein Rufen kam keine Antwort. Er drückte gegen die Tür, aber sie gab nur wenig nach. Irgend etwas Sperriges lag dahinter. Er drückte fester und spürte, wie sich das Hindernis bewegte, als rutsche ein schwerer Sack über den Boden. Schließlich hatte er die Tür so weit offen, daß er sich durch den Spalt hineinzwängen konnte, und stellte fest, daß der Sack Oliver Lathams Körper war.

Er lag quer in dem engen Flur, der Körper versperrte den Durchlaß zum Wohnzimmer, und der Kopf lag mit dem Gesicht nach oben auf der ersten Treppenstufe. Offenbar war Latham mit dem Kopf gegen das Treppengeländer geschlagen. Er hatte eine klaffende Wunde hinter dem linken Ohr, aus der noch immer Blut tropfte, und eine zweite über dem rechten Auge. Dalgliesh beugte sich über ihn. Er lebte und kam schon wieder zu sich. Als er Dalgliesh Hand spürte, stöhnte er, drehte den Kopf zur Seite und übergab sich kräftig. Die grauen Augen öffneten sich, versuchten, sich zurechtzutasten, und schlossen sich wieder.

Dalgliesh blickte durch das hellerleuchtete Wohnzimmer zu der regungslosen Gestalt hin, die kerzengerade auf der Liege saß. Das Gesicht war ein leichenblasses Oval zwischen vollen, schweren Haarsträhnen. Die schwarzen Augen waren riesenhaft vergrößert. Sie starrten aufmerksam und forschend zu ihm herüber. Sie schien das kreiselnde Wasser, das sich jetzt in Wellen über dem Boden ausbreitete, überhaupt nicht zu bemerken.

«Was ist passiert?» fragte Dalgliesh.

Sie sagte ruhig:

«Er ist hierhergekommen, um mich umzubringen. Ich habe die einzige Waffe benutzt, die ich hatte. Ich habe mit dem Briefbeschwerer nach ihm geworfen. Er muß sich beim Fallen den Kopf angeschlagen haben. Ich glaube, ich habe ihn umgebracht.»

Dalgliesh sagte kurz:

«Er wird's überleben. Er hat sich nichts weiter getan. Aber ich muß ihn nach oben bringen. Bleiben Sie, wo Sie sind, und rühren Sie sich nicht von der Stelle. Ich komme gleich wieder und hole Sie.»

Sie zuckte ein wenig die Achseln und fragte:

«Warum können wir nicht über die Straße gehen? Sie sind doch auch so gekommen.»

Dalgliesh erwiderte grob:

«Weil mir das Wasser schon bis zur Brust reicht und eine enorme Strömung hat. Ich kann nicht mit einem Krüppel und einem halb Bewußtlosen auf dem Rücken da durchschwimmen. Wir müssen nach oben. Wenn nötig, aufs Dach.»

Er schob seine Schulter unter Lathams Körper und hob ihn unter Aufbietung aller Kräfte auf. Die Treppe war steil, schlecht beleuchtet und eng, aber gerade diese Enge war ein Vorteil. Nachdem er Lathams Körper auf seinen Schultern zurechtgerückt hatte, konnte er sich links und rechts am Treppengeländer emporhangeln. Zum Glück machte die Treppe keinen Knick. Oben angekommen tastete er nach dem Lichtschalter, und der oberste Treppenabsatz war in helles Licht getaucht. Er blieb einen Augenblick stehen und überlegte, wo das Oberlicht war. Dann stieß er die Tür zu seiner Linken auf und suchte wieder nach dem Lichtschalter. Es dauerte ein paar Sekunden, bis er ihn gefunden hatte. Während er in der Tür stand, mit der linken Hand Lathams Körper festhielt und mit der rechten die Wand abtastete, schlug ihm der Geruch des Zimmers entgegen, dumpf, muffig und widerlich süß wie leichter Moderduft. Dann fanden seine Finger den Schalter, und der Raum erhellte sich mit dem Licht einer einzelnen nackten Glühbirne, die von der Mitte der Decke herabhing. Es war offensichtlich Mrs. Kedges Schlafzimmer, und es sah noch immer so aus, dachte er, wie es ausgesehen haben mußte, als sie es zum letztenmal benutzt hatte. Die Möbel waren schwer und häßlich. Das große Bett, noch immer hergerichtet, nahm fast den ganzen hinteren Teil des Zimmers ein. Es roch feucht und modrig. Dalgliesh ließ Latham vorsichtig auf das Bett gleiten und sah hinauf zur Dachschräge. Er fand das Oberlicht, wie er vermutet hatte. Aber es gab nur noch ein einziges, winziges Fenster zur Straße hinaus. Entkommen konnten sie nur noch über das Dach.

Er ging zurück ins Wohnzimmer, um die junge Frau zu holen. Das Wasser reichte ihm bis zur Taille, und sie stand auf der Liege und hielt sich am Kaminsims fest. Dalgliesh bemerkte, daß sie einen kleinen Schwammbeutel aus Plastik um den Hals hängen hatte. Wahrscheinlich enthielt er alles, was sie an Wertsachen besaß. Als er hereinkam, blickte sie sich im Zimmer um, wie um sich zu überzeugen, daß es nichts weiter mitzunehmen gab. Während er sich zu ihr durchkämpfte, spürte er selbst in diesem engen, umschlossenen Raum die Kraft der Strömung und fragte sich, wie lange das Fundament des Hauses dem standhalten würde. Es war leicht, sich damit zu trösten, daß das Haus schon frühere Überschwemmungen überstanden hatte. Aber Flut und Wind waren unberechenbar. Das Wasser mochte in früheren Jahren höher gestiegen sein, aber es konnte kaum mit größerer Wucht hereingestürzt sein. Während er sich zu der wartenden Gestalt hinmühte, meinte er für einen kurzen Augenblick, ein Beben in den Wänden zu vernehmen.

Er näherte sich ihr und nahm sie ohne ein Wort auf den Arm. Sie war erstaunlich leicht. Zwar merkte er das Gewicht der schweren Beinschienen, doch der Oberkörper war so ätherisch, daß man hätte glauben können, er gehöre einem Wesen ohne Knochen, ja ohne Geschlecht. Er war beinahe überrascht, ihre Rippen und die kleinen, festen Brüste zu fühlen. Sie lag widerstandslos in seinen Armen, während er sie seitwärts gehend nach oben ins Zimmer ihrer Mutter trug. Erst dort fielen ihm ihre Krücken ein. Er spürte eine plötzliche Verlegenheit, einen Widerwillen, von ihnen zu sprechen. Als ob sie seine Gedanken gelesen hätte, sagte sie:

«Entschuldigen Sie, ich hätte daran denken sollen. Sie hängen am Kaminsims.»

Das bedeutete, daß er noch einmal hinunter mußte, aber es ließ sich kaum vermeiden. Es wäre schwierig gewesen, die junge Frau und ihre Krücken auf einmal die enge Treppe hinaufzubefördern. Er wollte sie gerade zum Bett tragen, als sie auf Lathams zusammengekrümmten Körper herabsah und mit plötzlicher Heftigkeit sagte: «Nein! Nicht dahin! Lassen Sie mich hier.» Er ließ sie sachte von seinen Armen gleiten, und sie lehnte sich an die Wand. Einen Augenblick lang waren ihre Augen auf gleicher Höhe, und sie starrten einander wortlos an. Es war Dalgliesh, als ob ihm in diesem Augenblick eine schweigende Nachricht übermittelt würde, aber ob die schwarzen Augen eine Warnung oder eine Bitte zum Ausdruck brachten, vermochte er hinterher nie mit Bestimmtheit zu sagen.

Es machte ihm keine Mühe, ihrer Krücken habhaft zu werden. Das Wasser im Wohnzimmer hatte jetzt den Kaminsims überspült, und als Dalgliesh nach unten kam, trieben sie durch die Wohnzimmertür auf ihn zu. Er packte sie bei den Gummigriffen am oberen Ende und zog sie übers Treppengeländer. Während er den Rückzug nach oben wieder antrat, brach eine große Welle durch die zertrümmerte Eingangstür und schleuderte sie ihm vor die Füße. Der Sockel des Treppengeländers wurde losgerissen, wirbelte herum wie in einem Strudel und zersplitterte an der Wand. Und diesmal gab es keinen Zweifel, er spürte, wie das Haus bebte.

Das Oberlicht war etwa drei Meter vom Boden entfernt, unmöglich zu erreichen ohne etwas, worauf man sich stellen konnte. Es war sinnlos, den Versuch zu machen, das schwere Bett zu bewegen, aber daneben stand ein viereckiger, stabil wirkender Nachtstuhl, und den schob Dalgliesh herüber und rückte ihn unter das Oberlicht.

Die junge Frau sagte: «Wenn Sie mich zuerst nach draußen schieben, kann ich Ihnen ... bei ihm helfen.»

Sie blickte zu Latham hin, der sich jetzt aufgerappelt hatte und, den Kopf in die Hände gestützt, auf der Bettkante saß. Er stöhnte hörbar.

Sie fügte hinzu: «Ich habe ziemliche Kraft in den Händen und Schultern.»

Und sie streckte ihm ihre häßlichen Hände hin wie eine Bittstellerin. So hatte Dalgliesh sich die Sache tatsächlich auch vorgestellt. Latham aufs Dach zu bekommen, war der schwierigste Teil der ganzen Unternehmung. Er bezweifelte, daß es ohne ihre Hilfe zu schaffen war.

Das Oberlicht, dreckverkrustet und voller Spinnweben, sah aus, als ließe es sich nur schwer öffnen. Als Dalgliesh aber mit der Faust gegen den Rahmen schlug, hörte er das brüchige Holz splittern. Die Klappe wurde nach oben gerissen und war sofort im Sturm verschwunden. In wohltuendem, erfrischendem Schwall drang die kühle Nachtluft in den engen Raum. Im selben Moment ging das Licht aus, und sie blickten wie vom Grunde einer Höhle aus zu dem quadratischen, aufgewühlten Stückchen Himmel und dem Mond hinter den vorüberwirbelnden Wolkenfetzen hinauf.

Latham kam durchs Zimmer auf sie zugetaumelt.

«Was zum Teufel ... Irgend jemand hat das verdammte Licht ausgemacht.»

Dalgliesh brachte ihn zurück zum Bett.

«Bleiben Sie hier und schonen Sie Ihre Kräfte. Sie werden sie noch brauchen. Wir müssen hinaussteigen aufs Dach.»

«Das können Sie machen. Ich bleibe hier. Holen Sie mir einen Arzt. Ich will einen Arzt. O Gott, mein Kopf.»

Dalgliesh ließ ihn auf der Bettkante sitzen, wo er sich in weinerlichem Selbstmitleid hin und her wiegte, und ging zurück zu der jungen Frau.

Er sprang auf dem Stuhl in die Höhe, umklammerte den äußeren Rahmen des Oberlichts und zog sich hoch. Er hatte sich nicht getäuscht, der First des Schieferdachs war nicht weiter als etwa einen Meter von ihm entfernt. Aber das Dach war steiler, als er gedacht hatte, und der Schornstein, der ihnen einen gewissen Schutz und Halt bieten konnte, war mindestens zwei Meter weiter links. Er ließ sich zurück auf den Boden gleiten und sagte zu der jungen Frau:

«Versuchen Sie rittlings auf dem Dachfirst zu sitzen und sich zum Schornstein hinüberzuarbeiten. Wenn Sie Schwierigkeiten haben, bleiben Sie ruhig sitzen und warten Sie auf mich. Mit Latham komme ich schon klar, sobald wir erst mal draußen sind, aber Sie müssen mir helfen, ihn rauszuziehen. Aber wir kümmern uns erst um ihn, wenn Sie einen sicheren Platz gefunden haben. Rufen Sie mich, wenn Sie soweit sind. Wollen Sie Ihre Krücken haben?»

«Ja», sagte sie ruhig. «Ich will meine Krücken haben. Ich kann sie oben an den Dachfirst hängen, und vielleicht können wir sie brauchen.»

Er wuchtete Sylvia an den eisernen Schienen, in denen ihre Beine von den Knöcheln bis zu den Oberschenkeln steckten, durch das Oberlicht. Die starre Unbeweglichkeit der Schienen machte es ihm leicht, sie hoch hinauf bis zum Dachfirst zu schieben. Dort hielt sie sich fest, schwang ein Bein hinüber und duckte sich mit flatternden Haaren tief vor dem wütenden Ansturm des Windes. Er sah sie heftig nicken zum Zeichen, daß sie bereit war, dann beugte sie sich zu ihm hinunter und streckte beide Hände aus.

Und in diesem Moment empfand er so etwas wie eine Warnung, einen untrüglichen Instinkt für eine drohende Gefahr. Er gehörte ebenso zu seinem Rüstzeug als Kriminalbeamter wie sein Wissen über Schußwaffen, seine Nase für einen unnatürlichen Tod. Er hatte ihm oftmals das Leben gerettet, und er hatte sich stets blindlings auf ihn verlassen. Jetzt war keine Zeit für ruhige Überlegungen und Analysen. Wenn sie drei überleben wollten, mußten sie hinaus aufs Dach. Aber er wußte, daß Latham und die junge Frau unter gar keinen Umständen allein dort oben zusammensein durften.

Es war nicht einfach, Latham durch das Oberlicht zu manövrieren. Er war nur halb bei Bewußtsein, und selbst das Wasser, das jetzt in großen Wirbeln auf dem Schlafzimmerboden kreiste, konnte in ihm kein Gespür für die Gefährlichkeit der Situation erwecken. Sein einziger Wunsch war, in den Kissen versinken zu dürfen, um in Ruhe gegen seine Übelkeit ankämpfen zu können. Aber er konnte wenigstens ein bißchen mithelfen und war nicht ganz ein totes Gewicht. Dalgliesh zog sich und Latham die Schuhe aus, dann brachte er ihn dazu, auf den Stuhl zu steigen und wuchtete ihn durch das Oberlicht ins Freie. Auch als die junge Frau Latham unter den Armen gepackt hatte, ließ er ihn nicht los, sondern schwang sich sofort durch die Öffnung hinaus und stemmte sich, den Rücken der überschwemmten Straße zugewandt, die Beine nach unten ins Zimmer baumelnd, mit aller Kraft gegen den Wind. Gemeinsam schoben und zogen sie den halb Bewußtlosen nach oben, bis seine Hände den Dachfirst umklammerten. Latham zog sich hoch und blieb dann regungslos, mit gespreizten

Beinen über dem Dachfirst liegen. Die junge Frau ließ ihn los, nahm ihre Krücken und rutschte langsam rückwärts, bis sie den Schornstein erreicht hatte und sich dagegen lehnen konnte. Dalgliesh schwang sich zu Latham aufs Dach.

Und dann geschah es. In dem Moment, als Dalgliesh Latham für den Bruchteil einer Sekunde losließ, trat sie zu. Es geschah so blitzartig, daß Dalgliesh die hinterhältige Bewegung der gepanzerten Beine kaum wahrnahm. Aber die Eisenschienen trafen Lathams Hände, die sich sofort vom Dachfirst lösten, und sein Körper glitt abwärts. Dalgliesh riß die Arme nach vorn und erwischte Latham an den Handgelenken. Es gab einen kurzen, unerträglichen Ruck, und Latham hing lang ausgestreckt mit seinem ganzen Körpergewicht an ihm. Dann trat sie wieder und wieder zu. Und nun zielte sie auf Dalglieshs Hände. Sie waren zu steif, als daß er den Schmerz empfunden hätte, aber er spürte plötzlich den warmen Blutstrom und wußte, daß es nicht mehr lange dauern konnte, bis die Handgelenke gebrochen waren und Latham seinen kraftlosen Händen entgleiten würde. Und dann würde die Reihe an ihn kommen. Sie hatte mit dem Schornstein im Rücken einen sicheren Halt und war mit ihren Krücken und den tödlichen Eisenschienen bewaffnet. Vom Hang her konnte keiner sie sehen. Sie waren auf der anderen Seite des Dachs, und es war stockfinstere Nacht. Die besorgten Beobachter, wenn sie tatsächlich schon eingetroffen waren, würden sie lediglich als zusammengekauerte Silhouetten am Himmel wahrnehmen. Und wenn man ihn und Latham später fand, würden ihre Leichen keine Verletzungen aufweisen, die sich nicht mit der wütenden Brandung gegen die Felsen erklären ließen. Er hatte nur eine einzige Chance, er mußte Latham loslassen. Allein konnte er ihr wahrscheinlich die Krücken entwinden. Allein hatte er sogar eine sehr gute Chance. Aber sie wußte natürlich, daß er Latham nicht loslassen würde. Sie hatte immer genau gewußt, was ihr Gegner tun würde. Er harrte verbissen aus; und die Schläge trafen ihn wieder und wieder.

Sie hatten beide nicht mit Latham gerechnet. Vielleicht glaubte die junge Frau, er wäre bewußtlos. Aber plötzlich glitt eine Schieferplatte, die sich bei seinem Sturz gelockert hatte, von ihrem Platz, und seine Füße fanden in der Lücke einen Halt. Ein verzweifelter Lebenswille erwachte in ihm. Er schnellte nach oben, riß dabei seine linke Hand aus Dalglieshs schwächer werdender Umklammerung und packte mit unerwarteter Kraft die eisernen Beinschienen. Von seinem plötzlichen Angriff überrascht, verlor die Frau das Gleichgewicht, und im selben Moment fegte eine heftige Sturmbö übers Dach. Latham zerrte von neuem, und sie stürzte. Dalgliesh streckte blitzartig die Hand nach ihr aus und erwischte die Schnur des kleinen Plastikbeutels, den sie um den Hals trug. Die Schnur zerriß, und ihr Körper rollte an ihm vorbei. Die unförmigen orthopädischen Stiefel fanden keinen Halt, die schweren Eisenschienen an den kraftlosen Beinen rissen sie unerbittlich weiter dem Abgrund entgegen. Dann schlug sie gegen die Dachrinne und stürzte kreiselnd wie eine mechanische Spielzeugpuppe mit gespreizten Beinen ins Leere. Sie hörten den einen wilden Schrei und dann nichts mehr. Dalgliesh stopfte den kleinen Beutel in die Tasche und blieb dann, den Kopf auf die blutigen Hände gebettet, regungslos liegen. Und dann spürte er den sanften Druck der Leiter im Rücken.

Ohne die Verletzungen wäre der Aufstieg zum Hang relativ einfach gewesen. Aber Dalgliesh konnte seine Hände jetzt kaum noch gebrauchen. Schmerzen hatten eingesetzt, und er hielt es fast nicht aus, die Finger zu bewegen. Und er konnte nicht mehr greifen. Die unmittelbar zurückliegende Anstrengung schien Latham völlig erschöpft zu haben. Er war offenbar im Begriff, wieder das Bewußtsein zu verlieren. Dalgliesh mußte ihm ein paar Minuten ins Ohr schreien, bis er ihn dazu brachte, mit auf die Leiter zu kommen.

Dalgliesh ging als erster auf die Leiter und arbeitete sich, die Sprossen im Rücken, mit den abgewinkelten Unterarmen Latham stützend, Stück für Stück hinauf. Lathams schweißgebadetes Gesicht war nur wenige Zentimeter von seinem eigenen entfernt. Dalgliesh roch seinen süßsauren Atem, das Kennzeichen eines zu reichlichen Alkoholgenusses, einer zu ausschweifenden Lebensweise. Er fragte sich bitter, ob seine letzte bewußte Wahrnehmung, bevor sie in die wirbelnde Tiefe hinuntergerissen wurden, in der Entdeckung bestand, daß Latham einen schlechten Mundgeruch hatte. Es gab wichtigere Dinge zu entdecken, und es gab angenehmere Arten zu sterben. Latham sollte sich ruhig etwas anstrengen!

Warum zum Teufel tat der Mann nichts dafür, daß er wenigstens halbwegs körperlich fit war? Dalgliesh stieß abwechselnd gemurmelte Flüche und Ermunterungen hervor, und Latham raffte sich, als hätte er beides gehört, zu einer neuen Kraftanstrengung auf, umklammerte die nächste Sprosse und zog sich mühsam ein paar Zentimeter weiter in die Höhe. Plötzlich bog sich die Sprosse und sprang knallend aus der Leiter. Sie wirbelte Latham in weitem Bogen aus der Hand und verschwand geräuschlos in den Wellen. Einen schrecklichen Augenblick lang sackten ihre Köpfe durch die Öffnung und hingen mit aufgerissenen Augen über dem nur sieben Meter unter ihnen brodelnden Wasser. Dann hob Latham den Kopf, legte ihn an den Holm der Leiter und knurrte Dalgliesh an:

«Gehen Sie lieber runter. Diese Leiter hält keine zwei Leute aus. Es hat keinen Sinn, daß wir beide naß werden.»

«Verschwenden Sie Ihre Kraft nicht mit unnützen Worten», sagte Dalgliesh. «Und sehen Sie zu, daß Sie weiterkommen.»

Er rückte die Armbeugen unter Lathams Achseln zurecht und hob ihn ein paar Sprossen weiter hinauf. Die Leiter knarrte und bog sich durch. Sie blieben einen Augenblick regungslos liegen und versuchten es dann aufs neue. Diesmal gelang es Latham, auf einer der Sprossen Tritt zu fassen, und er bewegte sich unversehens so heftig vorwärts, daß Dalgliesh beinahe aus dem Gleichgewicht kam. Von einer plötzlichen Sturmbö erfaßt, schwankte die Leiter zur Seite. Sie spürten deutlich, wie der Fuß unten über das Dach rutschte. Keiner von beiden wagte sich zu rühren, bis das wilde Schaukeln nachließ. Dann schoben sie sich von neuem Zentimeter für Zentimeter vorwärts. Sie näherten sich jetzt dem Hang und sahen unten die dunklen Silhouetten vom Wind zerzauster Bäume. Dalgliesh dachte, daß sie in unmittelbarer Nähe der Landspitze sein mußten, trotzdem war nichts zu hören als das Heulen des Sturms. Er nahm an, daß die kleine Gruppe schweigend wartete und ihre verbissene Anstrengung noch nicht einmal durch Anfeuerungsrufe zu stören wagte. Plötzlich war alles vorüber. Er fühlte sich von kräftigen Händen an den Knöcheln gepackt. Irgend jemand zog ihn in Sicherheit.

Er empfand keine Erleichterung, nur tiefe Erschöpfung und Selbstverachtung. Aus seinem Körper war alle Kraft gewichen, aber sein Verstand war ziemlich klar, und seine Gedanken waren von Bitterkeit erfüllt. Er hatte die Schwierigkeiten unterschätzt, hatte sich in leichtsinniger Mißachtung der Gefahr von Bryce in diese stümperhafte Posse hineinziehen lassen und hatte sich aufgeführt wie ein gedankenloser Narr. Sie waren losgezogen wie ein paar Pfadfinder, um die junge Frau vor dem Ertrinken zu retten, mit dem Ergebnis, daß sie ertrunken war. Dabei hätte man in dem oberen Schlafzimmer nur in aller Ruhe abzuwarten brauchen, bis das Wasser fiel. Der Sturm ließ bereits nach. Am Morgen hätte man sie, vielleicht ein wenig durchgefroren, aber unverletzt, ganz gemütlich dort herausholen können.

Und dann hörte er – wie eine Antwort auf seine Gedanken – das Rumpeln. Es schwoll zu einem dumpfen Krachen an, und die kleine Gesellschaft am Hang beobachtete gebannt, wie sich das Haus mit einer Art linkischer Anmut ins Meer neigte. Das Krachen hallte auf der ganzen Landspitze wider, und die Wellen, gegen die Steinmauern schlagend, schossen donnernd in die Höhe. Der Gischt stieg tanzend in den Nachthimmel auf und trieb ihnen in die Augen. Und dann erstarb das Rumpeln. Das letzte Haus Tanner war im Meer versunken.

Die Landspitze war von schwarzen Gestalten bevölkert. Sie scharten sich um ihn und dämpften so den Anprall des Sturms. Ihre Münder öffneten und schlossen sich, aber er hörte nicht, was sie sagten. Einmal sah er deutlich R. B. Sinclairs weiße, flatternde Haare sich vor dem Mond abheben, und er hörte, wie Latham mit der quengeligen Beharrlichkeit eines Kindes nach einem Arzt verlangte. Dalgliesh wurde von einem unerträglichen Verlangen erfüllt, auf das weiche Gras sinken und ruhig dort liegen bleiben zu dürfen, bis der Schmerz in seinen Händen, die furchtbare Pein in seinem ganzen Körper nachließen. Aber irgend jemand hielt ihn aufrecht. Es mußte wohl Reckless sein. Die Hände, die ihn unter den Armen stützten, waren unerwartet kräftig, und er roch den starken, durchdringenden Geruch von nassem Gabardine, spürte die rauhe Oberfläche des Stoffs an seinem Gesicht. Dann begannen die Münder, die sich wie die Kinnladen von Marionetten auf und ab bewegten, allmählich Geräusche von sich zu geben. Sie fragten, ob alles mit ihm in Ordnung sei, und jemand schlug vor –

er glaubte, daß es Alice Kerrison war – sie sollten alle nach Haus Priory gehen. Irgendein anderer erwähnte den Landrover. Mit ihm konnte man auf der Straße nach Pentlands fahren, wenn Miss Dalgliesh Adam lieber nach Hause bringen wollte. Dalgliesh bemerkte jetzt den Landrover, ein schwarzer Schatten am Rande der Gruppe. Es mußte der Landrover von Bill Coles sein, und die massige Gestalt im gelben Ölzeug war offenbar Coles selber. Wie zum Teufel war er hierher gekommen? Die verschwommenen weißen Gesichter schienen alle darauf zu warten, daß er irgendeinen Entschluß faßte. Er sagte: «Ich möchte nach Hause.»

Er schüttelte die Hände, die ihm helfen wollten, ab und hievte sich mit den Ellbogen in den Fond des Landrovers. Auf dem Boden standen ein paar Sturmlaternen, die ihr gelbliches Licht auf die Reihe der sitzenden Gestalten warfen. Hier sah er auch seine Tante wieder. Sie hatte den einen Arm um Lathams Schulter gelegt, und er lehnte sich an sie. Er sah aus, wie der romantische Held in einem viktorianischen Melodrama, dachte Dalgliesh, mit seinem langen bleichen Gesicht, den geschlossenen Augen und dem weißen Taschentuch, das ihm jemand um den Kopf gebunden hatte und an dem sich ein Blutfleck abzeichnete. Reckless stieg als letzter ein und zwängte sich neben Dalgliesh. Während der Landrover über die Landspitze schaukelte, hielt Dalgliesh seine zerschundenen Hände von sich gestreckt wie ein Chirurg, der darauf wartet, daß man ihm die Handschuhe anzieht. Er sagte zu Reckless:

«Wenn Sie in meine Tasche greifen könnten, da ist ein Plastikbeutel drin, der Sie interessieren wird. Ich habe ihn Sylvia Kedge vom Hals gerissen. Ich kann selber nichts anfassen.»

Dalgliesh lehnte sich zur Seite, so daß Reckless in seine Tasche greifen und den kleinen Beutel herausziehen konnte. Er knotete die Schnur auf und zog mit dem Daumen die Öffnung auseinander. Dann schüttete er den Inhalt des Beutels auf seinen Schoß. Er bestand aus einem in Silber gerahmten verblaßten Foto einer Frau, einer Tonbandspule, einer zusammengefalteten Heiratsurkunde und einem schlichten goldenen Fingerring.

5

Helligkeit legte sich mit schmerzhaftem Druck auf Dalgliehs Augen. Er tauchte empor durch ein Kaleidoskop kreiselnder Rot- und Blautöne und öffnete mühsam die bleiernen Augenlider, um dem Tag entgegenzublinzeln. Es mußte viel später sein, als er gewöhnlich aufzustehen pflegte; die Sonnenstrahlen fielen ihm schon warm ins Gesicht. Er blieb einen Augenblick liegen, streckte vorsichtig die Beine und spürte fast lustvoll den Schmerz in den überanstrengten Muskeln. Seine Hände fühlten sich schwer an. Er zog sie unter der Bettdecke hervor und drehte die beiden weißen Kokons, während er sie mit der angestrengten Neugier eines Kindes beäugte, langsam vor den Augen hin und her. Wahrscheinlich hatte ihm seine Tante diese fachmännisch aussehenden Verbände angelegt, obwohl er sich nicht daran erinnern konnte. Und sie mußte auch eine Salbe verwendet haben. Es fühlte sich unangenehm glitschig an im Innern des Gazeverbands. Er merkte jetzt, daß ihm die Hände noch immer weh taten, aber er konnte die Fingergelenke bewegen, und die Spitzen der drei mittleren Finger, die als einzige sichtbar waren, sahen ziemlich normal aus. Anscheinend war nichts gebrochen.

Er schob die Arme vorsichtig in die Ärmel seines Morgenrocks und ging ans Fenster. Der Morgen draußen war still und heiter und rief sofort die Erinnerung an seinen ersten Urlaubstag in ihm wach. Einen Augenblick kam ihm der Aufruhr der vergangenen Nacht so fern und unglaubhaft vor wie alle anderen großen Unwetter der Vergangenheit. Aber er hatte den Beweis vor Augen. Das Ende der Landspitze, das er von seinem nach Osten gelegenen Fenster aus überblicken konnte, war so verwüstet, als sei eine ganze Armee, eine Spur abgeknickter Zweige und ausgerissener Ginsterbüsche hinter sich lassend, darüber hinweggetrampelt. Und obwohl der Wind zu einer leichten Brise abgeflaut war, so daß sich in dem Unrat auf dem Boden kaum etwas regte, war das Meer noch immer in Bewegung und rollte in Wellen, groß und schwer, als seien sie mit Sand befrachtet, zum Horizont hin. Die Färbung des Wassers war schmutzig, es war zu trübe und aufgewühlt, um das leuchtende Blau des Himmels widerzuspiegeln. Die Natur war mit sich selber uneinig; während das Meer noch die letzten Scharmützel einer Privatfehde ausfocht, hatte sich die Erde bereits erschöpft unter einem friedlichen Himmel zur Ruhe gestreckt.

Er wandte sich vom Fenster ab und blickte sich im Zimmer um, als sähe er es zum erstenmal. Eine zusammengelegte Wolldecke hing über der Rückenlehne des Sessels, der am Fenster stand, und ein Kissen lag auf der Armlehne. Seine Tante mußte die Nacht dort verbracht haben. Es war unwahrscheinlich, daß sie es aus Sorge um ihn getan hatte. Jetzt fiel es ihm wieder ein. Sie hatte Latham mit nach Pentlands genommen; seine Tante mußte ihm ihr Zimmer überlassen haben. Der Gedanke irritierte ihn, und er fragte sich, ob er wirklich so kleinlich war, sich darüber zu ärgern, daß seine Tante sich um einen Menschen sorgte, den er noch nie hatte leiden können. Na, und wenn schon. Die Abneigung beruhte auf Gegenseitigkeit, wenn man das als Rechtfertigung gelten lassen wollte, und der Tag drohte anstrengend genug zu werden, auch ohne daß er ihn in einer Stimmung übertriebener Selbstkritik begann. Aber er hätte auf Latham verzichten können. Die Ereignisse der vergangenen Nacht waren ihm noch zu frisch im Gedächtnis, als daß ihn die Aussicht erfreut hätte, mit seinem Mitspieler in dieser Posse beim Frühstück Konversation zu machen.

Während er sich nach unten begab, hörte er Stimmengemurmel aus der Küche. Der vertraute morgendliche Duft von Kaffee und Speck lag in der Luft, doch das Wohnzimmer war leer. Seine Tante und Latham frühstückten wohl zusammen in der Küche. Er hörte Lathams schrille, arrogante Stimme, während die in leiserem Ton gegebenen Antworten seiner Tante nicht zu verstehen waren. Er ertappte sich dabei, daß er leise auftrat, damit sie ihn nicht hörten, und wie ein Eindringling auf Zehenspitzen durchs Wohnzimmer schlich. Gleich würde es sich nicht mehr vermeiden lassen, daß er Lathams Entschuldigungen, Erklärungen und auch – schrecklicher Gedanke – seine Dankbarkeitsbezeigungen über sich ergehen ließ. Binnen kurzem würde ganz Monksmere zur Stelle sein, um Fragen zu stellen, Debatten zu führen und durcheinanderzurufen. Nur Weniges an der Geschichte würde neu für ihn sein, und die Erfahrung, wieder einmal recht gehabt zu haben, bereitete ihm schon lange keine Genugtuung mehr. Das Wer wußte er schon lange und seit Montagnacht auch das Wie. Aber für alle anderen würde dieser Tag eine glanzvolle Rehabilitation bringen, und die würden sie natürlich bis zur Neige auskosten. Sie waren erschreckt, belästigt und gedemütigt worden. Es wäre ungebührlich, ihnen den Spaß nicht zu gönnen. Aber im Augenblick wehrte er noch alles ab, als habe er Mühe, den Tag angehen zu lassen.

Im Wohnzimmerkamin brannte ein kleines Feuer, und das dünne Flämmchen flackerte fahl in dem hellen Sonnenlicht. Er sah, daß es nach elf war; die Post war schon da. Auf dem Kaminsims stand ein Brief für ihn. Sogar quer durchs Zimmer konnte er Deborahs große, schräge Handschrift erkennen. Er tastete in der Morgenrocktasche nach seinem eigenen, noch nicht abgeschickten Brief an sie und manövrierte ihn mit einiger Mühe neben den anderen Umschlag. Seine zierliche, steile Schrift wirkte zwanghaft ordentlich neben ihrem großzügig hingeworfenen Gekritzel. Ihr Brief war dünn. Das bedeutete, daß er höchstens ein Blatt enthielt. Plötzlich wußte er genau, was Deborah ihm auf nur einer DIN-A5-Seite geschrieben hatte, und mit einemmal sättigte sich auch der Brief mit der Bedrohung, die dieser Tag für ihn darstellte; ihn zu öffnen und zu lesen, wurde zu einer lästigen Pflicht, die man guten Gewissens noch eine Zeitlang hinausschieben könnte. Während er, ärgerlich über seine eigene Unentschlossenheit, dastand und sich zu diesem einen Handgriff zu zwingen suchte, hörte er ein Auto kommen. Also waren sie schon im Anmarsch und brannten ohne Zweifel vor Neugier und angenehmen Erwartungen. Als das Auto aber näher kam, erkannte er den Ford von Reckless und sah, als er ans Fenster trat, daß der Inspektor allein war. Eine Minute später wurde die Autotür zugeschlagen, und Reckless blieb einen Augenblick stehen, als müsse er sich erst innerlich darauf vorbereiten, das Haus zu betreten. Er hatte Celia Calthrops Tonbandgerät unter dem Arm. Der Tag hatte begonnen.

Fünf Minuten später lauschten sie alle vier dem Geständnis der Mörderin. Reckless saß mit gerunzelter Stirn neben dem Tonbandgerät und musterte es unverwandt mit dem mißtrauischen Blick eines Menschen, der befürchtet, daß es jeden Moment seinen Geist aufgeben könnte. Jane Dalgliesh saß regungslos, mit im Schoß gefalteten Händen, in ihrem Sessel vor dem Kamin und hörte so aufmerksam zu, als lausche sie einer Musikdarbietung. Latham hatte sich gegen die Wand drapiert, ließ einen Arm über den Kaminsims hängen und hatte den bandagierten Kopf gegen die grauen Steine gelehnt. Er sah aus, dachte Dalgliesh, wie ein Schauspieler, der seine besten Tage hinter sich hat und jetzt noch einmal für ein Agenturfoto posiert. Er selber saß mit einem Tablett auf den Knien seiner Tante gegenüber und spießte mit einer Gabel die mit Butter bestrichenen Toastwürfelchen auf, die sie ihm zurechtgeschnitten hatte, oder schloß die Hände mit ihrer praktischen Wärmeisolierung um einen dampfendheißen Becher Kaffee.

Die Stimme der toten jungen Frau sprach zu ihnen, aber nicht mit der bekannten, aufreizenden Unterwürfigkeit, sondern klar, beherrscht und selbstbewußt. Nur gelegentlich machte sich ein Anflug von Erregung bemerkbar, der rasch unterdrückt wurde. Das hier war ihr Triumphgesang, aber sie erzählte ihre schreckliche Geschichte mit der sicheren Gelassenheit einer Rundfunksprecherin, die eine Gute-Nacht-Geschichte vorliest.

«Ich zeichne mein Geständnis jetzt zum viertenmal auf, und es wird noch immer nicht das letzte Mal sein. Man kann ein Tonband öfter benutzen. Man kann sich immer noch verbessern. Nichts ist unbedingt endgültig. So pflegte Maurice Seton sich auszudrücken, wenn er an seinen jämmerlichen Büchern herumfeilte, als ob sie das überhaupt wert gewesen wären, als ob irgend jemand danach gefragt hätte, welchen Ausdruck er verwendete. Und meistens war es dann doch ein Ausdruck, den ich ihm in den Mund legte – ach, so diskret und zurückhaltend in den Mund legte, daß er kaum merkte, daß es ein menschliches Wesen war, mit dem er sich unterhielt. Und als solches hat er mich auch nie betrachtet. Ich war für ihn nur eine Maschine, die stenografieren, tippen, seine Sachen flicken, Geschirr waschen und auch ein bißchen kochen konnte. Natürlich keine wirklich vollkommene Maschine, denn ich konnte ja meine Beine nicht gebrauchen. Aber das machte es ihm in gewisser Hinsicht leichter. Es bedeutete, daß er mich noch nicht einmal als weibliches Wesen betrachten mußte. Natürlich hat er mich als Frau nie wahrgenommen. Das war nicht anders zu erwarten. Aber nach einiger Zeit war ich noch nicht einmal mehr ein weibliches Wesen für ihn. Er konnte mich bitten, bis spät abends zu arbeiten, über Nacht zu bleiben, das Badezimmer mit ihm zu teilen. Darüber würde es kein Gerede geben. Niemand würde sich darum kümmern. Das erregte niemals Anstoß. Warum auch? Wer würde mich schon anfassen wollen? Oh, er riskierte nicht das geringste, wenn er mich im Haus behielt. Und der Himmel weiß, auch mir drohte keine Gefahr bei ihm.

Er hätte gelacht, wenn ich ihm gesagt hätte, daß ich ihm eine gute Frau sein könnte. Nein, er hätte nicht gelacht. Er wäre angewidert gewesen. Es wäre ihm vorgekommen, als solle er sich mit einer Schwachsinnigen paaren oder mit einem Tier. Warum wirkt eine Körperbehinderung so abstoßend? Oh, er war nicht der einzige. Ich habe diesen Ausdruck auch auf anderen Gesichtern gesehen. Bei Adam Dalgliesh. Warum nenne ich gerade ihn als Beispiel? Weil er es kaum ertragen kann, mich anzusehen. Als ob er mir sagen wollte: ‹Ich mag es, wenn Frauen hübsch sind. Ich mag es, wenn Frauen anmutig sind. Du tust mir leid, aber du bist eine Beleidigung für mich.› Ich bin für mich selber eine Beleidigung, Inspektor Dalgliesh. Ich bin für mich selber eine Beleidigung. Aber ich sollte mich nicht zu lange mit der Einleitung aufhalten. Meine ersten Geständnisse waren viel zu lang und unausgewogen. Zum Schluß haben sie sogar mich gelangweilt. Aber ich habe ja Zeit, der Geschichte die richtige Form zu geben, sie so gut zu erzählen, daß ich mir das Tonband für den Rest meines Lebens immer wieder vorspielen kann und jedesmal dieselbe tiefe Befriedigung empfinde wie beim erstenmal. Eines Tages werde ich dann vielleicht alles wieder löschen. Aber jetzt noch nicht. Vielleicht tue ich es auch nie. Der einzige Nachteil bei der Planung und Durchführung eines perfekten Mordes ist der, daß man auf jede Anerkennung verzichten muß. Immerhin kann ich mich mit der kindischen Genugtuung trösten, daß ich wenigstens nach meinem Tod Schlagzeilen machen werde.

Natürlich war es ein komplizierter Plan, aber das machte ihn um so befriedigender. Schließlich ist es kein Problem, jemanden umzubringen. Hunderte von Menschen tun das Jahr für Jahr und erlangen eine kurze, traurige Berühmtheit dadurch, ehe sie genauso in Vergessenheit geraten wie die Zeitung von gestern. Ich hätte Maurice Seton umbringen können, wann immer ich wollte, besonders nachdem ich mir die fünf Gramm Arsen beschafft hatte. Er hatte sie damals, als er an dem Roman ‹Der Gute ins Töpfchen› schrieb, aus dem Museum des Cadaver Clubs entwendet und sie durch eine Flasche mit Natron ersetzt. Der arme Maurice mit seinem zwanghaften Bedürfnis nach Authentizität! Er konnte noch nicht einmal über einen Giftmord mit Arsen schreiben, ohne das Zeug in seiner Nähe zu haben, daran zu riechen, seine Löslichkeit zu überprüfen und sich am Spiel mit dem Tod zu berauschen. Diese Detailbesessenheit, diese Gier nach täuschend echt nachgestellten Erfahrungen waren ein entscheidender Bestandteil meines Plans. Sie führten ihn, das auserwählte Opfer, zu Lily Coombs und zum Cortez Club. Sie führten ihn zu seinem Mörder. Er war ein Fachmann auf dem Gebiet des täuschend echt nachgestellten Todes. Ich wäre gern dabei gewesen, um zu sehen, wie ihm die Realität schmeckte. Er wollte das Zeug natürlich zurückbringen; es war nur geliehen. Aber bevor er das tun konnte, habe ich selber einen kleinen Austausch vorgenommen. An die Stelle des Natrons in der Vitrine des Cadaver Clubs legte Maurice wiederum – Natron. Ich dachte mir, das Arsen würde ich eines Tages noch gut gebrauchen können. Und jetzt ist es so weit. Jetzt werde ich es sogar sehr gut gebrauchen können. Ich werde keine Schwierigkeiten haben, es in Digbys Taschenflasche zu tun. Und wie weiter? Soll ich den unvermeidlichen Augenblick abwarten, wo er allein ist und die nächste Minute nicht ohne einen Schluck aus der Flasche übersteht? Oder soll ich ihm sagen, daß Eliza Marley etwas über Maurices Tod herausgefunden hat und ihn deswegen an einer abgelegenen Stelle am Strand unter vier Augen sprechen möchte? Eines ist so gut wie das andere. Beides führt zum selben Ende. Und wenn er erst einmal tot ist, was kann man dann noch beweisen? Ich werde nach kurzer Zeit zu Inspektor Reckless gehen und ihm sagen, daß Digby in letzter Zeit über Verdauungsstörungen klagte und daß ich ihn an Maurices Apothekenschränkchen gesehen hätte. Ich werde ihm erzählen, daß Maurice sich vor einiger Zeit Arsen aus dem Cadaver Club beschafft hat, daß er mir aber versichert hat, er hätte es wieder zurückgebracht. Aber angenommen, er hätte das nicht getan? Angenommen, er konnte sich von dem Zeug nicht mehr trennen? Das wäre typisch gewesen für Maurice. Jeder wird das bestätigen. Jeder weiß Bescheid über ‹Der Gute ins Töpfchen›. Das Pulver in der Vitrine des Museums wird untersucht werden und sich als völlig harmlos herausstellen. Und Digby Seton wird durch einen tragischen Unglücksfall, der letztlich die Schuld seines Stiefbruders war, ums Leben gekommen sein. Ich finde das einen sehr befriedigenden Gedanken. Schade, daß Digby, der trotz seiner Dummheit so viele meiner Einfälle sehr zu schätzen wußte, dieser letzte Teil des Plans verborgen bleiben muß.

Ich hätte das Arsen genausogut auch für Maurice verwenden und mich an seinen Todesqualen weiden können, wann immer ich wollte. Das wäre ganz einfach gewesen. Zu einfach. Einfach und nicht besonders einfallsreich. Der Mord an Maurice hatte Maßstäbe zu erfüllen, denen ein alltäglicher Giftmord nicht im mindesten genügt hätte. Diese Maßstäbe waren es, die die Planung des Verbrechens so interessant und die Durchführung so befriedigend machten. Zunächst einmal mußte er eines natürlichen Todes sterben. Digby als sein Erbe würde zuerst verdächtigt werden, und es war wichtig für mich, daß die Erbschaft durch nichts gefährdet wurde. Dann durfte er nicht in Monksmere sterben; ich mußte auf jeden Fall vermeiden, daß ich in Verdacht geriet. Andererseits wollte ich aber, daß das Verbrechen und die Leute in Monksmere miteinander in Verbindung gebracht wurden; je mehr sie behelligt, verdächtigt und erschreckt wurden, desto besser, ich hatte viele alte Rechnungen zu begleichen. Außerdem wollte ich die Ermittlungen im Auge behalten. Es hätte mir nicht gepaßt, wenn man die Sache als ein Verbrechen behandelt hätte, für dessen Aufklärung man in London zuständig war. Abgesehen von dem Vergnügen, das es mir bereitete, die Reaktionen der Verdächtigen zu beobachten, hielt ich es für wichtig, daß die Arbeit der Polizei unter meinen Augen stattfand. Ich mußte alles verfolgen und nötigenfalls steuern können. Es ist nicht ganz nach Plan gelungen, aber insgesamt gesehen ist nicht viel passiert, wovon ich nichts wußte. Paradoxerweise hatte ich manchmal meine Gefühle weniger gut in der Gewalt, als ich gehofft hatte, aber alle anderen haben sich genau nach Plan verhalten.

Und außerdem mußten noch Digbys Bedingungen erfüllt werden. Er wollte, daß der Mord mit L. J. Luker und dem Cortez Club in Verbindung gebracht wurde. Natürlich hatte er einen anderen Grund. Er wollte nicht unbedingt, daß Luker verdächtigt wurde. Er wollte ihm lediglich zeigen, daß es noch andere Möglichkeiten gibt, einen Mord zu begehen und ungeschoren davonzukommen. Digby wollte darauf hinaus, daß die Polizei gar nicht anders konnte, als einen natürlichen Tod zu konstatieren – einfach weil es ein natürlicher Tod war –, den Luker aber sofort als Mord durchschauen sollte. Deshalb bestand er darauf, Luker die abgetrennten Hände zu schicken. Ich löste vorher mit Säure den größten Teil des Fleisches von ihnen ab – dabei war es von Nutzen, eine Dunkelkammer im Haus und die Säure greifbar zu haben –, trotzdem gefiel mir der Gedanke nicht. Es war ein albernes, ein unnötiges Risiko. Aber ich habe mich Digbys Laune gefügt. Ein zum Tode Verurteilter hat traditionsgemäß ein gewisses Recht auf Entgegenkommen. Man bemüht sich, ihm nach Möglichkeit alle Wünsche zu erfüllen.

Aber bevor ich schildere, wie Maurice ums Leben gekommen ist, möchte ich erst noch zwei nebensächliche Punkte erledigen. Keiner von beiden ist wichtig, trotzdem erwähne ich sie, weil beide indirekt etwas mit dem Mord an Maurice zu tun hatten, und weil beide geeignet waren, einen Verdacht auf Latham und Bryce zu werfen. Ich kann mir Dorothys Tod nicht unbedingt als Verdienst anrechnen. Natürlich war ich dafür verantwortlich, aber ich hatte nicht die Absicht, sie umzubringen. Es wäre mir als eine überflüssige Mühe erschienen, einen Mord an einer Frau zu planen, die so eindeutig zur Selbstzerstörung neigte. Es konnte schließlich und endlich nicht mehr lange dauern. Ob sie an einer Überdosis ihrer Tabletten starb, ob sie bei einer ihrer nächtlichen Wanderungen im Halbdämmer von der Felskante stürzte, ob sie auf einer der wilden Autofahrten mit ihrem Geliebten ums Leben kam, oder ob sie sich einfach zu Tode trank – was auch immer, es konnte nur noch eine Frage der Zeit sein. Es hat mich noch nicht einmal sonderlich interessiert. Und dann, kurz nachdem sie und Alice Kerrison zu diesem letzten Urlaub in Le Touquet abgefahren waren, fand ich das Manuskript. Es war ein bemerkenswertes Stück Prosa. Es ist schade, daß die Leute, die behaupten, Maurice Seton könne nicht schreiben, nie Gelegenheit haben werden, es zu lesen. Wenn er wollte, gelangen ihm Sätze, die auf dem Papier brannten. Und er wollte. Es war alles darin enthalten: sein Schmerz, seine sexuelle Enttäuschung, seine Eifersucht, sein Ärger, sein Wunsch zu strafen. Wer hätte besser wissen können als ich, wie es in ihm aussah? Es muß ihn zutiefst befriedigt haben, sich das alles von der Seele zu schreiben. Zwischen seinem Schmerz und dem Ausdruck seines Schmerzes durfte es keine Schreibmaschine, keine Tasten geben. Er mußte die Worte unter seiner Hand Gestalt annehmen sehen. Natürlich wollte er diesen Brief nicht abschicken. Das habe ich getan; ich brauchte nur einen seiner wöchentlichen Briefe an sie über Wasserdampf aufzumachen und ihn durch den anderen zu ersetzen. Rückblickend bin ich mir noch nicht einmal sicher, was ich mir davon versprochen habe. Es war wohl einfach ein Jux, den ich mir nicht entgehen lassen konnte. Selbst wenn sie den Brief nicht vernichtete und Maurice deswegen zur Rede stellte, konnte er nie ganz sicher sein, daß er ihn nicht aus Versehen selber abgeschickt hatte. So gut kannte ich ihn. Er hatte immer Angst vor seinem Unterbewußten, aus der Überzeugung heraus, daß es ihm am Ende einen Streich spielen würde. Am nächsten Tag genoß ich es, seine Panik, sein verzweifeltes Suchen und die ängstlichen Blicke zu beobachten, die er mir zuwarf, um zu sehen, ob ich etwas wußte. Als er mich fragte, ob ich irgendwelche Papiere weggeworfen hätte, gab ich ihm ruhig zur Antwort, daß ich nur ein paar kleinere Zettel verbrannt hätte. Ich sah, wie sich sein Gesicht erhellte. Er klammerte sich an den Glauben, daß ich den Brief ungelesen weggeworfen hatte. Jeder andere Gedanke wäre ihm unerträglich gewesen, deshalb ist er bis zu dem Tag, an dem er starb, bei diesem Glauben geblieben. Der Brief ist nie gefunden worden. Ich habe über das, was damit geschehen ist, so meine eigene Meinung. Aber ganz Monksmere ist der Überzeugung, daß Maurice Seton am Tod seiner Frau die Hauptschuld zukam. Und wer hätte in den Augen der Polizei ein besseres Motiv gehabt, sich dafür zu rächen, als ihr Liebhaber Oliver Latham.

Ich brauche wahrscheinlich nicht erst zu sagen, daß ich auch Bryces Katze getötet habe. Das wäre Bryce damals auch klargewesen, wenn er nicht so versessen darauf gewesen wäre, das tote Tier abzuschneiden, daß ihm die Schlaufe mit dem beweglichen Knoten gar nicht aufgefallen ist. Er hätte gemerkt, daß ich Arabella aufhängen konnte, ohne mich in meinem Rollstuhl mehr als einen oder zwei Zentimeter anzuheben, wenn er die Ruhe gehabt hätte, sich das Seil und die Art, wie es benutzt worden war, genauer anzusehen. Aber wie ich vorausgesehen hatte, handelte er weder vernünftig, noch überlegte er kühl. Keinen Moment ist ihm der Gedanke gekommen, daß Maurice Seton nicht der Schuldige sein könnte. Es mag absurd erscheinen, daß ich soviel Zeit damit verschwende, über die Tötung einer Katze zu reden, aber Arabellas Tod war ein fester Bestandteil meines Plans. Er war die Garantie dafür, daß aus der vagen Abneigung, die zwischen Maurice und Bryce bestand, eine offene Feindschaft wurde, so daß Bryce, genau wie Latham, ein Rachemotiv hatte. Der Tod einer Katze mag ein schwaches Motiv für den Tod eines Menschen sein, und ich hielt es für unwahrscheinlich, daß sich die Polizei lange mit Bryce aufhalten würde. Aber die Verstümmelung der Leiche war etwas anderes. Sobald der Obduktionsbefund vorlag, aus dem hervorging, daß Maurice eines natürlichen Todes gestorben war, würde sich die Polizei als erstes auf die Frage konzentrieren, warum man ihm die Hände abgehackt hat. Ein entscheidender Punkt war natürlich, daß sie nicht dahinter kamen, warum diese Verstümmelung sein mußte, und deshalb war es gut, daß es zumindest zwei Menschen in Monksmere gab, die beide aufgebracht und tiefgekränkt waren und ein erkennbares Motiv hatten. Aber es gab noch zwei weitere Gründe, warum ich Arabella getötet habe. Zunächst war es mir ein Bedürfnis. Genau wie Dorothy Seton wurde sie von einem Mann gehätschelt und getätschelt, der dem Glauben anhing, daß das Schöne, ganz egal wie dumm oder nutzlos es war, ein Existenzrecht hat, nur weil es schön ist. Ein paar Sekunden Zappeln an der Wäscheleine – und damit war dieser Unsinn vorbei. Und darüber hinaus war ihr Tod bis zu einem gewissen Grad eine Generalprobe. Ich wollte wissen, wozu ich fähig war, wollte mich unter Stressbedingungen testen. Ich will jetzt keine Zeit mit der Schilderung dessen vergeuden, was ich über mich herausgefunden habe. Ich werde es nie vergessen – dieses Machtgefühl, diesen Triumph, diese berauschende Mischung aus Angst und Erregung. Ich habe das seitdem oft wieder empfunden. Ich empfinde es auch jetzt. Bryce schildert sehr anschaulich mein Entsetzen, mein bedauerlich unkontrolliertes Verhalten, nachdem sie die Katze abgeschnitten hatten, und nicht alles daran war Theater.

Aber kehren wir zu Maurice zurück. Durch einen glücklichen Zufall kam ich hinter die eine Eigenschaft an ihm, die für meine Zwecke entscheidend war – die schreckliche Platzangst, unter der er litt. Dorothy muß das natürlich gewußt haben. Immerhin gab es Nächte, in denen sie sich dazu herabließ, das Schlafzimmer mit ihm zu teilen. Er muß sie geweckt haben, wenn er seinen immer wiederkehrenden Alptraum hatte, genauso wie er mich geweckt hat. Ich frage mich manchmal, wie gut sie über ihn Bescheid wußte, und ob sie Oliver Latham etwas davon erzählt hat, bevor sie starb. Dieses Risiko mußte ich eingehen. Aber was war, wenn sie es getan hatte? Niemand kann beweisen, daß ich etwas davon wußte. Nichts kann etwas an der Tatsache ändern, daß Maurice eines natürlichen Todes gestorben ist.

Ich erinnere mich noch ganz deutlich an den Abend vor über zwei Jahren. Es war ein windiger, regnerischer Tag Mitte September, und mit Einbruch der Dunkelheit wurde es immer stürmischer. Wir hatten seit morgens um zehn zusammen gearbeitet, und es war nicht besonders gut vorangegangen. Maurice bemühte sich, eine Folge von Kurzgeschichten für eine Abendzeitung zu beenden. Es war nicht sein Metier, und er wußte es; er schrieb im Wettlauf mit der Zeit, und das war ihm verhaßt. Ich hatte die Arbeit nur zweimal unterbrochen, einmal um halb eins, als ich uns ein leichtes Mittagessen machte, und dann wieder um acht, als ich uns ein paar Brote und etwas Suppe richtete. Und um neun, als wir mit dem Abendessen fertig waren, heulte der Sturm ums Haus, und ich hörte, wie die Flut über den Strand rollte. Selbst Maurice konnte nicht erwarten, daß ich in der Dunkelheit mit dem Rollstuhl nach Hause fuhr, und mich mit dem Wagen hinzubringen, fiel ihm gar nicht ein. Dann hätte er sich am nächsten Tag die Mühe machen müssen, mich wieder abzuholen. Deshalb sagte er, ich solle über Nacht dableiben. Ob mir das recht war, fragte er nicht. Daß ich etwas dagegen haben könnte, daß ich lieber meine eigenen Toilettensachen benutzt, lieber in meinem eigenen Bett geschlafen hätte, kam ihm gar nicht in den Sinn. Die ganz alltäglichen Höflichkeitsregeln des Lebens, sie galten nicht im Umgang mit mir. Aber er sagte mir, ich solle das Bett im Zimmer seiner Frau beziehen, und kam selber, um ein Nachthemd für mich zu suchen. Ich weiß nicht, warum. Ich glaube, es war das erste Mal seit ihrem Tod, daß er es über sich brachte, ihre Schränke und Schubladen aufzumachen und daß meine Anwesenheit ihm die Gelegenheit und zugleich auch die Kraft dazu gab, ein Tabu zu brechen. Jetzt, wo ich ihre gesamte Wäsche tragen oder auch in Fetzen reißen kann, ganz wie ich Lust habe, kann ich lächeln bei der Erinnerung an diesen Abend. Der arme Maurice. Er hatte sich nicht mehr daran erinnert, daß diese dünnen Chiffongebilde, die schimmernden Durchsichtigkeiten aus Nylon und Seide so schön, so zart, so ganz und gar ungeeignet waren für meinen verkrüppelten Körper. Ich sah den Ausdruck auf seinem Gesicht, als er schützend die Hände darüber breitete. Er konnte den Gedanken nicht ertragen, daß ihre Sachen mit meinem Fleisch in Berührung kamen. Und dann fand er, was er gesucht hatte. Es lag ganz unten in der Schublade, ein altes wollenes Nachthemd, das Alice Kerrison gehört hatte. Dorothy hatte es auf Alices Drängen hin einmal getragen, als sie an einer Grippe erkrankt war und wegen des hohen Fiebers heftig schwitzte. Und dieses Nachthemd gab Maurice mir. Ich frage mich, wäre sein Schicksal anders verlaufen, wenn er sich an diesem Abend anders verhalten hätte? Wahrscheinlich nicht. Aber der Gedanke macht mir Spaß, daß seine Hände, als sie über diesem Häufchen aufreizender Nichtigkeiten zögerten, die Wahl zwischen Leben und Tod trafen.

Es war kurz nach drei, als ich durch seinen Schrei geweckt wurde. Zuerst dachte ich, es wäre das Kreischen eines Seevogels gewesen. Dann kam es wieder und wieder. Ich tastete nach meinen Krücken und ging zu ihm hinein. Halb in Trance, lehnte er am Fenster mit dem verwirrten Ausdruck eines erwachenden Schlafwandlers. Es gelang mir, ihn dazu zu bewegen, wieder ins Bett zu gehen. Es war nicht schwierig. Er nahm meine Hand wie ein Kind. Als ich ihm die Bettdecke unters Kinn zog, ergriff er plötzlich meinen Arm und sagte: ‹Lassen Sie mich nicht allein! Gehen Sie noch nicht weg! Es war mein Alptraum. Es ist immer derselbe. Ich träume, daß ich lebendig begraben werde. Bleiben Sie bei mir, bis ich wieder eingeschlafen bin.› Also blieb ich bei ihm. Ich saß da und hielt seine Hand, bis meine Finger steif waren vor Kälte und mein ganzer Körper schmerzte. Er erzählte mir im Dunkeln vieles über sich, über seine große, überwältigende Furcht, bevor sich seine Finger lockerten, das Murmeln aufhörte und er in einen friedlichen Schlaf sank. Der Unterkiefer war ihm heruntergefallen, und er sah töricht aus und häßlich und verletzlich. Ich hatte ihn noch nie vorher schlafen sehen. Es machte mir Spaß, ihn so häßlich, so hilflos zu sehen, und ich empfand ein derart wohltuendes Machtgefühl, daß ich darüber fast erschrak. Und während ich neben ihm saß und seinen ruhigen Atemzügen lauschte, überlegte ich mir, wie ich dieses neue Wissen über ihn zu meinem Vorteil ausnutzen konnte. Ich begann einen Plan zu schmieden, wie ich ihn töten konnte.

Am nächsten Morgen erwähnte er nichts von den Geschehnissen der Nacht. Ich war mir nie sicher, ob er seinen Alptraum und meinen Besuch in seinem Zimmer nicht völlig vergessen hatte. Ich glaube es aber nicht. Ich nehme an, daß er sich recht gut erinnerte, daß er die ganze Sache aber aus seinem Bewußtsein verdrängte. Schließlich hatte er es nicht nötig, sich bei mir zu entschuldigen oder mir gegenüber Erklärungen abzugeben. Gegenüber einem Dienstboten oder einem Haustier ist man nicht verpflichtet, seine Schwächen zu rechtfertigen. Das macht es ja gerade so erfreulich und bequem, so ein subalternes Wesen im Haus zu haben.

Es gab keinerlei Grund zur Eile, der Mord mußte nicht bis zu einem bestimmten Termin ausgeführt sein, und schon das machte die Sache sehr viel interessanter und ermöglichte es mir, einen komplizierteren und ausgefalleneren Ausführungsplan zu entwerfen, als es möglich gewesen wäre, wenn ich mich im Wettlauf mit der Zeit befunden hätte. In diesem Punkt teile ich Maurices Ansicht. Niemand kann unter Zeitdruck sein Bestes geben. Zum Ende hin gewann die Sache dann natürlich doch noch eine gewisse Dringlichkeit, als ich den Durchschlag des Briefs an Max Gurney fand und vernichtete, in dem Maurice ankündigte, daß er sein Testament ändern wollte. Zu diesem Zeitpunkt aber stand mein endgültiger Plan bereits seit über einem Monat fest.

Ich wußte von Anfang an, daß ich einen Komplizen brauchte

und wer dieser Komplize sein würde. Der Entschluß, Digby Seton dazu zu benutzen, zuerst seinen Stiefbruder und dann sich selber zu vernichten, war so großartig in seiner Kühnheit, daß ich manchmal selber über meinen Wagemut erschrocken war. Trotzdem war es nicht so tollkühn, wie es den Anschein hat. Ich kannte Digby, kannte genau seine Stärken und Schwächen. Er ist nicht so dumm und viel habgieriger, als die Leute glauben; er ist praktischer, aber dafür weniger phantasievoll, er ist nicht besonders mutig, dafür hartnäckig und ausdauernd. Vor allem aber ist er im Grunde schwach und eitel. Mein Plan hat sich seine Fähigkeiten genauso zunutze gemacht wie seine Schwächen. In der Art und Weise, wie ich mit Digby verfahren bin, habe ich nur ganz wenige Fehler gemacht, und wenn ich ihn in einigen wesentlichen Dingen unterschätzt habe, hat sich das als nicht weiter verhängnisvoll herausgestellt. Jetzt wird er natürlich zu einem Risiko und einer Last für mich, aber bald habe ich ihn ja vom Hals. Wenn er mir nicht so auf die Nerven gegangen und etwas zuverlässiger gewesen wäre, hätte ich mir vielleicht überlegt, ihn noch ein Jahr oder so am Leben zu lassen. Es wäre mir lieber, Maurices Erbe nicht gleich mit Beerdigungskosten belasten zu müssen. Trotzdem habe ich nicht die Absicht, mich aus Habgier zu einer Dummheit verleiten zu lassen.

Natürlich bin ich nicht so plump vorgegangen, Digby sofort mit einem Mordplan zu konfrontieren. Was ich ihm vorgeschlagen habe, war auf den ersten Blick weiter nichts als ein ausgefallener Streich. Daran hat er natürlich nicht lange geglaubt, aber das sollte er ja auch nicht. Während der ganzen Vorbereitungszeit hat keiner von uns beiden je das Wort Mord in den Mund genommen. Er wußte Bescheid, ich wußte Bescheid, aber keiner von uns beiden hat es ausgesprochen. Wir hielten uns gewissenhaft an die Fiktion, daß wir ein Experiment durchführten, ein möglicherweise etwas gewagtes, aber auf keinen Fall böse gemeintes Experiment, um Maurice zu beweisen, daß man einen Menschen ohne sein Wissen und gegen seinen Willen heimlich von London nach Monksmere bringen kann. Das war zugleich unser Alibi. Falls die Sache schiefging und wir mit der Leiche entdeckt wurden, hatten wir unsere Geschichte parat, und niemand würde sie widerlegen können. Mr. Seton hatte mit uns gewettet, daß wir ihn nicht kidnappen und, ohne Aufsehen zu erregen, nach Monksmere zurückbringen könnten. Er wollte ein solches Komplott in seinem neuen Buch verwenden. Es würde eine Menge Zeugen geben, die bestätigen konnten, wie gerne Maurice experimentierte, wie detailbesessen er war. Und wenn er während des Transports an einem Herzanfall starb, wie konnte man uns daraus einen Vorwurf machen? Fahrlässige Tötung? Vielleicht. Aber Mord auf keinen Fall.

Ich nehme an, daß Digby die Geschichte eine Zeitlang selber fast geglaubt hat. Ich tat mein Bestes, die Sache in Gang zu halten. Es gibt nur wenige Menschen, die den Mut und die Geisteskraft besitzen, kaltblütig einen Mord zu planen, und Digby gehört sicherlich nicht zu ihnen. Er möchte die unangenehmen Fakten gern schön verpackt bekommen. Es ist ihm lieber, die Augen vor der Realität zu verschließen. Vor der Wahrheit über mich hat er auch immer die Augen verschlossen.

Nachdem er sich einmal eingeredet hatte, das Ganze wäre ein hübsches kleines Spiel mit einfachen Regeln, ohne persönliches Risiko und mit einem Gewinn von 200 000 Pfund, machte es ihm sogar Spaß, die Einzelheiten zu planen. Ich ließ ihn nur das tun, was seinen speziellen Fähigkeiten entsprach, und er stand nicht unter Zeitdruck. Zuerst mußte er ein gebrauchtes Motorrad und einen langen torpedoförmigen Beiwagen finden. Er mußte beides getrennt und gegen Barzahlung in einem Stadtteil von London kaufen, wo man ihn nicht kannte. Er mußte eine abgelegene Wohnung mit einem direkten Zugang zur Garage mieten oder kaufen und mußte seine neue Adresse vor Maurice geheimhalten. Das alles war relativ einfach, und ich war im großen und ganzen zufrieden, wie brauchbar sich mein Geschöpf anstellte. Diese Zeit war für mich fast die schwierigste. Es gab so wenig, was ich selber tun konnte, um den Gang der Ereignisse zu beeinflussen. Wenn man die Leiche erst einmal nach Monksmere geschafft hatte, war ich da, um alles Weitere zu veranlassen und zu dirigieren. Jetzt mußte ich mich darauf verlassen, daß Digby meine Anweisungen ausführte. Die Sache im Cortez Club mußte Digby allein deichseln, und ich war über seine Idee, Maurice zu den Häusern in den Mews zu locken, nie besonders begeistert gewesen. Es schien mir unnötig kompliziert und gefährlich zu sein. Ich konnte mir sicherere und einfachere Möglichkeiten vorstellen. Digby beharrte darauf, den Cortez Club in den Plan mit einzubeziehen. Er wollte Luker unbedingt in die Sache verwickeln und ihn beeindrucken. Also ließ ich ihm seinen Willen – schließlich konnte dieser Teil des Plans mich nicht belasten –, und ich muß zugeben, daß er bewundernswert funktioniert hat. Digby vertraute Lily Coombs die Geschichte von dem Experiment an, das in der Entführung seines Stiefbruders bestehen sollte und sagte ihr, Maurice hätte um einige Tausender gewettet, daß es nicht gelingen würde. Lily bekam für ihre Hilfe 100 Pfund bar auf die Hand. Sie brauchte nur auf Maurice zu warten, ihm ein Märchen über den Rauschgifthandel aufzutischen und ihn, falls er weitere Informationen haben wollte, zu den Carrington Mews zu dirigieren. Falls er ihr nicht auf den Leim kroch, war auch nichts verloren. Ich hatte noch andere Pläne, wie man ihn zu den Mews locken konnte; dann würde man eben auf die zurückgreifen. Aber er kroch ihr natürlich auf den Leim. Er tat es für seine Kunst, und deswegen mußte er einfach hingehen. Digby hatte es bei seinen Besuchen nicht versäumt, Andeutungen über Lily Coombs und den Cortez Club fallenzulassen, und Maurice hatte bereits das obligatorische weiße Karteikärtchen angelegt. Sobald Maurice zu seinem gewohnten Herbstbesuch in London eingetroffen war, stand es ebenso sicher fest, daß er einmal abends im Cortez Club aufkreuzen würde, wie daß er wieder in seinem gewohnten Zimmer im Cadaver Club absteigen würde, dem Zimmer, in das er gelangen konnte, ohne den klaustrophobischen kleinen Fahrstuhl benutzen zu müssen. Digby würde Lily sogar den Abend vorhersagen können, an dem er auftauchen würde. O ja, Maurice kroch voll und ganz auf den Leim. Seiner Schriftstellerei zuliebe wäre er sogar zur Hölle gegangen. Na, und das ist er dann ja auch.

Wenn Maurice erst einmal in den Carrington Mews vor der Haustür stand, war Digbys Aufgabe relativ einfach. Der schnelle Schlag, der Maurice außer Gefecht setzte, zu harmlos, um irgendwelche Spuren zu hinterlassen, und doch kräftig genug, um zu wirken, war kein Problem für einen Mann, der einmal Boxmeister gewesen war. Die Veränderungen, die vorgenommen werden mußte, um den Beiwagen in einen fahrbaren Sarg zu verwandeln, waren eine Kleinigkeit für jemanden, der die Sheldrake ohne fremde Hilfe gebaut hatte. Der Beiwagen stand bereit, und vom Haus aus gab es einen direkten Zugang zur Garage. Der schmächtige Mann, bewußtlos und röchelnd – denn Lily hatte ihre Sache gut gemacht, und Maurice hatte viel mehr Wein getrunken, als gut für ihn war – wurde in den Beiwagen geschoben und der Deckel oben zugenagelt. Natürlich waren in den Seitenteilen Luftlöcher. Es gehörte nicht zu meinem Plan, daß er ersticken sollte. Dann trank Digby eine halbe Flasche Whisky und brach auf, um sich sein Alibi zu verschaffen. Wir konnten natürlich nicht genau wissen, für welchen Zeitpunkt er es brauchen würde, und das machte uns ein bißchen Kummer. Es wäre ärgerlich gewesen, wenn Maurice zu früh gestorben wäre. Daß er sterben würde – und qualvoll sterben würde –, war sicher. Es war lediglich die Frage, wie lange diese Qual dauern und wann sie beginnen würde. Aber ich wies Digby an, sich verhaften zu lassen, sobald er weit genug von zu Hause weg war.

Nach seiner Freilassung am nächsten Morgen brach Digby unverzüglich mit dem Motorrad und dem Beiwagen nach Monksmere auf. Er sah nicht nach der Leiche. Ich hatte ihm auf die Seele gebunden, den Beiwagen unter gar keinen Umständen zu öffnen, aber ich bezweifle, daß er auch nur eine Sekunde lang versucht war, es zu tun. Er lebte noch immer in der angenehmen Phantasiewelt des Plans, den ich mir für ihn ausgedacht hatte. Ich konnte nicht vorhersehen, wie er reagieren würde, wenn er sich nichts mehr vormachen konnte. Aber ich bin mir sicher, daß er an diesem Morgen mit der kindlichen Erregung eines Schuljungen, der seinen Streich gelingen sieht, von den Carrington Mews aufbrach. Auf der Fahrt ging alles glatt. Der schwarze Plastikanzug, der Helm und die Motorradbrille waren, wie von mir vorausgesehen, eine perfekte Verkleidung. Er hatte eine einfache Fahrkarte von Liverpool Street nach Saxmundham in der Tasche und schickte, ehe er aus dem Westend abfuhr, meine Beschreibung des Cortez Club nach Haus Seton ab. Es scheint fast unnötig, darauf hinzuweisen, daß man zwar seine Art zu tippen verstellen kann, daß aber die Schreibmaschine immer identifizierbar bleibt. Ich hatte den Text ein paar Wochen zuvor auf Maurices Schreibmaschine geschrieben und hatte dabei an der rechten Hand einen Handschuh getragen und mir die Finger der linken Hand einzeln mit Binden umwickelt. Die Passage über die verstümmelte Leiche, die aufs Meer hinaustreibt, hatte Maurice selber getippt, und ich hatte sie mir aus seinen Papieren geholt. Es bedeutete für mich eine kleine, aber reizvolle Feinheit, sie in meinen Plan mit einzubauen, und den Entschluß dazu hatte ich gleich im ersten Moment gefaßt, als ich von Miss Calthrops Einfall hörte, wie Maurice seinen nächsten Roman wirkungsvoll eröffnen könnte. Dieser Einfall war in jeder Hinsicht ein Geschenk, sowohl für Maurice wie für mich. Er bestimmte weitgehend das Grundschema des ganzen Mordplans, und ich wußte ihn mir brillant zunutze zu machen.

Aber da ist noch ein ganz entscheidender Punkt in meinem Plan, den ich bisher nicht erwähnt habe. Seltsamerweise machte er die wenigsten Schwierigkeiten, obwohl ich mit dem Gegenteil gerechnet hatte. Ich mußte Digby Seton dazu bringen, mich zu heiraten. Ich dachte, in diesem Punkt müßte er wochenlang tagtäglich weichgeklopft werden, bis er kapitulieren würde. Und dazu war gar keine Gelegenheit. Alles mußte an den paar Wochenenden geschehen, an denen er in Monksmere war. Ich ließ es zu, daß er mir schrieb, weil ich die Briefe ja verbrennen konnte, aber ich habe ihm nie geschrieben, und wir haben nie miteinander telefoniert. Doch ihn zu diesem lästigen und zugleich entscheidenden Teil des Plans zu überreden war etwas, das ich nicht per Post erledigen konnte. Ich fragte mich sogar, ob das nicht die Klippe war, an der die ganze Sache scheitern würde. Aber ich hatte ihn falsch eingeschätzt. Er war nicht ganz dumm. Wäre er das gewesen, hätte ich es nie riskiert, ihn an seiner eigenen Vernichtung mitwirken zu lassen. Er war in der Lage, das Unvermeidliche einzusehen. Und schließlich und endlich lag es in seinem eigenen Interesse. Er mußte mich heiraten, um an das Geld heranzukommen. Es gab sonst niemanden, den er hätte heiraten wollen. Er war sicher nicht scharf auf eine Frau, die Forderungen an ihn stellen oder sich in sein Leben einmischen würde, eine Frau, die vielleicht sogar würde mit ihm schlafen wollen. Und er wußte, daß es einen ganz entscheidenden Grund für eine Heirat mit mir gab. Niemand konnte beweisen, daß wir Maurice umgebracht hatten, solange nicht einer von uns beiden den Mund aufmachte. Und man kann eine Frau nicht dazu zwingen, gegen ihren Ehemann auszusagen. Natürlich haben wir vereinbart, uns nach einer angemessenen Zeit wieder scheiden zu lassen, und ich war sehr großzügig in bezug auf den Ehevertrag. Nicht so großzügig, daß es hätte Verdacht erregen können. Nur sehr, sehr vernünftig. Er mußte mich heiraten, damit ich den Mund hielt und er das Geld kassieren konnte. Und ich mußte ihn heiraten, weil ich sein ganzes Vermögen haben wollte. Als seine Witwe.

Wir ließen uns am 15. März in London standesamtlich trauen. Er mietete ein Auto und holte mich morgens in aller Frühe ab. Niemand sah, wie wir das Haus verließen. Wer sollte uns auch sehen? Celia Calthrop war nicht da, so daß auch nicht die Möglichkeit bestand, daß sie mich zu sich bestellte. Oliver Latham und Justin Bryce waren in London. Ob Jane Dalgliesh zu Hause war, wußte ich nicht, und es kümmerte mich auch nicht. Ich rief Maurice an, um ihm zu sagen, daß ich mich zu schlecht fühlte, um zum Arbeiten zu ihm zu kommen. Er war verärgert, aber er machte sich keine Sorgen, und ich brauchte nicht zu befürchten, daß er bei mir vorbeikommen würde, um zu sehen, wie es mir ging. Krankheiten waren Maurice verhaßt. Es hätte ihn vielleicht bekümmert, wenn sein Hund krank gewesen wäre. Aber für seinen Hund hatte er ja auch etwas übrig. Ich finde eine Genugtuung in dem Gedanken, daß Maurice noch leben könnte, wenn er nur so viel Interesse aufgebracht hätte, an diesem Tag in Haus Tanner hereinzuschauen und sich dann zu fragen, wo ich hingegangen war – warum ich ihn angelogen hatte.

Aber die Zeit vergeht, und das Tonband läuft ab. Ich habe meine Rechnung mit Maurice Seton beglichen. Ich will meinen Triumph feiern und nicht mich rechtfertigen, und es gibt immer noch viel zu berichten.

Digby kam am Mittwoch um kurz vor sechs mit dem Motorrad und dem Beiwagen bei Haus Tanner an. Es war inzwischen schon dunkel und weit und breit niemand zu sehen. Das ist nach Einbruch der Dunkelheit bei uns an der Küste immer so. Maurice war natürlich tot, und Digby war sehr bleich unter seinem Sturzhelm, als er den Deckel vom Beiwagen stemmte. Wahrscheinlich hatte er erwartet, das Gesicht seines Opfers zu einer Grimasse des Entsetzens verzerrt zu sehen, aus der ihm die toten Augen anklagend entgegenstarrten. Im Gegensatz zu mir hatte er nicht Maurices gerichtsmedizinische Lehrbücher gelesen. Er wußte nichts von der Erschlaffung der Muskeln nach dem Tode. Das ruhige Gesicht, so ausdruckslos, so ohne jede Fähigkeit, Furcht oder Mitleid zu erregen, schien ihn zu beruhigen. Aber ich hatte vergessen, ihm etwas über die Totenstarre zu erzählen. Er hatte nicht erwartet, daß wir die Starre in den Knien brechen mußten, damit wir die Leiche in meinen Rollstuhl setzen und zur Küste hinunterbringen konnten. Er fand keinen sonderlichen Gefallen an dieser unvermeidlichen Aufgabe. Ich höre noch immer sein schrilles, nervöses Gekicher beim Anblick von Maurices dünnen Beinen, die in diesen lächerlichen Hosen steckten, und steif wie die hölzernen Beine einer Vogelscheuche vom Körper wegstanden. Dann schlug Digby zu, die Starre löste sich, und die Beine baumelten und schlenkerten über der Fußraste wie die Beine eines Kindes. Dieser kurze Moment persönlicher Gewaltausübung brachte in Digby eine Veränderung hervor. Ich war ganz darauf vorbereitet, die Hände selber abzutrennen. Ich wollte schon mit dem Hackbeil zuschlagen. Aber Digby nahm es mir aus der Hand und wartete ohne ein weiteres Wort, bis ich ihm die Hände auf der Ruderbank zurechtgelegt hatte. Ich hätte vielleicht präzisere Arbeit geleistet. Aber auch mir hätte es nicht mehr Spaß machen können als ihm. Danach ließ ich mir von ihm die Hände geben und steckte sie in meinen Waschbeutel. Digby hatte eine Verwendung für sie; er wollte sie unbedingt an Luker schicken. Aber zuvor mußte ich in meiner Dunkelkammer noch einiges mit ihnen machen. Den Beutel hängte ich mir vorerst um den Hals und genoß dabei das Gefühl, daß sich die toten Hände an meine Brust zu schmiegen schienen.

Zum Schluß stieß Digby, weit ins Meer hinauswatend, das Dinghi mit der Ebbe hinaus. Über eventuelle Blutspuren machte ich mir keine Sorgen. Tote bluten, wenn überhaupt, nicht sehr stark. Wenn an dem Motorradanzug Flecken waren, würde das Meer sie abwaschen. Digby kam feuchtglänzend im Dunkeln zurückgewatet und hielt dabei die Hände über dem Kopf verschränkt wie jemand, der gerade eine rituelle Waschung hinter sich hat. Er schwieg, während er mich in meinem Rollstuhl nach Hause fuhr. Wie ich bereits gesagt habe, hatte ich ihn in gewisser Hinsicht unterschätzt, und erst bei dieser stummen Fahrt zurück durch das enge Gäßchen kam mir der Gedanke, daß er für mich zu einer Gefahr werden könnte.

Was sonst noch in dieser Nacht erledigt werden mußte, war der einfachste Teil von meinem Plan. Digby sollte so schnell wie möglich nach Ipswich fahren. Unterwegs sollte er an einer einsamen Stelle am Ufer des Sizewell Stausees halten, den Beiwagen abmontieren und dort ins tiefe Wasser werfen. Sobald er in Ipswich angekommen war, sollte er auch die Nummernschilder vom Motorrad entfernen und es irgendwo in einer Seitenstraße stehen lassen. Es war eine alte Maschine, und es war unwahrscheinlich, daß sich jemand die Mühe machte, den Besitzer zu finden. Und selbst wenn man Digby auf die Spur kam und den Beiwagen fand, hatten wir noch unsere zweite Verteidigungsstrategie: die Geschichte von dem Experiment, das in Maurices Entführung bestand, die unschuldige Wette, die einen so tragischen Ausgang genommen hatte. Und wir hatten Lily Coombs, die unsere Geschichte bestätigen konnte.

Meine Anweisungen für Digby waren sehr klar. Sobald er das Motorrad irgendwo abgestellt hatte, sollte er als erstes Maurices Manuskript abschicken, in dem die Leiche ohne Hände beschrieben wird, die aufs Meer hinaustreibt. Dann sollte er, noch immer in seiner Motorradkluft, zum Bahnhof gehen und sich dort eine Bahnsteigkarte lösen. Ich wollte nicht, daß dem Kontrolleur ein Fahrgast auffiel, der in Ipswich in einen Zug stieg mit einer Fahrkarte, die er in London gelöst hatte. Digby sollte sich, wenn viel Betrieb war, mit durch die Sperre drängen, sollte in den Zug nach Saxmundham steigen, dort auf der Toilette seine Motorradkluft ausziehen und in eine kleine Reisetasche tun und sollte schließlich um halb neun in Saxmundham ankommen. Dann sollte er ein Taxi nach Haus Seton nehmen, wo ich im Dunkeln auf ihn warten wollte, um zu hören, ob alles planmäßig gelaufen war, und um ihm nötigenfalls weitere Anweisungen zu geben. Wie ich bereits gesagt habe, waren diese Dinge das einfachste von allem, was an diesem

Abend getan werden mußte, und ich habe nicht mit irgendwelchen Komplikationen gerechnet. Aber Digby begann seine Macht zu spüren. Er tat zwei sehr dumme Dinge. Er konnte der Versuchung nicht widerstehen, den Beiwagen abzumontieren, wie ein Wilder hier im Ort herumzufahren und sich sogar vor Bryce sehen zu lassen. Und er bat Liza Marley, ihn in Saxmundham abzuholen. Das erste war nichts weiter als kindischer Exhibitionismus; das zweite hätte verhängnisvoll werden können. Ich war physisch inzwischen total erschöpft und gefühlsmäßig nicht darauf vorbereitet, einem solchen Ungehorsam zu begegnen. Als ich Miss Marleys Wagen vorfahren hörte und die beiden aus dem Schutz der Vorhänge beobachtete, klingelte das Telefon. Jetzt weiß ich, daß es nur Plant war, der sich nach Mr. Seton erkundigen wollte. Aber in dem Moment brachte mich das total aus der Fassung. Zwei unvorhergesehene Dinge waren geschehen, und ich war auf keines von beiden vorbereitet gewesen. Wenn ich mehr Zeit gehabt hätte, meine Selbstkontrolle wiederzugewinnen, wäre ich mit der Situation besser fertig geworden. So aber geriet ich in einen heftigen Streit mit Digby. Es wäre Zeitverschwendung, alles zu wiederholen, was wir uns gegenseitig an den Kopf warfen, aber es endete damit, daß Digby noch in der Nacht wütend wegfuhr, angeblich zurück nach London. Ich glaubte ihm nicht. Sein Einsatz war schon zu hoch, als daß er noch hätte aussteigen können. Es war nichts anderes als eine weitere kindische Geste, die mir seine Unabhängigkeit beweisen und mich erschrecken sollte. Aber ich wartete bis lange nach Mitternacht vergeblich darauf, daß der Vauxhall zurückkam. Ich saß im Dunkeln, da ich kein Licht zu machen wagte, und fragte mich, ob ein einziger Augenblick der Wut möglicherweise meinen ganzen sorgsam erdachten Plan zunichte machen würde, und überlegte mir, wie die Situation vielleicht doch noch zu retten war. Um zwei Uhr früh machte ich mich endlich auf den Heimweg. Am nächsten Morgen war ich schon früh wieder im Haus Seton. Noch immer keine Spur von dem Wagen. Erst am Donnerstagabend, als in Pentlands der Anruf kam, erfuhr ich, was geschehen war. Es ist gut zu wissen, daß Digby bald für das bezahlen wird, was er mir in diesen vierundzwanzig Stunden angetan hat. Er wußte sich erstaunlich gut aus der Sache herauszuhelfen. Seine Geschichte mit dem Telefonanruf war außerordentlich clever. Damit wäre alles erklärt gewesen, was ihm im Zustand der Benommenheit über Maurices Tod herausgerutscht war. Sein Alibi konnte durch diese Geschichte nur gewinnen. Und sie machte die Lage für die kleine Gemeinschaft von Monksmere sogar noch ungemütlicher. Ich konnte nicht umhin, seine Klugheit, seinen Einfallsreichtum zu bewundern. Und ich fragte mich, wie lange es dauern würde, bis er darüber nachzudenken begann, wie er mich endgültig loswerden konnte.

Jetzt gibt es nicht mehr viel zu berichten. Es war überhaupt kein Problem, das Hackbeil ins Haus Jane Dalglieshs zurückzubringen, genausowenig wie es vorher ein Problem gewesen war, es von dort zu stehlen. Der Motorradanzug wurde in kleine Stücke geschnitten und mit der Ebbe aufs offene Meer hinausgeschwemmt. Mit der Säure aus der Dunkelkammer löste ich das Fleisch von den Knöcheln an Maurices Händen, und Digby brachte sein Päckchen zur Post. Es ging alles ganz einfach. Alles ganz planmäßig. Und jetzt fehlt nur noch das letzte Kapitel. In ein paar Tagen werde ich auch das auf Band sprechen können. Ich empfinde keinen besonderen Haß gegen Digby. Ich bin froh, wenn er tot ist, und es genügt mir, mir seine Todesqualen auszumalen, ich brauche sie nicht unbedingt zu sehen. Aber ich wäre gern dabei gewesen, als Maurice starb.

Und das erinnert mich an den letzten Punkt, der noch erklärt werden muß. Warum gab ich mich nicht damit zufrieden, Maurices Leiche in London zu lassen – ein lebloses Bündel in irgendeinem Rinnstein in Paddington? Aus einem ganz einfachen Grund. Wir mußten seine Hände abtrennen. Diese verräterischen Hände, mit denen er gegen den Deckel seines Sarges getrommelt hatte, so daß die Haut in Fetzen von den Knöcheln herunterhing.»

Die Stimme war verstummt. Ein paar Sekunden lang lief das Tonband ohne Ton weiter. Dann beugte sich Reckless hinüber, und schaltete das Gerät ab. Er bückte sich wortlos und zog den Stecker aus der Dose. Jane Dalgliesh stand aus ihrem Sessel auf und ging, Latham ein paar Worte zumurmelnd, hinaus in die Küche. Fast unmittelbar darauf hörte Dalgliesh draußen Wasser laufen und den Deckel des Kessels klirren. Er fragte sich, was sie machte. Setzte sie die Vorbereitungen für das Mittagessen fort? Oder kochte sie frischen Kaffee für ihre Gäste? Was mochte sie denken? Interessierte sie sich jetzt, nachdem alles vorbei war, noch für diesen gärenden, tobenden Haß, der so viele Leben vernichtet, so viele Leben durcheinandergebracht hatte, ihr eigenes eingeschlossen? Eines war sicher: sollte sie später überhaupt jemals über Sylvia Kedge sprechen, würde sie sich nicht in sentimentalen Anwandlungen des Bedauerns ergehen, etwa von der Art: «Hätten wir das nur früher gewußt! Hätten wir ihr nur helfen können!» Für Jane Dalgliesh waren Menschen nun einmal so, wie sie waren. Und es war eine ebenso sinnlose Anmaßung, sie ändern zu wollen, wie es ungehörig war, sie zu bemitleiden. Noch nie zuvor war ihm die detachierte Haltung seiner Tante so deutlich aufgefallen; nie zuvor war sie ihm so erschreckend erschienen.

Latham löste sich langsam aus seiner eitlen Pose vor dem Kamin und sank in den leeren Sessel. Er lachte unsicher. «Der arme Kerl! Mußte sterben, weil er das falsche Nachthemd ausgesucht hat. Oder war es das falsche Schlafzimmer?»

Reckless gab keine Antwort. Er wickelte die Schnur des Tonbandgeräts ordentlich auf und klemmte sich dann den Apparat unter den Arm. An der Tür wandte er sich noch einmal um und sagte zu Dalgliesh:

«Wir haben den Beiwagen herausgefischt. Er lag ungefähr zwanzig Meter von der Stelle entfernt, die Sie bezeichnet haben. Auch das haben Sie richtig geraten, Mr. Dalgliesh.»

Dalgliesh malte sich die Szene aus. Es war sicher schön am Ufer des einsam gelegenen Stausees in der frühen Morgensonne, ein grüner Friede, der nur durch das ferne Verkehrsgedröhn gestört wurde, das murmelnde Wasser, die tiefen Stimmen der Männer, die sich über ihre Geräte beugten, der glucksende Laut, den der morastige Untergrund hervorbrachte, wenn die Gummistiefel sich im Flußbett festsaugten. Und dann würde das Ding, das sie suchten, geformt wie ein überdimensionaler Eierkürbis, endlich an die Oberfläche kommen; ein schwarzer Rumpf, mit Wasserpflanzen bekränzt und feuchtglänzend unter den herabgleitenden Schlammklumpen. Er bezweifelte nicht, daß er der Schar Polizisten, die sich damit abmühten, ihn ans Ufer zu ziehen, sehr klein vorkam. Aber Maurice Seton war ja auch nur von kleiner Statur gewesen.

Als Reckless gegangen war, sagte Latham herausfordernd:

«Ich muß mich bei Ihnen dafür bedanken, daß Sie mir das Leben gerettet haben.»

«Müssen Sie das? Ich dachte, es wäre umgekehrt gewesen. Sie haben sie doch vom Dach gestoßen.»

Die Antwort kam rasch, im Ton der Verteidigung:

«Es war ein Unfall. Ich habe nicht gewollt, daß sie herunterfällt.»

Natürlich nicht, dachte Dalgliesh. Es mußte ein Unfall gewesen sein. Latham war der letzte, der in dem Bewußtsein leben konnte, eine Frau getötet zu haben, und sei es auch nur in Notwehr. Na schön, wenn er sich entschlossen hatte, die Dinge so in Erinnerung zu behalten, konnte er ebensogut gleich damit anfangen. Was zum Teufel spielte das überhaupt für eine Rolle? Es wäre ihm lieb gewesen, Latham wäre gegangen. Die Vorstellung einer Dankesverpflichtung zwischen ihnen beiden war albern und peinlich, und er fühlte sich physisch und psychisch zu kaputt, als daß ihm nach einer morgendlichen Plauderei zumute gewesen wäre. Aber es gab noch etwas, das er wissen mußte. Er sagte:

«Ich habe mich gefragt, warum Sie gestern nach Haus Tanner gegangen sind. Sie haben sie wahrscheinlich gesehen – Digby und die Kedge?»

Die beiden viereckigen Briefumschläge, die nebeneinander auf dem Kaminsims standen, hoben sich grellweiß von dem Hintergrund der grauen Steine ab. Er mußte Deborahs Brief jetzt irgendwann aufmachen. Das Bedürfnis, ihn ungelesen ins Feuer zu werfen, als könne man mit einer einzigen nachdrücklichen Geste die ganze Vergangenheit verbrennen, war lächerlich und beschämend. Er hörte Lathams Stimme:

«Natürlich. Am ersten Abend, als ich hier war. Meine Ankunftszeit habe ich übrigens falsch angegeben. Ich war kurz nach sechs da. Gleich danach bin ich an der Felskante spazierengegangen und habe die beiden Gestalten mit dem Boot gesehen. Ich habe Sylvia erkannt und habe mir gedacht, daß der Mann Seton war, obwohl ich mir nicht ganz sicher war. Es war zu dunkel, als daß man hätte sehen können, was sie machten, aber es war klar, daß sie das Dinghi aufs Meer hinausschoben. Ich konnte nicht erkennen, was das Bündel war, das darin auf dem Boden lag, aber hinterher habe ich es mir natürlich zusammengereimt. Es hat mich nicht weiter berührt. Für meine Begriffe hatte Maurice sich das selber zuzuschreiben. Wie Sie offenbar erraten haben, hat Dorothy Seton mir den letzten Brief geschickt, den er ihr geschrieben hat. Sie hat wohl erwartet, daß ich sie räche. Leider ist sie da an den Verkehrten geraten. Ich habe zu oft erlebt, wie sich mittelmäßige Schauspieler in dieser Rolle lächerlich gemacht haben, als daß ich Lust gehabt hätte, sie selber zu spielen. Ich hatte nichts dagegen, jemand anders die Sache erledigen zu lassen, aber als Digby ermordet wurde, dachte ich, daß es an der Zeit für mich wäre herauszufinden, was die Kedge für ein Spiel spielt. Celia hat uns erzählt, daß Sylvia heute morgen mit Reckless sprechen wollte; es schien mir ratsam, mich vorher einzuschalten.»

Jetzt nützte es natürlich nichts mehr, darauf hinzuweisen, daß Latham Digby das Leben hätte retten können, wenn er früher den Mund aufgemacht hätte. Und stimmte das überhaupt? Die Mörder hatten ihre Geschichte parat: die Wette mit Seton; das Experiment, das einen so entsetzlichen Ausgang nahm; ihre Panik, als sie bemerkten, daß Maurice tot war; der Entschluß, die zerschundenen Hände abzutrennen, um nicht entdeckt zu werden. Hätte man ohne ein Geständnis wirklich beweisen können, daß Maurice Seton keines natürlichen Todes gestorben war?

Er nahm Deborahs Brief zwischen den linken Daumen und die fest verbundene Handfläche und versuchte, die Fingerspitzen der rechten Hand unter die Lasche zu schieben, aber das feste Papier gab nicht nach. Latham sagte ungeduldig:

«Kommen Sie, lassen Sie mich das machen.»

Die langen, nikotingelben Finger rissen den Umschlag auf und reichten ihn Dalgliesh.

«Lassen Sie sich durch mich nicht stören.»

«Schon gut», sagte Dalgliesh. «Ich weiß, was drinsteht. Das hat Zeit.» Trotzdem faltete er, während er sprach, den Brief auseinander. Er bestand nur aus acht Zeilen. Deborah war selbst in ihren Liebesbriefen nie besonders wortreich gewesen, aber es lag eine grausame Ökonomie in diesen letzten knappen Sätzen. Und warum auch nicht? Man konnte entweder versuchen, es in einem Leben zu zweit miteinander auszuloten, man konnte es aber auch in acht Zeilen erledigen. Er ertappte sich dabei, daß er sie wieder und wieder zählte, die einzelnen Wörte addierte und mit unnatürlichem Interesse die Abstände zwischen den Zeilen oder Einzelheiten der Schrift fixierte. Sie hatte sich entschlossen, die Stellung anzunehmen, die man ihr in der amerikanischen Niederlassung ihrer Firma angeboten hatte. Wenn er diesen Brief bekam, war sie bereits in New York. Sie konnte es nicht länger ertragen, am Rand seines Lebens herumzustehen und darauf zu warten, daß er einen Entschluß faßte. Sie hielt es für unwahrscheinlich, daß sie einander wiedersahen. Es war besser so – besser für beide. Ihre Sätze waren förmlich, fast banal. Es war ein Abschied ohne große Worte, ohne Originalität, ja sogar ohne Würde. Und wenn der Brief in Kummer geschrieben worden war, so merkte man den festen Schriftzügen jedenfalls nichts davon an.

Im Hintergrund hörte er Lathams schrille, arrogante Stimme ununterbrochen weiterreden. Er sagte, daß er nach Ipswich fahren wolle, um sich in einer Klinik den Kopf röntgen zu lassen, und empfahl Dalgliesh mitzufahren und seine Hände behandeln zu lassen, er stellte boshafte Überlegungen darüber an, wieviel Anwaltskosten Celia würde bezahlen müssen, bis sie das Seton-Vermögen in die Finger bekam, und versuchte noch einmal mit der Unbeholfenheit eines Schuljungen, sich für den Tod von Sylvia Kedge zu rechtfertigen. Dalgliesh wandte ihm den Rücken zu, nahm seinen eigenen Brief vom Kaminsims und legte die beiden Umschläge aufeinander, um sie unwillig zu zerreißen. Aber sie waren zu stabil für seine Hände, und so warf er sie schließlich unversehrt ins Feuer. Sie brannten lange – eines nach dem anderen krümmten sich die verkohlenden Blätter, während die Tinte auf ihnen langsam verblich, bis ihm schließlich, silbrig auf schwarzem Untergrund, sich hartnäckig dem Tod widersetzend, seine Verse entgegenleuchteten. Und er vermochte noch nicht einmal den Schürhaken zu halten, um sie zu Asche zu zerstoßen.

WUNDERLICH
TASCHENBUCH

Das nächste, bitte!

Lady Crime. Jeden Monat neu als Wunderlich Taschenbuch.

Wir wünschen gute Unterhaltung!

WUNDERLICH
TASCHENBUCH

2 26179-0 26102-2

Lady Crime. Jeden Monat neu als Wunderlich Taschenbuch.

ir wünschen gute Unterhaltung!

5072/1

WUNDERLICH
TASCHENBUCH

26177-4

26139-1

26169-3

Bestseller zu attraktiven Preisen.

Jeden Monat neu als Wunderlich Taschenbuch.

Wir wünschen gute Unterhaltung!

WUNDERLICH
TASCHENBUCH

-5

26174-X

26180-4

Bestseller zu attraktiven Preisen.
den Monat neu als Wunderlich Taschenbuch.

ir wünschen gute Unterhaltung!

5066/1

WUNDERLICH TASCHENBUCH

26163-4 26164-2 26165-0

Hotel Italia. Jeden Monat neu als Wunderlich Taschenbuch.

Wir wünschen gute Unterhaltung!

WUNDERLICH
TASCHENBUCH

Lady Crime. Jeden Monat neu als Wunderlich Taschenbuch.

r wünschen gute Unterhaltung!

5076/1